rowohlt
POLARIS

AF125697

DAS

VERA BUCK

BAUM

THRILLER

HAUS

Sie suchten die Idylle.
Sie fanden einen Albtraum.

ROWOHLT POLARIS

5. Auflage Dezember 2025

Originalausgabe
Veröffentlicht im Rowohlt Taschenbuch Verlag,
Rowohlt Verlag GmbH, Kirchenallee 19, 20099 Hamburg, Juni 2024
Copyright © 2024 by Rowohlt Verlag GmbH, Hamburg
Die Nutzung unserer Werke für Text- und Data-Mining
im Sinne von § 44b UrhG behalten wir uns explizit vor.
Covergestaltung semper smile, München
Coverabbildung Jan Håkan Dahlström / plainpicture; Shutterstock
Satz aus der Arnhem bei hanseatenSatz-bremen, Bremen
Druck und Bindung CPI books GmbH, Leck
ISBN 978-3-499-00971-6

Kontaktadresse nach EU-Produktsicherheitsverordnung:
produktsicherheit@rowohlt.de

*Für alle, deren erste Helden
Pippi Langstrumpf, Ronja Räubertochter
und Jonathan Löwenherz waren.*

*Und für meine Mutter,
die diesen Figuren in meiner Kindheit
Leben eingehaucht hat.*

PROLOG

Die See ist hässlich und rau. Der Wind schiebt Wasserberge vor sich her, als müsse das ganze Meer umsortiert und ausgeweidet werden. Ich zittere. Meine Haare sind salzig und zu lang, sie wehen mir ins Gesicht und in die Augen. Der Mann ist ungeduldig. Er will, dass ich mich bis auf die Unterhose ausziehe und ins Wasser wate. Dabei ist mir noch immer schlecht von der Fahrt in der Kiste, und mir ist kalt. Ich schaue hoch. Vielleicht kann ich erkennen, in welche Himmelsrichtung wir gefahren sind, und so herausfinden, wie das Meer vor mir heißt. Er hat mir beigebracht, mich am Stand der Sonne zu orientieren. Aber die Sonne ist von dunklen Wolken bedeckt. Ich glaube, es gibt ein Gewitter.

«Nun mach schon», sagt er. «Das wird ein Abenteuer!»

Schlotternd steige ich aus meiner Hose und stakse auf allen vieren über die Steine nach vorn. Das Wasser ist kalt. Ich ziehe die Luft ein.

«Es konnte noch niemand so gut schwimmen wie du», sagt der Mann. Er klingt stolz und deutet nach vorn, wo weit entfernt der Umriss eines Felsens aus den Fluten ragt, oder vielleicht ist es auch eine Insel. Das hektische Auf und Ab der Wellen frisst die Umrisse und gibt sie wieder frei, frisst sie und gibt sie wieder frei. Es sieht aus, als würde die Insel selber schwanken. Ich beiße die Zähne zusammen und ziehe noch einmal scharf die Luft ein, als das Wasser auch meine Beine frisst.

Dass ich gut schwimmen kann, wusste der Mann schon, als

er mich vor vierzehn Wochen im Schwimmbad abgefangen hat. Ich bin an dem Tag beim Nachwuchswettbewerb am schnellsten geschwommen, und das, obwohl ich erst zehn bin und alle anderen in meiner Kategorie schon elf oder zwölf. Ich war sehr stolz darauf. Und als dann sogar ein Mann kam und fragte, ob ich nicht Lust hätte, im Nationalteam zu schwimmen, er wolle mich trainieren und seiner Talentgruppe vorstellen, da bin ich fast geplatzt vor Freude.

Ich dachte: Endlich kann ich es den anderen zeigen. Endlich kann ich ihnen zeigen, dass ich besser bin als sie. Trotz meiner hässlichen Badehose von der Kleiderspende, und obwohl meine Eltern nicht da waren, um mich anzufeuern, so wie ihre.

Jetzt wünschte ich, ich hätte nie gewonnen. Ich wäre unsichtbar geblieben und hätte mich unter Wasser versteckt. Vielleicht hätte der Mann mich dann nie gesehen. Hätte mir nie Bonbons gegeben und mich mitgenommen.

Der Wind wird stärker. Die See tobt und heult vor mir. Ich muss mich richtig gegen die Böen stemmen, um nicht umgerissen zu werden. Hinter mir lädt der Mann sein Kanu vom Wagendach. Der Wind greift ins Innere des Boots und reißt daran. Ich sehe den Mann straucheln, doch er geht nicht in die Knie. Er ist wie diese knorrigen Bäume im Wald, in dem ich jetzt wohne. Der Wind kann an ihm reißen, doch er fällt nicht um. Der Mann klemmt das Kanu unter den Arm und stemmt sich gegen den Wind, bis er die Steine erreicht. Dann schiebt er es vor sich ins Wasser.

«Was ist?», ruft er in meine Richtung, das Gesicht ganz zerknittert und finster wegen dem Wind.

«Mir ist kalt.»

«Das wird sich beim Schwimmen schon ändern, vertrau mir! Komm, wir sind zwei Piraten auf hoher See! Haha!» Er lacht und reißt die Arme hoch.

Mir wird schlecht. Er lacht viel, der Mann. Er hat auch gelacht, als er an dem Tag, an dem er mich mitnahm, meinen Turnbeutel öffnete und die blaue Schwimmbrille aus dem nassen Knäuel an Handtüchern zog. Die Schwimmbrille war kaputt, weil die anderen mich nach dem Wettkampf im Gang vor der Dusche abgefangen hatten. Sie hatten das Band hinten festgehalten und die Brille vorne so lang gezogen wie eine Flitsche. Damit mir die Brille gegen die Augen schlägt, wenn sie loslassen. Einer nach dem anderen durfte mal dran sein damit. Weil ich es nicht verdient hatte zu gewinnen. Weil ich ja noch nicht mal einen Papa habe, der mich zur Schule bringt oder vom Schwimmunterricht abholt. Weil mein Papa abgehauen ist und Mama uns Kinder mitten in der Nacht zum Essen weckt: Nudeln mit Tomatensauce, in die sie alle Gewürze kippt, die sie im Schrank findet. Sogar die, die nach Weihnachten schmecken.

Die anderen Kinder haben sich lustig gemacht. Ich habe geweint. Aber der Schmerz an diesem Tag war nichts im Vergleich zu dem, wie weh es tut, bei dem Mann zu leben. Der Mann hat auch meine Schwimmkappe gefunden, die er angeschaut hat wie ein sehr fremdes Objekt.

«Wozu ist das denn?»

«Damit die Haare nicht nass werden.»

«Und später, in der Dusche? Machst du dir die Haare da nicht nass, um sie zu waschen?» Und er hat so laut gelacht, dass sein ganzer Bauch gewackelt hat. «So einen Schnickschnack brauchen wir hier nicht. Wir brauchen hier nur Kraft und Mut. Hast du das?»

Ich habe mit den Schultern gezuckt, aber er hat es mich laut wiederholen lassen: «Ich habe Kraft und Mut. Ich habe Kraft und Mut! Ich habe Kraft und Mut!» Und dabei habe ich mir vor Angst in die Hose gemacht. Als der Mann es gerochen hat, hat er gemeint, das müssten wir trainieren, mit der Kraft und dem Mut. Im Wald, wo ich jetzt wohne, gibt es viele Seen und Flüsse, die sich dazu eignen. Danach hat er mich zu schnelleren Flüssen geschleppt, zu reißenden Wildwasserbächen und Schluchten. Und jetzt sind wir hier, am Meer.

Der Untergrund ist glitschig. Steine und Muscheln stechen mir in die Füße. Schon die zweite Welle reißt mich um. Ich strampele, als ich den Boden unter den Füßen verliere, versuche mich an der Oberfläche zu halten, als das Meer mich in sich hineinzieht. Neben mir wackelt das Kanu des Mannes auf und ab, auf und ab, wie ein außer Kontrolle geratenes Schaukelpferd.

«Also dann, los!», ruft er mir zu und sticht mit dem Paddel in den weißen Schaum, den die Wellen bilden. Ich versuche, dem Kanu nachzuschwimmen. Aber das Meer ist ganz anders als ein See. Er ist ganz anders als ein Schwimmbad und selbst als der Fluss. Ich strampele mehr, als dass ich schwimme, um meinen Kopf über Wasser zu halten, und das Meer zieht mich einfach, wohin es will. Immer wieder schwappen die Wellen in mein Gesicht oder schlagen über mir zusammen. Ich blinzele. Salzwasser brennt in meinen Augen.

«Was ist?!», brüllt der Mann. Wegen dem Sturm kann ich ihn nur schlecht verstehen.

«Das ... Wasser», huste ich. «Ich kann nichts mehr sehen! Die Wellen sind zu hoch.»

«Ich bin doch im Boot direkt neben dir. Da müssen wir hin! Da, zu der Insel!» Ungeduldig deutet er mit dem Paddel in die Richtung, und ich versuche es. Ich schwimme so fest ich kann, um mich neben dem Kanu zu halten. Aber mir geht bald die Kraft aus, und als ich die Insel schließlich sehe, zwischen einer hohen Welle und der nächsten, ist sie immer noch viel zu weit weg.

«Ich schaffe das nicht!», schreie ich gegen den tosenden Lärm an. Ich hoffe, dass der Mann mich ins Kanu zieht, einsieht, dass ich in meinem ganzen Leben noch nie so weit geschwommen bin, aber er ist ganz plötzlich verschwunden. Ich drehe mich panisch im kiesgrauen, schaumigen Wasser, suche den Horizont ab, in eine Richtung, in die andere. Ich bin ganz allein auf dem Meer.

«Hilfe!», brülle ich. «Hilfe!!!»

Und dann sehe ich die gelbe Spitze des Kanus plötzlich ein paar Meter von mir entfernt auf und ab tanzen.

«Gut so!», höre ich den Mann von irgendwo, oder vielleicht ist es auch der Wind in meinen Ohren, der mich anfeuert. Und dann höre ich noch etwas anderes, ein Tuten, und ich wende den Kopf nach links. Da ist ein Boot, ganz in meiner Nähe. Da sind Menschen. Andere Menschen! Ich huste noch einmal, spucke Wasser, stoppe meine Bewegungen. Unschlüssig lasse ich mich von den Wellen hin und her werfen. Dann wende ich mich um und halte auf das Boot zu.

«Nein! Nicht dahin! Hierher! Hierher!», brüllt der Mann. Er klingt jetzt wieder näher, ist irgendwo hinter mir. Ich kneife die Augen vor Anstrengung zusammen und schwimme weiter. Wenn ich winke und die Menschen auf dem Boot mich sehen, dann könnte das meine Rettung sein! Sie könnten mich vor dem Mann beschützen! Ich nehme all meine Kraft zusammen. Erst als ich noch einmal etwas tuten höre, laut und aufgebracht, hebe ich erschrocken den Kopf. Das Boot ist sehr viel größer, als ich dachte. Es ist ein Schiff! Ich halte inne. Meine Arme treiben lahm im Wasser, wie gekappte Taue. Ich reiße die Augen auf, trotz des Salzwassers, das darin brennt. Das Schiff ist jetzt direkt vor mir.

«Neeeeeiiiin!», brüllt der Mann. Seine Stimme ist verzweifelt. Er klingt, als hätte er Angst um mich. Ich habe auch Angst, aber nur kurz, dann ist da eine schwarze Wand aus Metall vor meinen Augen, ein harter Schlag, ein Sog unter meinen Füßen. Mein Körper wird herumgerissen, ich will schreien, bekomme

Wasser in die Lungen und schlucke noch mehr, weil ich husten muss. Und dann ist da nur noch Panik, nackte, dunkle Panik, und Metall, das gegen meinen Körper drückt, mich nach unten drückt. Es tut weh, tut in der Lunge weh, im Brustkorb, der mit Salzwasser gefüllt ist. Ich bin schon einmal fast ertrunken, als Jannes und Mario mich im Schwimmbad runtergedrückt haben. Weil ich so ein Assi bin. Weil ich keiner bin, der eine Schwimmmedaille verdient hat. So hat es sich angefühlt, fast zu ertrinken. Wie Messer in meinen Lungen. Noch einmal höre ich das Schiff tuten. Und dann höre ich nichts mehr.

ERSTER TEIL

«Der Wald, so endlos und so tief,
darin ein Kindlein sich verlief,
die Wolken schwarz, der Donner grollt,
das Kindlein hatte heimgewollt.

Der Tag, der war so ewig lang,
und duster war's, dem Kind so bang,
es wandert unter Tränen dort
allein an diesem finstren Ort.

Es weint und denkt: Ach, nimmermehr
in Vaters Wohnstatt ich heimkehr',
nein, hier in Finsternis und Not
holt mich gewiß alsbald der Tod.»

Aus: Astrid Lindgren, *Wie wir in Småland Weihnachten feierten*

ROSA

Eine Schaufel Erde fliegt durch die Luft. Im Licht des Baustrahlers landet sie auf meinem zusammengerollten Zelt. Sollte einer kommen und fragen, was ich da tue, werde ich sagen, dass ich hier übernachten und eine Grube für ein Feuer ausheben will. Das darf man überall in der schwedischen Natur, wir nennen es «Allemansrätt», das Jedermannsrecht. Sicher, die Grube ist ein bisschen tiefer, als sie es für eine Grillstelle sein müsste, aber ich werde sagen, dass das Feuer schließlich nicht auf die Bäume übergreifen soll. Es ist eine dämliche Erklärung, doch bei jungen Frauen gehen die Leute ja immer davon aus, sie seien ein bisschen naiv. Ungläubige Blicke ernte ich erfahrungsgemäß nur dann, wenn ich bei der Wahrheit bleibe und sage, dass ich nach Kadavern suche.

Die Esche, unter der ich die Grube aushebe, habe ich gestern mit gelber Kreide markiert. Ich muss die Beschaffenheit und Farben der Blätter bei Tag sehen, um eine Vorstellung davon zu bekommen, wo die Kadaver liegen. Das funktioniert nicht bei Nacht. Und manchmal funktioniert es gar nicht. Die Grabung gestern zum Beispiel hat nichts ans Licht gebracht, keinen müden Knochen. Das kann passieren. Wissenschaft basiert auf Misserfolgen. Möglich sogar, dass ich die Blätter richtig gedeutet, aber einfach auf der falschen Seite des Baums gegraben habe und damit knapp an der Verwesungsinsel vorbei.

Als ich auf Wurzeln stoße, trete ich mit dem Gummistiefel auf die Spatenkante und ramme die Spitze härter in den Boden. Ich ärgere mich, dass ich in aller Heimlichkeit graben muss, nachts. Als wäre Wissenschaft ein Verbrechen. Der aufgewühlte Waldboden riecht modrig, erdig. Er riecht vertraut. Irgendwo hoch über mir ruft ein Waldkauz. Ich verfalle in einen Rhythmus, den das scharfe Geräusch meiner Schaufel vorgibt – und mein schwerer Atem. Ich heble Erde heraus, schaufele, steche wieder nach. Es ist eine anstrengende Tätigkeit, die ich noch von meinem Praktikum auf dem Friedhof kenne. Aber seitdem sind einige Jahre vergangen, und in meinen Armen steckt bereits der Muskelkater der vergangenen Nächte.

Mit dem Handrücken wische ich mir den Schweiß aus dem Gesicht. Mein Blick fällt auf die kleinen weißen Hülsen, die im Licht des Baustrahlers im dunklen Boden schimmern. Ich pule eine davon aus dem Dreck und zerreibe sie zwischen den Fingern. Reste von Madenpuppen. Bingo. Ich hebe das Tagebuch auf und mache mir eine Notiz: Datum. Koordinaten des Fundorts. Insektenkundliche Spuren. Bodenbeschaffenheit. Zustand der potenziellen Zersetzungsinsel.

Ich benutze immer Tagebücher für meine Aufzeichnungen, teils aus reiner Gewohnheit, teils zu Ehren von Oskar, der für immer unter «1. Januar 1997» verewigt sein wird. Mein erster Kadaver. Mein Katerchen. Ihm beim Verwesen zuzusehen, war etwas ganz Besonderes.

In den letzten Tagen habe ich einen Elchschädel, einen verendeten Biber und ein Reh gefunden und vermerkt. Die Überreste liegen jetzt hinter dem Schuppen meines Vaters, bereit für die metabolomische Analyse: Ich will herausfinden, welchen Unterschied die Verwesung verschiedener Tierarten für den Stoffwechsel der Bäume macht. Die Blätter an dieser Esche haben zum Beispiel eine intensivere Farbe als die der vorangegangenen Grabungsstätten. Am Tag leuchten sie in einem satten Grün, das mich an frisches Basilikum erinnert.

Darum hoffe ich jetzt, auf einen Fleischfresser zu stoßen. Vielleicht auf einen Vielfraß, einen Luchs oder kleinen Fuchs. Die drei Tiere der vorangegangenen Nächte waren allesamt Herbivore, Pflanzenfresser.

Ich nehme meine Arbeit wieder auf, schaufele weiter, während der Wald um mich herum heller wird. Mir läuft die Zeit davon. Wir sind zwar schon einige Wochen vom Midsommar und den nie enden wollenden Junitagen entfernt, aber auch Anfang August ist die Zeitspanne noch kurz, in der ich im Wald graben kann, ohne vom Sonnenlicht verraten zu werden. Und die Grube ist bereits jetzt so tief, dass mir keiner mehr die Geschichte mit dem Lagerfeuer abnehmen würde, egal wie dumm ich mich stelle. Ob ich in dieser Tiefe überhaupt noch ein verendetes Tier vorfinde?

Nicht sehr wahrscheinlich. Dabei war ich mir so sicher! Die Blattfarbe. Der Boden. Und dann die Reste der Madenpuppen!

Frustriert steche ich den Spaten in den schwarzen Boden – und halte inne. Da war ein Knirschen. Ein nur widerwillig nachgebender Widerstand, zu zart für einen Stein. So als hätte ich die Spatenspitze in porösen Kalkstein getrieben. Oder in einen Knochen. Vorsichtig ziehe ich den Spaten wieder heraus, es knirscht erneut. Ich gehe in die Hocke und schiebe mit der Hand etwas Dreck beiseite, doch die Grube ist inzwischen so tief, dass es hier unten stockdunkel ist. Ich muss über den Rand klettern und den Baustrahler holen, um die Grabungsstelle auszuleuchten. Da schimmert etwas schmutzig Gelbes in der Erde. Angespannt steige ich zurück in die Grube, gehe in die Hocke und lege meinen Fund frei. Es ist wirklich ein Knochen! Erst halte ich es für den Brustbeinkamm eines großen Vogels, doch es könnte auch das Schulterblatt eines Wirbeltiers sein. Ich puste auf den Knochen, befreie ihn von Dreckklumpen. Ja, eher ein Schulterblatt. Ich schiebe weiter Erde und Steine weg, finde Rippen, dann ein zweites Schulterblatt.

Ich scharre nun mit den Händen im Dreck. Eine unwissenschaftliche Vorgehensweise, fahrig geradezu. Auf diese Weise fördere ich weitere kleine Knochen, Wirbel und Knöchelchen ans Licht, lege alles an den Rand, voller Ungeduld, endlich an den Schädel des Tiers zu gelangen. Meine Finger streifen etwas, das sich glatt und synthetisch anfühlt, wie eine Plastikplane, doch als ich es hervorziehe, ist es ein brauner Stofffetzen mit einer metallenen Öse, wie für die Kordel einer Kapuze. Irritiert halte ich inne und rücke, so weit es in dem engen Loch eben geht, zur Seite, um mir nicht selbst im Licht zu sitzen. Ist das ein Stück von einer verrotteten Jacke? In meinen Ohren schrillt es. Ich lasse den Stofffetzen fallen. Jetzt sehe ich auch die Schädeldecke. Wie ein halb vergrabenes Straußenei schimmert der Knochen im Licht meiner Lampe. Milchig gelb und voller Flecke. Ich greife mit beiden Händen danach. Der Schädel ist klein und leicht, als ich ihn aus der Erde löse. Wie der eines Affen, die es hier in Schweden natürlich nicht gibt. Kein Affe. Es ist der Schädel eines jungen Menschen. Eines Jugendlichen vielleicht. Oder der eines Kindes.

Ich starre in die schwarzen Augenhöhlen, während mir die Tragweite meiner Entdeckung bewusst wird. Ein Kinderschädel. Eine alte Kapuze. Knochen, Wirbel und Schulterblätter. Wen zum Teufel habe ich da ausgegraben?

HENRIK

Ich frage mich, warum ich sie nicht einfach angelogen habe. Ihr nicht einfach erzählt habe, dass sich kurzfristig, direkt vor unserer Abreise, doch noch ein Käufer für das Haus gefunden hat. Nicht, dass ich nicht darüber nachgedacht hätte. Ich bin gut darin, die Wahrheit zurechtzubiegen, wenn es mir nützt.

Ich lehne meinen Kopf ans Autofenster. Überall kann ich hier meinen Opa sehen. Er steht am Straßenrand und zwinkert mir zu, in dieser Landschaft, die vorbeifliegt, als spule man einen Astrid-Lindgren-Film vor. Er tritt zwischen den hohen, schmalen Bäumen hervor und legt einen Finger an die Lippen, damit ich ihn nicht an meine Frau verrate, die das Lenkrad hält wie das Steuerrad eines Schiffs und mich nach Bullerbü entführt.

«Das wird super, wenn wir das Haus erst mal hergerichtet haben», sagt Nora jetzt. «Wenn Fynn dann in die Schule kommt, sind wir nicht auf die überteuerten Ferienwohnungen während der Schulferien angewiesen. Und du kannst dich hierher zum Schreiben zurückziehen, wann immer dir danach ist! Ich meine, welcher Ort würde sich wohl besser anbieten als Schweden, um den nächsten Kinderbuch-Bestseller zu schreiben?» Sie dreht sich lachend zu Fynn um, der auf der Rückbank hinter mir sitzt und einen Seufzer von sich gibt, der mir aus der Seele spricht.

Die Wahrheit – und es ist ironisch, dass ausgerechnet ich das sage – die Wahrheit ist, dass meine Kinderbücher wenig mit denen von Astrid Lindgren gemein haben. Die meisten meiner Bücher spielen in fantastischen Welten. Es gibt darin alle möglichen Kreaturen und Wesen, die ich zusammen mit Fynn erfinde, und viel Düsterkeit. Keine Idylle wie hier. Es sind Welten, die nur Kindern zugänglich sind und sich Erwachsenen verschließen, weil dieses Maß an Fantasie ihnen längst abhandengekommen ist.

Fynn rutscht halb unter dem Anschnallgurt durch und tritt mit der Fußspitze gegen meinen Sitz. Ihm ist langweilig, und das lässt er mich spüren. Von Greifswald bis zu unserem Ferienhaus in Norrland sind es insgesamt fünfzehn Stunden Autofahrt, und das Buch mit den Astrid-Lindgren-Geschichten hat er schon nach zehn Minuten in den Fußraum rutschen lassen. «Können wir Feuerwehrmann Sam hören? Oder Paw Patrol?», mault er. Småland kennt er nur aus dem IKEA.

Ich überlasse Nora die Antwort, wende mich wieder dem Seitenfenster zu, suche meinen Großvater zwischen den endlosen Baumreihen und finde ihn am Ufer des nächsten Sees. Er steht von mir abgewandt, die faltigen Hände auf dem Rücken verschränkt, und schaut ins Wasser. Früher, kurz nach seinem Verschwinden aus dem Krankenhaus, habe ich oft geträumt, wie er am Rand irgendeines Gewässers steht. Jedes Mal wollte er ins Wasser waten, und ich habe geschrien, um ihn aufzuhalten und meine Eltern damit zu Tode erschreckt. Jetzt aber sitze ich ganz still und ruhig. Ich bin älter geworden, und es ist lange her, dass ich mit seinem Tod gehadert habe.

Mein Großvater ist in Schweden ertrunken. Kein schöner Tod, und ich nehme es meinem Vater noch immer übel, dass es dazu gekommen ist. Aber mittlerweile denke ich auch, es war besser für meinen Opa, an einem Ort zu sterben, den er sich ausgesucht hat: mitten in der Natur statt in einem Pflegeheim in Deutschland, in das er gesteckt worden wäre, nachdem weder mein Vater noch meine Tante bereit waren, sich um ihn zu kümmern.

Das Navigationssystem weist Nora an, links zu fahren, und obwohl außer uns niemand auf der Straße ist, setzt sie den Blinker, bevor sie abbiegt. Zwischen den Bäumen tauchen verstreute rot-weiße Holzhäuschen auf. Eine Siedlung, die mich an Kindheit erinnert, weil auch ich hier früher mal über Bäche gesprungen bin und mit Stöckchen gespielt habe, wie ein Bullerbü-Kind. Mein Gott, wie lange ist das jetzt schon her?

Das letzte Mal, als ich hier durchgefahren bin, saß ich auf dem Rücksitz im Auto meiner Eltern, und wir folgten dem Krankenwagen, in dem mein Opa lag. Ich erinnere mich noch, dass es regnete, dass ich meinen Eltern irgendwas erzählen wollte. Etwas, das mit der Dunkelheit der Tannen draußen zu tun hatte. Aber meine Eltern hatten sich in den Haaren, sie hörten mir nicht zu.

Es waren keine schönen Umstände, unter denen wir Schweden verlassen haben. Vielleicht hatte deshalb keiner von uns das Bedürfnis, hierher zurückzukehren, in das kleine Haus, das meinem Opa gehört hat. Jetzt gehört es uns.

Wir kommen an einer Insel vorbei, die auf einem glitzernden See liegt. Und plötzlich kommt mir eine der vielen Geschichten in den Sinn, die diesen Ort einspinnen und die viel älter als Michel aus Lönneberga oder Pippi Langstrumpf sind. Ich tippe gegen das Fenster, sage: «Fynn! Schnell! Siehst du da? Den Wolf?»

Fynn hört augenblicklich auf, gegen meinen Sitz zu treten, und richtet sich auf dem Kindersitz auf, klebt Stirn und Hände ans Seitenfenster, hinter dem die Insel bereits vorbeigeflogen ist.

«Wo?», fragt er und quetscht seine Nase gegen die Scheibe.

«Auf der Insel», erkläre ich. «Das war Fenrir, der Riesenwolf.»

Ich rolle das «r», um den Namen noch schrecklicher klingen zu lassen, und es verfehlt seine Wirkung nicht.

«Ein Riesenwolf?!»

«Der hat hier vor vielen Hundert Jahren die Wälder unsicher gemacht. Keine Kette konnte ihn halten, also haben die Götter ihn auf die Insel gebracht.»

«Wieso?», fragt Fynn und dreht sich jetzt zur Heckscheibe um, wo der See hinter uns zurückbleibt.

«Weil er die Menschen gefressen hat. Und die Götter.»

Nora zieht die Augenbrauen hoch. Das ist nicht die Art von Geschichte, die ihren pädagogischen Vorstellungen entspricht.

«Ich meine, warum haben sie ihn auf die Insel gebracht?», sagt Fynn. «Kann er nicht schwimmen?»

«Natürlich nicht, er war ja ein Wolf. Die können nicht schwimmen.»

Nora runzelt die Stirn und mischt sich nun doch ein: «Also das stimmt so nicht ganz! Wölfe können sogar sehr gut schwimmen. Ich habe erst kürzlich einen Artikel in der «National Geographic» gelesen, in dem es um Wölfe an der Küste in British Columbia ging. Die Tiere leben dort auf winzigen Inseln und nutzen den Ozean als Nahrungsquelle. Sie knacken Krabben und Muscheln und Walkadaver und schwimmen auf ihrer Futtersuche viele Kilometer weit.»

Ich wende mich zum Fenster, damit Nora mich nicht grinsen sieht. Es ist typisch für sie, Fynn mit Wissen ködern zu wollen. Sie hat schon versucht, an seinen Verstand zu appellieren, als er gerade mal einen Löffel greifen konnte. Wenn er nachts vor unserem Bett steht, Angst vor Monstern und Ungeheuern hat, dann schlägt sie nicht einladend die Decke zurück, sondern lässt sich von ihm den genauen Unterschied zwischen Monstern und Ungeheuern erklären. Aber jetzt will Fynn wissen, was ein Walkadaver ist und warum dieser Riesenwolf nicht weiß, dass er schwimmen kann. Schmunzelnd überlasse ich es Nora, ihm all das zu erklären. Wenn er heute Nacht im Schlafzimmer steht und Angst hat, der Wolf könne den See überquert haben, dann werde ich sie daran erinnern, dass das der Teil der Geschichte war, den sie erzählt hat.

Das Navigationssystem weist uns noch einmal an abzubiegen. Doch der Pfad ist so schmal und zugewachsen, dass wir ihn zunächst verpassen und wenden müssen.

«Da rein?», fragt Nora fassungslos, bevor sie den Wagen vorsichtig von der Straße lenkt. Wir holpern über ungeteerten Untergrund. Tannenäste streifen das Auto wie blinde Riesen, die befühlen, wer sich nach so langer Zeit hierher verirrt.

«Da werden wir wohl jemanden beauftragen müssen, der die Schneise frei schlägt», murmelt Nora und beugt sich konzentriert nach vorn, der Lichtung entgegen, die sich jetzt vor uns eröffnet. Ich höre die Unsicherheit in ihrer Stimme, sage jedoch nichts. Das Sommerhaus wiederherzurichten, war ihre Idee, nicht meine. Irgendwie ist das Gespräch zwischen ihr und meiner Mutter über die Osterfeiertage auf dieses Häuschen in Schweden gekommen, und von dort aus haben sich Noras Pläne verselbstständigt. Ich habe lediglich den verstorbenen Großvater beigesteuert, dem all das früher einmal gehört hat.

Nora parkt das Auto im kniehohen Gras und stellt den Motor ab. Und dann sind die Erinnerungen mit einem Schlag wieder da. In diesem kleinen roten Holzhaus am See habe ich die schönsten Sommer meines Lebens verbracht. Ich kann den Rand des alten Ruderboots erkennen, das neben dem Steg im Wasser versunken ist. Hier hat mein Opa mir das Angeln beigebracht. Hier hat er mit einem Handtuch gestanden, wenn ich prustend aus dem Wasser aufgetaucht bin, und mich eingewickelt, kaum dass ich bibbernd im taunassen Gras stand. Bei dem Gedanken daran geht mir das Herz auf.

«Sind wir da?» Fynn lehnt sich zwischen unseren Sitzen

durch. Er will endlich aus dem Auto, und auch wir sind steif und verspannt von der langen Fahrt. Wir steigen aus, und ich öffne die kindergesicherte Tür. Fynn ist bereits abgeschnallt, rutscht vom Sitz und rennt voraus, um als Erster beim Haus zu sein. Er hängt sich an die Türklinke, brüllt: «Ist gar nicht abgeschlossen!», und macht dann: «Whoa! Voll cool! Und voll stinkig hier! Glaubst du, hier ist wer gestorben, Papa?»

Nora wirft mir einen Blick zu, der mir bedeuten soll, dass unser Sohn definitiv nach mir kommt. Dann folgen wir Fynn, ohne die Koffer aus dem Wagen zu holen, und stapfen durch die Wiese zur Veranda. Das Haus ist in die Jahre gekommen. Von den Verstrebungen vor den blinden Fenstern blättert die Farbe ab. Das Dach biegt sich an einigen Stellen nach oben, als drücke eine große Faust von innen dagegen. Und die Fahnenstange neben der Tür, an der früher einmal eine stolze kleine Schwedenflagge flatterte, ist jetzt nicht mehr als ein dürrer, verhungerter Arm, den das Haus uns im Hilferuf entgegenstreckt. Mit einem Mal tut es mir leid, dass wir diesen Ort, den mein Großvater so sehr liebte, einfach haben verkommen lassen.

Als wir durch die Tür treten, rümpft Nora die Nase. «Fynn hat recht. Es stinkt. Wahrscheinlich liegt hier irgendwo eine tote Maus.»

Wir machen uns gleich auf die Suche, reißen alle Fenster auf, um die Sommerluft hereinzulassen, und ich betrete vorsichtig das obere Stockwerk, in dem die beiden Schlafzimmer und das Bad liegen. Schritt für Schritt prüfe ich den knarrenden Holzboden, damit nicht am Ende noch einer von uns durch die Decke bricht. Er ist bedeckt von Staub und Mäusekot, hält meinem Gewicht aber stand. Die Schlafzimmer ähneln Zeitkapseln: offene Schränke, ein zerwühltes Bett. Sogar ein Wasserglas steht noch auf dem Nachttisch. Der Boden ächzt, als ich mich auf den Schrank im Schlafzimmer zubewege. Auch darin ist die Zeit stehen geblieben. Die Kleidung hängt da, als warte sie geduldig auf die Rückkehr meines Opas. Ich erkenne die kratzigen Norwegerpullis, in denen ich früher gerne mein Gesicht vergraben habe, wenn seine Geschichten so spannend wurden, dass mich die Angst in der Brust gekitzelt hat.

Ich lehne mich vor, bis meine Nase einen Ärmel berührt, zucke jedoch zurück, als mir ein strenger Gestank entgegenschlägt. Auf dem Schrankboden liegt ein toter Vogel.

«Armes Kerlchen», murmele ich, gehe ins angrenzende Bad und finde auf dem Hocker neben der Badewanne eine vergilbte Zeitung, die ich unter den Vogel schiebe, um ihn nach draußen zu tragen.

Nora ist im unteren Stockwerk ebenfalls fündig geworden. Sie hat eine tote Maus entsorgt und bearbeitet den kotübersäten Boden mit einem Besen, während Fynn auf der Tischplatte in der Küche sitzt und ungeduldig die Beine pendeln lässt. Er wartet auf den Startschuss für seine eigene Entdeckungstour.

«Mama lässt mich wegen den Mäuseköteln nicht spielen», beschwert er sich.

«Mäuse übertragen Krankheiten», sagt Nora, ohne von ihrer Besenarbeit aufzublicken.

«Die anderen Kinder im Kindergarten übertragen auch Krankheiten», sagt Fynn, dem Nora genau das erst kürzlich erklärt hat, als er mit Windpocken im Bett lag.

«Komm, Fynn», sage ich. «Du kannst mir helfen, den Vogel im Garten zu beerdigen.»

«Der muss doch nicht beerdigt werden», sagt Nora pragmatisch. «Wirf ihn einfach in den Müll.»

Fynn sieht mich geschockt an, und ich zucke entschuldigend die Schultern, bevor ich rausgehe und den Vogel in den Wald hinter dem Haus werfe. Ich merke nicht, dass Fynn vom Tisch rutscht und mir nachkommt, bis er plötzlich hinter mir steht.

«Was hast du jetzt mit ihm gemacht?», fragt er. Ich hocke mich neben ihn und deute auf die Krone der Tanne. «Ich habe ihn hochgeworfen, und da hat er plötzlich den Wind unter den Flügeln gespürt und ist weggeflattert.»

«Echt?», Fynn legt den Kopf in den Nacken und folgt meinem Fingerzeig, dorthin, wo in diesem Moment glücklicherweise wirklich ein Vogel zwitschert. «Aber er war doch tot.»

«Und jetzt ist er wieder lebendig, siehst du doch.»

«Bloß weil du ihn hochgeworfen hast?»

Ich nicke fachmännisch.

«Wie hoch?», verlangt Fynn zu wissen. «So hoch wie den Baum?»

«Noch höher.» Und dann packe ich ihn und zeige ihm, wie hoch ich den Vogel geworfen habe, und er quietscht vor Freude. Mein wundervoller Sohn kann jetzt fliegen, und ich beneide ihn wieder einmal um seine Fähigkeit, in jedem Moment alle Zeit der Welt zu haben.

Ich werfe den lauthals lachenden Fynn erneut in die Luft und spüre plötzlich einen Blick in meinem Rücken, bei dem ich den Kopf wende, in der festen Annahme, dass es Nora sein muss, die uns beobachtet. Aber da sind nur der Wald und unser Auto. Nora ist im Haus. Ich kann sie von drinnen rumoren hören. Und was sollte sie auch im Wald zwischen den Bäumen?

«Papa!», kreischt Fynn, halb freudig, halb panisch, und ich fange ihn gerade rechtzeitig auf. Er protestiert, als ich ihn zurück auf die Füße stelle. Doch dann bemerkt er meinen Blick, der noch immer am Wald hängt.

«Was ist da, Papa?», fragt er, und als ich nicht gleich reagiere: «Was ist denn da, Papa, Papaaa!» Er zieht an meinem Arm wie am Seil einer Kirchenglocke, doch ich bin in Gedanken woanders. Da ist eine flatterige Aufregung in meinem Bauch, weniger ein Gefühl als eine Idee davon, ganz ähnlich dem Kitzeln, das ich vorhin bei den Pullis im Schrank empfunden habe. *Beug dich mal her zu mir*, sagt die Idee, *ich will dir was erzählen.*

Ohne auf Fynn zu achten, lasse ich meinen Blick über das Haus streichen, über den Wald. Ich suche nach einem Wort, das zu dem Gefühl passt.

«Papa!» Fynn reißt noch einmal an meinem Ärmel, heftiger, und mit dem Ruck reißt auch der Gedanke ab wie ein Faden. Ich sehe Fynn an, und er schaut entrüstet zurück. Ich wuschele ihm durch die sommerblonden Haare. Mir liegt eine Geschichte über Trolle auf den Lippen, die es hier in den Wäldern gibt. Noch ist Fynn in einem Alter, in dem er meinen Erzählungen mit leuchtenden Augen lauscht. Aber er würde darauf bestehen, den Troll mit mir suchen zu gehen, und heute hält mich etwas davon ab. Vielleicht ein Fünkchen schlechtes Gewissen Nora gegenüber – doch vor allem ist es der Wald selbst. Ein Wald, aus dem sich gerade eine Geschichte geschält und von hinten an mich angeschlichen hat.

«Hattest du gerade wieder eine Idee, Papa?», fragt Fynn, und ich blinzele verwirrt. Ich muss mich noch daran gewöhnen, wie viel er inzwischen begreift. Ich fahre ihm noch einmal durch die Haare, von der Stirn zum Hinterkopf, sodass sie hochstehen wie ein Drachenkamm.

«Ja, vielleicht.»

«Für ein Kinderbuch?»

«Vielleicht.»

«Und steht dann auch wieder mein Name ganz vorne drin?» Seit Fynn geboren ist, habe ich ihm jede meiner Geschichten gewidmet. Selbst die, für die er eigentlich noch zu klein ist.

«Gleich auf der ersten Seite!», bestätige ich und hebe ihn auf meine Schultern. Ich fange an, mit ihm über die Wiese zu traben, laut schnaubend wie ein Pferd. Für meinen Sohn tue ich alles. Für ihn bin ich ein Pferd, ein Pilot, ein Magier, Wikinger und Pirat. Ich erfinde Geschichten, und es gibt kein dankbareres Publikum als ihn, Fynn, für den noch alles glaubhaft und möglich ist. Darum schreibe ich für Kinder und nicht für Erwachsene.

Ich halte Fynns Beine fest, weil er sonst vor Lachen von meinen Schultern fallen würde. Er gluckst und kichert bei jedem Sprung. Es macht mich glücklich, so viel Freude auf den Schultern zu tragen. Vielleicht hatte Nora recht. Es war eine gute Idee herzukommen. Die Wälder und der dunkle See vor unserem Haus bieten sich geradezu dafür an, hier zu schreiben und Geschichten zu erzählen. Ein Wald und ein See, das sind die besten Brutstätten für Ungeheuer und Ängste aller Art.

MARLA

Mein Zuhause liegt hoch oben in einem Baum, den man Esche nennt. Wir aber nennen ihn Yggdrasil, wie den Weltenbaum aus den alten Geschichten. Yggdrasils Wurzeln reichen bis in die tiefsten Tiefen der Erde und seine Zweige bis in den höchsten Himmel hinein. Unter den Wurzeln schläft ein Drache, und oben in den Zweigen kuschele ich mich unter der dicken Wolldecke ein. Die Hütte in den Zweigen ist mein Nest. Mein Rabennest. Könnte ich ein Tier sein, dann wäre ich gerne ein Rabe. Raben sind leise Schatten, sie sind Späher. Wenn sich böse Menschen zwischen den Bäumen herumtreiben, dann sind sie die Ersten, die es wissen.

Ich schiebe meine Hand unter der Decke hervor, zu der Feder, die ich gestern auf der Lichtung gefunden habe. Sie ist glänzend und weich und groß und muss einem besonderen Raben gehören, vielleicht Hugin oder Munin, so heißen die beiden Raben von Odin.

Odin ist der wichtigste Gott von allen. Er ist der Gott des Krieges und des Todes und Vater der Menschen und aller anderen Götter. Er trägt einen Helm und hat nur ein Auge, weil er sich das zweite selber ausgerissen und in einen magischen Brunnen geworfen hat. Warum, habe ich vergessen, aber ich traue mich nicht, den Mann danach zu fragen.

Ich drehe mich auf den Rücken, halte die Feder ins Licht und flüstere das Gedicht, das wir zusammen auswendig gelernt haben, der Mann und ich:

«Dem Gott des Nordens, Odin, stand
Ein Rabenpaar zur Seite,
Der Eine Hugin zubenannt,
Und Munin hieß der Zweite;
Es trug sie ihrer Flügel Schwung
Durch alle Zeit und Schranke. –
Munin war die Erinnerung,
Und Hugin der Gedanke.»

Odin lässt seine Raben jeden Tag fliegen, damit sie für ihn die Welt ausspähen, und jeden Abend kommen sie zurück, um ihm zu berichten. Aber Odin hat auch Angst. Davor nämlich, dass die Raben eines Tages nicht zurückkommen. Raben sind wilde Tiere. Wenn man ihnen die Federn stutzt, dann wachsen ihnen neue, noch größere. Sie lassen sich nicht bezwingen oder einsperren.

Die Feder tanzt zwischen meinen Fingern. Der Nebel vor dem Fenster leuchtet. Man kann in ihm verschwinden, so blendend hell ist er. Ich flüstere:

«Ob auch auf kurze Zeit gezähmt,
Sie waren nicht zu zwingen;
Ob auch ihr Flügelpaar gelähmt,
Es wuchsen neue Schwingen,
Und mit gewalt'gem Flügelschwung
Aus Odins Dienst und Schranke
Floh Munin, die Erinnerung,
Und Hugin, der Gedanke.»

Der Mann hat es mir erklärt, das Gedicht. Odin hat Angst um Hugin, weil er ihn mag. Aber vor allem fürchtet er um Munin. Der ist ihm der wichtigste. Wir sind nichts ohne unsere Erinnerungen.

Ich strecke die Feder aus, in Richtung der Milchsonne. Ich möchte ein Rabe sein, der durch das Fenster fliegt und durch den Nebel bricht, hoch in den Himmel. Ich möchte in dem leuchtenden Nebel verschwinden und nie zurückkommen. Ich möchte nicht mehr hier gefangen sein.

Die Leiter knatscht. Das sind die Stricke, die am Holz reiben. Ich zucke zusammen. So hört es sich an, wenn der Mann sich unten auf die erste Sprosse schwingt. Bis zu meinem Nest sind es zweiunddreißig Stufen die Strickleiter rauf. Ich zähle immer mit, obwohl die Anzahl sich nie ändert. Die Leiter kündigt den Mann an, zweiunddreißigmal, und mit ihm den Schmerz. Ich verstecke die Feder unter meiner Matratze, rolle mich auf dem Boden zusammen und wünschte, ich wäre tot. Ich hasse es, dieses Geräusch der Strickleiter. Wenn der Mann kommt, bedeutet das nie etwas Gutes für mich.

NORA

Das rote Holzhaus mit den weißen Fenstern. Der Wald. Die Wiese. Der kleine See, der in der Sonne leuchtet und über dem die Mücken schwirren. Sogar die vertäfelte Küche wirkt wie eine Bullerbü-Kulisse. Es gibt einen Ohrensessel, der aussieht wie der Sitzplatz eines Märchenonkels, und daneben ein beiges Schnurtelefon auf einem Telefontisch. Bauernmalerei ziert den Rundofen in der Ecke. Ich höre Fynn und Henrik draußen im Garten lachen, meine zwei Kinder, von denen ich eins geboren und das andere geheiratet habe, und staune über das Gefühl, das all dies in mir auslöst. Ich hätte nicht gedacht, dass mich ein Ort, an dem ich noch nie war, nostalgisch stimmen könnte. Dass ich überhaupt anfällig sein könnte für diese Art von Kitsch und Wehmut.

«Bullerbysyndromet». So nennt man die überzogene Liebe der Deutschen zum idyllischen Heile-Welt-Schweden. Einem Schweden, das sich direkt aus Kindergeschichten speist. «Das Bullerbü-Syndrom». Ich habe im Internet darüber gelesen. In Schweden gibt es ganze wissenschaftliche Abhandlungen und Fernsehdiskussionen über dieses kuriose Verhalten der Deutschen, die Bullerbü auf Google Maps suchen, als könnten sie dort ihre Ferien verbringen. Die sich Urlaub an einem Ort wünschen, den es nicht gibt.

Ich habe diesen kindlichen Frieden lange nicht gespürt. Er ist mir irgendwann einfach verloren gegangen, zwischen Sorgen um die ständig wachsenden Ausgaben eines Drei-Personen-Haushalts, den Herausforderungen der Arbeit – und Menschen, die ich in mein Leben gelassen habe, ohne es besser zu wissen. Ich werfe einen nervösen Blick zum Fenster und binde mir dann verärgert die Haare zu einem Knoten auf. Ich bin nicht hierhergekommen, um mich wieder von der gleichen Angst lähmen zu lassen.

Schweden soll ein Rückzugsort für uns werden. Nicht nur für mich, auch für Henrik. Wir haben uns schon immer etwas Eigenes gewünscht, ein kleines Häuschen, das nur uns gehört. Bei den Wohnungspreisen in Greifswald wäre das mit unserem Gehalt niemals möglich gewesen. Und jetzt haben wir eins geschenkt bekommen.

Mit diesem Haus hat Henriks Opa sich vor der Rente einen Traum erfüllt. Die Gegend liegt ganz am Rande der letzten europäischen Wildnis, im Västernorrland. Nördlich von uns fängt bereits Lappland an, und an der Westseite liegt Jämtland mit dem Bergrücken, der Schweden von Norwegen trennt. Im Winter sollen Rentierherden hierherkommen, um nach Nahrung zu suchen. Die Wälder und Moore sind so groß und weitläufig, dass man stundenlang unterwegs sein kann, ohne einem einzigen Menschen zu begegnen. Das ist es, was ich jetzt brauche: keine anderen Menschen außer Henrik und Fynn. Ich habe mich sogar von den sozialen Medien abgemeldet, um eine Zeit lang einfach mal unauffindbar zu sein.

Die Küste hier ist wild und zerklüftet. Die Flüsse kristallklar. Ich habe gelesen, dass sich im Hochsommer Elche in die hiesigen Wälder zurückziehen und in den Seen abkühlen. So ein Elch kann bis zu sechs Meter tief tauchen, um vor der Sommerhitze zu fliehen. Dazu hätte ich jetzt auch Lust. Es ist lange her, dass ich tauchen war. Als ich zu Beginn meiner Arbeit noch Offshore-Windkraftanlagen in 40 Metern Wassertiefe anschloss, habe ich nicht geahnt, dass ich eines Tages mal hauptsächlich vor dem Bildschirm sitzend enden würde. Aber seit der Geburt von Fynn hat sich einiges verändert. Vor der Schwangerschaft war ich oft freitauchen. Es ist faszinierend, was der Körper ohne Sauerstoffflasche schaffen kann, und wie leicht der Kopf wird, wenn man sich die absolut grundlegendste aller menschlichen Fähigkeiten verwehrt. Alles wird weich und leicht, wenn man nicht mehr atmet, man ist am Rande der Ohnmacht und gleichzeitig so sehr mit dem Wasser verbunden wie nirgends sonst. Ich vermisse diese Zeit.

Wieder blicke ich aus dem Fenster, hinter dem unser See liegt. Es ist wirklich unser See, denn er ist Teil des Grundstücks. Ich kann noch immer nicht verstehen, warum Henrik nicht viel früher von diesem Ort erzählt hat.

Mein Telefon vibriert, und ich zucke so heftig zusammen, dass mir fast der Besen aus der Hand fällt. Es ärgert mich selbst, aber ich kann nichts dagegen tun. Seit sich Eric Bleike in mein Leben gedrängt hat, braucht lediglich eine Nachricht einzugehen, und schon stehe ich stocksteif da und traue mich kaum, auf das Display zu sehen.

Ich stehe vor deinem Fenster, Liebling.

Schönes Höschen trägst du heute.

Pass gut auf Fynn auf. Ich hab ein ganz dummes Gefühl, dass ihm heute was zustoßen könnte.

Mit angehaltenem Atem tippe ich das Handy an.

Ist alles in Ordnung? Du hattest dich doch melden wollen, wenn ihr angekommen seid.

Ich atme erleichtert aus. Die Nachricht ist von meiner Mutter. Ich rufe sie an, und sie ist sofort am Telefon: «Na endlich, Nora! Ich dachte schon, euch wäre was zugestoßen!»

«Hallo, Mama. Was soll uns denn zugestoßen sein? Wir sind doch nur in Schweden!»

«Na, aber eine weite Fahrt ist das ja trotzdem. Wie lange wart ihr jetzt im Auto?»

«Rund achtzehn Stunden. Mit Zwischenübernachtung.»

«Und Fynn? Hat der das denn gut mitgemacht?»

«Ja, alles gut. Er und Henrik spielen gerade im Garten.»

«Ach, der kleine Fratz!» An ihrer Stimme kann ich hören, dass sie lächelt. «Das ist bestimmt was für ihn. Schweden soll ja ein richtiges Kinderparadies sein. Und du hast wirklich Glück, dass Henrik dir mit Fynn so gut hilft.»

«Ich soll froh sein, dass Henrik mir mit seinem eigenen Sohn hilft?»

«Ach, du weißt doch, was ich meine, Nora.»

Ich lasse das Thema fallen. Henrik hat nach unserem Kennenlernen nicht lange gebraucht, um meine Familie und den ganzen Freundeskreis um den Finger zu wickeln. Schon als er ihre Frage nach seinem Beruf beantwortet hat, haben sie mir hinter seinem Rücken anerkennende Blicke zugeworfen. Aus irgendwelchen Gründen gilt Henrik als Schriftsteller als mein bisher bester Fang, nicht mal übertroffen von dem Piloten, den ich ein paar Monate lang gedatet habe. Und dabei erfüllt Henrik keins der typischen Kriterien, die ein Berufsbild in der Regel so attraktiv machen. Er hat wenig Geld, trägt keine Uniform und rettet keine Leben. Wobei Henrik als leidenschaftlicher Schriftsteller mir in diesem Punkt wahrscheinlich widersprechen würde.

«Ist irgendwas los?», fragt meine Mutter.

«Nein, was soll los sein?»

«Du bist so schweigsam.»

«Ich bin nur am Putzen, Mama. Hier ist so viel zu tun.» Ich angele mit dem Besen nach den Spinnweben und stoße dabei so ungeschickt gegen die alte Hängelampe, dass sie gefährlich schwankt und ich den Kopf einziehe.

«Bei dir ist immer so viel zu tun, Nora», seufzt meine Mutter, während ich mit einer Hand einen Stuhl heranzerre. «Du bist wie dein Vater. Der kann die Hände auch nicht stillhalten. Den Auftrag in Island nimmst du jetzt aber nicht an, oder?»

«Ich habe nie einen Auftrag aus Island bekommen.» Was sie meint, ist das Angebot aus Norwegen, wo in den nächsten Jahren Offshore-Windkraftanlagen gebaut werden sollen, die rund dreißig Gigawatt Strom pro Jahr produzieren. Aber es ist besser, mich dreißig Sekunden dumm zu stellen und damit eine stundenlange Diskussion zu vermeiden.

«Du weißt, was ich meine», sagt meine Mutter wieder.

«Und wie geht es euch so?», frage ich. «Wie geht's Papa?»

«Ich verstehe ja, dass dir die Welt am Herzen liegt, Nora», ignoriert sie meine Frage. «Aber man kann sich doch auch von Greifswald aus darum kümmern. Umweltschutz gibt es auch hier. Ich habe gestern beim Spazierengehen erst wieder so eine Gruppe junger Leute gesehen, die am Strand Müll gesammelt haben. Die tun ja auch ein gutes Werk.»

«Mhm», mache ich.

Meine Mutter gehört zu jenen Personen, die finden, ich täte mir einen Gefallen damit, mein brennendes Interesse für den Klimawandel jetzt auf mutterkompatible Art auszuleben. Dadurch zum Beispiel, dass ich meinem Sohn die Karottensticks in einer nachhaltigen Pausenbrotdose mitgebe oder dass ich ihm erkläre, wie die Mülltrennung funktioniert und warum er das Licht im Bad ausschalten soll, wenn er auf der Toilette war.

Der Stuhl wackelt, als ich daraufklettere.

«Hörst du mir überhaupt zu?», fragt meine Mutter.

«Ja, ich mache nur nebenbei ein paar Spinnweben weg.»

«Wirklich unglaublich, dass das Haus die ganze Zeit leer gestanden hat! Als ich Doris und Christine beim Kaffeetrinken am Sonntag von eurem unerwarteten Erbe erzählt habe, sind sie ganz neidisch geworden. Übernachtet ihr denn heute schon dort, oder geht ihr in ein Hotel?»

Ich erstarre auf meinem Stuhl, als der Satz zu mir durchsickert. Meine Mutter hat Doris und Christine von unserem Haus in Schweden erzählt. Und mal angenommen, die beiden haben es weitererzählt ...

«Nora?»

«Nein, wir übernachten hier», sage ich mit trockenem Mund und muss mich kurz an der wackligen Stuhllehne festhalten, um nicht zu fallen. «Hast du Doris und Christine auch erzählt, wo genau unser Ferienhaus ist?»

«In Döljamåla, meinst du? Ich weiß nicht mehr genau. Warum fragst du?»

«Sag mir einfach, ob ihr darüber gesprochen habt.»

«Ich glaube, ich habe es schon erwähnt, ja ... ach, jetzt, wo du fragst, natürlich! Christine hat den Ort auf ihrem Handy gesucht, weil sie wissen wollte, wie weit er von Bullerbü entfernt ist. Sag mal, wusstest du, dass es Bullerbü gar nicht gibt?»

Ich antworte nicht.

«Reine Erfindung!», fährt meine Mutter fort.

Ich strecke den Besen wieder zu den Spinnweben und schiele zum Fenster. Eine weitere schlechte Angewohnheit von mir, seit Bleike, die Hände in den Taschen, ein paarmal hinter der Scheibe gestanden und zu mir hereingeblickt hat.

«Du bist ja sehr gesprächig heute», beschwert sich meine Mutter.

«Ich balanciere gerade auf einem Stuhl, Mama. Können wir wann anders noch mal telefonieren? Morgen vielleicht, wenn wir hier aus dem Gröbsten raus sind?»

«Jaja, macht ihr erst mal. Aber gib Fynn einen Kuss von mir, wenn ich ihn schon nicht an den Hörer bekommen habe.»

«Mache ich.»

«Und schick doch später mal ein paar Urlaubsfotos!»

Über diese Bitte muss ich fast lachen, so wenig fühlt es sich im Moment noch nach Urlaub an.

«Mache ich», verspreche ich trotzdem, und als wir beide auflegen, hängt mein Blick noch immer am Fenster, vor dem die Wiese grün und friedlich daliegt. Ich klettere vom Stuhl, gehe hinüber und spähe vorsichtig durch das Glas, bevor ich es aufschiebe und mich hinauslehne. Die Luft ist warm. Im Garten ist es still bis auf das Zwitschern der Vögel. Ich atme durch. Ich bin in Schweden, und Bleike ist in Greifswald. Auch er kann Bullerbü nicht finden. Zeit zu lernen, sich wieder ohne Angst im Erdgeschoss aufzuhalten.

Ich will mich gerade umdrehen, als ich ein Knistern unter meinen Fingern bemerke. Erstaunt hebe ich die Hand von der Fensterbank. In meiner Handinnenfläche klebt ein kleines glänzendes Bonbonpapier, türkis mit neongelben Streifen. Ich pflücke es von der Haut und brauche einen Moment, um zu begreifen, was mir an diesem Papier komisch vorkommt: Die Folie ist zu neu und glänzend für diesen Ort. Irritiert blicke ich mich um. Zum ersten Mal kommt mir der Gedanke, dass das Haus die ganzen Jahre unverschlossen war.

Zögernd greife ich zum Besen und gehe zur Tür. Jetzt, da ich auf Zeichen achte, kann ich sie überall sehen: blank abgegriffene Schrankknäufe im Wohnzimmer und in der Küche, ausgesessene Stellen auf dem Sofa, platt gedrückte Kissen. Hier war jemand im Haus, bevor wir kamen. Und vielleicht ist er immer noch da. Mit dem Gefühl von Frieden ist es augenblicklich vorbei. Den Besenstiel vor der Brust, drehe ich mich um die eigene Achse. Das Haus bietet Schlupflöcher. Die Lücke hinter der alten Schrankvitrine. Die schweren, langen Gardinen. Die dunkle Ecke hinter der Treppe. Und die Schränke! Ich beuge mich vor, spähe in jeden Spalt, klopfe mit dem Besen gegen die Wohnzimmergardinen, und dabei spielt sich in meinem Kopf ein Film ab, den ich bereits kenne. Kann Bleike von unseren Schwedenplänen Wind bekommen haben? Weiß er von diesem Ort?

«Buh!»

Ich zucke mit einem Schrei zusammen und fahre herum. Henrik und Fynn haben sich angeschlichen. Fynn kriegt sich vor lauter Lachen gar nicht wieder ein.

«Du hast dich erschrocken, Mami!», gluckst er. Auch Henrik grinst. Erst als er bemerkt, dass ich den Besen vor der Brust halte wie einen Kampfstock, mit dem ich mich verteidigen muss, runzelt er irritiert die Stirn.

«Alles in Ordnung?»

«Klar», rufe ich, eine Spur zu fröhlich, und senke den Besen beschämt zu Boden. Ich scheine paranoid geworden zu sein. Bleikes Anrufe, seine Nachstellungen und Drohungen haben mich zu einer anderen Person gemacht. Ich war doch früher nicht so. Ich bin diejenige, die Ruhe bewahrt und weiß, was zu tun ist, wenn wir auf der Autobahn liegen bleiben. Ich bin diejenige mit dem Überblick über sämtliche Versicherungen und Notfallnummern. Sogar die verdammten Spinnen sauge ich aus den Wohnzimmerecken, wenn Henrik mich ruft. Ich will mich nicht durch einen einzigen idiotischen Typen so aus der Bahn werfen lassen.

Das Schlimmste ist, dass ich an alldem selber schuld bin. Ich habe Bleike Einblick in mein Innenleben und meine Familie gegeben, in viele kleine, eigentlich belanglose Dinge, die erst dann, wenn sie gegen einen verwendet werden, bedeutsam und intim werden. Als ich die Affäre beenden wollte und es plötzlich mit den WhatsApp-Nachrichten und den Anrufen losging. Irgendwann in der Zeit, in der wir miteinander ausgegangen sind, muss sein Interesse an mir in Obsession umgeschlagen sein. Wenn ich aus der Dusche kam, fand ich plötzlich Nachrichten auf meinem Handy, er fände meine nassen Haare und das kurze Handtuch sexy. Es waren keine dieser plumpen Anfeindungen, die mich sonst über die sozialen Medien erreichen und die sich vor allem um meine Geschlechtsorgane, meinen vermeintlichen Platz in der Gesellschaft und um meinen Hormonhaushalt drehen, der sowieso der Ursprung allen Übels scheint. Ich habe nie verstanden, was meine Periode mit Stahlbautechnik und der Berechnung von Strömungsgeschwindigkeiten zu tun haben soll, und ich kann solche Anfeindungen inzwischen halbwegs ignorieren. Aber Bleikes Nachrichten waren anders. Von Anfang an gingen sie mir unter die Haut.

In Greifswald wohnen wir in einem Altbau mit hohen Fenstern, und ich wusste, er musste irgendwo auf der Straße stehen und mich beobachten. Aber statt ihn bei der Polizei zu melden, zog ich nur gewaltsam die Vorhänge vor.

Ich dachte, nicht mehr auf ihn zu reagieren, wäre das Beste, was ich tun konnte, und er würde irgendwann von allein das Interesse verlieren. Was er zwischendurch auch tat.

«Was hast du da an der Wohnzimmergardine gemacht?»

«Was?»

«Du hast mit dem Stock gegen die Wohnzimmergardinen geklopft!»

«Ach, doch nur wegen des Staubs.»

Fynn sieht mich skeptisch an. Er spürt wohl, dass mit meiner Fröhlichkeit etwas nicht stimmt. Unser Sohn erfasst unsere Stimmungen immer sofort und saugt sie auf wie ein Schwamm. Man muss aufpassen, was man in seiner Gegenwart sagt.

«Also, wer kommt jetzt mit in den See?», rufe ich, um jedes Misstrauen zu zerstreuen. Ich ziehe mich noch im Wohnzimmer bis auf die Unterwäsche aus und laufe dann aus dem Haus und auf den brüchigen Steg, von dem aus ich in den glitzernden, kühlen See springe. Das Wasser umschließt mich so gutwillig, als rufe es: *Na endlich, Nora, wo bist du denn geblieben?* Ich tauche unter. Halte die Luft in den Lungen. Es ist herrlich. Es ist genau das, was ich gebraucht habe. Meine gereizten Nerven, die ganze Angst – das kam alles von der Hitze und dem Stress zweier langer Tage Autofahrt. Ich tauche auf und sehe, dass Fynn aus dem Haus gelaufen kommt. Sein Gesicht verrät Unglauben, als er mich planschen sieht. So eine Frau bin ich also geworden. Mein fünfjähriger Sohn traut mir nicht die Verrücktheit zu, in Unterwäsche in einen See zu springen. Für ihn bin ich nur die arbeitende, gestresste Mutter. Wann habe ich aufgehört, all die anderen Personen zu sein? Die Backpackerin? Die Freitaucherin? Diejenige, die alle Pläne an den Nagel hängt, um ein halbes Jahr mit einem Motorrad durch Eurasien zu fahren?

Henrik taucht nun ebenfalls auf der Veranda auf. Mit einem Schrei packt er den kreischenden Fynn, rennt mit ihm zum Steg und wirft ihn mit einem Übermut in den See, bei dem mir kurz das Herz stehen bleibt. Fynn schreit, als er im hohen Bogen ins Wasser fliegt. Er hat sogar seine Kleidung noch an. Ich schwimme hin, bin bei ihm, als sein Kopf prustend wieder an der Oberfläche auftaucht. Er hustet, Henrik hockt lachend auf dem Steg und spritzt noch ein bisschen Wasser nach.

«Alles gut, Fynn?», frage ich, und er nickt tapfer und paddelt mit seinen Armen und Beinen wie ein Hund, als ich ihm zum Steg zurückhelfe.

«Ich hab Hunger, Mami.»

«Wir haben unterwegs nichts gekauft, Schatz. Da müssen wir mal zum nächsten Supermarkt fahren.»

«Aber ich hab jetzt Hunger!»

«Dann bleibt uns wohl nichts anderes übrig, als uns eine Angel zu holen und einen großen, fetten Fisch zu fangen!» Henrik zieht Fynn an beiden Armen aus dem Wasser, als sei dieser selbst der große, tropfende Fisch, und lacht ihm ins Gesicht. Ich nehme Schwung und hieve mich neben sie auf den Steg.

«Wer fährt?», frage ich, während ich mir die Haare auswringe und in Gedanken nun doch wieder bei dem bin, was es noch zu tun gibt.

«Ich übernehme das», sagt Henrik. «Ich hab gehört, dass es hier riiiiesige Zimtschnecken in den Bäckereien gibt. Mit Zuckersirup und Hagelzucker drauf! So eine muss ich mir unbedingt kaufen!»

«Ich komme mit!», ruft Fynn und springt aufgeregt auf dem Steg herum, der das nur deshalb aushält, weil unser Sohn so ein Leichtgewicht ist.

Ich sehe den beiden nach, wie sie zum Auto gehen und in unserem Gepäck nach einem Handtuch und trockener Kleidung für Fynn suchen, und in diesem Moment fühlt sich alles richtig und gut an. Wir sind wieder eine Familie, und das war doch der Hauptgrund dafür, warum ich überhaupt herkommen wollte, oder etwa nicht? Ich wollte einen Neuanfang. Hier ist er: ein Haus, ein Steg, ein Garten, der bereits dem Urwald ähnelt, in dem er liegt, auf eine dunkle Art verheißungsvoll. Ich schaudere, ohne richtig zu wissen, warum. Dann streiche ich die nassen Haare zurück, stehe auf und gehe durch das kniehohe Gras zum Haus, um meine verstreuten Sachen einzusammeln.

ROSA

Ich habe schon immer gern mit Leichen rumgehangen. Vielleicht weil ich nie viele Freunde hatte. Lebende Freunde, meine ich. Ihre Interessen interessierten mich nicht. Ihre Spiele waren langweilig. Und wenn ich versehentlich doch mal auf einen Kindergeburtstag eingeladen wurde, dann gab ich vor, krank zu sein. Das stellte ich mir ohnehin oft vor, todkrank oder tot zu sein. Man kann es prima alleine spielen, einfach auf einer Wiese liegend oder halb unter Erde versteckt im Wald. Man braucht kein anderes Kind dafür, und es bringt den Tag herum. So etwas ist wichtig in Schweden, den Tag herumzubringen. Gerade im Sommer sind die Tage so lang, dass man kaum weiß, wie man es anstellen soll.

Ich habe noch den Dreck vom Waldboden unter den Fingernägeln, als ich die Hand an den Türknauf lege. Früher hat mein Bruder mir nie erlaubt, sein Zimmer zu betreten, und ich hätte auch jetzt gern darauf verzichtet. Ich nehme an, das hätten wir beide. Nur kann er seine Wünsche jetzt nicht mehr äußern.

Ich stoße die Tür auf. Im Zimmer stinkt es, das ist Ebbe, mein Bruder. Er hat den Geruch aus dem Krankenhaus mitgebracht, aus dem er vor einer Woche entlassen wurde. Ich gehe an dem Bett vorbei und öffne das Fenster. Dahinter liegt der würzige Duft des Waldes. Viel lieber würde ich jetzt dort draußen meine Forschungen weiterbetreiben.

Als ich mich umdrehe, sehe ich, dass Ebbes Blick meiner

Bewegung zum Fenster gefolgt ist. Sein Atem geht schnaufend, und Adern durchziehen das Weiß seiner Augen wie rote Wurzeln. Keine Ahnung, was das bedeutet. Ich war noch nie gut darin, Menschen zu lesen.

Stumm nehme ich die Liste zur Hand und beginne mit den darauf vorgegebenen Tätigkeiten: Umlagerung. Wechsel des Urinbeutels. Kontrolle des Katheters. Hilfestellung bei der Nahrungsaufnahme. Darmmanagement.

Darmmanagement. Was für ein Wort. Wie eine eigene Berufsbezeichnung. *Guten Tag, mein Name ist Rosa Lundqvist, ich habe ein abgeschlossenes Studium in forensischen Wissenschaften, aber jetzt bin ich die Darmmanagerin meines Bruders.* Ich lasse das Blatt sinken und ziehe mir die Gummihandschuhe über.

Ebbe gefällt das ebenso wenig wie mir. Das kann sogar ich sehen. Unsere Mutter war früher im häuslichen Pflegedienst tätig, aber ich habe nicht ihr Talent im Umgang mit Menschen geerbt. Ihre liebenswerte, sanfte, tröstende Art. Ihr Helfersyndrom. Dass Ebbe ans Bett gefesselt ist und ausgerechnet ich seine Krankenschwester bin, ist ein doppelter Schicksalsschlag für ihn.

Die Ärzte sagen, Ebbe habe großes Glück gehabt. Weil er beim Freiklettern aus enormer Höhe abgestürzt ist und trotzdem überlebt hat. Weil er sich nur den fünften Halswirbel und ein paar weitere Wirbel weiter unten gebrochen hat und damit immer noch selbstständig atmen und schlucken kann. Ein Halswirbel weiter oben, und es wäre auch damit vorbei gewesen. Aber ich kenne meinen Bruder. Er wäre lieber tot als in diesem Zustand. Ausnahmsweise sind wir da wohl einer Meinung.

Anders als beim Leben weiß man beim Tod immer, woran man ist und was als Nächstes kommt: die Trübung der Hornhaut, das Austrocknen der Lippen, die Verflüssigung der inneren Organe. Dann blähen Bauch und Haut sich auf, und die

Fingernägel lösen sich ab. All das folgt einem festgelegten Ablauf, ist ein völlig natürlicher Prozess. Wenn ich dagegen das Zimmer meines Bruders betrete, weiß ich nie, was mich erwartet. In welchem Zustand ist er? Hat er Fieber? Schmerzen? In der Mappe, die das Krankenhaus uns mitgegeben hat und die jetzt die Bedienungsanleitung für meinen Bruder ist, gibt es einen Zettel mit einer ganzen Liste solcher Notfälle. Ich mag die Unvorhersehbarkeit des Ganzen nicht.

Nächster Punkt: Tabletteneinnahme. Ich zähle die Pillen ab, stecke sie Ebbe zwischen die Lippen und bemerke dann erst, dass ich seine Schnabeltasse gar nicht mit Wasser gefüllt habe. Bis ich das im Bad nachgeholt habe, haben sich die Tabletten in Ebbes Mund bereits verflüssigt, und seine Miene hat sich verzogen, verdunkelt. Ich kann sehen, dass er etwas sagen will, aber der Punkt Kommunikation kommt erst ganz am Ende der Liste. Mein Bruder hatte jahrelang die Entscheidungsgewalt darüber, wann wir miteinander kommunizieren, das heißt, wann er mich anschreien oder erniedrigen wollte.

Vielleicht hat er ja deswegen Angst vor mir. Vielleicht lässt er mich deshalb nicht aus den Augen. Weil er sich daran erinnert, wie er mir damals die blonden Zöpfe angezündet hat, als wäre ich eins der Kaninchen, die er und seine Kumpel im Wald fingen. Sie haben die Kaninchenschwänze angezündet und zugesehen, wie die Tiere rennen. Wie ironisch, dass der Berg, der das Unglück über meinen Bruder brachte, ausgerechnet Rösåsberget heißt.

Ich stecke ihm den Strohhalm zwischen die Lippen und schaue aus dem geöffneten Fenster. Über dem Wald steht jetzt die Sonne. Es ist ein schöner Sommertag, und das ist ein Problem. Ich denke daran, dass ein Spaziergänger auf das Laub treten könnte, das ich über der Grube ausgebreitet habe. Ich habe sie zusätzlich mit Zweigen und Erde getarnt. Aber genau das macht das Grab auch zu einer ungewollten Falle. Ich hätte das Loch vielleicht doch lieber gleich zuschaufeln sollen. Und überhaupt muss ich mir Gedanken machen, wie es nun mit dem Skelett weitergeht. Ich habe die Knochen in der Eile lediglich in den Schuppen bringen können, bevor mein Vater sie am Ende noch im Kofferraum entdecken würde.

Seine Einstellung gegenüber meiner Sammelleidenschaft für Totes hat sich nicht verbessert. Daran ändern auch sechs Jahre Studium nichts.

Mein Bruder gibt kehlige Geräusche von sich, und ich nehme hastig den Strohhalm aus seinem Mund, bevor ich in der Kommode nach der Salbe krame, die ich auf seine OP-Narben schmieren muss.

«Konversation?», frage ich ihn, weil wir schließlich doch beim letzten Punkt auf der Liste angekommen sind. Ebbe blickt mich hasserfüllt an.

«Gut, sehe ich genauso», sage ich, stehe auf und lösche das Licht, bevor ich das Zimmer verlasse.

Als ich zum Schuppen gehe, um meine Kadaver zu begutachten, bin ich in Gedanken schon bei meinen Versuchsaufbauten. Beim Biber sind die Skelettteile bereits leicht unter dem Fell zu ertasten. Größere Teile seines Schädels sind freigelegt. Der Rest ist noch mit Geweberesten bedeckt. Käfer kriechen aus dem löchrigen Fell. Wo der Biber gelegen hat, ist junger, saftig grüner Farn gesprossen. Ich trage die Beobachtungen ins Tagebuch ein und nehme mir dann die Kadaverteile des Rehs vor.

Alle Fundteile liegen einzeln verpackt in Plastikkisten, die ich in den Regalen lagere. Die Knochen der letzten Nacht habe ich ebenfalls in eine der Boxen geräumt, die noch auf der Werkbank steht. Ich scheue mich davor, sie zu beschriften und einzusortieren, weil ich bezweifle, dass ich sie wirklich behalten kann. Der Umgang mit gefundenen menschlichen Überresten ist eine heikle Angelegenheit. Nicht, dass der Mensch sich in seiner Zersetzung vom Tier unterscheiden würde. Aber wenn es um die Gebeine ihresgleichen geht, sind die Menschen dünnhäutig. Ich muss das respektieren.

Draußen höre ich die Vögel singen, und drinnen, im Schuppen, riecht es nach frischem Holz. Wie ein neuer Sarg von innen. Es ist so friedlich, dass ich kurz die Augen schließe und tief einatme. Die Sonne fällt durch die Scheibe und direkt in mein Gesicht. Ich greife nach dem Schädel des Rehs, der ausgeblichen und mit Flechten besetzt ist. Es ist faszinierend, wie überall neues Leben sprießt, wo altes stirbt. Nicht nur aus dem Waldboden, sondern auch auf den Knochen selbst.

Ich vertiefe mich in meine Arbeit, wiege, messe und sortiere die Knochen und mache Notizen zu der Beschaffenheit der Baumblätter, die ich bei Tag abfotografiert habe. Ich merke nicht, wie die Sonne wandert und es Nachmittag wird. Erst als ich jemanden verärgert meinen Namen rufen höre, richte ich mich auf und schaue auf die Uhr. Aber im nächsten Moment wird auch schon die Tür aufgerissen. Da steht mein Vater, und die Erleichterung darüber, mich gefunden zu haben, weicht einem Ausdruck totaler Fassungslosigkeit. Mein Anblick im Schuppen, umgeben von den Resten skelettierter Tiere und einem halb verwesten Biber, muss absolut verstörend auf ihn wirken.

«Was machst du hier?», stößt er vor. «Und was machst du mit ... mit ...» Er deutet hilflos um sich. «Ist das ein Ritual, oder was?»

«Das ist Teil meiner Studien», korrigiere ich und bin froh, dass ich nicht auch noch das Kinderskelett hier ausgebreitet habe.

«Teil deiner ...?! Rosa, was ... Bist du jetzt völlig verrückt geworden? Ich dachte, diese Phase hätten wir hinter uns!»

Mit «diese Phase» meint er die Zeit, in der ich als kleines

Mädchen Kadaver hinter ebendiesem Schuppen gesammelt habe und er es eines Tages entdeckte. Ich erkenne dieselbe Fassungslosigkeit an ihm wie damals. Dasselbe Entsetzen. Die Wut. Meine Mutter dagegen weinte nur.

Gerade erst hatte die Presse über ein vierzehnjähriges Mädchen in einer Schule in Riihimäki, Südfinnland, berichtet, das einem Mitschüler mit einer Pistole in den Kopf geschossen hatte. Man sprach über Frühwarnzeichen, und als eins davon galt eine frühkindliche Begeisterung für das Quälen und Töten von Tieren. Es half nichts, dass ich beteuerte, keins meiner Versuchsobjekte auf dem Gewissen zu haben. Dass mich lediglich deren Tod und Verwesung faszinierte und ich eben Käfer und Maden süß fand, so wie andere Kinder Kaninchen oder kleine Hunde.

«Was willst du denn einmal werden mit so einem Interesse?», hatte mein Vater gepoltert. «Bestatterin?»

Und meine Mutter weinte nur umso lauter, weil sie sich noch ganz andere Karrierewege ausmalte, in die ich abrutschen könnte. Sie war immer sehr bedacht darauf, alle Regeln einzuhalten. Sehr bedacht darauf, diskret zu sein und nicht negativ aufzufallen. Oder überhaupt aufzufallen.

Dass Ebbe eine Phase hatte, in der er Tiere quälte, kam bei uns zu Hause nie zur Sprache. Aber dass die siebenjährige Tochter, der sie jeden Tag so unermüdlich die Haare zu kleinen niedlichen Zöpfen flocht, Leichen hinter dem Schuppen sammelte, das brachte meine Mutter nahe an einen Zusammenbruch.

«Die Tiere waren aber schon tot», verteidigte ich mich damals.

«Ja! Genau das ist ja das Problem!»

Ich verstand es nicht. Sie verstanden es nicht. Und dieses Unverständnis blieb zwischen uns bestehen, bis heute, über Mamas Tod hinaus.

Ich überlege, ob ich meinem Vater sagen soll, dass ich auch nach Amsterdam zurückkehren kann, wenn er meint, mir gegenüber wieder den alten Ton anschlagen zu müssen. Ich bin kein Kind mehr und überdies nur seinetwegen hier. Ich stelle meine Karriere hintenan, nur um ihm mit Ebbe zu helfen. Mein Vater kann nicht alles auf einmal, das Geld verdienen, von dem ohnehin immer zu wenig da ist, und sich um einen pflegebedürftigen Sohn kümmern.

«Was ist mit deinem Bruder? Der ist drinnen doch allein!»

«Ich habe nur ganz kurz nach meinen Studienobjekten gesehen, Papa.»

«In Ebbes Werkstatt?»

Jetzt ist es also wieder Ebbes Werkstatt, aha. Ich sehe mich um und registriere die vielen halb angefangenen Möbel. So halb angefangen wie alles in Ebbes Leben. Als Ebbe die Idee hatte, Musiker zu werden, hat mein Vater seinen Schuppen zum ersten Mal geräumt, und sie haben Musikinstrumente hier aufgebaut, sogar ein Mischpult, das ein Vermögen gekostet haben muss. Später wurde der Schuppen zur Dunkelkammer umfunktioniert, das war in der Phase, als Ebbe verkündete, er würde doch lieber Fotograf werden. Die Phase mit dem Möbelbau habe ich nicht mehr mitbekommen, da war ich schon zum Studieren in Amsterdam. Aber mein Vater muss bestimmt besonders stolz gewesen sein. Weil es doch beweist, wie sehr sein Sohn nach ihm kommt. Ein Vater, der in der Holzindustrie arbeitet, und ein Sohn, der Möbel aus Holz baut. Ich kann mir vorstellen, dass das ein paar sehr erfüllende Wochen für meinen Vater waren, bevor Ebbe auch dieses Interesse wieder verlor.

«Aber etwas zu essen hast du ihm doch hoffentlich gegeben!», sagt mein Vater jetzt.

«Natürlich», antworte ich mit schlechtem Gewissen und lasse unerwähnt, dass es sich dabei um das Frühstück gehandelt hat. Ich rappele mich auf, suche die Kadaverteile zusammen und lege sie ordentlich in ihre zwei Plastikboxen zurück. Mir bleibt fast das Herz stehen, als ich mich wieder umdrehe und Vater vor der Werkbank stehen sehe, wo er sich bückt und durch das durchsichtige Plastik meiner neuesten Kiste blickt.

«Und was ist das hier?!»

«Nur ein Karnivore», sage ich ausweichend. «Habe ich gefunden.»

«Was?!»

«Ich habe die Knochen gefunden. Im Wald», wiederhole ich lauter und schiebe Biber und Reh an ihren Platz zurück. Dann trete ich zwischen meinen Vater und die Werkbank, um den Inhalt der Kiste so gut es geht zu verdecken. «Ich komme gleich rein und kümmere mich um Ebbe. Geh doch schon vor.»

Er bewegt sich nicht. Sein Gesicht ist fahl.

«Ich dachte, das alles wäre vorbei», wiederholt er, leiser diesmal und mit Enttäuschung in der Stimme. Ich vermeide es, ihn anzusehen, und lasse den Blick stattdessen betont gleichgültig durch den Schuppen schweifen.

Da kleben noch die Eierschalpackungen an der Wand, die er und Ebbe hier früher zur Schalldämmung angebracht haben. Da hängen Schnüre, an denen Ebbe seine Fotos trocknen ließ. Während mein Bruder seine Hobbys und Zukunftspläne monatlich wechselte, habe ich, seit ich denken kann, nur ein einziges Interesse gehabt. Ich bin die Einzige aus der Familie, die jemals eine Universität von innen gesehen hat. Ich habe als Beste in meinem Fach abgeschlossen, habe promoviert. Und trotzdem bin ich diejenige, die Vater enttäuscht.

«Dieses Karni-Dings kommt weg», sagt er. «Wie ist das überhaupt in den Wald gekommen?»

Ich starre ihn an. Kann es sein, dass er in seiner Wut wirklich nicht bemerkt hat, um was es sich bei dem Skelett handelt?

«Ich hab dich was gefragt!»

«Wahrscheinlich ist es da gestorben», sage ich verwirrt. «Das geht in der Regel einer Verwesung voraus.»

Er verzieht das Gesicht. Dann dreht er sich brüsk um und verlässt den Schuppen. Die Holztür knallt hinter ihm zu. Ich atme erleichtert auf, drehe mich um und öffne die Kiste. Plötzlich frage ich mich, ob ich mich nicht doch strafbar mache, indem ich die Knochen behalte. Müsste ich den Fund der Polizei melden? Aber die Knochen haben so lange in der Erde gelegen. Wenn ich sie nicht ausgegraben hätte ... Ich strecke die Hand aus, ziehe sie dann aber wieder zurück und schließe entschieden den Deckel. Ich darf mich nicht zu sehr an etwas hängen, das ich am Ende vielleicht nicht behalten kann.

Und plötzlich fällt mir auch auf, dass Vaters Frage gar nicht unberechtigt war. Ich habe ihr bislang nur keine Beachtung geschenkt, weil mein Forschungsgebiet in die andere Richtung geht: Wie ist das Kind überhaupt in den Wald gekommen?

MARLA

Mein Atem wölkt sich in der Kälte. Ich glaube, ich löse mich auf. Unter mir jammert der See. Ich kann es hören, wenn ich das Ohr auf die Eisdecke lege und ganz still horche. Der Winter hat gerade erst angefangen, und die Eisdecke bekommt Risse, die sich über den ganzen See ziehen, von meinem Körper bis ganz hinten zum Waldrand. Und bei jedem Riss seufzt der See, als schnappe er nach Luft. Ich liege mit meinem Bauch auf seinem Eisbauch und spüre, wie er atmet. Wie er sich unter mir hebt und senkt, mit jedem Seufzer.

Aber da unten, unter dem Eis, gibt es auch noch andere Geräusche. Unheimliche. Als würden da sehr alte Wesen klopfen und kreischen, weil sie rauswollen. Weil sie nicht unter der dicken Eisdecke eingesperrt werden wollen, einen ganzen langen, dunklen Winter lang. Ich kann sie verstehen. Der Winter versucht uns alle einzusperren.

Vorsichtig komme ich auf die Knie. Wenn man nicht aufpasst und auf einer dünnen Stelle einbricht, dann packen die Wesen einen mit ihren Eisfingern und ziehen einen unter das Eis, weil sie wütend und einsam sind. Denn Einsamkeit und Wut gehen immer zusammen.

Die Eisdecke hält meinen rechten Handschuh fest. Ich glaube, sie ist auch einsam, oder sie ahnt, dass ich ihr wehtun will. Ich muss richtig an meiner Hand reißen, um den Handschuh loszubekommen. Die Spitzhacke liegt neben mir, zusammen mit der Eissäge und der Zange.

Ich nehme die Zange, lasse sie aufschnappen und zuschnappen wie ein Maul. Ich habe keine Lust, zu tun, wofür der Mann mich hergebracht hat. Vor allem will ich nicht zu den Wesen in den See steigen.

Vorsichtig wende ich mich zum Waldrand um, wo die Tannen weiß gefroren sind. Die Sonne steht darüber, weiß und rund wie eine Tasse Milch. Höher klettert sie jetzt nicht mehr. Alles sieht ein bisschen aus wie in Milch getunkt, denn es gibt keine richtigen Farben mehr, jetzt im nebligen Winter. Und in dem Nebel, am Rand des Sees, steht der Mann, ganz in dickes Fell gehüllt, mehr Form als Mensch, und er beobachtet mich. Zitternd komme ich auf die Füße und nehme die Spitzhacke. Ich soll hier nicht so lange rumtrödeln, sonst wird er sauer.

Die Hacke ist schwer, und das Eis ist hart und hält dagegen. Ich muss ausholen und ausholen und ausholen. Pock, pock, pock, macht das Eis unter den Schlägen, und Pling macht der Kopf der Spitzhacke. Von unten kreischen die Wesen. Ich ächze, weil es so anstrengend ist. Fünf Löcher hacke ich in das Eis, so tief, bis das Wasser durchsickert. Dann lasse ich die Spitzhacke fallen. Meine Arme und Schultern brennen. Und mir ist heiß. Ich reiße mir die Mütze vom Kopf, ziehe die Jacke aus, schüttele die Arme, werfe einen Blick zurück zum Waldrand und nehme die Säge. Doch sie ist fast so groß wie ich, und ich habe keine Kraft mehr in den Armen. Immer wieder rutsche ich ab. Und dann bleibt die Säge stecken. Ich reiße daran, aber sie geht weder vor noch zurück. Vielleicht halten die Wesen sie unten fest.

«Es geht nicht!», brülle ich zum Waldrand, aber die schwarze Form rührt sich nicht und antwortet auch nicht. «Ich kann nicht meeeehr!», brülle ich. Ich trete gegen die Säge und fange an zu heulen, weil alles so schwer ist und so wehtut und weil ich keine Lust mehr habe. Aber dann höre ich hinter mir ein metallisches Geräusch. Es macht Klick-klick, und ich zucke zusammen. Ich weiß, was das ist. Ich habe das Geräusch schon viele Male gehört. Entsetzt drehe ich mich um, aber da knallt es schon, und neben mir fliegen Splitter aus dem Eis hoch. Ich springe zur Seite, packe hektisch wieder den Griff der Säge und reiße daran, reiße so doll ich kann und schreie gleichzeitig die Wesen an, sie sollen loslassen! Ich stampfe auf das blöde Eis, und dabei breche ich mit dem Fuß ein, verliere das Gleichgewicht, falle rückwärts. Ich stehe wieder auf, wische mir die Tränen ab, meine Hände sind rosa und aufgerieben. Mein Rücken schmerzt. Die Sonne hat auch schon aufgegeben, und der See liegt im Schatten. Ich aber muss weitersägen. Ich nehme die Zange, um die ausgesägten Eisbrocken herauszuheben. Doch erst als ich mich hinsetze und die Füße gegen den Boden stemme, als ich die Zähne zusammenbeiße und «grrrrrrrrr» mache, bewegt sich ein Brocken. Mit den anderen mache ich es genauso. Ich stapele sie um mich, wie Steine aus Eis. Eine Festung, in der ich mich verstecken möchte.

Der Mann steht noch immer am Waldrand. Ich wünsche mir, dass er vor lauter Stehen und Warten eingefroren ist.

«Was jetzt?», rufe ich ihm zu, obwohl ich es schon weiß. Ich weiß, dass ich mich jetzt ausziehen und in das Loch steigen muss. Zitternd ziehe ich erst den Pulli über den Kopf, dann die Schuhe aus und dann die Hose, bis ich nur noch in Unterhemd, Socken und Schlüpfer dastehe. Vorhin war mir heiß vom Arbeiten, aber jetzt friere ich am ganzen Körper. Ich schlinge die Arme um mich und trete auf das Loch zu, das im Eis schwarz aussieht.

Kurz blicke ich zurück über meine Schulter, beuge mich vor und flüstere den Wesen zu: «Ich tue euch nichts, bitte tut mir auch nichts», dann stecke ich vorsichtig die rechte Sockenspitze in das Loch und reiße den Fuß sofort zurück. Das ist gar kein Wasser, es ist ein Messer. Nie im Leben schaffe ich es in dieses Loch!

Es knallt. Wieder fliegen Splitter hoch. Ich heule laut auf. Schluchzend hole ich Luft, mache einen Schritt nach vorn und lasse mich fallen.

Sofort schlagen die Wesen ihre Zähne in meinen Körper. Ich hatte recht, das hier ist kein Wasser. Hier ist nur Kälte und Schmerz. Mir bleibt das Herz stehen. Ich kann nicht mehr atmen, reiße den Mund auf, schlucke die Kälte. Ich will nach oben. Über mir schimmert es hell. Ich strampele, stoße aber mit dem Kopf gegen etwas Hartes. Ich bin unter das Eis gerutscht. Das hätte doch nicht passieren dürfen! So was sollte doch nur passieren, wenn man aus Versehen einbricht, hat er gesagt! Er hat mich reingelegt! Er hat mich ... Ich schreie, schlucke noch mehr Wasser, mich hat etwas gepackt! Eine eiskalte Klaue, groß und unnachgiebig, sie zieht an mir. Ich strampele und schlage um mich. Dunkelheit, Kälte, noch mehr Dunkelheit. Ich weiß nicht mehr, wo oben und unten ist. Und dann, plötzlich, ist da ein kalter Windhauch auf meinem Gesicht, der sofort alles gefrieren lässt. Luft! Die Klaue hievt mich auf das Eis. Ich huste, tief und hohl, und es tut weh. Es war kein wütendes Wesen, das mich gepackt hat, um mich unter Wasser zu ziehen. Es war der Mann, der gekommen ist, um mich rauszuziehen. Aber auch er ist wütend.

«Hab ich nicht gesagt, du sollst langsam machen? Langsam in das Loch steigen und nicht die Ränder loslassen!» Seine Stimme ist so milchig wie die Sonne vorhin, ich kann ihn kaum hören. In meinen Ohren klingelt es. Ich glaube, sie sind eingefroren.

Ich will mich aufstützen. Aber mein Körper hat jetzt genug von mir. Meine Arme zittern wie Wackelpeter, meine Hände rutschen aus, meine Wange schlägt auf das Eis. Ich bleibe zitternd liegen, das Ohr wieder auf die Eisdecke gepresst. Aber ich höre den See nicht mehr und keins der Wesen. Ich glaube, sie alle halten die Luft an, weil sie Angst vor dem Mann haben. Wir haben alle Angst vor ihm. Mehr noch als vor dem Winter.

Der Mann hebt mich auf wie ein gefrorenes Stück Holz. Ich zittere noch immer, als er mich fest in seinen Mantel wickelt.

«Du dummes, mutiges Kind, wir haben doch nur ein bisschen gespielt», murmelt er.

HENRIK

Der Supermarkt in Litenbro ist klein und hat einen geradezu überdimensionierten Parkplatz. Ganze Reisebusse könnten hier halten. Doch weit und breit ist kein anderes Fahrzeug zu sehen, und im Laden bin ich der einzige Kunde. Ich blicke mich ratlos um. Es ist eine seltsame Mischung, die hier angeboten wird. Dosenverpackte Lebensmittel, Getränke und Snacks stehen neben Unkrautvernichtungsmitteln, Polsterauflagen für Gartenstühle und ausgestopften Tieren im Regal. Ich sehe auf einen Blick, dass ich hier so gut wie nichts von Noras Einkaufszettel finden werde. Dreißig Minuten Autofahrt für eine Lebensmittelauswahl, die jeder deutsche Tankstellenshop übertreffen würde.

«Schokolade!», krakeelt Fynn, für den damit das Wichtigste vorhanden ist. Er greift sich einen der Plastikkörbe vom Eingang, um ihn ungelenk zum erstbesten Regal zu schleppen und mit vollen Händen Süßigkeiten in den Korb zu schaufeln. Ich stecke Noras Liste «vernünftiger» Lebensmittel in die Jackentasche und packe Chips, Nudeln, Toastbrot, Marmelade, Salami, Kochschinken, Joghurt, Schmelzkäse und mehrere Dosen Erbsen, Bohnen und Ananas ein. Außerdem noch zwei Packungen Knäckebrot, dessen Auswahl immerhin riesig ist. Beim Anblick der Zimtschnecken fällt mir auf, dass ich Fynn nicht mehr rumoren höre. Ich drehe mich um. Beim Süßigkeitenregal steht nur noch ein bis oben gefüllter Plastikkorb.

«Fynn?» Ich erwarte, ihn von irgendwo kichern zu hören. Aus

der Ecke beim Kaffeeautomaten vielleicht, oder hinter einem Regal. Er ist in dem Alter, in dem Versteckspielen ihm eine irre Freude bereitet, und vor lauter Aufregung kann er dabei nie leise sein. «Mäuschen, piep einmal!», rufe ich, und tatsächlich macht es «Piep». Ich fahre herum und stoße mit einem Mann zusammen, der wie ein Schatten hinter mir steht. Ende vierzig, fransige Lederweste und Rattenschwanz im Nacken. Ich brauche einige verdatterte Sekunden, bevor ich begreife, dass er es war, der «Piep» gesagt hat.

Als er meine Verwirrung bemerkt, grinst er breit. Ich beschließe ihn zu ignorieren.

«Fynn?», sage ich laut und will an dem Kerl vorbei. Und da ist mein Sohn plötzlich, wirbelt hinter den Beinen des Fremden hervor und auf mich zu. Er hat Schokolade am Mund, und als er gegen mich rennt und Geräusche wie ein bruchlandendes Raumschiff macht, packe ich ihn und werfe ihn über meine Schulter. Fynn lacht.

«Wir müssen die Schokolade erst bezahlen, bevor du sie essen darfst, Freundchen», sage ich. Doch Fynn, kopfüber auf meiner Schulter hängend, deutet auf den Mann.

«Hab ich von ihm bekommen», sagt er. Der Fremde zieht einen halb ausgewickelten Daim-Riegel aus der Westentasche, angebissen, alt und genauso widerlich wie der Kerl selbst.

«Süße Dinge für süße Jungs», sagt er. Er spricht Deutsch mit skandinavischem Akzent. Ich stelle Fynn zurück auf den Fußboden. Der Spaß ist vorbei.

«Abmarsch», sage ich.

«Mein Korb!», ruft Fynn und rennt weg. Ich beschließe, dass jetzt nicht die Zeit für eine von Noras Erziehungsmethoden in puncto Süßigkeiten ist, sondern dafür, den Laden zu verlassen. Mein Nacken, mein ganzer Rücken brennt, als Rattenschwanz sich hinter uns an die Kasse stellt. Wieder so dicht, dass ich mich nur umdrehen müsste, um gegen ihn zu stoßen. Ich packe Fynn fest an der Schulter, um ihn bei mir zu halten, während die Kassiererin unsere Einkäufe eintippt. Sie ist alt und langsam.

Mein nervöser Blick fällt auf ein Metallbrett hinter der Kasse. Daran hängt eine ganze Reihe von Fenster- und Türriegeln in verschiedensten Formen und Größen. Ein unerwarteter Anblick in einem Land, das dafür bekannt ist, die Türen immer offen zu lassen. Wozu braucht ein kleiner Markt in dieser Abgeschiedenheit eine so große Auswahl an Verriegelungen? Doch nach der Nummer vorhin kommt es mir vor wie ein Zeichen.

Ich deute auf das Brett und kratze meine paar Brocken Schwedisch zusammen: «Ich nehme noch so eins.»

Die alte Frau wendet sich unendlich langsam um. Sie hat weiße lange Haare und sieht aus, als sollte sie eigentlich längst in Rente sein.

«Welches?»

Ich deute auf ein mittelgroßes messingfarbenes Schloss, das stabil aussieht, mich aber nicht paranoid wirken lässt. Dann gleitet mein Blick das Metallbrett hinauf. Auch über der Kasse steht ein ausgestopftes Tier. Ein Hase mit Flügeln und Federschwanz. Die alte Frau folgt meinem Blick. «Willst du den auch?» Es fühlt sich immer noch fremd an, dass sich hier alle duzen. Irgendwie zu intim.

«Nein, danke. Ich frage mich nur, was das ist.»

«Na, ein Skvader», sagt sie, als würde so ein Tier einem hier, in der letzten Wildnis Europas, jeden Tag begegnen. Sie holt einen Hocker, um an die Schlösser heranzukommen. Ich widerstehe dem Drang, sie zu stützen, damit sie nicht noch fällt. «Die Tiere sind alle von Olof», erklärt sie. «Er ist der berühmteste Tierpräparator im ganzen Land. Hat sogar schon mehrere Preise gewonnen. Darum bekommt er Anfragen aus ganz Schweden.»

Ich stelle mir vor, was Nora sagen würde, wenn ich mit so einem Skvader nach Hause kommen würde. Die Frau klettert wieder von ihrem Hocker herunter und mustert mich mit zusammengekniffenen Augen. «Seid ihr hier im Urlaub?»

«Wir haben ein Ferienhaus.»

«Direkt hier in Litenbro?»

Ich murmele etwas Unverbindliches, weil ich dem Typen hinter mir nichts über unseren Aufenthaltsort verraten will, und verabschiede mich. Dann packe ich die Tüten mit den Einkäufen und schiebe Fynn vor mir her aus dem Laden.

Links von unserem Wagen parkt jetzt ein alter Saab-Pick-up. So nah, dass es angesichts des großen, leeren Parkplatzes eine reine Provokation ist. Ich hätte ja eher erwartet, dass ein Typ wie Rattenschwanz mit dem Motorrad da ist.

Ich werfe die Einkäufe in den Kofferraum, schlage die Heckklappe zu, und mir fällt der Sticker auf, der daran klebt und fröhlich «Fynn fährt mit!» ruft. Hat der Kerl gewusst, dass sich ein Kind im Laden aufhält? Hatte er überhaupt Einkäufe dabei, als er sich an der Kasse hinter uns gestellt hat?

Fynn schafft es nicht, sich durch den schmalen Türspalt zu quetschen, den ich ihm wegen des zu eng geparkten Saab offen halte. Ich helfe ihm von der anderen Seite ins Auto, und er krabbelt auf seinen Platz. Ich muss mich quer über die Rückbank lehnen, um ihm beim Anschnallen zu helfen. Und als ich mich ungelenk wieder aus dem Wagen herausschäle, steht Rattenschwanz vor dem Markt und sieht uns zufrieden zu. Mir fällt auf, dass er keine Einkaufstüte dabeihat. Vielleicht hat er ja nur ein Daim gekauft und in die Tasche gesteckt, für den nächsten Jungen, der ihm begegnet.

Süße Dinge für süße Jungs.

Ich werfe die Autotür wütend zu und gehe ums Heck herum, zurück auf die Fahrerseite. Wenn der Typ glaubt, ich würde ihm eine Show liefern, indem ich ebenfalls von der Beifahrerseite auf meinen Sitz klettere, hat er sich getäuscht. Mir fällt auf, dass etwas von der zugedeckten Ladefläche seines Pickups tropft, durch eine Lücke hinten an der Heckklappe. Eine dunkle Flüssigkeit, die eine zähe Pfütze neben dem Hinterreifen bildet. Ist das ... Blut? Irritiert bleibe ich stehen. Meine Hand zuckt in der Versuchung, die Plane zurückzuschlagen, doch da klopft Fynn ungeduldig gegen die Scheibe, und ich schüttele den Gedanken ab, schiebe mich durch die Lücke zwischen dem Saab und unserem Auto, bevor ich die Fahrertür öffne. Natürlich ist es auch für mich zu eng. Als ich mich auf den Sitz schlängeln will, stößt die Türkante gegen den Pickup. Und plötzlich frage ich mich, warum ich überhaupt so viel Rücksicht nehme. Ich öffne die Tür mit mehr Schwung, sie knallt gegen das Blech. Und weil es sich einfach gut anfühlt und dem Kerl endlich die Gesichtszüge entgleisen, ramme ich noch zweimal nach, bis eine Delle in seiner Beifahrertür zu sehen ist. Rattenschwanz lässt die Arme sinken. Er setzt sich in Bewegung, rennt über den Parkplatz, und ich quetsche mich auf den Sitz und starte den Motor, so schnell ich kann. Der Kerl ist bereits hinter dem Auto, als ich den Gang einlege und zurücksetze. Das Auto piept wie verrückt, warnt mich vor dem Mann hinter uns, ohne sich der Ironie dieser Warnung bewusst zu sein. Rattenschwanz schreit und springt zur Seite, als ich das Gepiepe ignoriere und Gas gebe, er schlägt mit der flachen Hand auf die Heckklappe, brüllt wütend. Meine Tür schwingt ein Stück auf, in der Hektik habe ich sie nicht richtig geschlossen. Ich lege den Vorwärtsgang ein und trete wieder aufs Gas, rausche vom Parkplatz, bevor ich die Tür schließe. Fynn sitzt mit offenem Mund hinter mir und bekommt vor Schock und Begeisterung keinen Ton heraus. Erst als wir schon auf der Landstraße sind, macht er: «Boah.» Und dann noch einmal: «Boah.» Sein Papa ist ein Held aus einem Action-Film mit quietschenden Reifen und Verfolgungsjagd.

Untermalt durch das Piepen eines sicherheitsbewussten Seat Alhambra, der will, dass ich mich endlich anschnalle.

An unserem ersten Abend in Schweden gibt es Toast Hawaii. Nicht gerade typisch für die Region und nicht gerade das, was in Noras Nachhaltigkeitskonzept fällt, weil alle Zutaten in Plastik eingeschweißt sind: das weiße, gummiartige Toastbrot, das nach nichts riecht, der Schinken, sogar jede einzelne, kränklich-blasse Käsescheibe. Aber der Supermarkt in Litenbro hat nicht mehr hergegeben, und inzwischen haben wir alle Hunger. Die Ölhängelampe über dem Küchentisch taucht den Raum in gelbes Licht. Draußen vor dem Fenster geben die Grillen ein Sommerabendkonzert, und drinnen klettert Fynn auf einen Stuhl, um uns dabei zu helfen, die Toasts zu belegen. Dann hockt er sich gespannt vor den Gasofen, weil ich ihm gesagt habe, der funktioniere mit Feuer. Mit Streichhölzern zünde ich einen abgerissenen Notizzettel an und schiebe ihn in das Loch auf dem Boden. Fynn bleibt sitzen, als ich die Klappe schließe, um zuzusehen, wie der Käse schmilzt. Was er nicht tut. Er stülpt sich lediglich über die Dosenananas und den Schinken, als wäre er selbst ein gelber Plastikguss.

«Willst du uns oben bei den Schlafzimmern helfen?», frage ich Fynn, aber der schüttelt den Kopf und hockt weiter vor dem Backofen wie vor einem kleinen Fernseher. Also lassen wir ihn sitzen und nehmen das obere Stockwerk alleine in Angriff.

Der Klappzahlenwecker im Schlafzimmer hat seinen Dienst längst aufgegeben. Auf halbem Weg sind die Zahlen hängen geblieben und rühren sich nicht. Was für ein passender Anblick in einem Raum, in dem sich auch die Zeit verhakt hat.

Nora bittet mich, das Ende des Bettlakens über die alte, fleckige Matratze zu ziehen. «Brauchen wir vielleicht ein neues Bett?», fragt sie. «Dieses ist ganz schön klein. Hat dein Opa hier alleine gewohnt?»

«Nein, er ist mit meiner Großmutter hergekommen. Dieses Haus war ihr gemeinsamer Traum.» Ich betone das Wort «Traum», weil es mir lieb wäre, wenn Nora den Dingen, die meinen Großeltern mal etwas bedeutet haben, etwas mehr Respekt entgegenbringen könnte, doch sie wirft unbeirrt Decke und Kissen zurück auf die Matratze und klappt den Zollstock aus.

«Wie war deine Oma so? Du hast immer nur von deinem Opa erzählt.»

«Ich habe sie nie kennengelernt.» Ich trete zur Seite, als der ausgeklappte Zollstock an mir vorbeiwippt. «Bevor sie und mein Opa herkamen, hat sie beim Jugendamt gearbeitet. Mehr weiß ich nicht. Sie ist gestorben, bevor ich meinen Großvater kennengelernt habe.»

Nora hört mir gar nicht zu. «Ein Einsachtzigerbett würden wir hier schon reinbekommen», sagt sie. «Wird einfach eng an den Seiten. Aber wenn wir das Kommodenschränkchen entsorgen ...»

Es gefällt mir nicht, wie Nora hier alles auseinandernimmt, alles rauswerfen will. Als hätte es meinen Opa nie gegeben.

Als sie unbeirrt weiter ausmisst, nutze ich die Gelegenheit, um ihr von der Begegnung im Supermarkt zu erzählen: «Nora, vorhin im Markt war so ein Creep, und ... ich weiß nicht, ob er mir gefolgt ist.»

Sie bleibt stocksteif stehen. «Gefolgt?», fragt sie alarmiert.

«Ja, er hat Fynn aufgelauert und wollte ihm einen Schokoriegel schenken. ‹Süßes für süße Jungs›, hat er gesagt. Es war echt widerlich. Und auf dem Parkplatz hat er uns die Fahrertür demoliert.»

Sie starrt mich an und umklammert die Kanten des Zollstocks so fest, dass ihre Knöchel weiß hervortreten. Die Geschichte regt sie mehr auf, als ich gedacht hätte.

«Und das sagst du erst jetzt?!»

«Ich wollte es vor Fynn nicht noch mal auf...»

«Was war das für ein Typ?», unterbricht sie mich. «Wie sah er aus?»

«So ein Bikertyp. Bestimmt eins fünfundneunzig groß, hundertzwanzig Kilo, würde ich schätzen. Und er hatte so einen hässlichen Rattenschwanz, weißt du, was ich meine? Wie man das in den Achtzigerjahren getragen hat. Ich fand ihn echt unheimlich! Und da ist sogar irgendwas von seiner Ladefläche getropft, das aussah wie Blut. Vielleicht ...» Weiter komme ich nicht, denn plötzlich poltert etwas laut im unteren Stockwerk. Es hört sich an, als würde eine Tür geschlagen. Im nächsten Moment hören wir Fynn schreien. Wir blicken uns entsetzt an, stürmen aus dem Raum und die Treppe runter.

«Fynn?», rufe ich und stolpere, als ich versuche, fünf Stufen auf einmal zu nehmen. Ich greife nach dem Geländer, verfehle es knapp, und noch während ich falle, drängt sich mir ein Bild auf: eine offen stehende Haustür, eine leere Küche. Ich schlage schmerzhaft auf und rutsche noch drei Treppenstufen tiefer.

«Henrik!», ruft Nora hinter mir alarmiert. Aber ich bin jetzt nicht meine größte Sorge.

«Nichts passiert!», rufe ich, rappele mich auf und hetze in die Küche. Der Platz vor dem Herd ist leer.

«Oh Gott!», ruft Nora. Und dann sehen wir die geöffnete Klappe in der rechten Ecke des Raums. Eine Falltür im Boden, deren Messingring ich vorhin kurz registriert habe, ohne ihm weiter Beachtung zu schenken. Nora ist als Erste bei dem Loch.

«Er ist hier!», ruft sie erleichtert. «Fynn – du hast uns zu Tode erschreckt!»

Unser Sohn steht in einer Kammer unter dem Fußboden, in die eine hölzerne Stiege hinabführt.

«Guck mal, Papi», sagt er. Ich gehe vor dem Loch auf die Knie und beuge mich tief hinunter, um sehen zu können, auf was Fynn zeigt. Der Hohlraum unter dem Boden ist vielleicht zwei Meter breit und drei Meter lang und sollte wohl als Vorratskammer dienen. Nein, nicht sollte, korrigiere ich mich und zucke vor dem Anblick und dem Geruch zurück. Der Raum wird als Vorratskammer genutzt. Tote Tiere baumeln von der Decke. Fleisch in allen Varianten: zerteilte Körper, Beine, ganze Vögel. Sie sind dort zum Trocknen aufgehängt. Aber sie sind nicht trocken. Das Loch stinkt nach Fleisch und geronnenem Blut. Die Tiere können dort noch nicht lange baumeln.

«Das solltest du dir ansehen, Nora.» Ich mache Platz, damit sie sich neben mich knien kann. Sie ist genauso schockiert wie ich.

«Was ist das? Sind die echt?», fragt Fynn.

Wir antworten nicht, darum wird er lauter: «Wer hat die da hingehängt?»

«Das weiß ich nicht, Fynn.» Jemand anders muss sich hier eingenistet haben. Jemand, der angenommen hat, dass keiner mehr zurückkommt. Vermutlich hat er das Haus in absolut harmloser Absicht benutzt. Aber die Vorstellung, dass diese Person, dieser Jäger, wiederkommen kann und irgendwann einfach so im Raum steht, während wir schlafen oder Fynn am Tisch sitzt und seine Cornflakes mit Milch isst ...

Nora packt Fynns Arm. «Komm da raus!», sagt sie streng, und Fynn ruft: «Aua», als sie ihn die Stiege raufzieht. Er macht sich von ihr los, und sie wirft die Klappe mit einem Krachen zu, das uns alle zusammenfahren lässt.

«Was hab ich denn gemacht?», quengelt Fynn.

«Das da unten sind tote Tiere, und ich will nicht, dass du die anfasst!»

«Echte tote Tiere?», echot Fynn fassungslos. Und Nora korrigiert hastig: «Fleisch. Da hängt Fleisch.» Weil wir beide wissen, wie empfindlich Fynn ist, wenn es um tote Tiere geht.

Mir fällt plötzlich auf, dass es nach verbranntem Käse riecht. Doch es ist Nora, die vorstürzt und die Klappe des Ofens aufreißt. Mit den Topflappen wedelt sie gegen den Qualm an.

«Und warum hängt das da?», verlangt Fynn zu wissen, unbeeindruckt von Noras Versuchen, die Toasts zu retten.

«Es wird wohl jemand da hingehängt haben», sagt Nora unwirsch.

«Aber wer denn? Wer denn, Papi?»

Als ich nicht gleich antworte, zieht er mich am Arm. «Wer deeeennn?», brüllt er in mein Ohr, und mir fällt wieder einmal auf, dass Kinder im Grunde auch nur das laut aussprechen, was uns allen durch den Kopf geht.

«Die noch bessere Frage ist, was machen wir jetzt damit?», sagt Nora. «Sollen wir irgendwen informieren?»

«Wen denn? Die Polizei? Weil Fleisch im Keller hängt?»

«Na, weil ganz offensichtlich jemand in unserer Abwesenheit das Ferienhaus genutzt hat! Und weil ich annehme, dass die Person zurückkommen wird!»

«Ich habe ein Türschloss aus dem Supermarkt mitgebracht», sage ich.

Nora blickt mich wortlos an. Mir wäre es lieber, sie würde mir mit ihrer rationalen Art zu verstehen geben, dass das völlig übertrieben sei. Dass in Schweden niemand eine Tür abschließt, so wurde es uns doch versprochen. Aber sie sagt nichts.

Auch das Abendessen wird eine schweigsame Angelegenheit. Fynn spielt mit einem stark gebräunten Toast Flugzeug.

«Fliegt es nach Hawaii?», frage ich in dem Versuch, ihn immerhin nicht merken zu lassen, wie enttäuscht wir gerade sind. Mein Vater hat uns früher jedes seiner negativen Gefühle spüren lassen, und ich will Fynn ein besserer Vater sein. Nora erklärt nüchtern, dass Toast Hawaii eigentlich eine Erfindung aus Westdeutschland sei und nicht mal was mit Hawaii zu tun habe. So viel dazu.

Wir räumen ab, wobei wir die Bodenklappe meiden wie eine Tretmine. Ich übernehme meinen Part, Fynn ins Bett zu bringen und eine Gutenachtgeschichte für ihn zu erfinden. Nach den Ereignissen heute hätte es eigentlich etwas vergleichsweise Harmloses werden sollen. Ein weiteres Abenteuer des kleinen Sockenmonsters zum Beispiel. Oder die von der Mutprobe auf der sprechenden Teufelsbrücke. Aber Fynn fragt mich nach der Kreatur, die als Bild über seinem Bett hängt. Es ist der Kunstdruck eines düsteren Gemäldes und zeigt die Silhouette eines gehörnten Wesens auf einem Felsen, eingerahmt von einem See im Nebel. Ich kenne die Geschichte dazu, denn das Bild hing schon dort, als ich noch in diesem Bett schlief. Es ist der schwedische Näck, ein Gestaltenwandler, der in Gewässern lebt und Frauen und Kinder zu sich lockt, um sie zu sich in die Tiefe zu ziehen. Die skandinavischen Wälder sind voll von solchen Wesen. Je tiefer man in sie eindringt, desto gefährlicher werden sie.

Weil Fynn sich nicht davon abbringen lässt, erzähle ich ihm die Geschichte, werde mittendrin aber durch ein sirrendes und bohrendes Geräusch von unten unterbrochen. Fynn sitzt kerzengerade im Bett und sieht mich erschrocken an.

«Das ist er, der Näck», flüstere ich augenzwinkernd. Weil ich meinem Sohn nicht erklären will, dass seine Mutter der Tür gerade mit Schraubbohrer und Messingriegel zu Leibe rückt – und uns beide daran erinnert, dass es dort draußen noch realere Gefahren gibt als Seeungeheuer.

ROSA

Ich hatte mir das mit dem Besuch bei der Polizei einfacher vorgestellt. Hatte gedacht, ich könnte die Knochen einfach am Schalter abgeben und direkt zur Höga Kusten weiterfahren. So habe ich es auf der Fahrt geplant, und ich mag es, wenn die Dinge laufen, wie ich sie plane. Stattdessen bittet man mich zu warten. Sie haben Fragen.

Also warte ich erst auf einem Stuhl im Flur, dann auf einem weiteren in einem Büro. Die Polizistin, die eine geschlagene Stunde später hereinkommt, ist jung. Sie hat ein freundliches Gesicht. Ihre eigentlich blonden Haare trägt sie kurz geschnitten und – das sehe ich am Ansatz – dunkler gefärbt. Ich verstehe sofort, wieso. Ich komme selbst aus einem Arbeitsumfeld, in dem ich die einzige junge Frau weit und breit bin.

Sie stellt sich als Sara Hellström vor, und ich wiederhole, was ich schon am Schalter gesagt habe. Reine Zeitverschwendung. Meinen freien Samstag hätte ich gerne anders genutzt. Sara hört mir aufmerksam zu, runzelt dann allerdings die Stirn und blickt aus dem Fenster. «Ein Zeltausflug? Bei dem Regen?»

«Wieso? Ist doch schön so im Wald», erwidere ich. Woraufhin sie mich ansieht, als wolle ich sie auf den Arm nehmen.

Natürlich musste ich die Geschichte ein bisschen abändern. Für die Knochen macht es keinen großen Unterschied, ob ich sie nun zwei Tage später oder früher abliefere. Für die Polizei aber schon. Deshalb hätte ich den Umstand, dass ich sie bereits Donnerstagnacht gefunden habe, gerne unerwähnt gelassen. An den blöden Regen habe ich gar nicht gedacht.

«Mit wem warst du denn zelten?»

«Allein.»

«Und du hast die Knochen beim Ausheben einer Feuerstelle entdeckt ...»

Auch das habe ich bereits zweimal gesagt.

«Wie tief war das denn?», fragt sie.

«Einen Meter. Vielleicht eineinhalb.»

«Eineinhalb Meter?!»

«Es war eine tiefe Feuerstelle. Wegen des Windes.»

Ich deute zum Fenster, hinter dem der Regen jetzt fast waagerecht durch die Luft fegt. Es wäre wirklich ein schöner Tag, um an der Höga Kusten spazieren zu gehen. Dort wäre ich allein. Die Touristen sind in den Museen, in der Destillerie in Kramfors, in irgendwelchen Geschäften oder Cafés. Sie wissen nicht, was sie verpassen. An der Höga Kusten trifft der Wald auf die Steilküste, und die Wolken hängen so tief und schwer über dem Meer, dass sie bis zwischen die Bäume kriechen. Es sieht mystisch aus. Dazu ein peitschendes, graues Meer mit Wellen, die so hoch schlagen, dass sie die Bäume von den Felsen reißen könnten und einem ins Gesicht peitschen. Wenn ich überhaupt etwas in Amsterdam vermisst habe, dann ist es die Launenhaftigkeit und Härte unseres schwedischen Wetters hier in Norrland.

Sara unterbricht meine Gedanken: «Und du bist nicht auf die Idee gekommen, uns zu rufen, statt die Knochen einfach mitzunehmen?»

Darauf bin ich tatsächlich nicht gekommen. Wahrscheinlich aus Gewohnheit.

Sie blickt mich aus zusammengekniffenen Augen an. Zu diesem Zeitpunkt bereue ich es bereits, das Skelett nicht einfach auf den Stufen der Dienststelle abgelegt zu haben. Anonym. Wie ein Findelkind vor einem Krankenhaus.

«Also nimm es mir nicht übel, aber irgendetwas an der Geschichte stimmt doch nicht! Du hebst im Starkregen ein Loch aus, findest einen Schädel darin ...»

«Einen Knochen», unterbreche ich sie. «Den Schädel habe ich erst später gefunden.»

«Und dann buddelst du weiter, bis du das ganze Skelett zusammenhast, säuberst die Knochen und packst sie ein. Hältst du das für normal? Ich meine, warst du gar nicht entsetzt? So ein Skelett, das gräbt man doch nicht jeden Tag aus!»

Ich überlege, ob dies der passende Moment ist, um ihr zu erklären, dass das für mich schon etwas sehr Alltägliches ist, vermute aber, dass das nur weitere Fragen nach sich ziehen würde.

«Doch. Ich war geschockt», sage ich stattdessen.

Sara zieht die Augenbrauen hoch, schüttelt dann den Kopf und macht sich Notizen. «Die Adresse. Ist das die deiner Eltern? Wie weit ist das von deinem ‹Zeltplatz› entfernt?» Mit den Fingern zeichnet sie Gänsefüßchen in die Luft.

«So etwa dreißig Minuten mit dem Auto.»

«Und bist du, nachdem du die Knochen gefunden hast, direkt hierhergekommen?»

Ich rutsche auf dem Stuhl herum und brumme dann ein zustimmendes «Hmm».

Sara legt den Kugelschreiber beiseite. Sie glaubt mir kein Wort. Würde ich auch nicht.

«Ich möchte gerne mal dein Auto sehen.»

«Wieso?»

Aber sie steht bereits auf, und mir bleibt nichts anderes übrig, als sie zu dem grauen Volvo-Kombi meines Vaters zu führen, der auf dem regennassen Besucherparkplatz steht. Sara zieht sich die Jacke über den Kopf. Das Wetter lässt den Volvo noch armseliger aussehen. Wir hatten ihn schon, als ich noch klein war und in einem Kindersitz auf der Rückbank saß. Später musste der Kombi für den Transport von Holz und allen anderen möglichen Dinge herhalten. Man sieht ihm die Jahre an. Mein Vater hat ihn schon diverse Male repariert und geflickt, aber die heimlichen Kerben in der hinteren rechten Tür gibt es noch immer. Die stammen von einem Taschenmesser. Mein alter Kindersitz hatte dieselben Kerben. Auf der Seite, auf der Ebbe immer saß, rechts hinter dem Beifahrersitz.

Sara bittet mich, den Kofferraum zu öffnen. Und natürlich findet sie darin kein Zelt oder auch nur einen Gaskocher, dafür aber Spaten, Schaufel, Gummihandschuhe, Isolierklebeband, kleine Plastiktüten und einen Astschneider. Alles, was ich halt so dabeihabe, wenn ich in den Wald fahre.

Sara lässt entsetzt die Jacke sinken, die sie noch immer über dem Kopf gehalten hat, und dreht sich zu mir um. «Ein Zeltausflug, ja?»

Gut. Das war das letzte Mal, dass ich irgendetwas bei der Polizei abgebe. Sollen die doch ihre Leichen das nächste Mal selber finden.

Ich schiebe den Ärmel meiner Regenjacke hoch und werfe einen Blick auf die Uhr. Meine Idee, noch bis nach Höga Kusten zu fahren, kann ich wirklich vergessen. Sehr schade.

«Hej. Ich rede mit dir!»

«Okay, also ich habe die Knochen schon vorgestern Nacht gefunden.»

«Am Donnerstag? Und wo zum Teufel waren sie in der Zwischenzeit?»

«Bei mir zu Hause.»

«Bei dir zu Hause? Warum hast du denn nicht direkt Bescheid gegeben?»

«Die Knochen sind alt. Ich wusste nicht, dass da eine Dringlichkeit besteht.»

«Dass da eine Dringlichkeit besteht? Du hast vorne am Empfang gesagt, du hältst das für das Skelett eines Kindes! Wie bitte kann da keine Dringlichkeit bestehen?»

«Es ist ein altes Skelett», wiederhole ich.

Sara klappt den Mund auf und wieder zu und weiß nun offenbar gar nicht mehr, was sie sagen soll. Wir sind inzwischen beide pitschnass.

«Kann ich jetzt gehen?», frage ich.

«Nein, das kannst du nicht! Du führst jetzt bitte die Spurensicherung an den Ort, an dem du die Knochen gefunden hast! Die werden sich sowieso freuen, dass du die Knochen schon gleich gesäubert und mitgebracht hast! Meine Güte. Und eine DNA-Probe von dir brauchen wir auch noch. Wegen der Kontaminierung am Fundort und ...», sie wirft einen vielsagenden Blick in den Kofferraum, «... auch sonst.»

Ich versuche nicht allzu beunruhigt darüber zu sein. Doch als wir zurück ins Gebäude gehen, wo erst mein Ausweis kopiert wird, mir dann jemand ein DNA-Teststäbchen in den Mund schiebt und ich letztendlich zum Polizeiauto «begleitet» werde, da kommt es mir weniger wie eine Begleitung vor als vielmehr wie ein Abführen unter Beobachtung.

Es ist immer dasselbe, wenn man sich für Totes interessiert.

Ich seufze tief, als die graue, verregnete Stadt an meinem Fenster vorbeizieht. Die Leute nennen mein Interesse morbid, und das ist ein Urteil, denn es bedeutet krank. Niemand scheint der Beschäftigung mit Totem etwas Positives abzugewinnen, sie halten es für unnormal, und das allein finde ich schon sehr vielsagend für eine Gesellschaft, in der jeden Tag gestorben wird. Ich möchte mal wissen, wer hier nicht normal ist.

Der Regen hat das Loch im Wald mit Wasser gefüllt und in eine Schlammgrube verwandelt. Einer der Polizisten, mit denen ich im Auto gefahren bin, zieht den Reißverschluss seiner Jacke hoch und schüttelt sich. Er hat die Aufgabe, mich zu den Details meines Funds zu befragen. Aber eigentlich sieht er nicht so aus, als wollte er sich wirklich ein Kind in diesem Schlammloch vorstellen.

«Kannst du dich daran erinnern, wie die Knochen gelegen haben? In welcher Tiefe genau hast du sie gefunden? Kannst du uns ungefähr zeigen, wo der Kopf und wo die Füße waren?»

Ich lasse mir von dem Polizisten einen Stift und einen Zettel geben, mache ihm eine Zeichnung, die ich mit allen Markern und Daten versehe, und finde, dass ich damit meinen Teil der Sache mehr als erfüllt habe. Ich bin ja überhaupt nur wegen des Baums hergekommen, der Esche. Sie ist schön, gerade jetzt bei Regen. Dicht gewachsen, groß und kräftig. Während es in der Stadt bei Regen nur immer grauer wird, ist ein Wald im Regen grün und satt. Ich gebe dem Polizisten den nassen Zettel zurück, lege dann den Kopf in den Nacken und lasse die dicken Tropfen in mein Gesicht klatschen, um zur Baumkrone hochzusehen. Im Regen und Wind wabern die kleinen Äste dort oben wie Tentakel hin und her. Es hat etwas Beruhigendes.

Ich mag diese Regentage im Wald. Ich mag den Duft nach nasser Erde, Moder und Fäulnis. Hier an dieser Stelle ist der Geruch besonders intensiv, das liegt an der Grube. Ein Grab riecht so, wenn man es öffnet. In meinem Praktikum beim örtlichen Bestattungsdienst bin ich manchmal in die ausgehobenen Gräber geklettert, nur um diesen Geruch einzuatmen und mich an den Wald zu erinnern.

Abgesehen davon war meine Zeit auf dem Friedhof eine Katastrophe. Niemand hatte mich darauf vorbereitet, dass man als Bestatterin mehr mit den Lebenden als mit den Toten zu tun hat: Man muss Angehörige unterstützen, Trauerfeiern gestalten, Kosten für die Bestattung kalkulieren und sämtliche Formalitäten mit Kirchen und Behörden klären. Nichts davon liegt mir, sodass man mich später in den Bereich der Grab- und Friedhofspflege steckte. Dort war die Arbeit immerhin ruhig, aber mir wurde auch klar, dass es schnell langweilig werden würde, ein Leben lang nur Gräber auszuheben und einzuebnen, Grünflächen zu pflegen und dabei zuzusehen, wie glänzende neue Särge in perfekt symmetrische Gruben hinuntergelassen werden.

Diese Arbeit ist weit vom echten Tod entfernt. Man sieht die Maden und Würmer nicht, die schillernden Käfer. Im Gegenteil. Durch die furnierte, extra abgedichtete und auf Hochglanz polierte Eiche wird versucht, die Insekten möglichst lang fernzuhalten. Außerdem muss das Loch tief genug sein, damit keine Tiere am Leichnam nagen.

Man sollte meinen, es sei das Einfachste auf der Welt, einen Toten in die Erde hinunterzulassen und das Loch zuzuschütten. Doch stattdessen wird alles getan, um das zu verhindern, was so ein Körper eigentlich am besten kann: kompostieren. Und jedes wilde Pflänzchen, das es wagt, aus dem Grab zu sprießen, wird herausgerupft und durch künstliche Blumen in Vasen ersetzt. Auf einem Friedhof hat der Tod nicht den Hauch einer Chance.

«Willst du dich nicht unterstellen?», fragt der Beamte hinter seinem hochgeschlossenen Kragen. Ich blinzele ihn an. Er und sein Kollege haben sich die Kapuzen übergezogen und sich am Rand der Grube dicht an den Stamm gestellt. «Wir warten noch auf die Spurensicherung. Dann fahren wir zurück.»

Ich nicke, bleibe aber, wo ich bin. Ich bin ohnehin schon nass und werde auch nicht trockener dadurch, dass ich mich zu ihnen unter den Baum stelle.

Das Team der Spurensicherung kommt, nimmt Bodenproben und sperrt die Grube weiträumig ab. Ich beneide die Männer und Frauen ein wenig darum, dass sie mit ihren Proben in ein Labor fahren und dort saubere Auswertungen mit der richtigen Ausrüstung vornehmen können: Thermocycler, Gelelektrophorese-Instrument, UV-Transilluminator, Elektronenmikroskop. Mir fehlen nicht nur all diese Utensilien, sondern auch die Anerkennung für das, was ich tue. Traurigerweise fehlt mir sogar die Erlaubnis dazu. Und solange das so bleibt, werde ich mir nirgendwo Zugang zu einem Labor verschaffen können.

«Okay, wir fahren zurück», sagt der Polizist. «Die Spurensicherung macht den Rest alleine. Sollen wir dich unterwegs irgendwo absetzen?»

«Danke, nein. Ich habe mein Auto noch auf dem Parkplatz vor dem Polizeigebäude.»

«Könnte sein, dass in den nächsten Tagen noch Fragen aufkommen. Deine Telefonnummer und Adresse haben wir ja.»

«Ja», sage ich, denke an meinen kopierten Ausweis und die DNA-Probe und wünschte, es wäre anders.

Als ich endlich nach Hause komme, ist es bereits Abend. Mein Vater sitzt am Küchentisch, den Kopf in die Hände gestützt, und sagt nichts, als ich eintrete. Er sieht verzweifelt aus.

«Ist was passiert?», frage ich. Als er noch immer nichts sagt, hänge ich die nasse Regenjacke auf und trete näher. Vor Vater auf dem Küchentisch liegen ein Block und ein Stift und die Tafel, die wir zur Kommunikation mit Ebbe benutzen sollen. Nur dass er bislang nichts sagen wollte. Kein einziges Wort, seit er zu uns gekommen ist.

«Hat er etwa was diktiert?», frage ich.

Dass Vater noch immer nicht antwortet und nur verzweifelt vor sich hinstarrt, verunsichert mich. Das letzte Mal habe ich ihn nach Mamas Tod so erlebt.

«Was ist denn, Papa?»

«Es hat eine halbe Stunde gedauert», bricht er hervor, ohne mich anzusehen. «Eine halbe Stunde für einen Satz. Ich habe mir so viel Mühe gegeben. Mich auf jedes Blinzeln konzentriert. Ich war so glücklich, dass er endlich mit uns reden wollte. Und dann hat er mir das hier diktiert.»

Er öffnet den Block und schiebt ihn mir hin. Ich beuge mich vor.

Jag mir endlich eine verfickte Kugel durch den Kopf.

Eine halbe Stunde hat er dafür gebraucht. Es wäre schneller gegangen, wenn er das Schimpfwort weggelassen hätte.

Vater beginnt plötzlich zu weinen, was mich überfordert. Ich hebe eine Hand, um sie ihm auf die Schulter zu legen, und lasse sie dann doch unbeholfen sinken.

Er hat noch nie vor mir geweint.

So viel Hoffnung. Und dann dieser Satz.

Jag mir endlich eine verfickte Kugel durch den Kopf.

Im Grunde ist es ein guter Satz für einen wie Ebbe, finde ich. Ein Satz, aus dem mein Bruder mit jeder Faser spricht. Ich kann ihn beinahe hören. Und darum geht es ja, irgendwie. Wenn man sonst schon nichts mehr tun kann, als zu zwinkern und zu atmen, dann ist es sicher wichtig, zumindest die eigene Sprache zu behalten.

Ich lege Vater nun doch noch vorsichtig eine Hand auf die Schulter, die zuckt, während er weint. Ob das Ebbes Absicht war? Unseren bemühten, sich abrackernden Vater zu erschüttern?

«Ich gehe mal zu ihm», sage ich und steige die knarrende Holztreppe nach oben. In Ebbes Zimmer ist es halbdunkel. Ein Streifen Mondlicht fällt durch die zugezogene Gardine. Ob Ebbe schläft oder nur düster vor sich hinstarrt, kann ich nicht sagen. Das Kopfende seines Bettes liegt im Schatten.

Ich sage nichts. Es ist alles so wie früher. Wir sind beide die

Gleichen geblieben, auch wenn die äußeren Umstände sich geändert haben.

Ich weiß es, und er weiß es, denn mich hat er nicht um diese Kugel in seinen Kopf gebeten. Vielleicht weil er Angst hat, ich könne ihn beim Wort nehmen.

NORA

Henrik gegenüber darf ich es kaum erwähnen, aber Ronja Räubertochter war immer schon meine Lieblingsgeschichte. Es ist ein schöner Zufall, dass ich eine Erstausgabe im Bücherregal im Wohnzimmer finde. Die Romanverfilmung wurde hier gedreht, im Skuleskogen-Nationalpark. Und nachdem wir ein paarmal im Wald spazieren waren, kann ich sagen, dass man wirklich keinen besseren Schauplatz hätte wählen können. Direkt hinter unserem Häuschen beginnt ein echter Urwald. Dichtes, wildes Gehölz, ohne menschliche Spuren. Dunkel. Geheimnisvoll.

Henrik sieht die Lindgren-Bücher als «romantische Verklärung der Realität». Aber ich finde, dass es dort nur so von starken und widerspenstigen Charakteren wimmelt. Von starken Mädchen wie Ronja oder Pippi. Wir bräuchten viel mehr von solchen Geschichten.

Plötzlich steht Henrik im Raum. Er kommt zu mir, nimmt mir das Buch aus der Hand und stellt es ins Regal zurück. Etwas an dieser Geste sagt mir, dass er Angst hatte, ich könne es entsorgen.

Er hat gerade geduscht und noch einen Schaumrest an der Schläfe. Ich schnipse ihn weg. Sein Blick fällt auf die Mülltüten neben der Tür, die ich gestern beim Ausmisten dorthin gestellt habe.

«Was ist das denn?» Er geht zu den Tüten, öffnet die erste von ihnen und blickt mich entsetzt an. «Willst du das etwa alles wegwerfen?»

«Der linke ist Abfall, der rechte wird recycelt», korrigiere ich. Er holt eine Rolle Angelschnur aus der Mülltüte, eine alte Medaille, einen verbeulten Blechtopf und ein rotes Holzpferd, dessen Hinterbeine abgebrochen sind. «Aber die Sachen gehörten meinem Opa!»

«Henrik, bitte! Ich habe nur weggeworfen, was kaputt oder wirklich nicht mehr zu gebrauchen ist. In dem Schrank da gab es sogar noch fünfzehn Packungen längst abgelaufener Marshmallows!»

«Papaaaaa! Mamaaaa!», krakeelt Fynn von oben.

«Ja, Fynn, ich komme gleich!», ruft Henrik. «Das sind Erinnerungsstücke, Nora.»

«Der verbeulte Blechtopf?»

«Papaaaaaa!!!»

«Moment! Mama hat hier überall Kleber verteilt, ich bin am Boden festgeklebt.» Henrik macht Geräusche, als würde er sich unter großer Anstrengung befreien müssen. «Du kannst nicht einfach Dinge wegwerfen, die zu meiner Vergangenheit gehören, Nora!»

«Papaaaa! Jetzt!»

«Zu deiner Vergangenheit? Wie viel Raum nimmt diese Vergangenheit denn in deinem Leben ein? Prozentual?»

«Prozentual? Es geht doch hier nicht um Prozente! Die Ferien bei meinem Großvater waren die einzigen Lichtblicke, die ich als Kind hatte. In diesem Blechtopf haben er und ich Milchreis über dem Lagerfeuer gekocht. Und mit der Angelschnur haben wir Karpfen gefangen! Du weißt, wie das mit meinem Vater war. Der hätte nie ...»

Oben hören wir etwas poltern, und kurz darauf stampft Fynn wütend die Treppe hinunter.

«Du bist gar nicht festgeklebt!», beschwert er sich.

«Hab mich gerade losgemacht.» Henrik drückt Fynn das Holzpferd vor die Brust.

«Da war eine Hexe vor meinem Fenster», verkündet Fynn.

«Schön, Schatz», sage ich abwesend und verschränke die Arme, während Henrik fast im Müllsack verschwindet. «Lichtblicke? Du wolltest doch nicht mal herkommen, Henrik. Du hast mir nie gesagt, dass ihr dieses Ferienhaus überhaupt besitzt!»

«Eine Hexe wie aus der Geschichte, die du mir erzählt hast, Papa! Wollt ihr mal gucken?»

«Ja, wir kommen gleich, Fynn.»

«Sie stand auf der Wiese und ist dann zu mir hochgeklettert. Vielleicht seht ihr sie noch!»

«Gleich, Schatz. Jedenfalls müssen wir hier ausmisten, Henrik, das wirst du doch einsehen. Was sollen wir denn mit diesem hässlichen Holzpferd?»

«Das ist mein Pferd!», sagt Fynn laut und drückt es an sich, als wäre es sein kostbarster Schatz. Die Hexe ist augenblicklich vergessen. «Und es ist nicht hässlich!» Ich kann nicht anders, als die Augen zu verdrehen.

«Gut, dann behalten wir halt alles!», rufe ich. «Wir behalten es und lassen alles so, wie es ist! Ist doch total gemütlich hier! Mit dem ganzen Dreck und Staub und so! Da stecken bestimmt auch ganz viele Erinnerungen drin, in diesem Staub!»

Ich hebe die Hände in die Luft, zum Zeichen, dass ich hier fertig bin, und gebe sogar dem Besen einen Schubs, woraufhin der umkippt und mit lautem Geklacker auf dem Boden landet. Fynn blickt mich erschrocken an. Doch Henriks Mundwinkel zucken.

«Was?», frage ich scharf.

«Das hast du schön formuliert», sagt er. «Mit dem Staub und den Erinnerungen, meine ich.»

Ich schnaube. Henrik kommt zu mir und umarmt mich.

«Tut mir leid», sagt er.

«Gibt es eigentlich eine Selbsthilfegruppe?», frage ich in sein feuchtes T-Shirt hinein. «Für Frauen von Schriftstellern?»

Er lacht. Man kann ihm einfach nicht böse sein. Genauso wenig wie diesem Ort.

Schon an unserem zweiten Tag wirkt die neu gekaufte Türverriegelung völlig fehl am Platz. Es ist eine viel zu große, metallene Schließvorrichtung an einer hübschen kleinen Holztür in einer menschenleeren Umgebung, die mit Zimtschnecken, wilder Natur, steilen Küsten und langen Sommerabenden aufwartet.

Es regnet ziemlich viel in diesen Tagen, aber es ist ein warmer Regen, der nach Sommer schmeckt. Wir lassen die Tür offen stehen, als wir uns auf dem Rasen ausziehen und durch den Niesel lachend in den See laufen, um zu baden. Das Wasser hat die gleiche lauwarme Temperatur wie die Luft und der Regen. Wir spritzen uns nass und werfen Fynn hoch in die Luft, von wo aus er glucksend und schreiend in den See plumpst. Henrik zieht ihn an den Armen aus dem Wasser und hebt ihn auf seine Schultern. Dann reißen die Wolken auf, und ich sehe die beiden als zwei dunkle Silhouetten vor der tief stehenden Sonne. Da ist es wieder: Frieden. Ein Gefühl, das bis in meine im Schlick eingegrabenen Fußspitzen reicht. Vielleicht bleiben wir einfach hier. All das könnte doch genug für mich sein, ein einfaches, langsames, sanftes Leben. Ohne Ambitionen und Neider und ohne den ewigen Kampf ums Höher, Schneller, Weiter. Wir könnten den Steg reparieren, Henrik und ich, und am Seeufer eine Sauna für den Winter bauen. Warum ist es nicht genug? Ich krümme die Zehen.

«Nora! Nora! Komm zu uns!», lacht Henrik und spritzt Wasser in meine Richtung, bevor er sich und den laut quietschenden Fynn auf seinen Schultern rücklings in den See plumpsen lässt.

Henrik und ich könnten auch eine Zeit lang von hier aus arbeiten. Oder ich könnte den Job für die Offshore-Anlage in Norwegen annehmen und am Wochenende nach Schweden pendeln. Wie lange sie in Norwegen wohl noch auf meine Antwort warten? Warten sie überhaupt noch, oder haben sie längst jemand anders gefragt?

«Fynn, du bist ein Krokodil, pack dir die Mama.» Henrik legt Fynn aufs Wasser und schiebt ihn an den Füßen in meine Richtung.

«Ggggrrrrr», macht Fynn, das Auftragskrokodil. Er strampelt, um mit dem Kopf über Wasser zu bleiben, und versucht dann, mit seinen Paddelarmen nach mir zu greifen.

Henrik feuert ihn an: «Gut so, Fynn, zieh sie unter Wasser, denk daran, was ich dir über die Todesrolle erzählt habe!» Und dann übernimmt er diesen Auftrag einfach selbst. Mein Lachen ertrinkt gurgelnd im Wasser, als Henrik abtaucht, mir die Beine unter dem Körper wegzieht und mich mehrfach um die eigene Achse dreht. Ich strample gegen ihn an, schubse ihn von mir, versuche an die Oberfläche zu kommen und schlucke noch mehr Wasser. Die Todesrolle ist eine der auffälligsten Verhaltensweisen von Krokodilen. Nahezu alle Krokodile beherrschen sie. Doch Henrik übertreibt es, und ich war unvorbereitet. Ich schlucke Wasser und strampele heftiger. Ich bekomme keine Luft mehr, aber er lässt mich nicht los. Ich kicke, trete ihn, erwische irgendetwas, vielleicht sein Gesicht, und komme hustend und spuckend an die Oberfläche. Henrik steht neben mir auf und reibt sich die Nase, aber hinter seiner Hand grinst er. Er neigt zu solchen Übertreibungen. Und natürlich weiß er, dass ich schon in ganz anderen Tiefen unterwegs war. Fynn kreischt vor Vergnügen und klatscht in die Hände. Ich springe Henrik an und räche mich an ihm, indem ich ihn unter Wasser drücke, nur kurz, denn ich neige nicht zu Übertreibungen, höchstens zu übertriebener Vernunft. Ich habe sie noch, die Anflüge von Unbekümmertheit, aber sie sind kurz und von Pflichten begraben. Darum weiß ich auch schon, dass der Job in Norwegen nur ein Traum ist. Ich glaube, es ist das Erwachsensein, vor dem Henrik so erfolgreich flieht. Ziemlich oft beneide ich ihn darum.

Als die Mücken kommen und in Wolkenschwaden über den See schwirren, rubbeln wir uns mit den Handtüchern trocken, die ich auf den Gartenstühlen bereitgelegt habe, und zünden den Holzkohlengrill an. Ich wickele mich ganz in das dicke Handtuch ein, ziehe meine nackten Füße aus dem nassen Gras auf den Stuhl und blicke weiter auf den See, der wie alle Gewässer eine geradezu magnetische Anziehungskraft hat. Henrik kommt dazu, stellt sich hinter mich und legt sein Kinn auf meinen Scheitel, die Arme um meinen Körper. In seinem Kopf brodeln die Ideen. Das kann ich ihm ansehen. Reisen macht mich immer sprachlos, Henrik dagegen zum Geschichtenerzähler.

Gemeinsam sehen wir Fynn zu, der am Waldrand spielt. Weil es noch so ungewohnt lange hell ist, fühlt es sich falsch an, ihn ins Bett zu bringen. Und ich fange gerade an zu glauben, dass es Bullerbü vielleicht doch gibt, als Fynn plötzlich aufgeregt zu uns zurückgerannt kommt und die Idylle mit einem einzigen gebrüllten Satz zerstört: «Mami, Papi! Da ist ein Mann zwischen den Bäumen!»

Henrik richtet sich ruckartig auf, und meine Finger verkrampfen sich um die Lehne des Campingstuhls. Fynn ist außer Atem, als er bei uns ankommt. Henrik geht vor ihm in die Hocke. «Was sagst du da, Kumpel?»

«Da war ein Mann zwischen den Bäumen!», wiederholt er. Ich wünschte, er würde stattdessen von einem Monster oder Tyrannosaurus berichten – oder wieder von der Hexe vor seinem Fenster. Ein Mann zwischen den Bäumen ist zu unschuldig für seine Fantasie und gleichzeitig alles andere als unschuldig für unsere.

«Ein Mann?» Wir tauschen einen Blick. Henrik greift Fynn bei den Schultern.

«Wie sah er aus, Fynn? Ist es der gleiche, der dir im Supermarkt die Schokolade geschenkt hat?»

Fynn zuckt die Achseln.

«An dem Tag, als du mit Papa einkaufen gefahren bist», hake ich nach, aber Fynn kann sich trotzdem nicht erinnern und macht sich los. Jetzt erst bemerke ich, dass er etwas in den Händen hält. Eine Puppe. Henrik nimmt sie ihm ab.

«Das ist meine!», protestiert Fynn.

«Du bekommst sie ja wieder», sagt er und wendet das Ding in den Händen. Es ist keine kopf- oder augenlose Puppe, keine Puppe mit aufgemalter Fratze. Es ist einfach eine ganz normale, nackte Plastikpuppe mit beweglichen Armen und Beinen, wie man sie in einem Spielzeugladen kaufen kann. Nie hat mich der Anblick einer ganz gewöhnlichen Puppe mehr gegruselt.

«Wo hast du die her, Fynn?»

«Die hat er mir geschenkt.» Unsere Blicke folgen seinem Zeigefinger, der zum Waldrand deutet. «Er hat gesagt, er hat sie extra für mich mitgebracht.»

«Dann hat er Deutsch gesprochen?», frage ich alarmiert.

Henrik richtet sich auf. «Geh du mal mit Mama ins Haus», sagt er. «Ich sehe nach, wo dieser Mann ist.»

«Aber ich will mit!», ruft Fynn. «Ich kann dir ja zeigen, wo ich ihn gesehen habe!»

«Vielleicht sollten wir alle ins Haus gehen», sage ich scharf.

«Oder wir gehen alle in den Wald», sagt Henrik. Er muss den Verstand verloren haben.

«Hier lauert ... jemand unserem Sohn auf, Henrik!»

«Ja, und willst du gar nicht wissen, wer es ist? Ob es der Typ aus dem Supermarkt ist?»

«Nein, ich möchte nur wissen, dass meine beiden Männer in Sicherheit sind!»

«Es ist nur irgendein Perverser, Nora. Und jemand muss ihm sagen, dass er sich in Zukunft von unserem Ferienhaus fernhalten soll!» Henrik greift nach Fynns Hand und übergibt sie mir wie einen Staffelstab. Dann dreht er sich um und geht entschieden zum Wald, der in dem Moment, als er ihn betritt, überhaupt nicht mehr romantisch, sondern dunkel und bedrohlich ist. Wie ein schwarzer Scherenschnitt vor dem Nachthimmel.

Eine geschlagene Stunde stehe ich auf der Veranda. Fynn ist zappelig und aufgedreht. Es wäre inzwischen höchste Zeit, ihn ins Bett zu bringen, aber ich habe keinen Kopf dafür und keine Lust auf das Theater, das es dabei geben wird. Denn Henrik ist nicht da, um Fynn eine Geschichte zu erzählen. Henrik ist draußen im Wald. Vielleicht hätte ich vehementer versuchen sollen, ihn aufzuhalten.

Als es nun auch noch anfängt zu regnen, schlinge ich fröstelnd die Arme um den Körper. Es ist alles wieder da. Das Gefühl der Verfolgung. Die Angst um Henrik und Fynn. Ich hole mein Handy, versuche Henrik anzurufen, aber er nimmt nicht ab. Ich versuche es erneut. Lasse es tuten. Es geht nur die Mailbox dran.

«Was machst du, Mami?» Fynn wickelt seine Arme um mein Bein.

«Ich versuche, Papa zu erreichen.»

«Warum?»

«Geh doch schon mal rein und zieh dir deinen Schlafanzug an, okay?»

«Nein! Ich will wach bleiben, bis Papa wiederkommt!»

«Papa redet noch mit dem Mann im Wald.»

«Worüber denn?»

Ich fahre mir mit der Hand über die Stirn. Wenn Henrik nun niedergeschlagen wurde und irgendwo im Wald liegt. Wäre das Bleike zuzutrauen? Eigentlich sind weder er noch

Henrik der Typ für Schlägereien. Aber ich habe Bleike schon früher unterschätzt.

«WO-RÜ-BER-DENN-MA-MI?» Fynn zerrt quengelnd an meinem Bein.

Dem Kerl aus dem Supermarkt wäre es zuzutrauen, denke ich. Nach allem, was Henrik mir über ihn erzählt hat, ist er ein Schlachtschiff.

«MAMIIII!» Fynn zieht so heftig, dass ich das Gleichgewicht verliere und zur Seite stolpere, wobei ich fast auf ihn falle. Fynn sieht mich erschrocken an.

«So, das reicht! Du gehst jetzt rein und ziehst dir den Schlafanzug an!»

«Aber ich will nicht!»

«Das ist mir total egal, tu es trotzdem!»

«NEIN!» Fynn stampft mit dem Fuß auf. Er ist in einem Alter, in dem seine Stimme nur zwei Lautstärken kennt, und die für «Nein» ist immer voll aufgedreht.

«Fynn, ich zähle jetzt bis drei», sage ich, um Beherrschung bemüht. Ich zähle jetzt bis drei ist das letzte Mittel, wenn alle anderen Stricke reißen. Ich habe keine Ahnung, warum es jedes Mal funktioniert und was Fynn glaubt, was passieren würde, wenn der Countdown um ist. Aber er hat es bislang nie darauf ankommen lassen.

Ich sage: «Eins», und Fynn quengelt.

«Zwei.» Fynn quengelt lauter und stampft mit dem Fuß auf. Er ringt mit sich und verschwindet dann stampfend und heulend im Haus. Ich wende mich erschöpft zurück zum Wald, lasse mich auf die Stufen nieder, wo ich sitzen bleibe und den Kopf in den Händen vergrabe. Es wird schwieriger werden, wenn Fynn erst mal älter ist und meine Hilflosigkeit durchschaut.

«Ich zähle jetzt bis drei, Henrik», flüstere ich in Richtung Wald. «Ich zähle jetzt bis drei, und wenn du dann nicht zurück bist ...»

Doch Henrik kommt nicht, und vor lauter Sorge zieht sich mein Magen zusammen.

Ich tippe noch mal das Display an, lasse es aufleuchten, keine Nachricht. Als ich erneut anrufe, zähle ich beim Ton des Freizeichens mit, warte auf den Anrufbeantworter. Aber dann hört das Tuten plötzlich auf. Es knistert und raschelt in der Leitung. Ich springe von den Stufen auf.

«Henrik?» Wieder das Knistern. Ich höre jemanden atmen. «Henrik? Bist du da? Kannst du mich hören? Wo bist du?» Ich presse mir das Handy ans Ohr. Vielleicht hat er schlechte Verbindung. Vielleicht ist er verletzt. Vielleicht ist es auch gar nicht Henrik, sondern –

«Hallo?», dringt eine Stimme in mein Ohr, die definitiv nicht Henriks ist. Ich fahre zusammen.

«Hallo?», fragt die Stimme wieder. Ich wirbele herum, starre die Haustür an, die einen Spalt offen steht. Ich bin so verwirrt, dass selbst mein Denken einen Moment wie gelähmt ist.

«Fynn?! Fynn, wie ...?» Ich stocke, als mich eine Ahnung beschleicht. Dann stoße ich die Haustür auf, stürme in den Flur, blicke in die leere Küche und will gerade die Stufen zum Schlafzimmer hoch, als ich ihn im Wohnzimmer sehe. Fynn ist auf einen Stuhl geklettert und drückt sich Henriks Handy ans Ohr, das offenbar auf dem Wohnzimmertisch gelegen haben muss. Ich lasse das Telefon sinken.

Henrik hatte sein Handy gar nicht bei sich, als er in den Wald marschiert ist. Warum ist mir dieser Gedanke nicht gekommen?

«Hallo! Hallo!», sagt Fynn in Henriks Handy und dreht sich zu mir. «Mami, du musst auch was sagen!»

Einem plötzlichen Impuls folgend gehe ich auf Fynn zu, schlinge meine Arme um ihn und drücke ihn an mich, bis seine Füße vom Stuhl abheben.

«Mami, du erdrückst mich!»

«Wir zwei machen uns jetzt beide bettfertig», entscheide ich. «Papa kommt später.»

«Aber Papa soll mir eine Gutenachtgeschichte erzählen!»

«Die fällt heute aus. Ich lese dir stattdessen was vor, okay?»

«Bekomme ich denn dann auch meine Puppe wieder?»

Ich seufze. Die nackte, widerliche Puppe habe ich schon zum Müll gelegt, außerhalb von Fynns Reichweite.

«Vielleicht. Wenn wir sie vorher baden.» Ich trage ihn nach oben. Fynn ist warm und schwer und müde, auch wenn er das nicht zeigen will. Aber es macht ihn langsam und quengelig. Und ich bin angespannt und ungeduldig, was keine gute Kombination ist. Die Bettroutine ist zum Scheitern verurteilt und endet damit, dass Fynn das Buch vom Maulwurf, dem auf dem Kopf gemacht wurde, in die Ecke schleudert und brüllt: «Ich will diese Geschichte nicht!» Dabei ist der Maulwurf sonst sein Lieblingsbuch. Jetzt aber strampelt er die Decke von sich und schreit nach seinem Papa. Ich atme tief durch und blicke an die Decke. Und vielleicht, weil ich will, dass Henrik seinen Sohn hört, weil ich genau wie Fynn will, dass er sofort zurückkommt, stehe ich abrupt auf und reiße das Fenster auf. Ich lasse Fynn laut in die Nacht krakeelen, etwas, das ich in Greifswald nie tun würde. Die Wände unserer Stadtwohnung dort sind dünn. Schon wenn Fynn anfängt zu weinen, habe ich Sorge, die Nachbarn könnten denken, wir würden unseren Sohn misshandeln.

Jetzt aber halte ich das Schreien aus und stütze die Hände aufs Fensterbrett.

Wo bist du, Henrik, verdammt?, denke ich. Wenn Fynn nicht wäre, wäre ich längst im Wald, um nach ihm zu suchen. Wenn Fynn nicht wäre und ich hier nicht die Stellung halten müsste.

Fynn ist meine wütende, übermüdete Sirene, die Henrik nach Hause ruft.

HENRIK

Mir fällt auf, wie die Äste unter meinen Füßen knacken, wie viele Geräusche es gibt, die ich vorher nicht bemerkt habe.

«Hallo?», rufe ich. Doch zur Antwort verstummt nur ein Klopfen und setzt kurz darauf wieder ein. Ein Specht, der irgendwo an einen Baum hämmert. Ich suche zwischen den Büschen, zwischen den Bäumen, achte auf abgeknickte Zweige, auf Fußabdrücke. Aber im Wald ist es schon dunkler als außerhalb, und als ich mich umblicke, ist auch unser Haus zwischen den Bäumen nur noch ein schwarzer Umriss, aus dem es schwach leuchtet. Ein Leuchtturm, der eine falsche Sicherheit verspricht. Ich balle die Fäuste.

Wer auch immer hier meinem Sohn aufgelauert hat – mit dieser Puppe hat er Fynn kein Spielzeug geschenkt, sondern ihm eins weggenommen. Einen ganzen Spielplatz hat er ihm weggenommen! In diesen urwüchsigen Wäldern mit den vielen Verstecken sollten Kinder sorglos herumtollen können. Doch jetzt ist das anders. Nora wird darauf bestehen, dass wir Fynn keine Sekunde mehr aus den Augen lassen.

«Mistkerl», knurre ich in den Wald, will mich schon zurück zum Haus wenden, zögere dann aber doch. Ich will beim Anblick des Waldes aus unserem Fenster nicht jedes Mal an den Mann zwischen den Bäumen denken müssen. Also stapfe ich weiter, durchmesse den Wald mit der gleichen Entschlossenheit, mit der Fynn und ich unter seinem Bett nach Monstern schauen, wenn er schlecht geträumt hat.

«Siehst du, nichts da, Indianer.»

Ohne Taschenlampe wird es so tief im Wald schnell pechschwarz. Ein paarmal blicke ich mich noch zum schwächer werdenden Leuchten zwischen den Bäumen um, versuche, mich in einer ungefähr geraden Linie vom Haus zu entfernen. Der schwedische Wald ist so groß wie ganz Ecuador, hat Nora mir vor unserer Abreise erzählt, und das geistert mir jetzt durch den Kopf, aber ich gehe trotzdem weiter. Es ist ein Verirren mit Ansage. Ein Verirren, das meiner Wut geschuldet ist.

Als ich mich das nächste Mal umdrehe, ist das Licht zwischen den Bäumen schon längst nicht mehr zu sehen. Ich habe als Kind in diesen Wäldern gespielt, aber schon damals hatte ich Angst vor dem Labyrinth aus Baumstämmen. Es kam mir immer so vor, als würden die Bäume zusammenrücken und schnell ihre Plätze ändern, sobald ich ihnen den Rücken zudrehte. Dornengestrüpp versperrt mir den Weg, ich schiebe es beiseite, trampele es platt. Dahinter liegt eine Lichtung, die mir plötzlich bekannt vorkommt. Über mir ertönt ein Kreischen. Ich fahre zusammen und blicke hoch. Es ist ein Vogel, der auf dem langen Ast einer mächtigen Esche hockt. Ich weiß nicht mehr, woher ich diesen Ort kenne, aber er verursacht mir Gänsehaut.

Siehst du, nichts da, Indianer ...

Doch – da ist etwas. Hoch über meinem Kopf hängt etwas Dunkles zwischen den Ästen der Esche, deren breiter Stamm wie ein Dinosaurierbein auf der Lichtung steht. Ich verenge den Blick und trete näher. Es ist ein Baumhaus. Aber kein liebevoll zugesägtes Kinderspielhaus, wie man es in modernen Baumärkten findet. Es ist ein Verschlag aus Holzlatten, Plastikplanen und Ästen. So ähnlich bauen Vögel ihr Nest, aus Fundstücken, aus Müll.

Ich trete um den Baum herum und entdecke die Strickleiter, die auf der Rückseite an einem Ast hängt, wie an einem Galgen. Sie ist lang. Plötzlich habe ich das kindische Bedürfnis, hinaufzuklettern und mich oben umzusehen.

Ich setze meinen rechten Fuß auf die Sprosse, belaste sie probehalber und halte mich mit beiden Händen fest, als ich auch mit dem zweiten Fuß hinaufsteige. Ein Knarren ist zu hören. Wie alt mag dieses Baumhaus sein? Ich erklimme die nächste Stufe und dann eine weitere. Noch bin ich nicht so hoch, als dass ich mich beim Abstürzen ernsthaft verletzen würde. Aber das Ächzen der Seile klingt wie ein Protest. Ich bin hier nicht erwünscht. Ich bin ein Eindringling in eine Welt, die den Kindern vorbehalten ist.

Ich werfe einen vorsichtigen Blick nach unten. Von hier oben wirkt der Boden dunkel und sehr weit entfernt. Aber jetzt ist meine Neugier zu stark. Ich nehme eine weitere Stufe. Sie gibt so plötzlich unter mir nach, dass ich nicht einmal schreien kann. Meine Finger rutschen von der Sprosse, ich bekomme einen der rauen Stricke zu fassen und reiße mir die Handinnenfläche auf, als ich ungebremst nach unten rutsche. Meine Füße versuchen Halt zu finden, aber da ist keiner. Nur Leere, Dunkelheit und irgendwo der Boden. Ich lande auf dem Rücken. Der Aufprall raubt mir die Luft. Die Sterne vor meinen Augen sind zu nah für den Himmel. Ich röchle.

Hilfe, denke ich, doch ich habe keinen Atem, um zu rufen. Und plötzlich meine ich aus den Augenwinkeln eine Bewegung zwischen den Bäumen zu sehen. Einen Schatten. Jemand oder etwas bewegt sich neben mir durch den Wald! Ich rucke mit dem Kopf, will ihn drehen, doch da schießt ein Schmerz durch meinen Nacken in meine Brust, in der die Lunge streikt. Ich presse die Augen zusammen, so weh tut es. Wer ist da zwischen den Bäumen?

Nora, denke ich. Nora, hilf mir! Aber Nora ist weit weg im Ferienhaus, und mich überschwemmt die Panik. Plötzlich will ich nichts mehr, als diesem Ort zu entkommen.

Ich rappele mich auf und stolpere, humpele aus dem Wald hinaus. Weil mein linker Knöchel schmerzt, kann ich den Fuß kaum belasten. Und überhaupt dauert es lange, bis ich endlich den Weg zurück finde. Bis ich endlich das Leuchten zwischen den Bäumen sehe.

«Henrik!» Nora stürmt mir erleichtert entgegen, als ich die Tür aufreiße, bleibt dann aber abrupt stehen. «Was ist denn mit dir passiert?»

Ich kann mir schon vorstellen, was für einen Anblick ich abgeben muss. Die Schrammen, die schmutzige, regennasse Kleidung, Dreck in den Haaren, eine blutende Hand.

«Kleiner Kampf», sage ich, strecke den Arm nach ihr aus, und sie umarmt mich. «Der Kerl wird Fynn nicht mehr auflauern.»

«Was hast du denn gemacht? Und warum humpelst du? Hat er dich geschlagen?»

Die Art, wie sie das fragt, versetzt mir einen Stich. Es ist der gleiche Ton, in dem sie vorhin meinte, sie wolle ihre beiden Männer in Sicherheit wissen. Wer das Wort «Männer» so betonen muss, der zweifelt daran, dass es überhaupt einen gibt. Ich wünschte, sie würde mich für stärker halten. Für einen Mann, der durchaus in der Lage wäre, einem Fremden eins aufs Maul zu geben.

«Belassen wir es dabei, dass er uns ab jetzt in Ruhe lassen wird, okay?»

Ich sehe ihr die Verwirrung an. Sie hat mehr Fragen, tausend Fragen. Doch sie kommt nicht dazu, denn plötzlich steht Fynn am oberen Treppenabsatz. Er drückt sich sein Kopfkissen vor die Brust und blickt mich aus rot verheulten Augen an.

«Wo bist du denn gewesen, Papa?»

«Papa hat ein paar Bösewichte im Wald erlegt», sage ich und humpele zur Treppe wie ein verletzter Soldat. Für meinen Sohn kann ich ein Held sein. Immerhin für ihn.

Nora dagegen steht schon ein paar Minuten später mit verschränkten Armen hinter mir, als ich mir die Zähne putze, und verlangt endlich Klarheit. Sie will immer alles ganz genau wissen. Das ist ihre Art.

«Gut, schön, ich erzähle dir die Details, wenn du darauf bestehst!» Mit Nachdruck spucke ich die Zahnpasta ins ockergelbe Waschbecken. Ich muss mir mit der linken Hand die Zähne putzen, weil die Schürfwunde in der rechten brennt. Ich habe Fynn zurück ins Bett gebracht. Jetzt will ich nur noch duschen und dann endlich schlafen! Stattdessen drehe ich mich zu Nora um und erzähle ihr, wie der Kerl aus dem Supermarkt auf einem Ast im Baum gesessen und blöd gegrinst hat. Wie ich seinen Fuß gepackt und ihn vom Baum gezerrt habe. Wie er auf mich fiel, mich fast zerquetschte, wie wir uns im Dreck geprügelt haben und ich am Ende seinen hässlichen Rattenschwanz packen und seinen Kopf gegen den Stamm schlagen konnte, sodass seine Nase brach. «Sehe ich dich noch einmal in der Nähe meines Sohnes», habe ich gesagt, ‹dann haben wir zwei noch ein viel größeres Problem miteinander, ist das klar?›» Ich mache es Nora vor, mithilfe des Badezimmerteppichs auf dem Boden, die Zahnbürste noch immer in der Hand. Nora steht mit verschränkten Armen da und wirkt skeptisch. «Seine Nase sah wirklich übel aus, Nora. Er hätte mir fast leidtun können, aber in dem Moment ... ich weiß auch nicht. Ich habe einfach noch mal reingehauen in sein hässliches Gesicht!»

Sie wendet sich ab, reibt sich die Stirn.

«Waren das genug Details für dich?», hake ich nach und stecke mir die Zahnbürste ungelenk zurück in den Mund. Es gibt keine Heldengeschichte, die nicht auch ein bisschen Lüge enthalten würde. Aber ich frage mich, ob der letzte Schlag einer zu viel war.

«Also ich weiß nicht, Henrik.»

«Der macht uns keinen Ärger mehr, Nora, versprochen», wiederhole ich und spucke noch einmal ins Becken.

«Ich kann einfach nicht glauben, dass du dich wirklich geschlagen hast.»

Ich sage nichts, spüle mir den Mund aus.

«Henrik?»

«Hast du mir nicht zugehört?»

«Doch. Das ist es ja.»

«Und wo soll ich mir wohl sonst meine Schrammen hergeholt haben?» Ich drehe mich um, präsentiere mit ausgebreiteten Armen meine Verletzungen.

«Ich weiß es nicht, Henrik. Darum frage ich ja nach!»

«Und ich habe dir geantwortet, oder?»

Sie presst die Lippen aufeinander, und ich gehe ebenso schweigend an ihr vorbei. Nicht einmal jetzt, angesichts all meiner Verletzungen, glaubt sie mir, ich könne mich geprügelt haben wie ein echter Mann.

Es dauert, bis sie mir folgt und wir beide im Bett liegen, jeder auf seiner Seite. Ich drehe ihr den Rücken zu, kann aber hören, wie sie sich von einer Seite auf die andere wälzt.

«Wir sollten morgen abreisen», sagt sie plötzlich in die Dunkelheit, und augenblicklich sträubt sich in mir etwas. Ich habe ein Déjà-vu, wie jemand sagt: «Wir sollten morgen abreisen.» Es dauert eine Weile, bis ich einordnen kann, dass es meine Mutter war.

Es war mein letzter Schwedensommer, aber noch nicht das Ende meiner Ferien. Opa war nachts in den See gewatet, und meine Eltern stritten sich darüber, wer schuld daran sei. Wegen seines Alzheimers machte mein Opa manchmal dumme Sachen. Aber noch nie war es so ernst gewesen. Ich saß auf der Rückbank des Autos und wollte nicht nach Deutschland zurück.

«Hast du gar nichts dazu zu sagen?», fragte meine Mutter

meinen Vater aufgebracht. Und ich öffnete den Mund, weil ich etwas zu sagen hatte. Ich hatte etwas Wichtiges zu sagen, aber sie hörten mir nicht zu. Sie glaubten mir nicht. Dieses Gefühl ist etwas, das ich aus meiner Kindheit mitgenommen habe. Es ist mein wunder Punkt, der nicht verheilt. Es ist der Grund, warum ich es nicht ertragen kann, dass Nora mir nicht glaubt.

«Henrik», sagt Nora, und ich schrecke zusammen.

«Ja?»

«Ich habe dich gefragt, ob du gar nichts dazu zu sagen hast.»

«Entschuldige, ich – muss wohl schon eingeschlafen sein.»

«Ich glaube inzwischen, du hattest recht. Es war eine beschissene Idee herzukommen.»

«Ich habe nie gesagt, dass es eine beschissene Idee war.»

«Na ja, froh warst du nun auch nicht gerade.»

«Jetzt bin ich es.»

«Jetzt? Wo ein Kerl unserem Sohn erst im Supermarkt und dann im Wald auflauert? Und tote Tiere unter unserem Küchenfußboden hängen? *Jetzt* bist du froh?» Sie lacht bitter auf und wird dann ebenso schnell wieder ernst. «Ich weiß nicht, ob wir uns mit diesem Haus übernommen haben. Ich will ja hier sein und habe mich auf Schweden gefreut, auf all das hier. Aber jetzt ...»

«Nora», unterbreche ich sie und suche unter der Decke nach ihrer Hand, um sie daran aus ihrem Gedankenkarussell herauszuziehen.

«Wieso nimmt Fynn überhaupt diese widerlichen Dinge von jemandem an? Die Schokolade? Die Puppe? Wir haben ihm doch eingetrichtert, nicht mit Fremden zu reden!»

«Er ist ein Kind. Und er mag Daim-Riegel. Und dank deiner genderneutralen Erziehung auch Puppen.»

«*Meiner* genderneutralen Erziehung?»

«Unserer. Natürlich», korrigiere ich, obwohl tatsächlich Nora die treibende Kraft ist.

«Und wenn mal einer kommt und Fynn einlädt, ins Auto einzusteigen, dann tut er das genauso? Auto fahren mag er ja schließlich auch!»

Plötzlich bereue ich es doch, die Geschichte so aufgebauscht zu haben. Ich hätte gedacht, es würde Nora beruhigen, wenn ich behauptete, die Sache mit dem Kerl geklärt zu haben, statt bei der Wahrheit zu bleiben: dass ich niemanden gefunden habe. Nichts und niemanden außer einem Baumhaus im Wald. Und dass ich aus reiner Dummheit heraus versucht habe, eine alte, marode Strickleiter hinaufzuklettern. Dummheit, kein Heldenmut. Es war mir peinlich, das zuzugeben. Jetzt wünschte ich doch, ich hätte es getan.

Meine Gedanken wandern zurück zu dem Baumhaus. Ich habe das Gefühl, schon mal dort gewesen zu sein. Irgendwann in meinen Sommerferien. Ich war mit anderen Kindern unterwegs, einer Gruppe von Freunden. Wir sind dorthin, wo der Wald am dichtesten war, wo man nur als Kind oder Tier durch die engen Äste gelangt. Dahinter lag eine Lichtung – verwunschen, eingewachsen. Ein Baumhaus, eine Strickleiter.

Ich versuche mir Details vor Augen zu rufen, aber die Erinnerung bleibt verschwommen, wie eigentlich alles aus meiner Kindheit. Daran ist mein Vater schuld, der mich zum Psychologen schleppte und mit Medikamenten fütterte, weil er meine überschäumende Fantasie mit Irrsinn verwechselte.

Wenn einem Kind pausenlos vorgehalten wird, dass es spinnt, dann beginnt es, das irgendwann selbst zu glauben. Und als Erwachsener weiß man plötzlich nicht mehr, auf welche Erinnerungen man sich verlassen kann. Aber ich glaube, dass ich in diesem Baumhaus gespielt habe. Und dass da noch ein anderes Kind war. Mir treten weitere Szenen vor Augen, die wahr sein mögen oder nicht. Wir sind zusammen durch den Wald getollt. Wir haben zwischen den warmen Steinen nach Eidechsen gesucht und sind mit nackten Füßen und Hand in

Hand in den Bach gestakst. Es war eine tolle Zeit. Der schönste Sommer meines Lebens – glaube ich.

«Müssen wir die Polizei informieren?», fragt Nora, und der Gedankenfaden reißt ab. Ich brauche einen Moment, um wieder ganz im Hier und Jetzt anzukommen.

«Wegen einer Puppe?»

«Das ist doch nicht einfach nur eine Puppe! Das ist widerlich!»

«Nora, der Kerl ist ein Schmächtling und hat wahrscheinlich ein paar Schrauben locker. Für wirklich bedrohlich halte ich ihn nicht.»

«Du hast gesagt, er wäre einen ganzen Kopf größer als du», erinnert mich Nora. «Als du ihn im Supermarkt gesehen hast.»

«Da habe ich seine Größe überschätzt. Von Nahem war er viel kleiner.»

Nora schweigt. Ich hätte ihr wirklich von dem Baumhaus erzählen sollen. Aber jetzt kann ich nicht mehr zurück, ohne dass sie sauer wird.

«Also komm, Nora. Der Kerl hat winselnd den Schwanz eingeklemmt und ist abgezogen, kaum dass ich ihn angestupst habe. Wenn wir Fynn von all den Orten fernhalten müssten, an denen es Verrückte gibt, dann könnten wir ja nirgends bleiben.»

Diesmal dauert Noras Schweigen noch länger an. Dann sagt sie: «Es ist meine Schuld. Ich war diejenige, die unbedingt herkommen wollte. Und wenn Fynn jetzt etwas passiert ...»

«Hey», unterbreche ich sie und drücke ihre Hand. «Es war eine gemeinsame Entscheidung, okay? Ein eigenes kleines Ferienhaus am See, umgeben von nichts als Natur. Das wollten wir doch immer!»

Sie brummt widerwillig. Ich rücke näher an sie heran und streiche mit der freien Hand durch ihre blonden Haare, so wie man sich Sand durch die Finger rieseln lässt. Wer auch immer

Fynn die Puppe geschenkt hat, ich will nicht, dass sich dadurch etwas an Noras Einstellung zu diesem Ort ändert. Nicht jetzt, wo wir uns hier einleben.

«Außerdem», sage ich leise, «hattest du mit allem recht.»

«Womit?»

«Ich glaube, ich schreibe hier mein nächstes Buch.» Die Bettdecke raschelt, als sie sich überrascht zu mir umdreht. Vielleicht, weil ich es ihr so ganz unspektakulär sage. Es ist immer etwas Besonderes für mich, das erste Mal über ein neues Buch zu sprechen. Ich bette die Worte in eine imaginäre Schmuckschachtel, schiebe sie Nora bei einem Abendessen über den Restauranttisch zu oder überrasche sie bei einem Glas Champagner damit: Ich habe eine Buchidee. Nie würde ich ihr so etwas zwischen Tür und Angel sagen. Aber dieser Moment scheint mir passend.

«Mir ist es schon am Tag unserer Ankunft klar geworden. Als ich im Wald mit Fynn gespielt habe. Es war eine gute Sache herzukommen. Ein guter Ort zum Schreiben. Und für uns.»

Nora schweigt. Schließlich sagt sie: «Und worum soll es gehen?»

Ich denke kurz nach. «Es wird ein Abenteuerbuch. Der Wald bietet sich für so was an, findest du nicht? Es wird um einen Jungen gehen, der in einem Baumhaus wohnt und Abenteuer erlebt.»

«Warum kann es nicht mal ein Mädchen sein?», fragt Nora. Ihre Finger weich in meiner Hand. «Die Welt braucht mehr Bücher über mutige, starke Mädchen.»

MARLA

Das Tuch um meinen Kopf ist eng und drückt auf meine Augen. Aber wenn ich ganz doll nach unten schiele, kann ich noch was sehen. Einen schmalen Streifen Schnee nämlich, der im Mondlicht leuchtet, und meine Beine, die sehr tief im Mondschnee stecken. Wie zwei dünne Äste ohne Füße dran. Ich spüre meine Zehen nicht mehr. Ich spüre gar nichts mehr, außer Angst. Ich kann die Bäume hören, deren Kronen über mir im Wind knarren. Und eine Eule, die so laut schreit, dass ich zusammenzucke.

Man darf eigentlich keine Angst haben, zumindest nicht so, dass drinnen im Kopf alles dunkel wird. Mit so viel Dunkel und Nebel im Kopf ist man ein Beutetier, sagt der Mann. *Und wir wollen ja ein Fleischfresser sein, nicht wahr, mein Kind? Wir – wollen – ein – Fleischfresser – sein.*

Hinter mir knackt etwas. Ich mache ein Schreckgeräusch beim Einatmen und schlage mir die Hände vor den Mund. Man darf eigentlich keine Panik haben, weil sie einen dumme Sachen machen lässt, ganz ohne nachzudenken. Und ich will ja überleben.

Ich weiß, ich sollte mich jetzt an was erinnern, aber mein Kopf ist voll von Gedanken, die ich nicht denken darf: Ich kann das nicht. Ich bin zu schwach. Ich gehe ihm nur bis zum Bauchnabel. Und er hat ein Gewehr.

Plötzlich knirscht Schnee hinter mir. Schritte. Seine Stiefel, die warmen, schweren. Ich presse meinen Rücken gegen den

Baum und die Hände noch fester auf den Mund. Aber er weiß, dass ich hier bin. Egal wie leise ich zu sein versuche, er weiß immer, wo ich bin. Er muss ja nur meinen Spuren folgen. Der Schnee hilft ihm. Der Schnee ist sein Spitzel. Es knallt laut. Der Schuss fegt knapp an meinem Arm vorbei, ich schreie auf, stolpere nach vorn, versuche mir die Augenbinde vom Kopf zu reißen und lande bäuchlings im Schnee, strampelnd. Er brüllt: «Benutz deine gottverdammten Ohren, Kind!» Die Angst schwappt über. Ich springe auf, renne, aber ich weiß nicht, in welche Richtung, darum schlägt mir etwas ins Gesicht, mit solcher Wucht, dass ich auf den Rücken falle. Es ist ein Ast. Ich glaube, mein Kopf ist geplatzt, oder mein Mund. Kurz glimmen Farben in der Dunkelheit auf, wie Nordlichter. Aber sie sind gar nicht in echt da. Es sind nur meine Nordlichter, und sie wollen mich hereinlegen. Da, wo sie auftauchen, ist nämlich gar nicht der Norden, sondern immer nur Schmerz.

Ich schmecke Blut und presse die Lippen aufeinander. Wenn man eine Blutspur hinterlässt, dann zeigt man dem anderen, dass man verletzt und schwach ist, und das darf ich nicht sein. Ich wälze mich auf den Bauch. Da, wo ich eben noch lag, ist jetzt bestimmt ein riesiger Schneeengel. Ich habe schon wieder alles falsch gemacht.

Ein weiterer Schuss knallt. Über mir kreischen Vögel, Raben, und dann schlägt plötzlich etwas mit einem dumpfen Pfumb neben mir in den Schnee. Erschrocken setze ich mich auf, taste mit den Händen danach. Meine kalt gefrorenen Finger berühren einen Klumpen Federn. Der Körper darunter ist noch warm, ich spüre ein Herz flattern – klopfklopfklopfklopf –, dann langsamer. Klopf ... klopf. Und dann nichts mehr.

Ich springe hoch und renne. Die Bäume schlagen mich mit ihren Ästen. Der Mann sagt, Bäume sind meine Freunde, weil sie mir beim Verstecken helfen können. Aber davon merke ich nichts. Die Bäume wollen mir genauso wehtun wie er. Sie zerkratzen mir die Arme und reißen an meinen Haaren.

Der nächste Schuss fegt direkt an meinem Gesicht vorbei. An meinem Kopf entflammt ein Feuer. Ich schreie auf und greife mir ans Ohr. Da ist etwas Warmes, Klebriges unter meinen Fingern. Blut. Er hat mir das Ohr abgeschossen! Schockstarr und zitternd bleibe ich stehen und versuche, mich nicht von den Nordlichtern überlisten zu lassen, die jetzt wieder da sind. In meiner Brust klopft mein Herz so schnell wie das des Raben. Klopfklopfklopfklopf. Ich darf nicht ohnmächtig werden. Wer ohnmächtig wird, der ist schon so gut wie tot.

Noch mal fasse ich an die Stelle an meinem Ohr, aber es tut weh, darum ziehe ich meine Finger schnell wieder zurück. Ich lausche auf den Mann, aber ich glaube, ich könnte ihn nicht mal mehr hören, wenn er direkt neben mir stehen würde. Ich stelle mir vor, wie er dasteht und brüllt: «Benutz deine gottverdammten Ohren, Kind!» Und ich würde zurückschreien: «Wie denn, wenn du sie mir abschießt?» Und das macht mich wütend.

Ich humpele, bis ich nicht mehr weiterkann. Bis meine Füße so taub sind, dass sie nur noch überall anschlagen und hängen bleiben und ich umfalle. Meine Zähne klappern aufeinander.

Der Winterwald ist ein böser Ort. Keiner entkommt ihm, egal wie sehr man kämpft. Wer es bis zum Einbruch der Nacht nicht geschafft hat, der schafft es gar nicht, weil dann die Kälte zwischen den Bäumen lauert, die große Schwester vom Tod. Sie kann machen, dass einem das Herz stehen bleibt, einfach so. Wie bei dem toten Raben.

Es dauert nicht lange, bis der Mann mich findet. Er schnalzt mit der Zunge, weil er nicht zufrieden ist mit mir. Dann trägt er Äste und Zweige zusammen und zündet sie an. Zuletzt pflückt er mich aus dem Schnee und legt mich nahe ans Feuer. Er nimmt mir die Augenbinde ab, weil wir jetzt ja fertig sind mit Spielen. Aber es ist schwer, die Augen offen zu halten, also lasse ich sie zu. Erst als das Feuer richtig warm knistert, schaffe ich es, ein bisschen zu blinzeln. Ich sehe zu, wie das Feuer den Schnee und das Eis verbrennt. Wie es einen Kreis in die Landschaft schmilzt, in dem auch ich auftaue. Die Wärme des Feuers streichelt mich. Ich schließe die Augen wieder und stelle mir vor, es wäre meine Mama.

Der Mann röstet Kartoffeln am Stock. Er sagt nichts, aber plötzlich landet etwas neben meinem Kopf. Es macht ein Geräusch wie der Rabe, der tot vom Himmel gefallen ist, pfump, und ich reiße die Augen auf. Neben meinem Gesicht liegt eine Kartoffel. Dunkelbraun und rund und dampfend wie frischer Elchkot. Ohne mich aufzusetzen, strecke ich die Hand danach aus, spiele mit ihrer rauen Schale und breche sie dann auseinander. Die Kartoffel ist von innen goldfarben und so heiß, dass sie mir den Mund verbrennt. Sie fühlt sich warm im Magen an, und darum flüstere ich: «Danke», aber der Mann sagt nichts.

Mein letzter Papa, einer von denen, die meine Mama ausgesucht hat, hat immer darauf bestanden, dass man bitte und danke sagt, wenn man etwas bekommt. Aber dem Mann ist das nicht wichtig. Er hält so was für «anerzogenen Schnickschnack».

Das Feuer knistert und tanzt, bis der Morgen dämmert. Dann erst legt es sich müde in den Holzscheiten schlafen. Ich glaube, ich bin auch eingeschlafen, denn das Nächste, was ich weiß, ist, dass der Mann mich aufhebt und nach Hause trägt. Er macht große Knirschschritte durch den Schnee. Ich blinzele. Am Horizont ist jetzt ein breiter rosa Streifen zu sehen, vermischt mit ein bisschen Gold, wie das Innere der Kartoffel.

Das Gewehr des Mannes ist schwer und hängt ihm über die Schulter. Er kann beides tragen, das Gewehr hinten und mich vorne, denn der Mann ist stark, und eines Tages werde ich hoffentlich genauso stark sein. Ich möchte, dass das schnell passiert. Vielleicht schaffe ich es dann aus dem Wald heraus.

«Du bist wach», stellt er fest, und ich kneife hastig die Augen zusammen, aber er hat es doch gemerkt und lässt mich los.

«Das letzte Stück läufst du alleine», sagt er. Ich komme schlotternd auf die nackten Füße, um ihm zu folgen.

Als wir an der Leiter zum Baumhaus ankommen, macht der Mann eine Bewegung mit der Hand, ich soll voranklettern. Oben angekommen, wickelt er mich in die große braune Wolldecke ein. «Die Hütte ist dein Nest», sagt er. «Stell dir vor, wir sind zwei Raben in einem Rabennest», er macht ein Krähgeräusch, und dann lacht er. Draußen ist der Himmel schon ganz hellrosa, und es fällt wieder Schnee, aber der Mann sperrt beides mit dem Bettlaken aus, das wir im Winter als Schutz vor der Kälte vor das Fenster hängen.

Ich ziehe meine Finger unter der Decke hervor, sie sind jetzt knallrot, und das ist ein gutes Zeichen. Schwarz wäre schlecht. Schwarz heißt Absterben. Ich zittere noch immer. Die Kälte ist in mich eingezogen wie in ein Haus.

Der Mann streichelt mir über den Kopf. Seine Hände kommen dabei aus Versehen an mein linkes Ohr, und ich zucke zusammen, aber ohne Ton. Der Mann mag es nicht, wenn ich aufschreie oder weine. Er findet, das macht das ganze Spiel kaputt.

«Entschuldigung», flüstere ich und kneife die Augen zusammen. Doch er gibt mir nur zwei kurze Klapse auf die Wange und sagt: «Da müssen wir später Jod drauftun.» Dann steht er auf und stellt die Heizlaterne vor mein Bett. Er gibt mir die Tablette, von der man lustige Träume bekommt. «Damit du vor denen geschützt bist, die in den Schatten lauern», sagt er und deutet augenzwinkernd auf die Ecken der Hütte. Dann geht er und lässt mich allein, mit den Ecken und den Schatten.

Er schläft nie bei mir im Baumhaus. Er kommt und geht, wie es ihm passt. Ich glaube, er weiß gar nicht, wie unheimlich es hier ist. Die Hütte ist dunkel und zugig, hinter den Brettern schnattert und kreischt und brummt und heult es im Wald. Und unten, unter den Wurzeln, wohnen die Toten. Ein ganzes Totenreich.

ROSA

Ebbe ist jetzt wieder still. Wenn ich nach der Körperroutine die Alphabettafel hole, blickt er von mir fort oder schließt ganz die Augen – wie den Deckel eines Buches, das keine Informationen mehr für uns hat. Die Sache mit der «verfickten» Kugel in seinem Kopf war das Einzige, was er zu sagen hatte. Eine sehr kurze Geschichte. Ein Drama. Es passt zu ihm.

Am Montag ruft Vater das Krankenhaus an, wo man uns empfiehlt, Ebbe Zeit zu geben und ihm vielleicht ein wenig vorzulesen. Es sei wichtig, dass wir mit ihm sprechen, selbst wenn er sich im Augenblick dazu entschieden hat, uns nicht zu antworten. «Es gibt ja nicht vieles, das er im Moment selber entscheiden kann», höre ich die Ärztin durch den Telefonhörer sagen, während ich heimlich die Tageszeitung im Müll entsorge, weil Vater die Schlagzeile um einen gewissen Knochenfund im Wald nicht sehen soll.

Und ich verstehe, was die Ärztin meint. Ironischerweise kann ich die Beweggründe meines Bruders jetzt, da er zur Reglosigkeit gezwungen ist, besser nachvollziehen als früher.

Ich füge also «Vorlesen» zu der Liste an Aufgaben rund um Ebbes Pflege hinzu, doch es fühlt sich trotzdem falsch an, mit meinem Buch an die Brust gedrückt sein Zimmer zu betreten. Sowohl das Buch als auch ich sind in diesem Raum ein Fremdkörper. Da ich Ebbe nie habe lesen sehen, weiß ich nicht, was ihn interessiert, und habe einfach meine aktuelle Lektüre mitgenommen: *Das Abwaschen von Unrecht – Vorschriften zum Um-*

gang mit Autopsien. Verfasst von dem chinesischen Arzt und Richter Song Ci im 13. Jahrhundert.

Ich rücke den Stuhl vor das Fenster und versuche zu ignorieren, wie demonstrativ Ebbe die Augen geschlossen hält. Die Situation ist für uns beide neu. Wir werden uns daran gewöhnen müssen.

Ich blättere bis zu der Stelle, an der Song Ci erklärt, wie er Insekten zur Aufklärung eines Mordfalls einsetzte, denn das ist ein interessanter Fall, und Song Ci war der Erste, der auf diese Idee kam: In einem chinesischen Dorf wurde ein Bewohner zu Tode gehackt aufgefunden. Zur Aufklärung des Mordes schlug Song Ci zuerst mit einer Vielzahl von Werkzeugen auf einen Kadaver ein. Er verglich die Schnitte mit den Wunden am Körper des Dorfbewohners und stellte so fest, dass es sich bei der Tatwaffe um eine Sichel handeln musste. Daraufhin bat er alle Dorfbewohner, ihre Sicheln zum Marktplatz zu bringen. Es war Hochsommer, darum gab es viele Fliegen, und sie setzten sich fast ausschließlich auf eine bestimmte Sichel. Das Blut war nicht mehr sichtbar, aber mit ihren feinen Sinnesorganen nahmen die Fliegen es wahr. So wusste Song Ci, bei welcher Sichel es sich um die Mordwaffe handelte.

Ich wedele meinerseits eine Fliege weg, die sich durchs Fenster zu uns verirrt hat, und blicke zu Ebbe. Er hat die Augen nicht mehr geschlossen, sondern starrt mich an. Mit einer Abscheu, die selbst jene übertrifft, die er mir in meiner Kindheit entgegengebracht hat. Ich erwidere den Blick ruhig.

Immerhin, ich scheine zu ihm durchgedrungen zu sein. Ob er sich allerdings der Relevanz des Textes bewusst ist, bezweifle ich.

«Das nächste Werk über forensische Entomologie wurde erst viele Jahrhunderte später veröffentlicht», erkläre ich. «In Europa begann man nicht vor der Zeit der Aufklärung damit, Leichen wieder auszugraben, um sie systematisch zu untersuchen. Und hier in Schweden gab es das erste offizielle Projekt in forensischer Entomologie erst 1998! Kannst du dir das vorstellen?»

Ich erwähne nicht, dass das erste inoffizielle Projekt dieser Art tatsächlich schon früher stattgefunden hat, und zwar hinter Vaters Schuppen.

Ebbes entsetztem Gesichtsausdruck nach zu urteilen, würde ich ohnehin sagen, er braucht noch ein bisschen, um das Gehörte sacken zu lassen.

Ich klappe das Buch zu. «Morgen lese ich weiter. Ich werde hier so lange sitzen und lesen, bis du dich entscheidest, mit uns zu sprechen. Mir wäre es ja egal, wie du dir vorstellen kannst. Aber für Vater ist es wichtig. Er kann nichts dafür, wenn du an einer Wand hochkletterst und dann abstürzt. Also versuch nicht, ihn zu bestrafen.» Ich stehe auf, lege das Buch auf den Stuhl, nehme es dann aber doch an mich, als ich das Zimmer verlasse. Eine reine Angewohnheit. Früher haben nicht viele meiner Besitztümer Ebbes Anwesenheit überlebt.

In der Küche hole ich einen Joghurt aus dem Kühlschrank und die Zeitung aus dem Müll. Der Fund im Wald ist die Schlagzeile des Tages. Keine achtundvierzig Stunden sind vergangen, seit ich die Knochen zur Polizei gebracht habe. Und schon hat die Presse Wind davon bekommen.

Es ist darum wenig erstaunlich, dass mein Vater bereits Bescheid weiß, als er am Abend nach Hause kommt.

«Im Sägewerk gab es heute nur ein Thema», sagt er mit dem Rücken zu mir, während er seine Jacke an die Garderobe hängt. «Eine junge Frau hat beim Zelten im Wald eine Kinderleiche gefunden. Nicht sehr weit von hier. Bitte sag mir, dass du nichts damit zu tun hast.»

Den Gefallen kann ich ihm leider nicht tun. Zumal ich glaube, er weiß es ohnehin schon. Der Form halber stelle ich aber richtig: «Es war ein Skelett.»

«Was?» Er dreht sich zu mir um.

«Unter einem ‹Leichnam› versteht man den Körper eines Verstorbenen, dessen geweblicher Zusammenhalt noch nicht durch Fäulnis oder andere chemisch-physikalische Prozesse aufgehoben ist. Skelette oder Skelettteile gelten nicht mehr als Leichnam», erkläre ich.

Wenn es um das Thema Tod geht, wird mein Vater immer komisch. Er reibt sich über die Augen, wohl zum Schutz gegen das, was er nicht sehen will. Dann geht er steif an mir vorbei in die Küche. Er öffnet die Schublade unter dem Ofen und holt eine Rolle schwarzer Müllsäcke heraus.

«Sei bitte diskret», sagt er und hält mir die Rolle mit demselben peinlich berührten Gesichtsausdruck hin, mit dem meine Mutter mir in meiner Jugend ein Paket Binden in die Hand drückte, als ich zum ersten Mal meine Periode hatte. Ich werde nie verstehen, was an Monatsblutungen und Leichen beschämend sein soll. Zu sterben und vorher seine Periode zu bekommen, ist schließlich das Normalste der Welt.

Ich nehme ihm die Rolle ab.

«Darin darf organisches Material nicht mal entsorgt werden», informiere ich ihn.

«Rosa.» Ich glaube, es gefällt meinem Vater ebenso wenig wie mir, dass ich plötzlich wieder zu Hause wohnen muss. «Wirf das ganze Zeug aus dem Schuppen einfach weg, in Ordnung? Bevor die Boulevardpresse noch darauf tritt!»

«Das ist kein Zeug, das ist Wissenschaft.»

«Das hast du auch schon mit zehn Jahren behauptet.»

«Es stimmte auch damals schon. Und behandle mich bitte nicht, als wäre ich ein Kind, das man zum Aufräumen in sein Zimmer schickt.»

«Wir haben dich nie zum Aufräumen in dein Zimmer geschickt», antwortet er. Und damit hat er recht.

Ich war ein ordentliches Kind, ein penibles. Meine Ordnung erschreckte jeden, der mein Zimmer betrat. Wenn zum Kindergeburtstag Freunde oder Verwandte zu Besuch kamen, dann verschob Mama meine aufgereihten Schuhe ein bisschen mit dem Fuß oder strich wie zufällig mit der Hand über meine akribisch geordneten Buntstifte auf dem Maltisch, um ein bisschen Chaos zu mimen. Es war meinen Eltern immer wichtig, nicht aufzufallen. In der Idylle, in der ich aufwuchs, machte man sich nur durch ein einfaches und normales Leben unsichtbar, und zu dem gehörte ein normal chaotisches Kind. Keine Tochter, die seit dem Grundschulalter eine Body Farm hinter dem Schuppen betreibt und ihre Cornflakes nach Größe sortiert.

«Ich muss irgendwo meine Studien fortführen, Papa. Ich kann doch jetzt nicht einfach so hier versauern!»

«Ein paar Monate! Alles, was von dir verlangt wird, ist, dich ein paar Monate um deinen Bruder zu kümmern, bis es ihm wieder besser geht!»

«Aber es wird ihm vielleicht nicht besser gehen. Nicht in ein paar Monaten, vielleicht nicht mal in ein paar Jahren! Ebbe hat doch keinen Schnupfen, er hat sich das Genick gebrochen!»

«Es gibt viele Tetraplegiker, die wieder lernen, sich zu bewegen! Die nach einigen Jahren wieder alles selbstständig können!»

«Und es gibt ebenso viele, bei denen das nicht der Fall ist! Ich bin nicht zur Krankenschwester ausgebildet. Ich habe etwas gefunden, in dem ich wirklich gut bin, und ...»

«Tod?», unterbricht er mich. «In Tod bist du gut? Darin, Leichen im Wald auszubuddeln und Kadaver in der Werkstatt zu verscharren? Himmel, Rosa, das ist doch kein Talent, das ist die Arbeit von einem verdammten Leichenspürhund!»

«Ich studiere die Auswirkung von Verwesungsprozessen auf das Erdreich», sage ich so ruhig wie möglich. «Wenn ein Körper zerfällt, dann setzt er bestimmte Stoffe frei, die ...»

«Und was soll das bringen? Dieses Herumstudieren an Leichen, die wir eigentlich in der Erde lassen sollten? Die Menschheit ist doch jahrhundertelang ohne so was ausgekommen!»

«Wann meinst du? Vor dem 13. Jahrhundert?»

Er zieht eine Grimasse. «Ich sehe den Zweck jedenfalls nicht.»

«Den versuche ich dir ja gerade zu erklären! In der Forschung ...»

«Aber das ist keine Forschung, Rosa!» Er streckt die Hand in Richtung Küchenfenster. Sie ist älter und faltiger geworden, wie mir jetzt auffällt. «Das sind tote Tiere in einer Holzwerkstatt!»

Ich kann es nicht leiden, wenn er schreit. Ich kann es nicht leiden, wenn überhaupt irgendjemand schreit. Der Umgang mit anderen an sich ist schon anstrengend genug, auch ohne dass jemand laut wird.

Also packe ich die Mülltüten, ziehe meine Gummistiefel an und verlasse die Wohnung durch die Küchentür zum Gemüsegarten, der diesen Namen schon lange nicht mehr verdient. Die Erde in den Beeten ist hart. Seit dem Tod meiner Mutter ist alles von Unkraut überwuchert. Mein Vater hat weder die Zeit noch das Geschick für die Pflege eines solchen Gartens. Er macht schon Überstunden in der Holzwerkstatt und springt für jeden Kollegen ein, damit das Geld überhaupt irgendwie reicht. Aber als ich nach meiner Ankunft vorschlug, das ganze Gemüse einfach rauszureißen und die Beete einzuebnen, sodass sie ihn nicht ständig an Mama erinnern, hat er mich nur entsetzt angesehen. Mein Vater ist einer, der alles Vergangene bewahren und konservieren muss, bis über den Tod hinaus. Eine weit verbreitete Gewohnheit. Eine ganze Bestattungsindustrie lebt davon.

Auf der Rückseite des Gartens angekommen, klettere ich über den Bretterzaun. Der Regen tropft in meine Gummistiefel und perlt von den Mülltüten ab, in denen ich meine Studienobjekte beerdigen soll.

Gerade will ich meinen Weg zum Schuppen fortsetzen, als ein Auto vor dem Haus vorfährt. Ich sehe es nur für den Bruchteil einer Sekunde zwischen dem Kirschbaum und der Einfahrt auftauchen, doch die grelle Farbe lässt mich innehalten. Die Polizei ist da. Und ich habe keinen Zweifel, dass es nicht mein regelgetreuer Vater ist, den die Beamten sprechen wollen.

NORA

Ich spreche die Idee, von hier fortzugehen, nicht noch einmal an. Aber mit dem Gefühl von Sicherheit und Freiheit, das ich mir von Schweden erhofft hatte, ist es vorbei.

Am Morgen entsorge ich heimlich die Puppe und schleiche um Fynn herum wie eine Glucke, während Henrik sich ans Schreiben macht. Ich beneide ihn darum, dass ihn Ereignisse, die mich völlig aus der Bahn werfen, lediglich inspirieren. Als wir vor Jahren mal auf einer Heißluftballonfahrt unerwartet notlanden mussten, schrieb er anschließend einen Jugendroman über einen Ballonabsturz auf eine magische Insel, während ich eine Lebensversicherung für uns abschloss.

Henrik driftet immer ein bisschen von mir weg, wenn er auf der Suche nach den richtigen Worten in seine eigene Welt abtaucht. Aber diesmal ist er kaum mehr zu erreichen. Selbst Fynn schafft es nicht, ihn vom Laptop wegzulocken, vor dem sein Vater sitzt und abwechselnd aus dem Fenster und auf den hypnotisierend blinkenden Cursor starrt. Ich glaube, dass Henriks Abwesenheit mit der Sache im Wald zu tun haben muss, was auch immer dort in Wahrheit passiert ist.

«Mami, guck mal!» Fynn lehnt den Kopf weit nach hinten über die Stuhllehne, damit er den Frootloop auf der Nase balancieren kann, den er aus seiner Müslischüssel gefischt hat. «Ich bin ein Seehund!»

«Toll, mein Schatz», sage ich abwesend und widme mich

wieder dem technischen Entwurf, den ich gedankenverloren auf den Küchenblock kritzele. Wenn ich mich nun doch in Norwegen bewerbe ...

Aus den Augenwinkeln bemerke ich eine Bewegung und blicke auf. Es ist Henrik, der zur Haustür geht und seine Sommerjacke anzieht.

«Gehst du raus?», frage ich, und er zuckt zusammen, als habe er ganz vergessen, dass ich auch noch im Haus bin.

«Ja, ich gehe im Wald spazieren.»

«Ich komme mit!», ruft Fynn und haut vor lauter Eile mit der Hand auf seinen Löffel, als er aufspringt. Milch und Frootloops spritzen über den Tisch und auf den Boden. Fynn rennt aus der Küche, versucht mit zu kurzen Armen seine Jacke von der Garderobe zu angeln.

Doch zu meiner Verwunderung legt Henrik die Hand auf seinen Kopf und sagt: «Heute nicht, Kumpel. Wir gehen am Nachmittag eine Runde im See baden, wie wäre das?»

Fynn ist ebenso verwirrt von dieser Reaktion wie ich, er vergisst sogar zu quengeln und zu stampfen und schaut stattdessen mit offenem Mund zu, wie sein Vater die Haustür hinter sich zuzieht.

Ich stehe auf, trete ans Fenster und sehe, wie er zum Schuppen geht und kurze Zeit später mit einer Leiter über der Schulter durch den Nieselregen auf den Wald zustapft. Ich runzele die Stirn.

«Mami, Papi hat mich nicht mitgenommen!», ruft Fynn fassungslos, und ich zucke die Schultern und sage: «Ich weiß. Mich hat er auch nicht mitgenommen», was ihn genug verwirrt, um ihn immerhin von einem Wutanfall abzuhalten. Wir wischen das Müsli von Tisch und Boden, dann baut Fynn im Wohnzimmer das Gruselgrütze-Spiel auf, das wir ihm zum letzten Geburtstag geschenkt haben.

«Kommst du, Mami?», ruft er, als er fertig ist, und ich lege seufzend den Schreibblock zur Seite und gieße mir noch einen Filterkaffee ein.

Als ich das Wohnzimmer betrete, fällt mein Blick auf Henriks Laptop, auf dem der Bildschirmschoner zu sehen ist.

«Ich hab schon alles aufgebaut!», sagt Fynn und schüttelt stolz den rappelnden Zauberstreuer neben seinem Ohr, das Highlight des Spiels.

«Hm, gut», sage ich und wechsle die Kaffeetasse von der linken in die rechte Hand. Meine Finger zucken in Richtung der Computermaus. Henrik mag es nicht, wenn man ihm beim Schreiben über die Schulter schaut. Selbst seinen Lektor lässt er nur widerwillig in den Text schauen, bevor der nicht fix und fertig ist. Aber ich bin neugierig, zu lesen, an was Henrik so emsig arbeitet. Das sollte doch das Mindeste sein, wo ich mich schon den ganzen Tag klaglos um Fynn kümmere! Ich zögere, dann stupse ich die Maus an. Der Bildschirm wird kurz schwarz, dann öffnet sich das Schreibprogramm. Der Cursor blinkt abwartend. Henrik hat den Computer mitten im Satz verlassen:

Mitten im Wald, tief und verwachsen wie ein Dorn im Fleisch, hängt ein Geheimnis zwischen den Ästen. Ein Verschlag, so ...

Ich bin überrascht. Soll das alles sein, was er den ganzen Morgen geschrieben hat? Ich scrolle suchend nach mehr Text, doch plötzlich knarrt die Veranda vor der Haustür, und ich zucke so erschrocken zusammen, dass Kaffee auf die Tastatur des Laptops schwappt.

«Scheiße», murmele ich ertappt und tupfe hastig mit dem Ärmel darüber. Fynn ist vom Wohnzimmertisch aufgesprungen und rennt zur Haustür. Während ich noch versuche, die Spuren meiner Neugier zu verwischen, höre ich, wie er die Haustür aufreißt. Ich drehe mich um. Vielleicht kann ich den Bildschirm so lange verdecken, bis der Bildschirmschoner wieder anspringt.

«Hallo», sagt Fynn, und ich weiß bereits, dass etwas nicht stimmt, dass es nicht Henrik ist, noch bevor ich die fremde Männerstimme höre. Ich stehe wie versteinert da, als Fynn seinen Kopf ins Wohnzimmer steckt.

«Mami, da ist der Mann, der mir die Puppe geschenkt hat!», ruft er, und mein Herz sinkt mir bis in den Magen.

HENRIK

Es hört endlich auf zu regnen, als ich wieder am Ferienhaus ankomme. Ich verstaue die Leiter. Dann hinke ich die Stufen zur Veranda hoch, reiße die Tür auf und schlüpfe aus der klatschnassen Jacke. Mit einer Hand hänge ich im Ärmel fest und mit den Gedanken noch im Wald. Dieser dichte, undurchdringliche Wald. Ich hatte gedacht, den genau gleichen Weg wie gestern gegangen zu sein, aber am Ende habe ich nur die Leiter unnütz hin und her geschleppt, ohne das Baumhaus zu finden. Ich überlege, ob es Wegpunkte gab, an die ich mich hätte erinnern müssen. Wo ich falsch abgebogen sein könnte. Wenn nur der verdammte Regen nicht …

«Henrik», sagt Nora. Ich schrecke zusammen. Ich habe nicht bemerkt, dass noch jemand im Wohnzimmer ist. Nora ist von ihrem Stuhl aufgestanden. Auf der Tischseite ihr gegenüber sitzen Fynn und ein Mann, den ich noch nie gesehen habe. Nora runzelt die Stirn, vielleicht wegen meiner Zerstreutheit oder wegen des Jackenärmels, in dem ich immer noch festhänge. In der Tischmitte steht das Gruselgrützespiel. Irritiert blicke ich zwischen Fynn, Nora und dem Fremden hin und her. Ich schätze ihn auf mindestens Mitte sechzig. Er hat schütteres Haar, einen Bart wie ein Dickicht und ein wettergegerbtes Gesicht, das im Licht der Deckenlampe glänzt. Trotz seiner kauernden Haltung am Tisch kann ich sehen, wie groß er ist.

«Henrik, das ist Olof», stellt Nora den Fremden vor, und in

meinem Kopf klingelt ein Glöckchen. Wo habe ich diesen Namen schon mal gehört?

Fynn ruft fröhlich: «Wir haben Gruselgrütze gespielt und zweimal gegen die Wilde Hilde gewonnen!»

In dem faltigen Gesicht des Mannes zuckt ein Mundwinkel.

«Olof kommt ebenfalls aus Deutschland», fährt Nora fort. «Und er ist Tierpräparator. Ist das nicht spannend?»

In meinem Kopf macht es klick. Olof ist der Name, den die alte Frau im Supermarkt erwähnt hat. Der preisgekrönte Tierpräparator, der sogar Fabelwesen herstellt. Ich denke an den Hasen mit den Flügeln auf dem Brett über der Kasse. Hässliches Ding.

Wie ich erfahre, ist Olof der schwedischen Wildnis hier oben bereits vor vielen Jahren verfallen und hat sein altes Leben gegen ein einfacheres, bescheideneres eingetauscht. Ein Leben in Abgeschiedenheit, näher an der Natur. Er wohnt auf der anderen Seite vom Wald, was immer das heißen mag, denn der Wald scheint mir unendlich. Und er will Geschichten über die Region kennen, die sonst kein anderer kennt. Eine davon hat er während meiner Abwesenheit schon zum Besten gegeben: Sie handelt von einem Nilpferd, das eigentlich nach Afrika wollte, dann aber in dem See vor Olofs Haus gelandet ist. Fynn bittet ihn, beide Geschichten noch mal zu erzählen, damit ich sie ebenfalls hören kann, und hängt dann mit leuchtenden Augen an seinen Lippen. Auch Nora lächelt verzaubert.

Mein Blick wandert über den Tisch, auf den Nora Kaffee und Kekse neben das Spielbrett gestellt hat. So wie man es in Schweden macht, wenn ein Nachbar vorbeikommt, der ein bisschen reden will. «Fika» nennt man das hier. Aber dieser Olof will nicht nur ein bisschen reden. Er will Geschichten erzählen und füllt dabei den ganzen Raum mit seinen Gesten und seiner lauten Stimme aus. Als er geendet hat, fragt Fynn aufgeregt: «Kann ich das Nilpferd mal sehen?»

«Wenn du mich besuchen kommst, lässt sich das bestimmt machen.»

«Das ist doch eine schöne Idee», meint Nora und blickt aus dem Fenster. «Die Sonne kommt auch gerade durch. Wir könnten alle hingehen und bei der Gelegenheit einen kleinen Spaziergang machen, was meinst du, Henrik?»

«Ich war ja schon spazieren», sage ich und hänge die tropfende Jacke über den Stuhl an meinem Schreibtisch. Mich juckt es in den Fingern weiterzuschreiben.

«Erzählst du uns noch eine Geschichte?», bettelt Fynn, den man mit Spaziergängen nicht weit locken kann. «Vielleicht eine, in der ein Drache vorkommt?» Drachen stehen bei Fynn im Moment hoch im Kurs. Jeden zweiten Abend möchte er eine Geschichte hören, in der ein Drache vorkommt. Und an den anderen Abenden verlangt er nach einer Geschichte über Hexen. Ich setze mich wieder und blicke Olof gespannt an.

«Ob ich eine Geschichte von einem Drachen kenne?», fährt der auf. «Ich kenne sogar einen Drachen höchstpersönlich! Er wird Njord, der Winzling, genannt und lebt hier im Wald.»

Fynns Augen leuchten. «Wieso Winzling? Ist er denn so klein?»

«Nicht größer als eine Eidechse», bestätigt Olof und zeigt die Größe mit Daumen und Zeigefinger. «Und Njord wurde leider ohne Flügel geboren. Er hat immerzu vor seiner Erdhöhle gesessen und die Raben und Adler beobachtet, die über ihm am Himmel kreisten, und war sehr traurig, weil er selbst nicht fliegen konnte.»

Ich verziehe das Gesicht. «Also ist er in Wahrheit eine Eidechse und kein Drache», kommentiere ich diese wenig aufregende Geschichte und gieße mir Kaffee in Noras Tasse ein. Sie wirft mir einen komischen Blick zu.

«Natürlich nicht, denn er kann ja Feuer spucken», widerspricht Olof. «Und wenn er besonders wütend und traurig über sein Schicksal war, dann hat er das auch getan. Er hat das ganze Moos rund um seine Erdhöhle abgefackelt. So ...» Olof holt tief Luft und bläst die Wangen auf, bevor er sich vorbeugt und sein imaginäres Feuer über den Tisch prustet. Fynn quietscht vor Vergnügen.

«Und eines Tages konnte Njord seinen Traum doch noch wahr machen und sich in die Lüfte erheben, mithilfe des Raben Orvar. Njord fand den Raben nämlich verheddert in einer Fangleine, die so verknotet und verdreht war, dass niemand dem armen Orvar helfen konnte. Aber Njord brannte die Leine mit seinem Feuer durch und rettete ihn. Daraufhin lud Orvar Njord vor lauter Dankbarkeit zu sich nach Hause ein, und sie brieten Hasselbackspotatis über dem Feuer.»

«Hasselbackspotatis?», fragt Fynn.

«Sag bloß, du kennst keine Hasselbackspotatis?» Olof schlägt lautstark auf den Tisch, dass die Tassen klirren. «So was gibt's ja nicht! Ein Junge, der keine Hasselbackspotatis kennt! Da müsst ihr mich aber wirklich unbedingt besuchen kommen. Ich mache die besten Hasselbackspotatis der Welt!»

Fynn blickt Nora aufgeregt an. Die lächelt. Ich frage mich, wann ich meine Frau das letzte Mal so oft hintereinander habe lächeln sehen.

«Wie geht die Drachengeschichte aus?», fragt Fynn.

«Na, Njord und Orvar wurden natürlich Freunde. Man kann ja gar nicht nachts im schwedischen Wald bei Hasselbackspotatis zusammenzusitzen, ohne am Ende befreundet zu sein. Und als Orvars Flügel geheilt war und er von Njords Wunsch erfuhr, fliegen zu können, ließ er ihn auf seinen Rücken klettern, und *wuuuussschhhh* ...», Olof springt vom Stuhl auf und breitet die Arme aus, «... sah man die beiden am Himmel kreisen.»

Fynn klatscht in die Hände. Seine Augen leuchten vor Freude, und ich verstecke meinen Unmut in Noras Kaffeetasse.

Ich habe Olof durchschaut. Ich kenne die Geschichte, und in Wahrheit geht sie ganz anders. Dieser Olof ist gar keiner, der Geschichten erfindet, er verstümmelt und verdreht sie nur.

«Es war ein Kobold», höre ich mich sagen. «Es war kein Drache, sondern ein Kobold, und sein Name war Snar. Er hat den Raben tot in der Falle gefunden. Tot, nicht verletzt! Er hat ihm alle Federn ausgerissen und sich daraus Rabenflügel gebastelt, mit denen er fliegen konnte. Und so konnte er sich an allen anderen Vögeln am Himmel rächen, die ihn zuvor verspottet und ausgelacht haben.»

Es herrscht irritierte Stille am Tisch. Im Gegensatz zu Olofs Version der Geschichte löst meine Korrektur keinen Applaus und kein Lachen aus. Nora ist die Situation peinlich.

«Henrik ist Schriftsteller», sagt sie zögerlich in die Stille hinein. Es klingt wie eine Entschuldigung. Olof nimmt einen Schluck aus seiner Tasse und nickt.

Ich sage: «Das hat nichts mit meinem Beruf zu tun, sondern damit, dass die Geschichte anders geht.»

«Mir hat die Drachengeschichte gefallen», sagt Fynn. Er hat den Kopf auf seinen Arm gelegt und lässt die Wilde Hilde über den Tisch tanzen. Ich kann nicht fassen, dass er mir in den Rücken fällt.

«Nun, ich bin vielleicht kein Schriftsteller, aber in der alten Tradition des Geschichtenerzählens ist es ganz normal, dass die Handlung sich immer ein bisschen ändert», sagt Olof. «Habt ihr euch mal gefragt, warum man sich Geschichten schon immer im Kreis sitzend erzählt hat? Es liegt daran, dass Geschichten ein gemeinsames Erlebnis sind. Sie bringen die Menschen einander näher, viel näher als ein Buch, das ja jeder nur für sich selbst lesen kann. Ein guter Geschichtenerzähler lauscht mehr, als dass er erzählt, und zwar auf das, was sein Publikum hören will. Leider ist heute viel von dieser Tradition verloren gegangen.»

«Das soll der Sinn von Geschichten sein? Dem Publikum nach dem Mund zu reden?»

«Die Sonne ist draußen!», ruft Nora. Sie steht auf, um die Kaffeetassen zusammenzuräumen. «Wie sieht es denn jetzt mit dem Spaziergang aus?»

«Wie gesagt, ich war schon draußen», sage ich. «Aber geht ihr ruhig.»

Keiner widerspricht mir. Es herrscht überhaupt eine betretene Stimmung, bis sie aus dem Haus sind und die Tür hinter sich geschlossen haben. Durch das Fenster sehe ich zu, wie die drei über die Wiese davonschlendern. Ich höre Nora lachen. Es klingt hell und fröhlich, und das versetzt mir einen kleinen Stich.

ROSA

Dass ich die schwarzen Mülltüten noch in der Hand halte, merke ich erst, als Saras Blick an meinem Arm hängen bleibt. Das Regenwasser tropft von der Folie auf den Küchenboden. Meine Gummistiefel habe ich an der Tür ausgezogen, doch auch die Jacke tropft.

Den Kollegen, der mit Sara gekommen ist, kenne ich ebenfalls. Er war im Wald dabei.

«Hallo, Rosa», sagt er. Im Gegensatz zu ihm kenne ich seinen Namen nicht mehr. Ich bin davon ausgegangen, diesen Polizisten nie wiederzusehen. Das war wohl ein naiver Gedanke, wo er doch beim Abschied so froh war, meine Kontaktdaten zu haben.

Vater ist sichtlich beunruhigt über die Polizei im Haus. Aber er übernimmt die Sache mit den Umgangsformen für mich. Er bietet den Beamten Küchenstühle an und setzt Kaffee auf. Das Porzellan klappert, als er die Tassen aus dem Küchenschrank holt. Er ist so nervös, als hätten wir was zu verbergen.

Ich hänge meine Regenjacke über die Stuhllehne und setze mich den Beamten gegenüber. Sara blickt auf die Tropfen, die sich auf dem Küchenboden sammeln. «Warst du wieder im Wald unterwegs?»

«Nur hinten im Garten», murmele ich, damit sie nicht denkt, dass ich jeden Tag im Regen eine Leiche ausgrabe. Doch wie sich kurz darauf herausstellt, ist genau das Saras Hoffnung.

«Rosa, ich habe mich an der Universität in Amsterdam über

dich erkundigt. Du hast in etwas promoviert, was sich ...», sie zieht einen Zettel aus einem Schnellhefter und liest davon ab, «‹forensische Botanik› nennt?» Sie blickt mich erwartungsvoll an. Ich erkenne den Ausdruck in ihrer Hand. Es ist der Kurzbeschrieb meiner Doktorarbeit. «Deshalb hast du dort gegraben, oder?»

Die Antwort auf diese Frage liegt auf dem Tisch, im wahrsten Sinne des Wortes.

Der Kollege räuspert sich. Er sieht ungeduldig aus und will offensichtlich schnell mit der Vernehmung fortfahren. Zumindest nehme ich an, dass es sich hier um eine Vernehmung handelt.

«Ich muss zugeben, ich habe noch nie von dieser Methode gehört, die du dort vorstellst», sagt Sara. «Den Fundort von Leichen anhand der Bäume zu bestimmen.»

«Es ist noch keine ausgereifte Methode», sage ich. «Lediglich eine Forschungsidee.»

Die beiden tauschen einen Blick.

«Aber es hat funktioniert», sagt Sara. «Kannst du uns die Sache mit dem Stickstoff mal genauer erklären, Rosa?»

«Es geht nicht nur um Stickstoff. Stickstoff beeinflusst lediglich die Chlorophyllproduktion in den Blättern am stärksten. Und das wiederum die Farbe und das Reflexionsvermögen. Aber ich untersuche verschiedene Stoffe. Im Grunde alle, die bei der Zersetzung freigesetzt und vom Baum verstoffwechselt werden.»

Ich bemerke, dass mein Vater aufgehört hat, mit den Tellern zu klappern. Er hat mich nie nach dem Thema meiner Doktorarbeit gefragt und hätte bestimmt auch jetzt gerne darauf verzichtet, Details zu hören.

«In deinem Ausblick sagst du, dass die Kenntnis über solche Zusammenhänge bei der Bergung von Leichen in unwegsamem Waldgelände helfen könnte.»

«Irgendwann», ergänze ich. «So weit ist die Methode noch nicht. Und das ist auch nicht der Fokus meiner Forschung.»

«Was ist denn der Fokus deiner Forschung?»

«Die Auswirkung organischer Zersetzung auf die Vegetation.»

«Aber organische Zersetzung ... damit meinst du doch Leichen?», beharrt Sara. Und ihr Kollege meint: «Die schwedische Regierung hat diesen Studien nicht zugestimmt.»

«Sie hat sie auch nicht abgelehnt», erwidere ich.

«Das muss sie auch nicht, bei einer Bewilligung hat der Antragsteller zu warten, bis ...»

«Das ist doch jetzt völlig egal», unterbricht Sara ihn, und das überrascht mich. Ich dachte, die fehlende Bewilligung für meine Forschung sei genau das, worum es hier ginge. «Ich möchte diese Methode verstehen!», sagt Sara. «Wie ist das, Rosa: Zersetzen sich Menschen und Tiere verschieden? Könnte man zum Beispiel an den Blättern ablesen, ob da ein Mensch oder Tier begraben liegt?»

«Im Prinzip schon ...», sage ich zögernd. «Die Verwesungsmetaboliten hängen von der Lebensweise und Ernährung des jeweiligen Lebewesens ab. Und von der Größe. Ein mittelgroßer Mann setzt zum Beispiel zwei bis drei Kilo Stickstoff frei, wenn er verwest.»

«Und das ist viel?», hakt Sara nach. Sie versteht offensichtlich nur die Hälfte meiner Ausführungen.

«Es reicht für eine Zersetzungsinsel von etwa drei Quadratmetern und würde sich in einem besonders satten Blattgrün äußern.»

Wieder tauschen die beiden einen Blick.

«Ich habe aber nicht nach menschlichen Leichen gegraben», sage ich noch einmal, falls sie auch das nicht verstanden haben. «Ich untersuche Tierkadaver.»

«Tja, siehst du, genau das ist der Punkt.» Der Beamte lehnt

sich auf dem Tisch nach vorn. «Wir suchen nicht nach Tierkadavern.»

Er macht eine bedeutungsvolle Pause, aus der ich irgendetwas schließen soll. Und Sara erklärt: «Wir sind in der misslichen Situation, dass bei uns in der Region viele Vermisstenfälle unaufgeklärt bleiben. Die Waldgebiete sind einfach zu groß und oft zu unwegsam. In kleinen, viel offeneren Landschaftsgebieten kann es schon tückisch sein, eine Leiche aufzufinden. Aber bei uns ist es fast unmöglich, selbst mit Spürhunden an unserer Seite. Aber mit deiner Methode – so etwas könnte eine Bereicherung für unsere Polizeiarbeit sein! Darum sind wir hier. Ich habe das Kommissariat für die Idee begeistern können, und wir möchten dir, gewissermaßen, ein Jobangebot machen! Auf Probe.»

Hinter uns klirrt es. Meinem Vater ist eine Tasse heruntergefallen. Es muss ein Schock für ihn sein, dass sich mit etwas Geld verdienen lässt, das er lediglich für die Störung der Totenruhe hält.

«Nichts passiert», murmelt er hastig. Und dabei ist gerade ziemlich viel passiert. Sara wirkt begeistert. Sie kann nicht wissen, dass es in Wahrheit keine Freude ist, mit mir zu arbeiten. Ich klappe den Mund auf und wieder zu, suche nach einer höflichen Form abzusagen: «Auf gar keinen Fall.»

Sara tauscht einen weiteren verunsicherten Blick mit ihrem Kollegen. Vielleicht hat sie erwartet, dass ich vom Stuhl aufspringe vor Freude. Vielleicht ist es das, was normale Menschen tun würden. Die meisten meiner Studienkollegen wollten nach dem Abschluss in die Kriminalistik. Forensische Spurensuche. Verbrecher überführen, Kriminalfälle aufklären, all so was. Aber nicht ich. Ich habe mich erkundigt. Ganz oben auf der Liste der Anforderungen steht die Arbeit im Team, und ich funktioniere nicht im Team. Zu viele Menschen, zu viele Diskussionen und zu viele soziale Interaktionen, die mich von der Arbeit abhalten.

Und am Ende ist man immerzu damit beschäftigt, die Meinung der Idioten zu ignorieren und ihre Fehler auszubügeln. Ich mache mir keine Illusion.

«Rosa, hör mal. Wir sind wirklich interessiert an dieser Methode.» Sara rückt näher, ihre Hände kriechen über den Küchentisch auf mich zu, als wollten sie mich auf ihre Seite ziehen. «Stell dir mal vor, was wäre, wenn man Drohnen über die Waldgebiete schicken könnte, die nach bestimmten Blattfarben Ausschau halten. Wir haben jedes Jahr Tausende von Vermisstenfällen in Schweden!»

«So einfach ist das nicht. Man muss ein Gespür für Bäume und Blätter haben. Ich kann keine Drohnen darauf programmieren.»

«Aber vielleicht kannst du es irgendwann.»

«Dafür ist noch eine Menge Forschungsarbeit nötig.»

«Aber was wir dir anbieten, ist doch etwas ganz Ähnliches!»

«Nein. Ich untersuche die Auswirkungen der Kadaverzersetzung auf die Pflanzenwelt. Ihr möchtet, dass ich für euch Leichen finde.»

«Es könnte doch für beide Seiten eine nützliche Sache sein. Du hast bislang keine Legitimierung für deine Grabungen, und wir geben dir eine, sozusagen. Und vielleicht könnte es dir sogar helfen, in deiner Arbeit ernst genommen zu werden, wenn das Ministerium sieht, dass du mit deinem Vorhaben die Polizei unterstützt!»

Sie versucht mich zu ködern. Das sehe ich doch.

Sara lässt nicht locker: «Wir hatten ja auch erst mal an einen befristeten Vertrag gedacht. Du könntest es ausprobieren, sehen, ob die Arbeit was für dich ist! Und du würdest direkt an der Schnittstelle zwischen unserer Dienststelle und dem National Forensic Center arbeiten.»

«Das NFC ist fast sechshundert Kilometer von uns entfernt und besitzt nicht mal ein Nahinfrarotspektroskopie-Analysegerät», sage ich. Das macht Sara einen Moment sprachlos. Der Mundwinkel ihres Kollegen zuckt. «Außerdem muss ich mich um meinen kranken Bruder kümmern. Er hatte einen Kletterunfall.»

«Oh, das tut mir leid», sagt Sara. Offenbar gibt es doch noch etwas in meinem Leben, zu dem sie keine Erkundigungen eingezogen hat. Sie blickt erst mich und dann meinen Vater an, der gequält sagt: «Ja, er ist ... vorübergehend Tetraplegiker und auf Pflege angewiesen.»

«Darum bin ich überhaupt zurück in Schweden», sage ich.

«Allerdings ...» Mein Vater reibt sich den Bart. «Es wäre natürlich möglich, dass ich mich an Rosas Stelle um ihn kümmere, während sie diese Polizeiarbeit ausprobiert.»

Fassungslos drehe ich mich auf dem Stuhl zu ihm um. Ich glaube, mich verhört zu haben.

«Das wäre doch eine gute Lösung!», sagt Sara an meiner Stelle, weil ich vor Überraschung keinen Ton herausbekomme. Warum sollte mein Vater irgendetwas befürworten, das mit der Suche nach Leichen zu tun hat?

Plötzlich erheben Sara und ihr Kollege sich. Ich glaube, ich habe irgendetwas verpasst. Sie schütteln Vater die Hand, als sei hier über meinen Kopf ein Vertrag geschlossen worden. Und dann strecken sie auch mir die Hand hin.

Ich öffne den Mund, um meine Absage von vorhin zu bekräftigen. Um ihnen zu sagen, dass ich nicht für Teamwork und noch viel weniger zur Polizeiarbeit geeignet bin. Dass ich überhaupt kein Interesse an der Aufklärung von Mordfällen habe. Ich will nur die Leichen und Kadaver sehen.

«Du überlegst es dir also noch mal in Ruhe, und dann gibst du uns morgen Bescheid?», fragt Sara. Ihre Freundlichkeit kann nicht darüber hinwegtäuschen, dass «in Ruhe überlegen» und «morgen Bescheid geben» einen Widerspruch darstellt, der sich in meinem Kopf nicht zusammenbringen lässt.

Sie lächelt, ihr Kollege nickt, dann gehen sie. Und mein Vater blickt drein wie ein Brautvater aus vergangener Zeit, der nach vielen erfolglosen Versuchen endlich seine Tochter an den Mann gebracht hat.

NORA

Als Fynn und ich von dem Besuch bei Olof zurückkommen, sitzt Henrik noch immer am Laptop. Ich schmiere schnell ein paar Brote für Fynn, bin in Gedanken aber schon bei den Dingen, die ich Henrik an den Kopf werfen will. In mir brodelt es. Ich muss mich beherrschen, um den Teller mit den Broten nicht auf Fynns Platz zu knallen, bevor ich Fynn mitsamt seinem Stuhl an den Tisch rücke. Dann gehe ich ins Wohnzimmer.

«Henrik.»

«Hm», macht er, ohne vom Bildschirm aufzusehen.

«Drehst du dich mal bitte zu mir um.»

«Ich will das hier noch fertig machen.»

«Wir müssen über diesen Besuch reden.»

«Hm», macht er abwesend, «interessanter Besuch.»

«Und besonders interessant war, dass Olof der Mann ist, der Fynn die Puppe geschenkt hat.»

Er stockt. Endlich sieht er mich an.

«Die Puppe?», fragt er, als wisse er nicht, wovon ich rede. Jetzt reicht es mir endgültig. Mit langen Schritten gehe ich zu seinem Schreibtisch und klappe den Laptop mit einem Knall zu.

«Nora!», protestiert er.

«Wohin bist du vorhin im Wald verschwunden?»

«Ich habe doch gesagt, ich war spazieren!»

«Mit einer Leiter über der Schulter?» Er schreckt vor der

Schärfe in meiner Stimme zurück. Dann seufzt er resignierend und lässt die Schultern hängen.

«Na schön. Ich habe ein Baumhaus gefunden.»

«Ein Baumhaus», echoe ich. «Ja. Und? Wir sind in einem Wald! Ich nehme an, da bauen Leute schon mal ein Baumhaus!»

«Aber dies ist wirklich tief im Wald. Es sieht mehr aus wie ein Versteck! Und ... ich glaube, ich kenne es von früher. Ich habe mit jemandem in diesem Baumhaus gespielt!»

«Henrik, worauf willst du hinaus?»

«Auf gar nichts! Du hast gefragt, was ich mit der Leiter gemacht habe. Ich wollte in das Baumhaus!»

«Und was hat das alles damit zu tun, dass du angeblich den Kerl aus dem Supermarkt vermöbelt hast?»

«Aber das habe ich!»

«Ich bitte dich, Henrik, es war doch Olof, der Fynn die Puppe geschenkt hat! Fynn hat ihn erkannt, und Olof hat die Geschichte ebenfalls bestätigt. Er hat sie Fynn mitgebracht, weil er vor einigen Tagen entdeckt hat, dass hier ein Junge seine Ferien verbringt!»

«Und das glaubst du ihm? Olof hat doch selbst gesagt, er ändert seine Geschichten je nachdem, was sein Publikum hören will!»

«Gerade bist du es, der die Geschichten ändert, Henrik!»

«Tue ich gar nicht!»

Ich stemme die Hände in die Hüften und frage laut: «Wen hast du im Wald getroffen?»

«Schau, ich habe den Kerl nicht gefragt, ob er Fynn die Puppe geschenkt hat! Ich bin einfach davon ausgegangen!»

Fynn kommt aus der Küche. Er hat seine angegessene Brotscheibe in der Hand, läuft zu uns und hängt sich in meinen eingestützten Arm wie in einen Henkel. «Nicht streiten!», bettelt er.

«Du willst mir erzählen, du bist in den Wald gegangen, hast dort zufällig einen Mann gefunden, und dann habt ihr euch geprügelt, ohne zu wissen, worum es geht?»

«Nicht irgendeinen Mann, Nora. Es war der Typ aus dem Supermarkt! Alleine wegen der Schokoriegel-Aktion hat er das schon verdient.»

«NICHT STREITEN!» Fynn zerrt mit Nachdruck an meinem Arm, und ich wende mich erschöpft ab.

«Hast du ihn wenigstens zur Rede gestellt?», fragt Henrik. Ich antworte nicht. Einen Moment lang weiß ich nicht einmal, wen er meint. «Mich stellst du hier an die Wand. Aber Olof nicht? Was hat ein alter Mann zwischen unseren Büschen vor dem Haus zu suchen, selbst wenn er ein Nachbar ist? Und dann hat er auch noch rein zufällig eine Puppe dabei?»

«Ich habe doch gesagt, er hat sie mitgebracht, weil er wusste, dass Fynn hier ist.»

«Und das findest du gar nicht creepy?»

«Er ist doch nur ein einsamer alter Mann, Henrik. In seinem Haus steht ein Foto von einem Kind. Vielleicht ein Enkel oder Neffe, sicher hat ihm die Puppe gehört. Er wollte Fynn nur eine Freude machen.»

Als hätte er mich nicht gehört, sagt Henrik: «Und dann ist er auch noch Tierpräparator! Ich meine, all das zusammen, Nora ... Vielleicht war er es, der die Tiere in unserem Keller aufgehängt hat! Hast du ihn das mal gefragt?»

Ich winke ab. Ich habe endgültig genug von dieser fruchtlosen Diskussion. Und davon, wie Henrik schon wieder vom eigentlichen Thema ablenkt. Wer weiß schon, was ihm wirklich im Wald passiert ist. Vielleicht ist er einfach über eine Wurzel gestolpert oder in ein Erdloch gefallen. Ich habe keine Lust mehr nachzubohren. Ich nehme Fynn mit in die Küche, doch dabei lässt er das Butterbrot auf den Boden fallen und krakeelt dann, er wolle gar kein Butterbrot mehr, sondern etwas Süßes. Er will Pfannkuchen. Mir platzt der Kragen. Ich reiße den Topfschrank auf.

«Hier», schimpfe ich. «Hier hast du eine Pfanne! Wenn du eines Tages an den Herd kommst, dann mach dir selber welche!»

Fynn heult auf. Er schreit und donnert die Pfanne, die ich ihm in die Hand gedrückt habe, auf den Boden. Mir ist danach, die anderen Töpfe hinterherzuwerfen. Nur mit Mühe kann ich mich beherrschen. Und Henrik sitzt drüben im Wohnzimmer, als würde ihn das alles gar nichts angehen. Es reicht mir.

Ich kann geduldig sein, wenn es um Sachen geht, die meine Konzentration und meinen Kopf beanspruchen, aber nicht, wenn es um dieses Drama mit Fynn geht. Soll doch Henrik das Marmeladenbrot vom Boden aufwischen und seinen überdrehten, trotzigen Sohn besänftigen. Er wollte dieses Kind. Jetzt kann er auch zusehen, wie er es zur Ruhe bringt.

Ich lasse Fynn schreien, gehe zurück ins Wohnzimmer und verkünde: «Ich muss mal wegfahren. Kümmerst du dich bitte um den Brüllaffen in der Küche?»

«Wohin willst du denn?»

«Zu IKEA», sage ich, weil es der einzige Laden ist, der mir einfällt und der weit genug weg ist, um ein paar Stunden fort zu sein.

«Warum nimmst du Fynn nicht mit?»

Ich kann nicht glauben, dass er das fragt. Statt einer Antwort nehme ich die Autoschlüssel von der Kommode und sage über Fynns Getobe hinweg: «Lass ihn bitte nicht alleine in den Wald, zumindest im Moment, okay? Und wenn er im Garten spielen will, dann bleib bitte einfach in der Nähe.»

Henrik reagiert nicht. Ich frage laut: «Okay?» Und er blickt endlich hoch, taucht kurz aus seinem Text auf und sieht mich verwirrt an. Ich werte das als Zustimmung. Ich muss Henrik sowieso nicht sagen, wie er auf unseren Sohn aufzupassen hat. In Greifswald ist er derjenige, der mit Fynn an den Strand und auf den Spielplatz geht, während ich Überstunden mache. Es ist eine Arbeitsaufteilung, mit der wir beide zufrieden sind.

«Bis später dann!», rufe ich und ziehe die Haustür mit einem erleichterten Seufzen hinter mir zu. Draußen herrschen Ruhe und Frieden. Ich lasse mich auf den Fahrersitz fallen und starte den Motor. Keine Ahnung, wohin ich fahren werde. Zu IKEA sicherlich nicht. Ich brauche keine Möbel, ich brauche Zeit zum Durchatmen. Ohne Fynn und ohne die Kinderlieder, die er bei jeder Autofahrt rauf und runter hören möchte.

Ich liebe Fynn. Aber manchmal denke ich, ich bin einfach nicht zur Mutter geboren. Das habe ich auch Henrik gesagt, als das Thema Familiengründung zum ersten Mal auf den Tisch kam. Und trotzdem habe ich es versucht. Ich habe mit anderen Müttern auf der Bank neben dem Sandkasten gesessen und Möhrensticks in Tupperdosen auf dem Schoß gehalten. Ich habe Fynn und seine Spielplatz-Freunde mit trockenen Zoo-Keksen aus dem Reformhaus gefüttert, als wären sie eine Gruppe Enten auf einem Ententeich. Ich habe versucht, mit den Gedanken nicht ständig bei Gezeitenkraftwerken und Tidenhubtechnologien zu sein und mich stattdessen für Babyschwimmen und Durchfallkrankheiten zu interessieren – und bin dabei unglücklich geworden. Wer wir nicht sind, macht einen großen Teil von uns aus. Es ist besser, das schnell herauszufinden, als immer nur zu versuchen, fremde Erwartungen zu erfüllen.

HENRIK

Wenn Nora und Fynn kurz vor dem gegenseitigen Zerfleischen stehen, dann ist es immer Zeit für meinen Auftritt. Ich bin in dieser Familie der Streitschlichter. Der Pausenclown. Immerhin etwas, zu dem ich tauge. Ich schlage Fynn ein Spiel vor, bei dem wir von der Küchentür aus Trauben in die auf dem Boden stehende Pfanne werfen. Darüber vergisst er sein Geschrei. Er holt noch andere Dinge aus seinem Kinderzimmer, mit denen er zielen übt. Spielfiguren, Buntstifte, Puzzleteile und die leeren Klopapierrollen, denen wir vor ein paar Tagen Monster-Gesichter aufgemalt haben. Dann will er nach draußen, und ich habe Zeit, mich noch einmal kurz dem Schreiben zu widmen.

Es ist spät, als ich den Laptop schließlich zuklappe und mich strecke. Beim Schreiben verliere ich jedes Mal das Zeitgefühl. Erst jetzt fällt mir auf, wie still es ist.

«Fynn?» Ich gehe einmal ums Haus herum, ohne ihn zu finden. In der Küche liegen noch seine Spielsachen und ein Butterbrot auf dem Boden. In seinem Zimmer ist er auch nicht. Ich suche das gesamte Haus und den Garten ab, bevor ich ihn draußen im Schuppen finde, wo er mit seinem Holzschwert den Handrasenmäher bekämpft.

«Vorsicht, Papa! Das ist ein Drache!»

«Verdammt! Wo kommt der denn her?», rufe ich und bleibe in sicherem Abstand in der Tür stehen, bis Fynn mir den Weg freigekämpft hat. Er deutet auf ein Glas mit einer braunen, eingedickten Flüssigkeit, das auf dem Fenstersims vor einer verstaubten Scheibe steht. «Guck mal, Papa, ist das ein aufgelöstes Gehirn?»

«Nein, das ist eine Fliegenfalle», sage ich und freue mich über seine blühende Fantasie, die er eindeutig von mir hat. Ich hebe Fynn hoch und setze ihn auf die Werkbank vor dem Fenster, damit er ins Glas sehen kann. Kleine schwarze Leiber treiben auf der Oberfläche. Auf dem Glasboden sammeln sich Reste von Fliegen, die der Essig bereits zersetzt hat.

«Wir müssen die armen Fliegen befreien», bestimmt Fynn. Also tragen wir die Falle nach draußen und kippen sie im Gebüsch hinter dem Schuppen aus, wo Fynn zusieht, wie die Fliegen zappeln und zucken, ohne davonfliegen zu können. Der Anblick lässt mich an etwas denken, das ich im ersten Moment nicht greifen kann. Dann aber schält sich ein Bild aus den zappelnden Fliegen hervor. Jemand sticht mit einer Nadel zu, durchsticht die Fliege. Eine blitzschnelle Hand, die vorschnellt und die Nadel in den kleinen schwarzen Körper rammt. Zzzzzzzz, macht die Fliege. Sie hat Todesangst. Die Hand aber fädelt das Insekt in aller Ruhe auf einen Faden auf. Und da hängen noch weitere. Eine ganze Kette voller Fliegen.

«Spielen wir ‹Der Baum war's!›?», ruft Fynn und reißt mich damit aus meinen Gedanken. Ich blicke ihn an. Kurz bin ich wie benommen.

«Klar, Kumpel», sage ich dann.

«Der Baum war's!» ist ein Spiel, bei dem Fynn im Wald einen Baum wiederfinden muss, den er zuvor nur mit verbundenen Augen berühren durfte. Er hat das Spiel aus dem Kindergarten mitgebracht, wo sie mittwochs immer Waldtag haben. Bei Wind und Wetter spielen die Kinder zwischen den Bäumen, entdecken Tiere und Pflanzen im Moos, sammeln Steine und planschen im Matsch. Fynn kommt selten mit leuchtenderen Augen zurück als an diesen Tagen. Und ich kann ihn verstehen.

Er rennt los, um das Piratentuch zu holen, das ich ihm um

die Augen binde. Dann führe ich ihn in den Wald. Er betastet den Baum, den ich aussuche, sehr genau, die Ästchen und Blätter, die Löcher in der Rinde. Aber der Wald ist groß, und sobald ich Fynn die Augenbinde abnehme, sehen für ihn alle Bäume gleich aus. Er läuft kreuz und quer durch den Wald und schreit: «Der Baum war's!», wobei er mit seinem kleinen Finger hierhin und dorthin zeigt, jedes Mal vollkommen überzeugt von seiner Wahl. Als er schließlich auf eine alte, krumme Fichte deutet, liegt er richtig und findet, dass ich nun an der Reihe bin.

«Bist du sicher?», frage ich, weil wir das Spiel so herum noch nie gespielt haben. Ich gehe neben ihm in die Hocke, damit er mir das Piratentuch um den Kopf binden kann.

«Weißt du, wie ich den Baum wiedergefunden hab, Papi?», fragt er. «Ich habe an ihm gerochen!»

«Na, dann muss ich mal schauen, ob ich das genauso gut kann», sage ich. Fynn zieht und zerrt an dem Knoten, damit er festsitzt, und kurz wird mir unwohl dabei. Ich versuche das Tuch zu lockern, aber Fynn ächzt vor Anstrengung, um es noch ein bisschen fester zu ziehen, und ich will kein Spielverderber sein, auch wenn ich nicht weiß, woher das plötzliche Gefühl der Enge kommt. Das Tuch drückt auf meine Augen, doch es ist, als wäre auch mein Brustkorb mit eingeschnürt. Ich komme wackelig auf die Füße. Fynn dreht mich stürmisch im Kreis, dann nimmt er meine Hand und zerrt mich in den Wald. Ein paarmal stolpere ich über Äste und Wurzeln, bevor er begreift, dass er langsamer gehen und auch auf meine Füße achten muss. Daraufhin sagt er bei jeder neuen Wurzel: «Achtung, Papi! Füße heben!» Ich könnte ihn dafür knuddeln.

Er ist aufgedreht, will es mir nicht leicht machen, darum führt er mich ein ganzes Stück weit, bevor er schließlich meine Hand loslässt. Ich kann mir sein vor Aufregung rotes Gesicht vorstellen, seinen angehaltenen Atem, als er mir dabei zusieht, wie ich den Baum betaste. Ich gehe in die Hocke, beginne unten an den Wurzeln. Meine Finger fahren über Moos und Pilze, über breite, harte Baumrinde bis weit nach oben, so weit meine Arme reichen. Ich suche nach Astlöchern, und um Fynn einen Gefallen zu tun, drücke ich schließlich auch meine Nase an die Rinde. Dann drehe ich mich um.

«So, ich habe mir alles gemerkt», verkünde ich, strecke die Hand aus und warte darauf, dass Fynn sie nimmt und mich zurückführt. Ich dachte, dass er direkt hinter mir steht. Meine Hand fährt zur Seite, greift auch dort ins Leere. Ich lausche und höre nichts. Wahrscheinlich steht er hinter einem Baum und presst sich beide Hände auf den Mund, damit ich ihn nicht kichern höre.

Ich verstelle meine Stimme, sage in hohem Ton: «Hilfe, Hänsel, ich glaube, unsere Eltern haben uns im Wald ausgesetzt. Wie kommen wir denn jetzt wieder raus?»

Fynn gluckst normalerweise vor Vergnügen, wenn ich meine Stimme verstelle. Aber auch diesmal höre ich nichts, und plötzlich ist da wieder dieses ungute Gefühl in meinem Bauch.

«Fynn?» Ich zerre an dem Stoff. Ich werde ihm das Spiel verderben, wenn ich es vorzeitig abbreche, aber ich muss dieses Tuch loswerden, das mir plötzlich Platzangst macht, Verlustangst oder irgendeine andere Art von Angst, die ich nicht zuordnen kann.

«Fynn?» Fluchend reiße ich das Tuch endlich ab. Mein Gesicht fühlt sich heiß an, meine Haare sind wirr und verschwitzt. «Fynn?!» Ich drehe mich um die eigene Achse. Bäume, Bäume, Bäume, aber meinen Sohn sehe ich nicht. «Das ist nicht mehr lustig, Kumpel. Komm jetzt!» Und dann brülle ich plötzlich: «FYNN!»

Ich versuche meinen Atem zu beruhigen und meine Gedanken, die wie von einem plötzlichen Sturm gepackt durch meinen Kopf wüten. Fynn hat sich versteckt. Ich kenne meinen Sohn. Ich weiß, wie gerne er mich und Nora erschreckt. Ich habe ihn in diesem Jahr schon so oft gesucht und gefunden. Wo anders sollte Fynn sein als versteckt hinter einem Baum? Er stand ja direkt neben mir, bis gerade eben noch, und wir sind allein im Wald! Das sind wir doch? Panisch suche ich hinter Baumstämmen und Büschen. Und je länger ich suche, desto unruhiger werde ich.

«FYNN!» Ich drehe mich im Kreis, brülle immer wieder Fynns Namen in den Wald, hinter dem die Sonne bereits tief steht. Ich suche und brülle und suche weiter und höre schließlich eine Stimme, die «Henrik?!» ruft. Es ist Nora, die zurück ist und mich im Wald gehört haben muss. Sie ist meiner Stimme nachgegangen und will wissen, wo ich bin. Sie will wissen, wo unser Sohn ist.

Ich kneife die Augen zusammen. Der erste Gedanke, der mir kommt, ist, mich selbst im Wald zu verstecken. Nie mehr aus diesem Wald herauszukommen, solange ich Fynn nicht gefunden habe. Es ist ein kindischer Gedanke, ein Fluchtgedanke, aber wie sollte ich Nora sagen, dass ich unseren Sohn verloren habe? Ich habe Fynn verloren!

«Henrik, was ist passiert?» Ich höre Nora durchs Unterholz brechen. Äste knacken unter ihren Füßen. Was soll ich ihr sagen? Wie soll ich ihr die Wahrheit sagen, die ja möglicherweise gar keine Wahrheit ist, sondern nur ein Szenario, das ich mir in meiner Angst ausmale? Es lohnt sich nicht, den Teufel an die Wand zu malen und Nora damit grundlos in Panik zu versetzen. Keiner braucht panisch zu werden.

«Alles gut», rufe ich, lauter als nötig, und ich bin froh, als das Knacken verstummt. Sie ist zwischen den Bäumen stehen geblieben. «Wir spielen nur verstecken, Nora!»

Sie wartet, bewegt sich nicht. Wie ein Tier, das abschätzt, ob Gefahr droht oder nicht.

«Alles gut!», wiederhole ich. «Geh schon mal ins Haus. Wir kommen gleich!» Ich werde Fynn finden. Ohne ihn gehe ich nicht zurück.

Doch eineinhalb Stunden später muss ich mir eingestehen, dass das eine Lüge ist. Niemand bleibt für immer im Wald, nicht mal auf der Suche nach dem eigenen Sohn. Man löst sich nicht auf, auch wenn es sich innerlich so anfühlt. Man ruft die Polizei. Man wartet vor dem Haus auf deren Eintreffen, niedergedrückt von Sorgen und Vorwürfen.

Es ist Nacht, als Nora und ich das Blinken von Blaulicht sehen. Zweimal rauschen die Polizeiwagen an dem zugewachsenen Weg vorbei, bevor sie überhaupt die Zufahrt finden. Wir haben die Einfahrt nie frei geschlagen. Wir sind im Wald eingewachsen. Und jetzt hat der Wald unseren Sohn verschluckt.

ZWEITER TEIL

«Vom Wald hatten sie gesprochen. Aber erst als sie ihn
so dunkel und verwunschen mit all seinen rauschenden
Bäumen sah, begriff sie, was Wälder waren.»

Aus: Astrid Lindgren, *Ronja Räubertochter*

MARLA

Ich bin jetzt schon ein halbes Jahr im Baumhaus. Das sagt der Mann zu mir, als er heute die Leiter hochgestiegen kommt. «Eine ganz schön lange Zeit, die wir jetzt schon befreundet sind!», ruft er mir fröhlich entgegen, und unter seinen Füßen macht es knartsch, knartsch, knartsch. Über meine Knie hinweg blinzele ich zu der Stelle, an der sein Kopf über der Plattform auftaucht. Sein großer Kopf mit den ungekämmten Haaren. Er lächelt. Ich weiß nicht, warum das ein Grund für Freude sein soll. Der Mann ist nicht mein Freund. Und sein Lächeln, das ist auch nicht echt. Es erinnert mich immer an das böse Grinsen der Katze aus Alice im Wunderland. Wenn der Mann sich so freut, dann fürchte ich mich. Er hat immer nur Freude an Dingen, die mir gar keinen Spaß machen.

Ich ziehe die Beine enger an den Körper und mache mich in meiner Ecke klein. Am liebsten würde ich durch das Astloch neben mir verschwinden, hinter dem ich die Bienen und Vögel toben höre und hinter dem es schon ganz schön doll nach Sommer aussieht. Noch einen Sommer warten, haben sie im Kindergarten in der Wackelzahngruppe gesagt. Dann kommen wir in die Schule.

«Was ist?», fragt der Mann. Ich knibbele an dem Astloch herum. «Was denn?»

«Ich komme nach den Sommerferien in die Schule», flüstere ich.

«Was?»

«Im Kindergarten haben wir schon Schultüten gebastelt. Meine ist blau und mit grünen und roten Sternen drauf, und für meine Einschulung füllt meine Mama sie dann mit Süßigkeiten und Stiften und so.» Ich beiße mir auf die Lippe, mein Herz klopft sehr schnell. So viel habe ich noch nie gesprochen. Der Mann mag es nicht, wenn ich Sachen aus meinem alten Leben erzähle. Weil wir doch alles hinter uns lassen wollen, sagt er immer. Sogar unsere Namen. Die sind hier im Wald ein Geheimnis. So wie alles andere auch.

«Ich will dir jetzt mal etwas über deine Mama erzählen: Die hat dich vergessen. Nicht nur damals, als sie dich nicht vom Kindergarten abgeholt hat, sondern so richtig. Die hat ganz andere Dinge zu tun, als dir eine Schultüte zu füllen! Ich hab sie letztens gesehen, mit einem neuen Mann, mit dem sie ins Restaurant gegangen ist. Sie hat sehr glücklich ausgesehen. Hat sie glücklich ausgesehen, als du noch bei ihr gewohnt hast?»

Damit er nicht sieht, dass ich weinen muss, knibbele ich weiter an dem Astloch und lege mein zitterndes Kinn auf die Knie. Es stimmt, meine Mama hat noch nie irgendwas für mich mit Süßigkeiten gefüllt, nicht mal einen Schuh zu Nikolaus. Sie vergisst ziemlich viel, was mit mir zu tun hat, auch wenn sie es nicht so meint. Sie muss ja immer für zwei arbeiten und hat so viele wichtige Dinge im Kopf.

«Komm!» Der Mann streckt eine Hand aus und wischt mir eine Träne aus dem Auge. «Ich habe eine Überraschung für dich», sagt er mit einer Stimme, als sei heute mein Geburtstag. Er löst den Strick von meinem Fuß. Die Haut darunter ist aufgescheuert und wund. «Du kommst heute schon in die Schule. In meine Schule. Heute sind wir Wikinger und gehen auf Bärenjagd.»

Ich folge ihm durch den Wald zu seinem Haus mit dem Pick-up davor und dem Schuppen, in dem er die Waffen aufbewahrt. Er wählt eine Axt, ein paar große Messer und ein Gewehr. Ich habe nicht gewusst, dass Wikinger mit Gewehren jagen.

«Wir werden dem Bären das Fell über die Ohren ziehen. Es muss natürlich ein kleiner Bär sein, damit du in seine Haut passt. Aber gerade das ist sehr gefährlich. Bärenmütter werden fuchsteufelswild, wenn man ihnen die Kinder klaut. Darum ist es ganz wichtig, dass du ruhig und in meiner Nähe bleibst. Hast du verstanden?»

Ich nicke zögerlich, und meine Hand geht hoch zum Ohr. Ich taste nach der Stelle, an der er mich im Winter angeschossen hat. Der Ohrstummel fühlt sich fleischig an, noch immer ein wenig wund und überhaupt nicht mehr wie ein Ohr. Er fühlt sich an wie ein Baumpilz. Ich habe keine Lust, schon wieder Jagen zu spielen.

«Hier. Willst du mal halten?» Ich sacke unter dem Gewicht zusammen, als er mir ein Gewehr in die Arme legt. Der Mann wuschelt mir lachend durch die Haare. Dann nimmt er mir die Waffe wieder ab, und wirft sie auf die Ladefläche des Pick-ups, als wöge sie nichts. Er holt auch Munition und zwei Schlafsäcke aus dem Schuppen. Dann schleppt er noch eine Metallbox heran und befestigt sie mit Gurten auf der Ladefläche.

«Also, einsteigen», sagt er und klappt die Box auf. Ich brauche einen Moment, bis ich verstehe, was er von mir will.

«Da rein?»

Er nickt, und ich beuge mich vorsichtig vor, um in die Kiste zu sehen. Sie ist dunkel und klein.

«Warum kann ich nicht neben dir auf dem Sitz fahren?», frage ich ängstlich. «Da ist doch noch ein Platz frei.»

Er lacht. «Rein da jetzt! Das Abenteuer wartet.»

Ich bleibe stehen und scharre mit dem Fuß ein bisschen Sand und Dreck weg, der auf der Ladefläche liegt. Ich mag keine Abenteuer.

«Jetzt komm schon», sagt er ungeduldig, packt mich im Nacken und drängt mich, in die Kiste zu steigen.

Ich mache mich klein, rolle mich zu einem Ball zusammen, und er schließt den Deckel. Es macht schnapp und schnapp, zweimal direkt neben meinem Ohr, und dann noch mal neben meinem Fuß, der irgendwie verdreht gegen die Innenwand der Kiste drückt und jetzt schon wehtut. Mir wird heiß. Ich bekomme Panik, und dabei sind wir noch nicht einmal losgefahren. Ich höre die Autotür schlagen und wie der Mann den Motor anlässt. Der Pick-up macht einen Ruck und rumpelt los. Über den unebenen Waldboden, bis wir auf der Straße sind. Dann fahren wir eine erste Kurve, und mir wird schlecht. Ich muss hier raus! Mit dem Ellbogen drücke ich von innen gegen den Deckel, aber der Mann hat ja abgeschlossen, schnapp und schnapp. Der Motor heult auf. Der Mann gibt Gas, jetzt stoße ich gegen die vordere Wand der Kiste. Fest presse ich die Lippen zusammen, aber kann es nicht länger aufhalten und spucke den Grießbrei vom Frühstück aus. Ich spucke mich voll, und es stinkt und ist sauer im Rachen, und ich muss weinen, weil ich schon weiß, was der Mann dazu sagen wird.

Es dauert lange, bis wir irgendwann anhalten. Ich denke eigentlich, dass wir schon da sind, dass es gleich die Bärenjagd gibt und vielleicht Schimpfe wegen der Kotze. Aber dann klappert etwas laut neben dem Pick-up. Ich versuche, durch eine Ritze in der Kiste zu schielen, aber natürlich sehe ich nichts. Ich kann nur Schritte hören und eine fremde Stimme. Da ist ein anderer Mann und noch eine dritte Stimme, die klar und hell ist wie ein Glöckchen. Es ist ein Junge. Ein anderes Kind! Plötzlich bin ich so aufgeregt, dass ich den Deckel über meinem Kopf vergesse und dagegenknalle, als ich mich aufrichten will. Es macht bumm! Die Stimmen draußen verstummen kurz, und ich bin so erschrocken, dass ich ebenfalls ganz starr werde und die Luft anhalte. Dann schlagen Autotüren, das fremde Kind ruft etwas, und mir wird klar, dass das hier meine Chance sein könnte. Ich schreie «Hilfeee!» und schlage mit der Faust gegen die Kiste, die sich nicht öffnet. Neben uns wird ein Motor angelassen. Ich drehe mich auf den Rücken, um mit den Füßen gegen den Deckel zu trampeln, denn Trampeln ist das Lauteste, was mir einfällt. Aber da knallt der Mann seine Pranke auf die Kiste, und ich erstarre. Jetzt ist er sauer. Ich halte still, höre, wie das Auto neben uns wegfährt und sich entfernt.

Ich lausche. Mein Herz klopft sehr schnell. Die Autotür knallt. Die Ladefläche bebt unter mir, als der Mann den Motor wieder anlässt. Diesmal fahren wir nicht weit. Die Kiste wackelt, als der Mann auf die Ladefläche springt. Er reißt den Deckel der Kiste auf und zerrt mich am Nacken raus. Wir sind irgendwo in einen Waldweg abgebogen. Der Mann schüttelt mich und brüllt: «Hast du den Verstand verloren? Habe ich dir nicht tausendmal gesagt, du sollst still sein? Wenn jemand dich entdeckt, dann nehmen sie dich mir weg! Willst du das etwa, du undankbares Gör?»

Das will ich, das will ich unbedingt! Aber ich traue mich nicht, es zu sagen. Ich kann nur heulen. Rotz tropft mir aus der Nase. Und dann entdeckt der Mann die Kotze. Er lässt mich los und sagt: «Das machst du sauber, und dann geht es weiter.»

Wir fahren lange, bevor er mich endlich aus der Kiste lässt. Bei der Jagd muss ich mich eng hinter ihm halten, weil die Bären gefährlich sind. Aber dann stehe ich doch zu dicht bei ihm, als er sich hinkniet und auf eine Bärin und ihr Junges schießt. Die Rückseite des Gewehrs trifft mein Gesicht. Der Mann sagt, das nennt man Rückstoß, und dass er nicht gesehen hat, dass mein Kopf im Weg war, als er gezielt hat. Er sagt auch, dass Zähne nachwachsen, weil jedes Kind eine zweite Chance verdient hat. Er kann nicht wissen, dass er einen falschen Zahn getroffen hat. Einen von denen, die bereits nachgewachsen sind.

«Da werden noch viele kleine Kriegsverletzungen dazukommen», sagt er und tätschelt mir die Wange. «Dafür hast du jetzt bald ein schönes Bärenfell, das dich im Winter wärmt.» Ich will kein Bärenfell. Ich will meinen Zahn zurück.

«Ein großes Fell für mich und ein kleines Fell für dich», sagt der Mann mit Blick auf die zwei Bären, die er geschossen hat. Er sieht stolz aus und fröhlich. Ich verstehe nicht, wie man so fröhlich sein kann, wenn der Waldboden sich vor einem rot färbt.

Ich hocke mich neben das Bärenjunge und strecke meine Hand nach der Pfote aus, die fünf Zehen hat. Ich drücke meine Tränen weg. Wir haben so viel gemeinsam, der kleine Bär und ich. Die schwarzen Füße, die verlorene Mama. Ich habe außerdem einen Zahn verloren und der kleine Bär sein Leben. Wir haben beide keine zweite Chance bekommen, und wenn der Mann was anderes meint, dann ist das gelogen.

«Komm, aufstehen. Nächste Unterrichtsstunde», sagt er, und ich erinnere mich wieder daran, dass ich ja seit heute in seiner Schule bin. «Jetzt lernen wir, wie man einem Bären das Fell über die Ohren zieht.»

Ich hasse den Mann und seine Idee von Spaß und von Schule. Und ich glaube, auch das habe ich mit dem kleinen Bären gemeinsam.

NORA

Der Wald ist erfüllt von Rufen und huschenden Taschenlampenlichtern. Wir schreien Fynns Namen wieder und wieder. Es ist ein unmelodischer Kanon, und ich warte darauf, dass endlich einer brüllt: «Hier! Ich habe ihn! Er hat sich nur versteckt!»

«Er hat sich nur versteckt», daran klammern wir uns noch immer, weil die Alternative einfach unvorstellbar ist. Aber niemand findet Fynn. Alles, was ich höre, ist dieses nicht enden wollende Echo seines Namens und das Schreien der Tiere, die wir bei unserer Suche aufscheuchen. Ich vermeide es, mich zu fragen, welche davon einem kleinen Jungen im Wald gefährlich werden könnten.

Die stroboskopartigen Lichter bereiten mir Übelkeit. Mir wird schwindelig. Der Polizist, der neben mir geht, greift nach meiner Hand, als ich plötzlich stolpere. Ich habe seinen Namen vergessen, aber es ist der gleiche Mann, der uns vor der Suche versichert hat, er habe noch alle fortgelaufenen Kinder bis zum Ende einer Nacht wohlbehalten wiedergefunden. Und dass es außerdem nur sehr selten Bären in dieser Region gäbe. Ich frage mich, wie viele Kinder es waren, die er sicher wieder nach Hause gebracht hat. Und ob es in Bullerbü so etwas überhaupt geben sollte – Kinder, die verschwinden.

«Are you okay?», fragt er, und ich nicke, obwohl natürlich alles weit entfernt von «okay» ist. Henrik hat die gleiche Panik gepackt wie mich. Er schwenkt seine Taschenlampe hektisch durch den Wald, seine Stimme ist die lauteste von allen. Und

die ganze Zeit über denke ich, dass das doch alles nicht wahr sein kann. Dass es hier doch nicht wirklich um unseren Fynn gehen kann, der verschwunden ist.

Der Polizist versichert mir noch einmal, dass wir Fynn bestimmt bald finden, und ich bin dankbar für seine Zuversicht. Dank seiner Worte erscheint das Ende der Nacht mir wie eine Frist, wie eine Deadline, zu deren Ablauf Fynn uns spätestens zurückgebracht wird. Aber es stimmt nicht. Irgendwann wird der Himmel heller, und unsere Stimmen werden heiserer, und Fynn ist immer noch nicht wieder da. Aus irgendeinem irrationalen Grund macht mich das sauer auf den Polizisten, obwohl der natürlich nichts weiter falsch gemacht hat, als eine Hoffnung zu verbreiten, die uns durch die Nacht getragen hat. Henrik und ich sind es, die besser auf Fynn hätten aufpassen müssen. Henrik und ich sind schuld. Vor allem ich.

Denn ich bin es, die weggefahren ist, um mich in einem Café zu verstecken. Um mir mit selbstgefälliger Freude ein Stück Kuchen zu bestellen und in aller Ruhe meinen Laptop aufzubauen. Mit derselben diebischen Freude habe ich auf dem Rückweg spontan an einem Restaurant gehalten, um ganz alleine essen zu gehen. Fisch-Kartoffel-Gratin mit Salat. Serviette statt Kinderlätzchen. Und einmal nicht die heruntergefallenen Abc-Nudeln neben Fynns Stuhl aufwischen müssen. Ich dachte noch: ‹Man muss Mutter sein, um solche Kleinigkeiten schätzen zu können.› Jetzt erscheint mir all das erbärmlich.

«Wir haben Verstärkung für die Suche beantragt. Sie kommen jetzt mit Hunden», höre ich jemanden sagen, derselbe Polizist wie vorhin oder ein anderer, ich sehe die Gesichter nur noch verschwommen. Und überhaupt wurden sie fast alle abgelöst, als die Nachtschicht vorbei war. Henrik und ich sind geblieben und suchen weiter. Ich habe keine Ahnung, seit wie vielen Stunden schon. Der Mann greift sanft nach meinem Ellbogen. Es meinen sowieso alle hier, mich ständig stützen und festhalten zu müssen. Er schlägt mir vor, eine kurze Pause zu machen, einen Kaffee zu trinken und die Suche dann fortzusetzen. Darauf antworte ich nicht. Mein Magen ist übersäuert und verkrampft, und Kaffee trinken war ich, als Fynn verschwand.

Meine Stimme ist inzwischen so heiser, dass ich klinge wie einer der Raben, die über uns am Himmel kreisen.

Und dann bringen sie die Hunde.

Der Anblick der Tiere, ihr Gebell machen alles nur noch schlimmer. Mir drängen sich Szenen von Hetzjagden auf. Es wird plötzlich alles viel zu real. Henrik läuft fort, um ein Kleidungsstück von Fynn zu holen, damit die Tiere seine Fährte aufnehmen können. Doch auch die Hunde finden nichts.

«Die Polizei sagt, wir sollen zurück zum Haus, uns ausruhen. Sie haben noch ein paar Fragen an uns», sagt Henrik, doch ich schüttele den Kopf, ohne ihn anzusehen, mache mich von ihm los.

«Ich will mich nicht ausruhen.»

«Wir sind seit mehr als sechsunddreißig Stunden wach.»

«Dann geh du zurück. Ich suche weiter.»

«Die Polizei will wissen, ob es in unserem Bekanntenkreis jemanden gibt, dem wir eine Entführung zutrauen würden.»

Ich schließe die Augen. Natürlich gibt es eine Person, der ich das zutrauen würde. Ich habe den Gedanken nur die ganze Zeit von mir geschoben, weil es hart ist, mir eingestehen zu müssen, wie viel weiter meine Schuld noch reicht. Dass sie Jahre zurückreicht, bis zu der Sache mit Eric Bleike. Ich habe Bleike nie angezeigt. Nicht einmal, als er damit drohte, dass meiner Familie etwas zustoßen könnte. Als er mir mehrfach damit drohte, mir Fynn wegzunehmen.

Ich habe mir eingebildet, diesen Kampf alleine ausfechten zu können, so wie immer. Ich habe gedacht, es würde reichen, so viel Abstand zwischen ihn und uns zu bringen wie nur möglich. 1270 Kilometer. Ist das nicht genug gewesen?

«Ich hatte an den Typen aus dem Supermarkt gedacht», höre ich Henrik aufgeregt sagen. Henrik, der nichts von Bleike weiß. Der nichts von den Drohungen weiß, weil ich ihm dann auch alles andere hätte gestehen müssen. Den Betrug. Das Fremdgehen. Mein Gott, was habe ich mir nur dabei gedacht?

«Und Olof.» Henrik ist außer Atem. «Was ist denn mit dem? Den muss die Polizei auf jeden Fall überprüfen!»

Ich wende mich ab. Ich ertrage es nicht. Das Bellen der Hunde. Das Kreischen der Tiere im Wald. Diese plötzliche Spekulation über mögliche Verdächtige. Hieß es nicht eben noch, Fynn sei nur weggelaufen und habe sich verirrt?

Henrik greift nach meiner Schulter, ich schüttele ihn erneut ab, gereizt.

«Gibst du etwa mir die Schuld?», fragt er besorgt. Er weiß ja gar nicht, wie weit er damit von der Wahrheit entfernt ist.

«Henrik – ich ...»

«Wir haben nur ‹Der Baum war's!› gespielt! Wir haben doch nur gespielt!»

«Mein Stalker», flüstere ich, so leise, dass er mich nicht hört und ich es wiederholen muss: «Ich habe einen Stalker, Henrik. Er war es! Ganz sicher.»

Henrik sieht mich fassungslos an. «Warte mal, Nora. Du hast einen Stalker? Warum ... weiß ich davon nichts?»

«Er hat damit gedroht!» Jetzt schreie ich. «Er hat damit gedroht, dass er mir Fynn wegnehmen würde!»

«Was?!»

«Henrik, es tut mir so leid, ich hätte es viel früher sagen sollen ...»

«Ja, warum hast du es nicht?!»

Ich presse die Lippen zusammen. Aber dann bricht es einfach aus mir heraus: «Ich hatte eine Affäre, Henrik.»

Er macht drei Schritte von mir weg. Zwischen den huschenden Lichtern in der Dunkelheit erstarrt sein Gesicht. Ich kann ihm ansehen, dass das mehr ist, als er ertragen kann.

«Es tut mir so leid», flüstere ich und strecke den Arm aus, um seine Hand zu nehmen. Ich will zumindest die Chance haben, mich zu erklären, ihm zu erklären, dass das alles ein großer Fehler war und nichts bedeutet, doch er schüttelt mich ab.

«Wir müssen diesen ... diesen Typen und auch Olof als Verdächtige melden», stammelt er schließlich. Dann dreht er sich um und lässt mich stehen.

ROSA

Seit mein Vater den Vergleich mit dem Leichenspürhund gezogen hat, werde ich das Bild nicht mehr los: Rosa mit der Nase am Boden, Rosa, die sich durch Laub schnüffelt und Leichen für die Polizei sucht. Tja, das ist jetzt tatsächlich mein Job.

«Probier es doch wenigstens aus, Rosa», hat mein Vater gesagt, wie damals bei diesem einen Kindergeburtstag, als meine Eltern mich überreden wollten, mit den anderen Kindern auf dem Riesentrampolin herumzuhüpfen. «Probier es doch wenigstens aus!»

Ich erinnere mich genau. Es war ein Indoorspielplatz. Zu laut, zu voll, zu viele kreischende, unkontrollierte Kinder. Es gibt nicht viel auszuprobieren, wenn man auf einem federnden Untergrund nach Halt sucht, während alle anderen das genaue Gegenteil im Sinn haben.

Genauso ist für mich die Arbeit im Team. Ein einziges idiotisches Rumgehopse. Je mehr Menschen, desto unmöglicher das Vorhaben.

Daran muss ich denken, als ich durch die Eingangstür der Polizeistation trete und mich am Empfang melde. Ich bin überhaupt nur hier, weil mir gegenüber meinem Vater die Argumente ausgegangen sind. Er hatte recht, als er meinte, für die Pflege von Ebbe sei er vielleicht geeigneter als ich. Und wahrscheinlich hatte er auch recht, als er meinte, so ein Einstiegsgehalt bei der Polizei würde uns besser über die Runden bringen als das magere Geld, das er nach über dreißig Jahren im Sägewerk verdient.

Aber ich glaube, der Hauptgrund für den plötzlichen Sinneswandel meines Vaters liegt noch woanders: Er klammert sich an die Hoffnung, ich könne mich nun auf die Seite der «Guten» schlagen. Ein Job bei der Polizei, das ist etwas, was man vor den Nachbarn herzeigen kann. Das wäre der Beweis, dass seine Rosa, der kleine Sonderling, es am Ende doch noch zu etwas gebracht hat.

Sara strahlt, als sie mich an der Tür abholt. Sie führt mich herum, stellt mich Kollegen vor, deren Namen ich sofort wieder vergesse. «Es ist alles sehr familiär hier», sagt sie, nachdem wir an das sechste Büro geklopft haben. «Ein lustiger, bunter Haufen. Es wird dir gefallen.»

Da hat diese Frau so viel über mich recherchiert. Und doch hat sie keine Ahnung, wer ich bin.

Etwas streift meine Beine. Ein Hund drängelt sich auf dem Flur an uns vorbei und läuft zielstrebig weiter. Sara dreht sich um.

«Lasse», sagt sie fröhlich, «wir waren gerade auf dem Weg zu dir. Ich wollte dir Rosa vorstellen, die Forscherin, von der ich dir erzählt habe. Rosa, das ist Lasse, unser Polizeihundeführer. Mit ihm wirst du hauptsächlich zusammenarbeiten.»

Lasse streckt die Hand zur Begrüßung aus. Sie ist schmal, genau wie sein Gesicht. Und seine Augenbrauen sind so hellblond, dass man erst auf den zweiten Blick sieht, dass er überhaupt welche hat. Ein insgesamt sehr heller, fast leichenblasser Mann. Ich nicke und schüttele seine Hand. Der Hund kommt zurück und schnuppert an meinem Bein.

«Das ist Kaja», sagt Lasse.

«Meine Kollegin», sage ich. Und Lasse und Sara lachen, als hätte ich einen Witz gemacht.

«Wenn ich das richtig verstanden habe, suchst du also nach

Leichen, indem du dir die Blätter von Bäumen ansiehst?», fragt Lasse.

«Eigentlich untersuche ich die Korrelation zwischen Verwesungsprozessen und den phänotypischen Merkmalen der Blätter.»

«Cool», sagt Lasse und wendet sich ab. «Sara, magst du was vom Libanesen? Ich wurde gerade losgeschickt, um Falafel für die anderen zu besorgen.»

«Eigentlich wollte ich dich fragen, ob du mit Rosa und mir zum Mittagessen kommst.»

«So viel Zeit habe ich leider nicht, wir fahren gleich noch mal los. Wir suchen noch immer diesen Jungen im Wald, Fynn Saunders.»

«Und was ist mit dem Skelett?», fragt Sara. «Haben die Kriminaltechniker da schon nähere Infos für uns?»

«Nicht dass ich wüsste. Alles, was man mir gesagt hat, ist, dass wir nach möglichen weiteren Gräbern in der Nähe suchen werden.»

«Mithilfe von Rosa», sagt Sara und macht eine Geste, als präsentiere sie eine hereingerollte Geburtstagstorte. Ich bekomme das ungute Gefühl, dass meine Anwesenheit sie ehrlich freut. «Am besten nimmst du sie gleich mit, dann lernt sie die Kollegen vor Ort kennen.»

«Zur Suche nach dem Jungen?» Lasse blickt mich prüfend an und streicht sich die blonden Haare aus der Stirn. Irgendetwas an dieser Bewegung kommt mir plötzlich bekannt vor, aber es fällt mir nicht ein, woher. «Sucht sie nicht nach Leichen, aus denen schon Bäume wachsen? Der Junge wird erst seit Kurzem vermisst.»

«Je mehr Augenpaare ihr zum Suchen habt, desto besser, oder?»

Der hintere Teil des Polizeiautos ist durch Gitterstäbe von der Fahrerkabine getrennt. Kaja bellt, als ich einsteige. Es ist unangenehm laut in meinem Nacken. Außerdem riecht es nach Knoblauch, Frittierfett und scharfen Gewürzen.

«Viel Erfolg», sagt Sara und nimmt lächelnd die Falafelbox entgegen, die Lasse ihr durch das Fenster reicht. Eine weitere Box stellt er mir auf den Schoß. «Ich hoffe, du magst libanesisch? Ich bin einfach mal davon ausgegangen.»

Ich blicke auf die Pappbox. Das Fett sickert durch den Boden auf meine Hose.

«Kann ein Hund überhaupt noch was riechen, wenn man seine Nase mit Knoblauch und Kreuzkümmel betäubt?» Es war eine ernst gemeinte Frage, aber aus irgendeinem Grund erhalte ich keine Antwort. Lasse verzieht das Gesicht und wendet den Wagen, um auf der Storgatan nach Norden zu fahren.

Eine halbe Stunde später stapfen wir nebeneinander durch den Wald, er den Blick am Boden und ich in den Bäumen. Neben uns schnüffelt Kaja sich durch Moos und Laub. Lasse wartet darauf, dass sie ein Zeichen gibt, aber auf mich wirkt sie, als würde sie lediglich einen vergnüglichen Spaziergang machen.

«Ich glaube übrigens nicht, dass der vermisste Junge auf einem Baum hockt», sagt Lasse, und ich brauche einen Moment, um zu verstehen, was er meint. Dann wende ich den Blick von den Baumwipfeln ab.

«Ich wurde angestellt, um nach Auffälligkeiten in den Blättern zu suchen», sage ich.

«Jetzt suchen wir aber nach einem vermissten Jungen», erklärt Lasse. «In diesem Beruf muss man eben ein bisschen flexibel sein.»

Ich kaue auf der Unterlippe und beobachte Kaja, die beim Schnüffeln immer wieder unterwürfig zu Lasse aufblickt und auf neue Kommandos oder Bestätigung wartet. Ich nehme an, das ist die Form von Zusammenarbeit, die Lasse gefällt.

«Und hast du sonst irgendwelche Interessen?», fragt er. «Ich meine, außer ... Bäumen?»

«Ich mag Insekten», sage ich, und er macht ein Geräusch, halb Schnauben, halb Husten, das ich nur schwer deuten kann. «Außerdem lese ich.»

«Lesen, okay», sagt Lasse. «Was denn so?»

«Dies und das. Fachliteratur vor allem.»

«Fachliteratur über ...?»

Ich zucke die Schultern. «Über Verwesungsprozesse, morphologische und histologische Methoden zur Altersbestimmung forensisch relevanter Fliegenpuppen ... Gerade lese ich meinem Bruder aus Song Cis antiken Schriften zum Umgang mit Autopsien vor.»

«Das liest du vor? Wie alt ist denn dein Bruder?»

«Einundvierzig», sage ich.

Lasse bleibt irritiert stehen und blickt mich an. Ich habe keine Lust, es ihm zu erklären. Auf dem Boden entdecke ich eine dunkle Verfärbung und hocke mich hin, um sie zu untersuchen.

«Hast du was gefunden?», fragt Lasse in meinem Rücken.

«Vielleicht.»

Kaja drängelt sich an mir vorbei und reißt mich in meiner Hockstellung um, als sie hektisch am Boden herumschnüffelt. Und so soll man arbeiten können.

«Eine Spur des Jungen, oder ...?» Lasse lässt den Rest der Frage fallen, als Kaja abdreht, und ihm damit die Antwort liefert. Sie setzt sich brav neben ihn. Ich stromere tiefer ins Gebüsch.

«Hier ist eine Tierfalle.»

«Und?»

«Da ist eine Schnepfe drin verendet.» Ich schiebe die Zweige weiter beiseite und hebe den Körper behutsam auf. Ein schweres Tellereisen hängt daran.

«Rosa! Lass das liegen.»

Ich biege das Tellereisen auseinander. Es ist rostig und uralt.

«Hast du mich nicht gehört?»

Rückwärts krieche ich aus dem Gebüsch. Das Eisen und die Schnepfe nehme ich mit. «Jemand hat ein Tellereisen aufgestellt», sage ich. «Darf mit so was überhaupt noch gejagt werden?»

Lasse runzelt die Stirn. «Schon lange nicht mehr, nein.»

«Ich werde es entsorgen.»

«Und was hast du mit dem Vogel vor?»

Ich zucke die Schultern. Tatsächlich habe ich den Kadaver aus reiner Gewohnheit mitgenommen. Erst als Lasse mich erwartungsvoll ansieht, lege ich ihn zögernd zurück ins Gebüsch. Dann suchen wir weiter, bis die Sonne tief steht und Lasse per Funk angewiesen wird zurückzukommen.

«Einen spannenden ersten Arbeitstag hast du dir ausgesucht», sagt er, als wir das Auto erreichen. «Und bist gleich zu Beginn ins beste Team eingeteilt worden. Nicht wahr, Kaja?» Er lässt sie in den Kofferraum springen und klopft ihr auf den Rücken. «Es wird nicht immer so sein. Also gewöhn dich nicht dran.»

«Nein», sage ich und steige ein.

Es ist bereits dunkel, als ich nach Hause komme. Mein Vater hat Kartoffeln vom Vortag und Räucherlachs auf den Tisch gestellt.

«Da ist ja unsere Jungkommissarin! Wie war's?»

Er ist gut drauf. Das ist selten. Auch Ebbe hatte heute einen besseren Tag. Er hat sich sogar dazu herabgelassen, mit Vater zu kommunizieren, worauf dieser ganz stolz ist. Hier zu Hause scheint man von meiner Abwesenheit zu profitieren.

Ich lasse mich auf den Küchenstuhl fallen. «War okay», sage ich knapp.

«Was hast du gemacht?»

«Ich bin im Polizeigebäude herumgelaufen. Und ich habe einen toten Jungen im Wald gesucht.»

Das Gesicht meines Vaters zuckt nervös. Er hofft wohl, ich habe einen Spaß gemacht. Ich nehme den Löffel und schaufele mir Kartoffeln auf den Teller.

«Sind denn die Leute nett?»

«Sind eben Leute.»

Die erzwungene Kommunikation sieht uns nicht ähnlich. Dieses ganze erzwungene Zusammenleben unter einem Dach. Bisher war immer nur Mutter es, die versucht hat, den Schein einer normal funktionierenden Familie zu wahren. Und wir waren noch nie gut darin.

«Ich finde es jedenfalls toll, dass du etwas gefunden hast, bei dem du mit deinem Studium etwas anfangen kannst», sagt Vater.

«Es ist nur vorübergehend», erinnere ich ihn. «Ich werde nach Amsterdam zurückgehen, sobald wir eine Lösung für Ebbe gefunden haben.»

«Nun warte doch erst mal ab.»

Mein Blick fällt auf die Alphabettafel, die neben der Butterdose auf dem Tisch liegt. Zusammen mit einem Block. «Was hat Ebbe denn heute gesagt?»

«Ach, wir haben nur ein bisschen geplaudert. Unter Männern.» Ich runzle die Stirn. Nicht nur, dass ich mir schwer vorstellen kann, wie sich mit den Augenlidern besonders gut «plaudern» lässt – es ist auch ein Ausdruck, der so gar nicht zu dem Ebbe passt, den ich kenne. Mein Vater fährt fort: «Ich glaube, es ist auch für ihn eine gute Lösung, Rosa. Wenn sein Vater sich um ihn kümmert, statt seiner Schwester. Ist ja doch sehr privat, mit dem Waschen und der ganzen Pflege.»

Ich wende den Kopf, um die Buchstaben auf dem Block zu entziffern. Mein Vater bedeckt ihn hektisch mit der Zeitung. Doch zu spät.

Halt die Irre von mir fern, steht da.

Die Irre. Das bin ich also nach wie vor für ihn. Interessant. Unbeeindruckt nehme ich die Zeitung, auf deren Titelbild ein weiteres Foto des Waldgrabs zu sehen ist, das ich ausgehoben habe, und gehe nach oben. Ich habe meinem Bruder noch nicht vorgelesen. Das sollte ich nachholen. Der Geschwisterliebe wegen.

«Rosa?», ruft mein Vater hinter mir her. Er klingt nervös. «Ist ... irgendwas zwischen euch vorgefallen?»

Ich bleibe stehen. Nicht zu glauben, dass er das wirklich fragt. Nach all den Jahren, in denen er die Augen verschlossen hat.

Ebbe, der an meinem Kindersitz sägt. Ebbe, der meine Zöpfe anzündet. Der mich den Abhang im Steinbruch hinunterschubst, sodass ich mir den Arm breche. Der mir mit Münzen Brandmale auf den nackten Hintern brennt, weil man Ferkel auf dem Land auf diese Weise brandmarkt. Mein Vater hat sie nie gesehen, diese kreisrunden Narben, die unter meiner Unterhose verborgen sind. Ein bisschen Baumwollstoff für den Familienfrieden.

Meine Hand verkrampft sich am Treppengeländer. Ich muss mich konzentrieren, um sie wieder locker zu lassen. Ich weiß, wie das geht. Ich weiß, wie man den Körper so sehr entspannt, dass man schon glaubt, er existiere gar nicht mehr. Ich kann vergessen, dass ich lebe, wenn ich es will.

«Rosa?» Die Stimme meines Vaters. Unsicher. Er hat Angst, dass ich seinem hilflosen Sohn etwas antun könnte. Meinem hilflosen Bruder. Dass ich ihm vielleicht schon etwas angetan habe.

In den Augen meiner Eltern war immer ich die Befremdliche. Ich war diejenige, von der sie annahmen, sie würde mal auf die schiefe Bahn geraten. Ebbe war doch einfach nur ein «typischer Junge», der sich ausprobierte. Jungen sind wild, so ist das eben. Mädchen nicht.

Es hatte eine Zeit gegeben, da habe ich zu meinem Bruder aufgesehen. Ich wollte sein, wie er war. Wollte tun, was er tat. Ich wäre ihm überallhin gefolgt, meinem großen Bruder. Und ich hätte erwartet, dass er mich vor den Nachbarskindern verteidigte, als sie mich zu ihrem neuesten Opfer auserkoren. Aber das tat er nicht. Sein Platz in der Gruppe war ihm wichtiger. Und er machte nicht nur mit. Er wurde der Schlimmste von allen.

«Was hast du denn jetzt vor, Rosa?»

Ich lasse meinen Vater mitsamt seiner Unsicherheit am Treppenabsatz stehen und gehe nach oben. Jeder meiner Schritte auf der alten, hohlen Holztreppe klingt wie ein Hammerschlag. Pock. Pock. Pock. Als würde man einen Sarg vernageln. Ich weiß, wie es sich da drinnen anfühlt, in so einem Sarg. Mein Bruder muss es erst noch lernen.

HENRIK

Bis vor Kurzem hatte ich noch einen Sohn und eine Frau. Jetzt fehlt mir sogar der Boden unter den Füßen.

Wir haben jede Mahlzeit übersprungen, die zwischen Fynns Verschwinden und unserer abgeschlagenen Rückkehr aus dem Wald lag. Wir haben das Schlafen übersprungen, den Tag übersprungen, und wir würden wahrscheinlich so weitermachen, wenn das irgendwie möglich wäre. Doch der Körper macht nicht mit. Will nicht mehr suchen, kann nicht mehr laufen. Aber schlafen kann er auch nicht.

Das Bett fühlt sich an wie eine Tierfalle, eine dieser Lebendfallen, die die Tiere nicht gleich umbringen, sondern sie nur starr vor Angst auf den Jäger warten lässt. Unser Jäger ist der nächste Morgen. Ein Morgen, der nach fast sechs Jahren plötzlich wieder ohne Fynn beginnen wird.

Wir kippen Cornflakes in zwei Schüsseln, essen sie dann doch nicht und trinken stattdessen schwarzen Kaffee im Stehen. Es wäre falsch, sich an einen Küchentisch zu setzen, an dem Fynns Stuhl leer bleibt. Cornflakes zu essen, während Fynn irgendwo da draußen im Wald hungert.

Wir schleichen umeinander herum. Die Sorge um Fynn und Noras Geständnis haben unsere Worte gefressen. Fast wünschte ich, sie hätte es mir gar nicht erzählt. Es gibt Zeiten, in denen man abwägen muss, ob es sich lohnt, mit der Wahrheit herauszurücken. Nora hat das noch nie verstanden. Zu allem Überfluss hat sie sich auch noch zu erklären versucht.

Irgendwas davon, dass dieser Typ ihr nach Fynns Geburt geholfen habe, sich wieder als Frau zu fühlen. Ich verstehe es nicht. Ich bin ihr Mann. Warum konnte ich ihr nicht helfen, sich wieder als Frau zu fühlen?

Nervös drehe ich am Ehering an meiner Hand herum, drehe ihn wie einen Wunschring. Ich wünsche mir Fynn herbei. Ich wünsche mir, meine Frau hätte keine Affäre gehabt. Ich wünsche mir meine Familie zurück.

Aus der Zeitung haben wir von einer gefundenen Kinderleiche erfahren, hier im Skuleskogen-Nationalpark. Die Polizei hat uns versichert, dass die beiden Fälle nicht zusammenhängen, aber es trägt trotzdem nicht zu unserer Beruhigung bei.

Nora steht im Wohnzimmer. Ich habe Angst, dass sie insgeheim mir die Schuld an Fynns Verschwinden gibt. Weil ich nicht gut genug auf ihn aufgepasst habe. Ich sehe es ihrem Blick an, der sich immer weiter von mir entfernt, immer verzweifelter am Fenster hängt. Sie sieht mir nicht mehr in die Augen.

«Ich muss dieses Grab sehen», sagt sie plötzlich. «Ich muss sehen, dass es nichts mit Fynn zu tun hat.»

«Nora ...», beginne ich, aber sie lässt sich nicht abhalten. Fest entschlossen zieht sie sich Schuhe und Jacke an und wirft nicht mal mehr einen Blick zurück, als sie die Haustür hinter sich zuzieht. Kurz verspüre ich den Impuls, ihr zu folgen. Dann lasse ich es doch. Ich betrachte die Dinge nicht auf Noras distanzierte, analytische Art. Ich wüsste jetzt schon, was so ein Besuch an dem Grab mit meinem Kopf anstellen würde.

Ohne Nora fühlt sich das Haus plötzlich noch leerer an. Ziellos tigere ich im Wohnzimmer auf und ab. Dann halte ich es nicht mehr aus. Fynn ist irgendwo da draußen, meine Frau hat mich betrogen und alleingelassen. Nur ihr letzter Satz ist irgendwie noch im Raum hängen geblieben, wie das Parfum einer Fremden: Ich muss sehen, dass es nichts mit Fynn zu tun hat. Er lässt mich nicht mehr los, doch ich brauche eine

Weile, bis ich begreife, dass ich dabei in erster Linie nicht an das Grab, sondern an das verdammte Baumhaus denke.

Ein Baumhaus im gleichen Wald, in dem ein Kind verschwindet und ein anderes tot aufgefunden wird. Ich habe keine logische Erklärung, lediglich ein vages Gefühl, dass es da einen Zusammenhang geben mag. Aber ich bin an einem Punkt der Verzweiflung angekommen, an dem das reicht. Alles ist besser, als allein und untätig im Haus zu warten.

Dieses Mal lasse ich die Leiter im Schuppen stehen und belade stattdessen einen Wanderrucksack mit Brettern und Werkzeug. Bei meinem letzten Versuch, das Baumhaus wiederzufinden, bin ich damit an allen möglichen Sträuchern und Ästen hängen geblieben. Diesmal will ich es klüger anstellen.

Der Rucksack ist schwer, als ich ihn schultere, aber nicht so unhandlich wie die Leiter. Mühevoll schleppe ich ihn durch den Wald, breche durch Büsche und Gehölz und bin mir jedes Mal sicher, auf der dahinterliegenden Lichtung müsse es sein. Doch dann finde ich wieder nur leere Baumkronen, und hin und wieder schreckt ein Tier auf und läuft vor mir davon. Vielleicht habe ich es mir doch nur eingebildet. Es wäre nicht das erste Mal in meinem Leben, dass ich meiner eigenen Wahrnehmung nicht trauen kann. Mein Vater hat mir oft genug vorgeworfen, ich sei ein Lügner und obendrein ein Dummkopf, weil ich meine Lügen sogar selbst glauben würde. Was, wenn er, zumindest in diesem einen Punkt, recht hatte?

«Papa, du glaubst nicht, was ich im Wald entdeckt habe! Ein Baumhaus! Und da wohnt ein Kind drin!»
«Jetzt hör endlich mit deinen Geschichten auf, Henrik!»
«Aber es ist keine Geschichte! Es stimmt! Wir sind jetzt befreundet, und ...»
«Herrgott, Henrik! Ich kann es nicht mehr hören. Agnes! Hat Henrik seine Tabletten heute genommen?»

Hatte ich meine Tabletten genommen? Ich weiß es nicht mehr. Ich weiß auch nicht, ob es dieses Kind wirklich gab, von dem ich meinem Vater erzählen wollte ... Der Wald wird zunehmend undurchdringlich. Es kommt mir vor, als hätten die Bäume sich vervielfacht. Dornen reißen an meiner Jacke. Ich beginne schon an meiner Unternehmung zu zweifeln. Aber dann ist es da. Es hängt so plötzlich über mir, als habe es nur mal schauen wollen, wie weit es das Versteckspiel mit mir treiben kann. Ich lege den Kopf in den Nacken. Mit dem Gefühl der Erleichterung ist es schlagartig vorbei.

Das Baumhaus ist bei Tag sogar noch hässlicher und unheimlicher als bei Nacht, wenn die Dunkelheit zumindest einige seiner Makel verbirgt. Es ist eine marode Hütte aus Planen und alten Brettern. Bei dem Gedanken daran, dass dies ein Ort ist, an dem Kinder spielen, packt mich das Grauen. Die Seile der Strickleiter sind schwarz, die Sprossen morsch. Kein Wunder, dass sie mich nicht gehalten haben. Schnaufend setze ich den Rucksack ab, krame nach dem Hammer und der Packung mit den Nägeln. Der Wald verstummt und beobachtet mich wie einen Eindringling, als ich das erste Brett anschlage. Ich schlage so kräftig zu, dass ich bald schwitze. Als die Länge meiner Arme nicht mehr ausreicht, um die nächste Latte zu befestigen, klettere ich auf das erste angenagelte Brett. Das ganze Unterfangen ist schwieriger, als ich dachte, und jetzt wünschte ich mir doch unsere Leiter aus dem Schuppen. Ich habe nicht bedacht, wie schwer es ist, mich gleichzeitig festhalten und die Bretter annageln zu müssen. Aber die Anstrengung verschafft mir eine Pause von meinen sich ständig im Kreis drehenden Gedanken. In meinem Kopf wird es endlich ruhig. Alle sechs Latten, die ich mitgenommen habe, schlage ich an, eine schiefer als die andere. Aber immerhin halten sie. Und die Hütte ist ja auch alles andere als eine Schönheit, wie sie dort krumm und verzogen zwischen den knorrigen Ästen hockt.

Als mich ein Tropfen trifft, blicke ich nach oben. Der Abendhimmel wird rasant dunkler, und schwarze Wolken haben die Sonne gefressen. Es wird regnen, schon wieder. Ich gönne meinem schmerzenden Körper eine kurze Pause und stelle die Taschenlampe auf. Sie hat vier LED-Strahler. Wenn man nach einem verschwundenen Kind sucht, kann eine Lampe gar nicht hell genug sein.

Der Gedanke an Fynn bringt mich zurück auf die Füße. Im Licht der Lampe klettere ich meine selbst gezimmerte Leiter hoch. Sie ist nicht lang genug, aber von hier oben aus kann ich die Äste erreichen. Ich suche mir einen besonders dicken, stabilen Ast aus und lehne mich zur Seite. Doch auch das habe ich mir einfacher vorgestellt, denn meine Füße verlieren sofort den Halt. Erschrocken klammere ich mich an den Ast, strampele panisch und schaffe es irgendwie, mich hochzuziehen. Der Ast knarrt unter meinem Gewicht, die raue Baumrinde reißt Fäden aus meinem Pulli. Als ich den Stamm erreiche, halte ich mich fest und komme zitternd auf die Füße. Beim Blick nach unten wird mir schwindelig. Die Taschenlampe leuchtet vom Waldboden zu mir herauf wie ein Scheinwerfer, der auf einen unsicheren Zirkusartisten gerichtet ist. Meine Knie sind weich.

Vorsichtig klettere ich noch ein Stück nach oben. Dann lange ich nach der Kante der Plattform, auf der das Baumhaus steht. Ich habe mir keine Gedanken darüber gemacht, ob der Holzboden überhaupt stabil genug ist, um mich zu tragen, oder möglicherweise genauso marode wie die Leiter. Aber genauso, wie die plötzliche Existenz von Fynn mich nach seiner Geburt in vielen Dingen vorsichtiger gemacht hat, lässt mich seine Abwesenheit jetzt impulsiver handeln. Ich springe ab, stemme mich aus den Armen hoch, strampele mit den Beinen, um Schwung zu nehmen. Von hier kann ich bereits durch den Spalt sehen, der die Tür sein soll. Ich erkenne Umrisse im Innenraum, ein Regal, eine umgedrehte Kiste. Und da ist noch etwas, nah an der Tür. Eine Matratze, auf der etwas liegt. Oder jemand?

«Fynn?», keuche ich, und vor Schreck rutsche ich von der Kante ab.

MARLA

Ich presse mich an die Wand und blicke in das Gesicht, das dort am Rand meines Baumhauses aufgetaucht ist und mich ebenso erschrocken ansieht.

Das muss der Feind sein, von dem der Mann immer redet. Der Mann hat gesagt, dass ein Feind viele Formen annehmen kann. Und ich habe mir die Formen vorgestellt, sehr viele sogar. Aber ein Junge war nicht darunter.

Er hat Sommersprossen und helle Haare und ist ein bisschen älter als ich, aber bestimmt nicht viel. Er sieht aus, als wäre er vor Kurzem auch noch ein Schultütenkind gewesen.

Ob der Mann vielleicht noch andere Kinder von zu Hause weggeholt hat, die jetzt hier im Wald leben? Vielleicht hat dieser Junge sich befreit, weil er auch Hunger hat, so wie ich. Aber eigentlich sieht er gar nicht hungrig aus. Er hat rosige Wangen und eine weiche, fleischige Haut. Außerdem kann man Hunger in den Augen sehen. Und in den Augen dieses Jungen liegen nur Überraschung und ein bisschen Angst. Wir bewegen uns beide nicht.

Er schaut über die Kante des Fußbodens wie ein Alligator. Der Mann hat mir mal eine Geschichte erzählt, in der ein Alligator und ein Affe vorkamen. Sie waren befreundet, aber der Alligator hatte eine Frau, die unbedingt den Affen fressen wollte, darum hat der Alligator seinen Freund hereingelegt und wollte ihn unter Wasser ziehen. So was wie Freunde gibt es nämlich in echt gar nicht, sagt der Mann. Am Ende kämpft jeder nur für sich allein. Und dass man aus dieser Geschichte lernen kann.

Wahrscheinlich ist das hier wieder ein Trick, eine Übung, eine Prüfung. Vielleicht hat der Junge eine versteckte Waffe dabei, und ich muss mit ihm kämpfen.

Ich spanne mich an. Ich bin zittrig vor Hunger, und der Junge ist schwerer als ich. Aber wenn ich gegen ihn springe, schaffe ich es vielleicht trotzdem, ihn hinunterzustoßen, ehe er über die Kante klettert. Er kann seine Kraft nicht ausnutzen, solange er auf der Strickleiter steht. Ich springe nach vorn, ehe der Junge es tun kann. Er sieht wohl, was ich vorhabe, denn sein Mund geht auf, um zu protestieren, aber da bin ich schon bei ihm und packe seine ins Holz gekrallten Finger, versuche, sie zu lösen, einen nach dem anderen.

«Nicht! Was tust du denn?» Er versucht, schnell zu mir ins Haus zu klettern, bevor ich ihn hinunterstoße. Darum springe ich jetzt auf und trete mit den nackten Füßen auf seine Hände. Der Junge schreit und blickt panisch über seine Schulter. Als ich noch einmal zutrete, zieht er die Hand weg und klettert die Leiter hastig ein Stück nach unten. Wegen dem Strick an meinem Fuß kann ich ihm nicht nach, ich komme nur bis zum Rand, aber spucken kann ich. Also spucke ich ihm hinterher, in sein Gesicht, das er mir fassungslos entgegenstreckt.

«Du bist ja vollkommen gaga!», brüllt er zu mir hoch und wischt die Spucke weg. «Was ist denn los mit dir? Ich will dir dein Baumhaus doch nicht wegnehmen!»

Aber er hat die Nase voll. Er klettert die Strickleiter hinunter, springt das letzte Stück und rennt dann durch den Wald davon. Im Laufen schaut er noch ein paarmal über die Schulter, so wie man ängstlich zu einem Gewitter hochblickt, von dem man nicht sicher ist, ob es einem folgt und ob man es noch rechtzeitig nach Hause schafft, bevor es losbricht. Aber als ich hinauf zum Himmel sehe, ist er blau und wolkenlos. Ich bin erstaunt, als mir klar wird, dass ich wohl das Gewitter bin.

Am nächsten Tag kommt der Junge zurück. Er kommt aus der gleichen Richtung, in die er gestern verschwunden ist. Erst rennt er. Aber das letzte Stück schleicht er auf Zehenspitzen. Er kann ja nicht wissen, dass ich ihn schon entdeckt habe und jeden seiner Schritte beobachte. Ich kauere mich hastig an die Wand unter dem Fensterloch.

Ich bin auf der Hut, aber der Junge ist es auch. Er klettert die Leiter so vorsichtig hoch, als erwarte er ein wildes Tier im Baumhaus. Und vielleicht bin ich das ja für ihn. Ein wildes Tier, das ihn anspringen wird, sobald er die Nase über den Rand streckt.

Wie beim letzten Mal traut er sich nicht weiter als bis zu den Augen zu mir herauf und zieht den Kopf dann hastig wieder zurück. Ich male mit dem Finger Muster auf den Holzboden und tue so, als interessiere er mich nicht. Aus den Augenwinkeln sehe ich, wie sich seine Hand ganz vorsichtig auf die Plattform schiebt und sofort wieder zurückzieht. Ich höre mit dem Malen auf und hebe den Kopf. Der Junge hat etwas dort abgelegt. Etwas, das in Butterbrotpapier eingewickelt ist, und das reicht, um meinen Mund ganz wässrig zu machen. Ist das eine Falle?

Neugier und Hunger sind gefährliche Freunde, die dir auf mehr als nur eine Art den Tod bringen können, mein Kind.

Es muss ein Köder sein. Der Mann und ich fangen Füchse auf diese Art, denen wir dann das Fell über die Ohren ziehen. Hungrige Tiere sind am leichtesten zu fangen. Und ich habe Hunger.

Ich lausche. Zwar sehe ich ihn nicht, aber der Junge muss noch auf der Leiter stehen, sonst würde ich sie knarzen hören.

Die Leiter ist laut und verräterisch, wenn man sie rauf- und runterklettert. Es ist deswegen eigentlich gar nicht möglich, sich den Baum hochzuschleichen. Aber der Junge weiß das nicht. Er weiß gar nichts. Er ist wie ein Baby, das denkt, es wäre unsichtbar, wenn es die Augen zukneift. Ich dagegen bin geschickt und schlau, das sagt der Mann oft.

Vorsichtig krieche ich zu dem Päckchen, reiße es an mich und krabbele schnell zurück zur Wand. Das Gesicht des Jungen taucht wieder auf, aber da reiße ich schon das Butterbrotpapier auf. Es ist ein Sandwich! Zwei dicke Scheiben Weißbrot mit irgendwas Gelbem beschmiert. Ich stopfe es mir in den Mund. Es ist Erdnussbutter mit Honig. Mein Magen blubbert und hüpft und dreht durch vor Freude, und mein Kopf wird leicht. Ich stopfe und kaue und schlucke, verputze alles bis auf den letzten Rest und lecke mir die Finger ab. Ich versuche mich zu erinnern, woher ich den Geschmack kenne. Münder haben ihr eigenes Gedächtnis, da bin ich sicher. Aber es ist wie bei den beiden Raben aus dem Gedicht, das ich auswendig gelernt habe. Munin, die Erinnerung, ist mir weggeflogen.

Der Junge sieht mir zu, als wäre ich ein Tier, das er füttert. Ich hasse ihn dafür. Ich hasse ihn fast so sehr, wie ich den Mann hasse. Aber man beißt nicht die Hand, die einen füttert. Das hat der Mann mir mal erklärt.

Der Junge wartet, bis ich aufgegessen habe, dann traut er sich eine Sprosse höher. Ich fauche warnend, um ihm zu zeigen, dass ich ein Fleischfresser bin. Da bleibt er stehen.

«Ich tue dir nichts», sagt er. «Ich habe dir doch sogar was zu essen mitgebracht!» Er wartet ab, aber als ich nichts sage, zeigt er auf sich. «Henrik», sagt er langsam, dann wandert sein Zeigefinger zu mir. Er macht ein Fragegesicht. Ich glaube, er ist ein bisschen dumm oder verrückt oder beides.

«Verstehst du, was ich sage?», fragt er überdeutlich. Ich kaue auf der Unterlippe. Dann nicke ich langsam.

«Okay, gut. Wie heißt du denn?»

Ich zucke die Schultern.

«Du weißt nicht, wie du heißt?!»

Ich kaue nur weiter. Meine Lippe schmeckt noch ein bisschen nach Honig.

«Aber jeder hat doch einen Namen! Haben deine Eltern dir keinen gegeben? Oder hast du ihn etwa vergessen?»

Als ich wieder nicht antworte, wird er ganz aufgeregt. «Kann ich dir vielleicht einen neuen geben? Ich denke mir unglaublich gerne Namen aus!»

Erst zögere ich, aber weil er so begeistert von der Idee ist und mir extra ein Brot mitgebracht hat, nicke ich. Es wäre schön, wieder einen Namen zu haben und nicht mehr nur «Kind» oder «mein Schatz» zu heißen. Der Junge überlegt ein bisschen, er tippt sich dabei mit dem Zeigefinger auf sein Kinn. «Marla!», sagt er schließlich. «Ich werde dich Marla nennen. Gefällt dir das?»

Ich nicke zögernd, und da strahlt er noch mehr. Er traut sich sogar noch eine Stufe höher und kneift die Augen zusammen, um in meine Hütte zu schauen.

«Ist das dein Zuhause?»

Ich knibble mit den Fingern an meinen Zehen. Sein Blick folgt meinem und bleibt an dem Strick hängen.

«Hat dich jemand hier eingesperrt? Vielleicht kann ich dir irgendwie helfen. Ich meine, soll ich dich befreien oder so? Dich losmachen?»

Meine Zähne flutschen von der Lippe. Befreien. In meiner Brust beginnt es zu klopfen. Vielleicht kennt der Junge den Weg raus aus dem Wald. Er könnte mich von hier wegbringen. Ich nicke langsam, vorsichtig. Ich bin noch immer auf der Hut.

«Ja?», versichert er sich. «Ich soll dich mitnehmen? Okay, gut, okay, alles klar.» Er nickt jetzt auch, viel heftiger als ich, und macht wieder Anstalten, über den Rand auf die Plattform zu klettern. Aber in dem Moment hören wir im Wald einen Schuss, der uns beide erstarren lässt.

«Was war das?» Henrik schaut sich alarmiert um. Im Wald knarrt und ruft und zirpt es. Ich antworte nicht. Ich muss lauschen. Vielleicht war es das Gewehr des Mannes. Ich haste zum Fenster. Rascheln in den Zweigen. Eine kaum merkliche Bewegung im Wald, das Knacken von Ästen. Da kommt jemand mit schweren Schritten auf die Hütte zu. Ich kenne diese Schritte. Und vielleicht kennt Henrik sie auch, denn sein Blick fliegt jetzt hin und her. Er hat Angst, richtig dolle Angst. Vielleicht kennt er den Mann genauso gut wie ich. Vielleicht musste er auch schon mal mit ihm spielen. Aber Henrik hat Pflanzenfresseraugen. Er hätte keine Chance in diesem Wald.

«Also, ich ... ich hole Hilfe für dich, ja? Ich komme wieder, versprochen», sagt er und rennt hastig zur Leiter. Mein Herz sinkt. Ich krabbele ein Stück auf ihn zu, weil ich will, dass er mich jetzt mitnimmt, jetzt sofort, bevor der Mann zurückkommt. «Ich komme zurück und nehme dich mit», wiederholt er, und seine Stimme kiekst. «Versprochen. Okay?»

Ich schüttele den Kopf, aber das sieht er schon nicht mehr, denn er konzentriert sich auf die Stufen der Strickleiter. Da ertönt ein zweiter Schuss, der uns zusammenzucken lässt. Henrik rutscht vor Schreck ab und springt das letzte Stück hinunter ins Gras, um Hals über Kopf davonzustolpern. In meiner Brust zieht es. Ich will auch so rennen wie dieser Junge, der einfach zwischen den Büschen verschwinden kann. Ich will diesen Abenteuerspielplatz nicht mehr, ich will nach Hause! Aber wenn ich nicht mehr weiß, wie dieses Zuhause aussieht, wenn ich irgendwann nicht mal mehr weiß, wie meine Mama aussieht, wie soll ich jemals zurückfinden? Meine Augen füllen sich mit Tränen, aber ich wische sie weg.

Henrik hat versprochen, dass er zurückkommt.

Der Mann pfeift. Als würde er eine Katze rufen. Er weiß nicht, dass ich jetzt wieder einen Namen habe. Dass ich einen Freund habe, der mir einen Namen gegeben hat.

«Marla», flüstere ich und ziehe mich hastig auf meine Matratze zurück. «Henrik holt dich hier raus. Versprochen, Marla.»

HENRIK

Der Regen prasselt lautstark auf das niedrige Holzdach der Hütte. Er dringt durch alle Ritzen, sammelt sich in den Plastikplanen, die zwischen den Brettern hängen wie Auffangbecken. Ich hocke schwer atmend auf dem Boden. Von dem Beinahesturz schlägt mir das Herz bis zum Hals. Nur der dicke Ast hat mich abgefangen. Wäre ich aus dieser Höhe auf den Boden gekracht – ich mag gar nicht daran denken, wie lange es dauern könnte, bis mich hier jemand findet. Das, was ich in der Dunkelheit des Verschlags von draußen für meinen Sohn gehalten habe, ist in Wahrheit ein schmutziger Deckenberg. Er stinkt, und ich kann die Augen nicht von der Matratze abwenden, aus der Sprungfedern hervorragen wie krumm gewachsene Bäume. Noch mehr Bäume. Und so viel Dunkelheit.

Ich erinnere mich jetzt deutlich. Hier war wirklich ein Mädchen. Keins, das ich mir ausgedacht hatte, wie mein Vater es mir immer weiszumachen versuchte, sondern ein echtes Mädchen, mit dem ich zusammen gespielt habe. Sie war eine Freundin. Aber irgendetwas an der Erinnerung stimmt nicht. Warum empfinde ich so viel Schuld, wenn ich an das Mädchen denke? Warum ist da so viel Dunkelheit? Fest presse ich mir die Fäuste gegen die Augen.

Spinner, klingelt es in meinen Ohren. *Du bist und bleibst ein Spinner, Sohn. Du hattest doch nie Freunde!*

Ich wische mir durchs Gesicht. Jetzt nur nicht an Vater denken. Meine einzige Chance ist es, mich auf das zu konzentrieren, was ich hier vorfinde, und die Geschehnisse von damals zu rekonstruieren.

Es bereitet mir Mühe, auf die Füße zu kommen. Die Hütte ist so klein, dass ich nur gebückt stehen kann, und ich wünschte, ich hätte den Strahler von unten mitgenommen. Aber der steht noch immer auf dem Waldboden und wirft sein Licht durch die Ritzen im Fußboden. Es sieht unnatürlich aus. Das Licht und die Schatten machen diesen Ort noch viel unwirklicher.

Im Regal neben mir stehen ein Teller, eine Schüssel, ein Löffel. Es gibt auch eine umgedrehte Weinkiste, die als Tisch herhält. Ich erinnere mich an all das. Als ich mich um die eigene Achse drehe, stoße ich mit dem Fuß gegen etwas Hartes. Da ist ein Eisenring am Boden, zwischen dem Regal und der Matratze. Ich gehe in die Knie, um ihn genauer zu inspizieren. Es sieht aus, als wurde hier eine ehemalige Falltür in den Boden verarbeitet, eine Kellerklappe. Ich ziehe probeweise an dem Ring, aber er sitzt bombenfest, und schlagartig wird mir klar, dass das hier kein Notausgang ist, sondern das genaue Gegenteil: ein Eisenring, durch den ein Strick gezogen war und an dem das Mädchen ... festgebunden war. Ich lasse den Ring los, er kommt mir plötzlich glühend heiß vor. Mein Gesicht, meine Ohren – alles glüht heiß vor Entsetzen.

Das ist es, was an dem Bild nicht stimmt, mit diesem Ort. Der Eisenring. Der Strick.

Wir haben hier nicht gespielt. Das Haus war nie zum Spielen gebaut worden. Es diente dazu, ein Kind einzusperren.

Ich sehe es vor mir: das Mädchen. Angebunden wie ein Hund. Ihr Radius gerade so groß, dass sie sich in jeden Winkel der Hütte bewegen konnte, aber nicht weiter. Ich wollte sie befreien, Hilfe holen, meinen Eltern alles erzählen. Aber dann ...

Hast du heute deine Tablette schon genommen, Henrik?

Die Stimme meines Vaters.

Was du dir da schon wieder ausdenkst, Sohn! Erzähl das bloß nicht der Mama. Die ist sowieso schon ganz enttäuscht von dir und deinen Lügen.

Da lag eine Tablette neben meinem Müslilöffel. Ich wollte zaubern lernen, um sie verschwinden zu lassen. So wie mein Großvater. Er hat die Tablette in seiner Zauberhand verschwinden lassen, immer wenn mein Vater nicht hinsah. Er hat mir zugezwinkert und den Finger an die Lippen gelegt. Mein Großvater wusste, dass ich nicht verrückt, sondern lediglich ein Junge mit sehr ausgeprägter Fantasie war. Und diesmal hatte ich die Wahrheit gesagt.

Ein Regentropfen fällt mir in den Nacken, ich zucke zusammen. Ich halte krampfhaft an dem Bild des Mädchens fest, das hier in der Ecke zwischen Wand und Regal gekauert hat, schmutzig, abgemagert, verfilzte kurze Haare. Ich habe die Wahrheit gesagt, aber niemand hat mir geglaubt. Sie haben mich für einen Spinner gehalten.

Plötzlich steht mir wieder vor Augen, wie ich im Auto meiner Eltern saß. Die Szene läuft einfach weiter, wo sie mir letztes Mal entglitten ist. Wie ein Film, den man zwischenzeitlich pausiert hat.

«Hast du gar nichts dazu zu sagen?», ruft meine Mutter. Regen rinnt an der Scheibe hinunter. Dahinter liegt der Wald.

«Was hätte ich denn tun sollen?», ruft mein aufgebrachter Vater und beachtet für einen Moment die Straße nicht. «Du hast doch genauso geschlafen wie ich!»

«Ich mache dir keinen Vorwurf, Leif! Wir hätten beide aufpassen müssen!»

«Und wie? Hätten wir ihn vielleicht festbinden sollen?» Wieder mein Vater, höhnisch. Festbinden. Ich denke daran, dass das Mädchen, meine Freundin, bei diesem Wetter im Baumhaus festgebunden ist und frieren muss.

Ich sage: «Mama.» Sehr leise.

Sie dagegen schreit fast: «Es kann doch nicht sein, dass er nachts in den See watet, während wir seelenruhig schlafen! Machst du dir gar keine Vorwürfe, dass wir nichts mitbekommen haben?»

«Wir sind doch nicht seine Aufpasser, Agnes!»

Der Regen bildet lange Perlenketten am Fenster. Ich folge ihnen mit dem Zeigefinger. Ich habe eine Kette in meinem Rucksack im Kofferraum. Eine Kette aus aufgefädelten Fliegen.

«Mama!», sage ich, lauter diesmal.

«Doch, wenn jemand alt und krank ist, dann muss man auch manchmal den Aufpasser spielen, Leif. Das ist unsere Verantwortung.»

«MAMA!»

«Hm?» Sie dreht sich endlich um. Vor uns fährt ein Krankenwagen und taucht das Auto in regelmäßigen Abständen in blaues Licht. Das Licht macht meine Mutter zu einem blinkenden Schlumpf.

«Da war ein Mädchen!»

Ihr Gesicht zeigt Verwirrung. «Wo war ein Mädchen, Schatz?»

«Im Wald! Da war ein Mädchen, und es ...»

«HENRIK!», bellt mein Vater. «Fang jetzt nicht damit an, verdammt! Wir haben hier wirklich andere Sorgen!»

«Wir müssen zurück, Mama! Wir müssen sie befreien.»

Mein Vater lacht spöttisch. Meine Mutter, der blinkende Schlumpf, blickt verunsichert zwischen ihm und mir hin und her. Sie schlägt sich auf die Seite meines Vaters. Sie glaubt mir nicht.

«Das geht leider nicht, Schatz.»

«Doch, wir müssen! Ich habe es ihr versprochen!»

«Wir müssen jetzt erst mal deinen Opa ins Krankenhaus bringen. Er ist krank. Du möchtest doch auch, dass Opa wieder gesund wird?»

«Hast du deine Tabletten genommen, Henrik?», fährt mein Vater dazwischen, und ich presse den Finger fester gegen die Scheibe,

ohne die Regentropfen dahinter aufhalten zu können. Ich wünschte,
ich könnte sie aufhalten. Ich wünschte, ich könnte die Tabletten
verschwinden lassen, die neben meinem Müslilöffel liegen, so wie
mein Opa. In seiner Zauberhand.

«Hast du?»

«Ja», murmele ich. Eine Lüge? Ich glaube, es war eine Lüge.

Mein Vater wendet sich wieder meiner Mutter zu. «Uns trifft
keine Schuld, Agnes.»

Uns trifft keine Schuld, Agnes.

Wen trifft dann die Schuld? Mich? Aber ich war nur ein
Junge, dem man eingetrichtert hat, dass er spinnt. Wenn je-
manden keine Schuld traf, dann war ich es. Aber hier war ein
Mädchen eingesperrt, vor vielen Jahren. Und jetzt wurde ein
Kinderskelett in einem Waldgrab gefunden. Irgendjemanden
trifft die Schuld.

Ich stemme mich hoch, weil ich es nicht mehr aushalte. Die
Hütte ist zu dunkel, zu klein. Ich brauche eine Lampe, um die
Schatten zu vertreiben, die hier jetzt anstelle des Mädchens
wohnen. Die Schatten machen mir Angst. Ich muss hier raus.
Als ich aufstehe, stoße ich mir den Kopf. Ich taumele zum
Rand der Plattform, wo ich mich über den Rand gleiten lasse.
Mir entfährt ein leiser Schrei, als ich plötzlich wieder das Mädchen auf der Matratze sehe. Ihr Mund bewegt sich. Sie ruft
etwas, aber wegen des trommelnden Regens kann ich nicht
hören, was sie sagt. Oder will es nicht hören. Manchmal ist es
besser, nichts zu hören. Bis zu dem Ast sind es nur ein paar
Zentimeter, aber er ist jetzt regennass und glitschig. Ich rutsche aus, falle, schlage einen Ast tiefer auf, mir entfährt ein
Keuchen, ich greife um mich, schaffe es irgendwie, mich festzuhalten und meinen Fall abzuwenden. Als ich endlich Halt
finde, traue ich mich nicht mehr loszulassen. Nicht den Ast
und auch die Erinnerungen nicht. Denn ich weiß, was das
Mädchen mir zugerufen hat. Ich weiß es.

Du hast es mir versprochen, Henrik!
Ich habe es ihr versprochen.
Eine Lüge? Ich glaube, es war keine.

ROSA

Am nächsten Morgen bleibe ich lange liegen. Ich liege gern, was wahrscheinlich für die meisten Leute gilt. Aber die wenigsten stellen sich dabei vor, wie es jetzt wohl wäre, tot zu sein. Ich wünsche mir eine grüne Beerdigung. Keinen Friedhof, kein Formaldehyd, das in meinen Körper gepumpt wird, keinen extra abdichtenden Sarg.

Ich schließe die Augen, falte meine Hände auf dem Bauch, strecke die Beine lang aus. Das könnte sehr geruhsam sein, wenn mein Vater nicht schon zum zweiten Mal den Kopf ins Zimmer stecken würde. «Du liegst ja immer noch im Bett!», sagt er. «Musst du gar nicht arbeiten? Oder geht's dir nicht gut?»

Ich finde nicht, dass es einem schlecht gehen muss, damit man im Bett liegen kann. Es ist ein sehr erholsamer Ort, so ein Bett. Aber nicht für meinen immer nervösen Vater. Er ist inzwischen Ende sechzig und macht noch jeden Morgen seine Kniebeugen, weil er meint, das würde sein Leben verlängern. Vielleicht habe ich darum, im Gegensatz zu ihm, so wenig Berührungsängste mit dem Tod. Wer gerne liegt und nichts tut, der hat ja eigentlich gar nichts zu befürchten.

«Ich fahre ja gleich. Mach bitte die Tür zu.»

Er schließt die Tür. Seine Schritte entfernen sich. Dann öffnet er die Tür zu Ebbes Raum. Ebbe mag es nicht, wenn man sein Zimmer betritt. Aber Ebbe kann niemanden mehr anschreien. Es ist ein ganz neues Gefühl, mit ihm unter einem

Dach zu wohnen, ohne ständig drangsaliert und gequält zu werden. Diese Ruhe. Ich höre sogar die Vögel, die zu meiner Beerdigung gekommen sind.

Mein Handy auf dem Nachttisch klingelt. Ich seufze, greife danach. Es ist die Dienststelle. Das geht ja gut los.

Ich lasse das Handy klingeln, löse mich aus meiner meditativen Totenstarre und ziehe mich an. Wie ironisch, dass ich hier am liebsten liegen bleiben würde, während sich Ebbe im Zimmer nebenan nicht bewegen kann und fast daran zugrunde geht. Ausgerechnet mein Bruder, der, wie mein Vater, nie still sitzen konnte, der immer in Bewegung war. Klettern, rennen, Sprungschanzen mit dem Fahrrad ausprobieren. Er war immer der Wildeste in der Nachbarschaft. So ist das wohl, wenn Karma mit dem Mittelfinger winkt.

Das Handy klingelt weiter. Endlich hebe ich ab.

«Ich bin auf dem Weg», sage ich knapp.

«Rosa?» Es ist Lasse.

«Am Apparat.»

«Schau mal, hab ich gerade entdeckt. Ist das hier vielleicht ein verdächtiger Baum?» Lasse startet eine Anfrage für einen Videoanruf. Irritiert nehme ich ihn an. Die Kamera zeigt das verwackelte Blattwerk eines Lindenbaums.

«Was meinst du mit ‹verdächtig›?», frage ich.

«Na, ist der Baum nicht irgendwie grüner als andere Bäume? Der leuchtet so! Ich finde, der leuchtet.»

«Das ist eine Sommerlinde. Die leuchten halt so.»

«Ach, okay», Lasse klingt enttäuscht.

«Aus der Entfernung kann ich die Blattbeschaffenheit sowieso nicht analysieren. Warum fragst du?»

«Ach, ich bin einfach gerade mit Kaja daran vorbeigelaufen und habe an dich und deine Studien gedacht. Kann es sein, dass der Baum so grün ist, weil er in der Nähe der Friedhofsmauer wächst?»

«Es ist wahrscheinlicher, dass er so grün ist, weil er eine Sommerlinde ist.»

«Richtig. Das sagtest du.»

«Ein Friedhof wirft auch nicht gerade viele Nährstoffe ab.»

«Tut er nicht?»

«Nein. Er ist im Grunde eine im Boden versenkte Festung.»

Er schweigt irritiert. Es passiert mir oft, dass Leute denken, ich würde einen Scherz machen, wenn ich die meisten Dinge eigentlich todernst meine.

«Na, wie auch immer. Wir sehen uns ja gleich», sagt er dann, und es klingt nicht mal so, als würde ihn das ärgern.

«Ja. Tschüs», sage ich knapp. Wir legen auf. Dieser Lasse ist wirklich ein bisschen seltsam.

Auf dem Flur bekomme ich mit, wie munter mein Vater auf Ebbe einredet, und weiß schon, dass mein Bruder es hasst. Ein weiterer Morgen in Reglosigkeit. Überhaupt ein weiterer Morgen. Und ein Vater, der so fröhlich zwitschert wie ein Vogel vor dem Fenster, um den man nicht gebeten hat.

Ich laufe nach unten, schnappe mir einen Tetrapak Filmjölk aus dem Kühlschrank und fahre in Vaters Auto zur Polizeidienststelle. Lasse und Kaja sind bereits ungeduldig.

«Am zweiten Tag ist Madame schon zu spät. Das kann ja heiter werden», sagt Lasse. Ich wusste nicht, dass er Heiterkeit erwartet hatte. Was mich betrifft, mache ich mir da keine Illusionen.

Ich war sehr zufrieden in meinem Keller in Amsterdam. Man mochte sich dort darüber lustig machen, dass ich wie eine Assel lebte, aber ich habe nichts vermisst. Dachte ich zumindest. Ich habe vergessen, wie schön es ist, wenn man mit Gummistiefeln in matschigen Waldboden tritt. Und ich habe überhaupt nicht gewusst, dass es auch schön sein kann, einen nach Nässe und Methylbutanal riechenden Hund dabeizuhaben. Nur Lasse stört die Idylle mit seinen Gesprächsversuchen.

Mit seiner ganzen Anwesenheit lenkt er mich ab. Das irritiert mich.

Ich pflücke ein Blatt, drehe es zwischen den Fingern und versuche, mich zu konzentrieren. Die Blattfarbe ist von einem auffällig saftigen Grün. Ich suche am Stamm nach weiteren Auffälligkeiten, Farbunterschieden.

Lasse bleibt stehen, um mir Zeit für meine Untersuchungen zu geben. Er ist endlich zu dem gleichen Schluss gekommen wie ich: Er sucht nach Vermissten, ich nach Toten. Es gibt keinen Grund, sich die Arbeit gegenseitig zu erschweren, bloß weil wir unfreiwillig zu Kollegen geworden sind.

Kaja drängt sich neben meine Beine, um am Stamm zu schnüffeln. Doch ihre Nase ist auf den verschwundenen Jungen gepolt, darum niest sie nur und dreht wieder ab.

«Und was hat die 14C-Untersuchung dieser Königin ergeben?», fragt Lasse hinter mir. Er hat mich gerade zu meiner aktuellen Lektüre ausgefragt: Archäoentomologische Untersuchungen zu den Fliegenpuparien aus dem Sarg der Königin Editha.

«Dass die Königin Editha gerne Fisch gegessen hat», sage ich abwesend, und Lasse lacht auf, als hätte ich schon wieder einen Witz gemacht. Ich markiere die Stelle, an der der Baum steht, mit meinem GPS-Tracker.

«Apropos essen. Hast du eigentlich Lust, mal was essen zu gehen?»

«Wir essen doch ständig.»

«Nein, ich meine – außerhalb der Dienstzeit.»

«Außerhalb der Dienstzeit?»

«Schon gut, du musst nicht so entsetzt klingen.»

Ich pflücke eine Handvoll Blätter, um sie in eine Plastiktüte zu schieben. Plötzlich ist es mir furchtbar wichtig, sie gut und ordentlich zu verschließen.

«Ich esse lieber zu Hause. Findest du nicht, dass wir während der Dienstzeit schon genug Zeit miteinander verbringen?» Ich klettere über eine große Wurzel zu Kaja und Lasse zurück. Er schüttelt den Kopf, lässt das Thema aber glücklicherweise fallen.

«Was hast du da gefunden? Ein weiteres Grab?»

«Kann ich noch nicht sagen.»

«Aber du hast doch irgendwas in den ...», er wedelt mit der Hand, «Zweigen oder Blättern gelesen.» So wie er es sagt, klingt es, als hätte ich die Zukunft aus einem Kaffeesatz gelesen.

«Ich muss zurückkommen und hier graben. Vorher kann ich nichts sagen.»

Er nimmt mir das Päckchen ab. «Wie siehst du hier bloß Unterschiede? Für mich sehen diese Blätter aus wie alle anderen.»

«Wieso kann Kaja eine Person noch Tage später an einem Ort riechen? Sogar nachdem es bereits geregnet hat? Für dich wäre auch jede Stelle am Boden wie die andere.»

«Kajas Nasenschleimhaut hat rund 220 Millionen Riechzellen. Beim Menschen sind es gerade mal fünf Millionen.»

«Ich bin neben einem Wald aufgewachsen. Vielleicht habe ich dort 220 Millionen Bäume gesehen und du nur fünf.»

«Ich bin auch neben einem Wald aufgewachsen. Aber das hat mich nie interessiert. Aus dem Fenster zu sehen und nur Bäume vor der Nase zu haben ... Ich fand das trostlos. Langweilig. Ich wollte lieber in die Stadt, feiern gehen, Leute kennenlernen.»

«Siehst du, und das hat mich nie interessiert.»

«Aber der Tod? Hat der dich schon immer fasziniert? Gräber? Bestattungen und solche Sachen?»

«Es fasziniert mich, wie lebende Organismen zerfallen. Mit Bestattungen habe ich es versucht, das war nichts für mich.»

«Oh Mann», sagt Lasse, und dann klingelt glücklicherweise sein Funktelefon und hält ihn davon ab, mich weiter zu meinen Vorlieben zu löchern. Er bleibt stehen, und ich hocke mich neben Kaja, um ihre Ohren zu kneten. Ich habe keine Ahnung warum, aber es gefällt ihr. Uns beiden gefällt es, irgendwie. Es hat etwas Beruhigendes, an das ich mich gewöhnen könnte. Dabei habe ich mich vorher nie besonders für lebende Hunde interessiert.

«Das war der Leiter des Suchteams. Er sagt, mit der Gegend hier nördlich des Grabs seien wir jetzt fertig. Wir sollen morgen noch mal im Abschnitt B4 suchen. Feierabend für heute.»

«Dann gehen wir zurück?»

«Sieht so aus.» Wir wandern zurück zu der Stelle, an der wir geparkt haben.

«Also, noch mal zu dieser Königin Edith», sagt Lasse.

«Editha.»

«Warum untersucht man die Fliegenpuppen?»

«Es lässt sich beispielsweise herausfinden, wo man sie begraben hat. Ob sie nach dem Begräbnis noch bewegt wurde. Solche Dinge. Als man den Sarg fand, war man sich ja nicht mal sicher, dass es sich wirklich um Editha handelte. Ihre Reliquie galt jahrzehntelang als verschollen.»

«Aber hast du nicht gesagt, sie hätten die DNA der Zähne untersucht oder so? Sollte das nicht eindeutiger sein?»

«Nicht die DNA. Sie haben die Strontium-Isotope im Zahnschmelz untersucht. Dadurch konnten ihre verschiedenen Aufenthaltsorte bis zum 14. Lebensjahr ermittelt werden. Stell es dir wie Jahresringe an Bäumen vor. Jeder Ring des Zahns entspricht einem bestimmten Ort. Die Forscher fanden so heraus, dass die Tote ihre Kindheit an vielen verschiedenen Orten in Südengland verbrachte, dann aber mit neun Jahren sesshaft wurde. Das stimmte mit Edithas Biografie überein: In ihren ersten Lebensjahren war sie im Gefolge ihres Vaters permanent unterwegs. Als sie neun oder zehn Jahre alt war, blieb sie jedoch zusammen mit ihrer Mutter in einem Kloster.»

«Krass», sagt Lasse. «Dass sich das alles im Zahnschmelz lesen lässt.»

Ich sehe ihn von der Seite an. Wie er da so hermarschiert, die Hände in den Hosentaschen, wie beeindruckt er aussieht. Ich bin es nicht gewohnt, dass andere sich für das interessieren, was ich lese. Dass andere sich überhaupt für das interessieren, wofür ich mich interessiere. Ich schaue Lasse zum ersten Mal wirklich an – und ganz plötzlich trifft mich die Erkenntnis. Lasse. Ein weißblonder Junge mit ebenso feinen wie markanten Gesichtszügen. Die Hände in die Taschen gestopft, als wolle er sie vergraben. Er hat sich immer ein bisschen im Hintergrund gehalten, aber er hat zu Ebbes Clique gehört, war einer der Jungen aus der Nachbarschaft, die später weggezogen sind. Darum kam er mir vom ersten Tag an so bekannt vor ...

«Weißt du was, ich mag dich, Rosa», sagt Lasse plötzlich. «Du bist ein komischer Vogel, aber ich mag dich wirklich.» Er wendet mir den Kopf zu. Unsere Blicke kollidieren unfallartig.

«Du hast meinen Kater erschlagen», platze ich heraus.

«Was?» Lasse bleibt stehen.

«Oskar!», sage ich, als müsse er sich an den Namen erinnern. «Du warst eins der Nachbarskinder, die ihm den Schwanz abge...» Ein Schuss unterbricht meinen Satz. Ich zucke zusammen, Schmerz durchfährt meinen Arm. Lasse schreit und reißt mich zu Boden, gerade als ein weiterer Schuss an mir vorbeifegt, so dicht, dass die Wucht der Kugel mein Haar streift. Es geht alles so schnell, dass ich überhaupt nicht begreife, was passiert. Ich begreife nicht, dass ich getroffen wurde, bis ich die Hitze spüre. Meine Hand wandert automatisch zu meinem linken Oberarm. An meiner Jacke klebt Blut. Dann bemerke ich Lasse, der sich neben mir mit schmerzverzerrtem Gesicht am Boden wälzt und fluchend die Schulter hält. Mich hat der Schuss nur gestreift. Ihn hat er getroffen. Ich richte mich auf. Kaja bellt.

«Bleib unten!», brüllt Lasse, und ich packe erschrocken Kajas Halsband und ziehe sie mit mir zurück auf den Boden. Wir drücken uns schwer atmend ins Moos und lauschen. Aber jetzt ist nichts mehr zu hören als die Geräusche des Waldes.

Ich hebe mein Gesicht und lasse die winselnde Kaja los. Unter Lasses Hand breitet sich an seiner Schulter ein roter Fleck aus. Kaja winselt noch lauter und schnüffelt an der Wunde herum. Mit schmerzverzerrtem Gesicht schiebt Lasse sie weg.

«Hej!», brüllt er in den Wald. «Hej, hier sind Suchtrupps! Stellt sofort die Jagd ein!» Wir lauschen. Weit und breit ist niemand zu sehen. Nicht mal die Suchtrupps. Wir müssen uns weit von den anderen entfernt haben.

«Glaubst du, das war ein Querschläger?» Ich helfe Lasse, sich aufzusetzen. Schäle ihn aus der Jacke, damit wir seine Schulter untersuchen können. Es sieht schlimm aus. Kaja umschmeichelt ihn winselnd. Der Schuss und das Blut haben sie abgelenkt, und sehr flüchtig kommt mir der Gedanke, dass vielleicht genau das das Ziel war. Ich kneife die Augen zusammen, scanne noch mal die Umgebung. Betrachte die Bäume, das Unterholz dazwischen.

«Verdammte Jäger! Kann doch nicht sein, dass man jetzt schon mit schutzsicherer Weste in den Wald gehen muss», flucht Lasse. Er drückt seine Hand auf die Wunde, doch der Schuss muss tief sein, unter seinen Fingern quillt das Blut hervor. Es tropft auf seine Hose, auf den Boden.

«Wir brauchen einen Notarzt», sage ich und blicke mich erneut vergeblich nach den Suchtrupps um.

«Ich habe Verbandszeug im Auto», sagt Lasse, doch sein Gesicht ist blass, und als ich versuche, ihm auf die Beine zu helfen, schwankt er.

«Gib mir dein Funktelefon, ich rufe jetzt einen Krankenwagen.»

Ich ignoriere das Blut an meinem eigenen Arm, rufe den

Notdienst an und laufe dann zurück zum Dienstwagen, um das Verbandszeug zu holen. Wir haben uns wirklich weit von der Stelle entfernt, an der wir geparkt haben. Am Auto angekommen, hole ich den Erste-Hilfe-Kasten aus dem Kofferraum und renne zurück. Ich brauche zwei Anläufe, um das Verbandsmaterial an Lasses Schulter anzubringen.

«Tut mir leid. Meine Mutter hat im Pflegedienst gearbeitet, aber ich habe nicht gerade ihre Hände geerbt», sage ich. Er greift nach Fingern meiner rechten Hand, um sie festzuhalten und zu betrachten.

«Stimmt», sagt er, «die Hände einer Krankenschwester hast du nicht. Aber vielleicht eignen sie sich ja für die Polizeiarbeit.»

Meine Finger kribbeln noch lange nach, als er sie längst wieder losgelassen hat. Das muss von dem Streifschuss an meinem eigenen Arm kommen, der mir erst jetzt wieder bewusst wird.

Und als die Rettungskräfte eintreffen und ich ihnen das Feld überlasse, wird mir noch etwas klar. Etwas, an das ich vorhin in der Aufregung nur einen flüchtigen Gedanken verloren habe: Das waren zwei Schüsse, nicht einer. Nicht sehr wahrscheinlich, dass gleich zwei Querschläger in unsere Richtung gegangen sind. Was, wenn jemand absichtlich auf uns angelegt hat?

NORA

Ich fahre aus dem Bett hoch. Da war ein Geräusch im Haus!

Ich knipse die Nachttischlampe an. Die Bettseite neben mir ist noch immer leer, Henrik ist nicht zurückgekehrt. Schon als ich gestern Abend vom Grab im Wald zurückgekommen bin, war er nicht da. Ich lausche, ob er es gewesen ist, den ich gehört habe. Doch im Haus ist es wieder still. Vielleicht kam das Geräusch von draußen? Ich schlüpfe aus dem Bett, schleiche ans Fenster und spähe durch die Gardine, ohne etwas zu sehen. Lediglich die Grillen zirpen auf der Wiese, und die Nachtvögel krächzen und klopfen im Wald. Es ist alles wie immer. Ich öffne die Schlafzimmertür, trete auf den Flur, lausche nach unten. Aus reiner Gewohnheit spähe ich im Vorbeigehen in Fynns Zimmer, das leer, kalt und dunkel ist. Die Treppe knarrt unter meinen nackten Füßen. Unten angekommen, knipse ich das Licht im Flur an und fahre zusammen.

«Henrik!», rufe ich erschrocken. «Wo zum Teufel hast du gesteckt? Und warum stehst du hier im Dunkeln?» Henriks Jacke ist nass und voller Dreck, seine Hose und Schuhe ebenfalls.

«Da – war ein Mädchen», stößt er hervor. «Da war ein Mädchen, und ich habe es mir nicht eingebildet!»

«Was für ein Mädchen? Wovon sprichst du denn?»

«Ich habe sie mir nicht eingebildet!» Henrik wird laut, und ich weiche erschrocken vor ihm zurück, als er plötzlich auf den Schreibtisch schlägt. So kenne ich ihn gar nicht. Die Vorstellung, dass er da draußen war, so spät in der Nacht, und im Regen ein Mädchen im Wald gesehen haben mag, verstört mich.

«Henrik, ich weiß wirklich nicht ...»

«Sie haben gesagt, ich würde lügen! Dass alles eine Lüge war!»

«Wer hat gesagt, dass alles eine Lüge ...?»

«Alle! Mein Vater. Mein verdammter, beschissener Vater! Ich hab's ihr versprochen, aber ich konnte ihr nicht helfen, und jetzt ist sie tot!» Henrik fängt an zu weinen, und ich bin hilflos, vermute einen Nervenzusammenbruch. Zögernd gehe ich zu ihm und lege die Arme um ihn.

«Erklär's mir. Bitte, ich verstehe kein Wort.» An seiner Schulter vorbei kann ich den Bildschirm des Laptops sehen. Die Suchmaschine ist geöffnet. Henrik hat nach Vermisstenanzeigen von Mädchen aus dem Jahr 1997 gesucht. Das alles irritiert mich immer mehr. Hat es mit dem Skelett zu tun?

«Ich habe es wiedergefunden», schluchzt Henrik.

«Was hast du gefunden, das Mädchen?» Allein diese Frage bereitet mir Gänsehaut.

«Das Baumhaus.» Henrik schluchzt. «Mein Vater hat mir eingeredet, dass ich es mir einbilde.»

Hilflos blinzele ich auf den Desktop und die Ergebnisse seiner Suche:

Wahre Verbrechen: Wo ist Maike T.?

7-Jährige seit 1997 vermisst – Tatverdächtiger in U-Haft

Mord an Luisa Weimar

Urteil im Fall Karola Thiel: Es war Mord!

Der Fall Vanessa: Skelettierte Leiche nach sieben Jahren.

Die schiere Anzahl der Suchergebnisse ist niederschmetternd. Das ist nicht gerade das, was man lesen sollte, wenn das eigene Kind vermisst wird.

«Da war ein Mädchen, Nora. In dem Baumhaus! Im Wald! Gefesselt.»

Plötzlich habe ich das Gefühl, Abstand nehmen zu müssen. Doch nicht ich bin es mehr, die ihn umarmt, sondern umgekehrt. Er hält sich an mir fest. Sehr fest.

«Du tust mir weh, Henrik.»

«Sie ist tot!»

Ich versuche ihn wegzuschieben, aber er klammert sich an mich wie ein Ertrinkender. «Henrik, was soll das, lass mich los! Du machst mir wirklich Angst mit deinen Geschichten!»

«Das sind keine Geschichten! Ich sage die Wahrheit. Das habe ich auch damals schon ...»

«Henrik, ich bekomme kaum Luft!»

«Du glaubst mir doch, Nora, oder? Du wenigstens glaubst mir!»

Ich antworte nicht darauf, in seiner Umklammerung wird mir heiß. Ich habe sie nie groß zum Thema gemacht, seine kleinen und großen Lügen. Habe sie als Henriks Eigenart hingenommen, so wie man einen Schuhtick hinnimmt oder die Angewohnheit, die Zahnpastatube nicht zu verschließen. Aber jetzt gerade kann ich seine Lügen genauso wenig ertragen wie seine übertriebene Nähe.

Mit Gewalt schiebe ich ihn von mir weg. Er blickt mich betroffen an.

«Du glaubst mir doch, oder?», hakt er nach, bettelt fast. «Wenn es schon kein anderer tut!»

Ich lache auf. Es klingt bitter und gemein, aber ich kann nicht anders. «Henrik, ich bitte dich! Du erzählst konstant irgendeinen Mist! Man weiß nie, woran man bei dir ist! Mal willst du irgendwen im Wald verprügelt haben, der nie dort war, jetzt gibt es ein Mädchen in irgendeinem Baumhaus. Alles ist bei dir vermischt mit irgendwelchen unheimlichen Märchen – nicht mal in der Nacht, als unser Sohn verschwunden ist, warst du ehrlich, sondern hast behauptet, ihr würdet nur Verstecken spielen! Hast du dir mal überlegt, wie viele wertvolle Minuten da verstrichen sind? Und dann hast du die Kaltschnäuzigkeit, dich hinzustellen und darüber zu jammern, dass jemand am Wahrheitsgehalt deiner Geschichten zweifelt?!» Ich habe nicht gewusst, wie viel Wut sich in mir aufgestaut hat. Wie sehr ich Henriks Lügen leid bin und wie gut es tut, zur Abwechslung mal nicht verständnisvoll zu sein, sondern den ganzen Frust, die Anspannung und Angst herauszuschreien. Henrik wird kreidebleich, dann wendet er sich fassungslos ab und stürmt an mir vorbei, packt das Geländer der Treppe und sprintet die Stufen hoch.

«Wohin willst du denn jetzt?»

Er antwortet nicht. Mein Mann verhält sich wie ein unbändiger Jugendlicher, der seine Gefühle nicht unter Kontrolle hat.

«Henrik!»

Oben knallt eine Tür. Ich muss tief durchatmen, um nicht erneut die Fassung zu verlieren. Ich bin emotional selbst am Anschlag. Unser Sohn ist verschwunden, und ich wünschte, Henrik könnte die Situation zur Abwechslung mal mittragen wie ein Erwachsener und nicht wie ein pubertäres Kind! Mein Blick hängt an der leeren Treppe, ich koche vor Wut.

«Henrik?», rufe ich nach oben. Vergeblich. Das beunruhigt mich. Es nervt mich.

Ich gehe nach oben. Die Tür zu Fynns Zimmer ist die einzige, die geschlossen ist. Als ich die Klinke drücke, merke ich, dass sie abgesperrt ist. Henrik muss den Schlüssel vom kindersicheren Versteck auf dem Türrahmen genommen haben.

«Henrik?» Ich klopfe an. Kaum zu glauben, dass er sich wirklich im Kinderzimmer eingeschlossen hat! Ich rappele heftiger an der Klinke. «Mach die verdammte Tür auf! Was soll denn das Ganze?» Und als ich ihn gerade zum Teufel wünschen und kehrtmachen will, aus dem Haus raus oder am besten gleich aus dieser Ehe, regt sich auf der anderen Seite etwas. Der Schlüssel dreht sich, die Tür geht einen Spalt auf. Als ich das Zimmer betrete, hat Henrik sich auf Fynns Bett zurückgezogen. Wie er so dasitzt, mitten auf der glatt gestrichenen Kinderbettwäsche, kommt er mir unreifer vor denn je. Überhaupt nicht wie der Mann, den man sich in einer Krisenzeit an seiner Seite wünscht. Auf dem Boden vor dem Bett liegt Fynns Kuscheldinosaurier. Henrik muss ihn von Bett gefegt haben, um seinem Frust ein Ventil zu geben. Ich würde den Raum am liebsten sofort wieder verlassen. Stattdessen hebe ich den Dino auf und setze ihn mir auf den Schoß, als ich mich auf der Bettkante neben Henrik niederlasse. So hocken wir eine Weile schweigend da.

Schließlich flüstert Henrik: «Es tut mir alles so leid, Nora.»

Ich nicke, knete die Dinofüße in meinen angespannten Händen und warte ab. Es erschreckt mich, dass ich mich innerlich bereits auf weitere Lügen einstelle. Dass ich gar nichts anderes von ihm erwarte.

Aber dann beginnt Henrik zu weinen, und das erschreckt mich noch mehr. Er greift nach meiner Hand, die immer noch den Dinofuß hält, der Plüsch wird ganz zusammengedrückt von unserer doppelten Umklammerung.

«Ich habe das Mädchen auf dem Gewissen, Nora», schluchzt er. «Ich glaube, ich bin schuld, dass sie gestorben ist!»

Ich sitze wie erstarrt da, weiß nicht, was ich denken oder glauben soll. Wenn Henrik seine Geschichten erzählt, dann ist er normalerweise der Held. Er trägt nie die Schuld. Es sind immer die anderen, immer die äußeren Umstände. Entweder er sagt diesmal die Wahrheit, oder da muss noch etwas kommen.

Und das tut es.

«Das Mädchen war an einem Eisenring festgebunden, Nora! Ich hab sie gesehen, und ich habe den Eisenring gesehen. Es war schrecklich! Jemand hat sie dort oben gehalten wie ein Tier! Ich glaube ... ich glaube, ich habe damals sogar versucht, sie zu retten. Aber dann kam der Entführer, und ich musste in den Wald fliehen. Und mein Vater hat mir nicht geglaubt. Er wollte nicht mal, dass ich mit Mama rede! Er hat behauptet, ich sei ein Spinner und dass meine Lügen Mama traurig machten, und dann ... mussten wir abfahren und ...»

Ich schließe die Augen und ziehe scharf die Luft ein. Plötzlich weiß ich nicht mehr, wie ich das all die Jahre ausgehalten habe. Wie ich es jetzt aushalte, dazusitzen und mir all das anzuhören.

«Was, wenn der gleiche Mann, der damals das Mädchen entführt hat, jetzt auch Fynn verschleppt hat? Und ich hätte ihn stoppen können, wenn mir nur jemand geglaubt hätte!»

Ich halte die Augen noch einen Moment länger geschlossen. Die Geschichte ist so absurd. Er muss doch merken, wie absurd sie ist! Schließlich winde ich meine Hände aus seiner Umklammerung und stehe auf.

«Was ist?», ruft Henrik, hörbar erschüttert, und wäre die Situation nicht so traurig, hätte ich über die Frage lachen mögen. Ich reibe mir die Stirn. Ich weiß nicht, wohin sonst mit meinen Händen, wohin mit mir in dieser Beziehung.

Ich wollte mich eigentlich auf keinen zweiten Streit einlassen, aber jetzt kann ich doch nicht anders: «Weißt du, was ich wirklich nicht glauben kann, Henrik? Dass du es immer wieder schaffst, die Geschichten so zu drehen, dass irgendwer anders schuld an der Misere ist. Jetzt ist es dein Vater! Weil er dir nicht geglaubt hat, wofür er, entschuldige bitte, sicher gute Gründe hatte. Und was ich ebenfalls schwer zu glauben finde, ist, für wie bescheuert naiv du mich halten musst, wenn du denkst, dass du mir all deine Schauergeschichten für wahr verkaufen kannst! Möchtest du mal eine echte Schauergeschichte hören? Die Polizei schickt in den nächsten Tagen Taucher, um nach unserem Sohn zu suchen! *Taucher!*»

Ich wende mich ab und verlasse den Raum, ehe Henrik noch etwas sagen kann. Ehe er noch mehr kaputt machen kann.

«Nora!» Henrik springt auf, doch ich schließe die Tür vor seiner Nase.

Vielleicht ist es ja das, was Bleike bezweckt hat. Selbst die gesündeste Ehe würde an einer Kindesentführung zerbrechen – und wenn ich ehrlich bin, war Henriks und meine Ehe vielleicht nie die gesündeste. Der eine lügt, die andere geht fremd, ein tolles Paar sind wir!

Ich gehe ins Schlafzimmer und werfe auch die Tür hinter mir zu. Dabei bin ich sonst niemand, der Türen knallt. Aber ich bin wütend. Auf mich, auf Henrik, auf die Polizei und auf Bleike – ganz besonders auf Bleike. Inzwischen bin ich mir hundertprozentig sicher, dass er hinter Fynns Entführung steckt. Wenn ich ihn in die Finger bekäme, ich wäre in der Lage, ihn mit eigenen Händen zu erwürgen. Wie konnte ich mich jemals auf diesen Mistkerl einlassen?

Er hatte mir imponiert, als ich noch nicht wusste, was für ein kranker Mensch er ist. Sein Selbstbewusstsein, seine Eloquenz, seine Art, einen ganzen Raum für sich einzunehmen. Ich erinnere mich, dass ich damals mehr oder weniger ins Rampenlicht hineingerutscht war, als ein Magazin ein Porträt über mich schrieb. Eine tauchende Meerestechnikerin auf einer entlegenen Plattform mit ausschließlich männlichen Kollegen, das hatte die Redakteurin fasziniert. Und für mich war es eine Möglichkeit, mich für Themen einzusetzen, die mich interessierten: Umwelt und Nachhaltigkeit und wie wir eine gewaltige Kraft wie das Meer zur Energiegewinnung nutzen könnten. Es kamen weitere Zeitungen auf mich zu, am Ende gab es sogar eine Fernsehdoku. Ich wurde für Interviews,

TED-Talks und Konferenzen angefragt. Auf einer davon lernte ich Bleike kennen. Drei Jahre später traf ich ihn auf einer anderen Konferenz in Paris wieder. Da war ich gerade Mutter geworden und auf der Suche nach etwas, das ich glaubte, verloren zu haben. Bleike konnte es mir zurückgeben, eine Zeit lang. Er ist die Art Mann, die einen auf Händen trägt, wenn man sie lässt. Problematisch wurde es erst, als ich nein sagen wollte. Da hat er angefangen, mich kaputt zu machen.

Ich setze mich aufs Bett, nehme das Handy vom Ladekabel und öffne die Nachrichtenkonversation, die eigentlich schon lange gar keine richtige Konversation mehr ist, seit ich Bleike nicht mehr antworte. Der Chatverlauf liest sich eher wie das digitale Selbstgespräch eines Verrückten. Ich scrolle mich durch die Nachrichten nach oben, bis ich die eine finde, die mir seit Fynns Verschwinden nicht aus dem Kopf geht:

Pass auf deinen Sohn auf. Kindern passiert so schnell etwas, wenn sie alleine unterwegs sind.

Ich habe seine Drohungen nicht ernst genommen, was dumm war. Bleike hatte Phasen, in denen er mir mehrmals am Tag schrieb, dann wieder meldete er sich monatelang gar nicht, bis ich dachte, ich wäre ihn ein für alle Mal los. Doch letztendlich war ich das nie. Die letzte Nachricht kam vor vier Monaten:

Ich sehe dich überall.

Ich erinnere mich genau an den Tag, als er mir das schickte, denn es war der gleiche, an dem ich von diesem Ferienhaus in Schweden erfuhr. Henrik und ich waren bei Henriks Mutter zu Besuch, auf dem Tisch stand ein Braten, und ich weiß noch, wie ich mit ungutem Gefühl zu den Fenstern geblickt habe, bevor ich das Handy hastig in der Tasche verschwinden ließ. *Ich sehe dich überall.* War das metaphorisch gemeint? Eine Drohung oder schlichte Verzweiflung? Ich glaube eigentlich nicht an Schicksal, aber wie konnte ich es sonst deuten, dass Henriks Mutter ausgerechnet an jenem Tag einen Brief vom schwedischen Finanzamt bekam? Sie sagte: «Ach, Mensch, das ist schon wieder die jährliche Grundsteuer. Jedes Mal, wenn ich diese Briefe an Leif weiterleite, erinnere ich mich daran, dass wir das Schwedenhaus schon seit Jahren verkaufen wollten. Aber wer kauft schon so ein abgelegenes, halb verfallenes Haus im Wald? Und ganz ehrlich, ich habe einfach keine Lust, mich mit Leif darüber auseinandersetzen zu müssen.»

Ich drehte mich erstaunt zu Henrik um, der die Hände in die Taschen grub und die Schultern zuckte, als sei so ein Ferienhaus in Schweden keine große Sache. Aber für mich war es das. Es war die Möglichkeit zur Flucht, als ich sie am dringendsten brauchte.

Ich klicke ins Antwortfeld und lasse den Cursor blinken und blinken und blinken, ohne etwas zu schreiben. Die Polizei hat mich ausdrücklich darum gebeten, Bleike weiterhin zu ignorieren, am besten meine Nummer zu wechseln, aber in mir kämpft etwas darum, die Dinge endlich selbst in die Hand zu nehmen. Die Polizei hat gesagt, sie würde sich um alles kümmern. Aber worum kümmert sie sich eigentlich? Auf was warte ich hier? Ich schüttele frustriert den Kopf, und aus einem Impuls heraus tippe ich «Hallo, Sackgesicht» in das Nachrichtenfeld. Ich habe nicht vor, es abzuschicken, nicht wirklich. Dann aber fahre ich zusammen, als sich der Status unter Bleikes Namen plötzlich ändert. *Eric Bleike – Online* steht da, und ich lasse das Handy fallen. Online. Ich starre den Status an, und der scheint zurückzustarren, wie bei dem Spiel mit Fynn, bei dem verliert, wer als Erster blinzelt. Fynn. Mein Magen verkrampft sich. Bleikes Status ändert sich erneut. Er schreibt. Ich halte die Luft an. Dann ploppt seine Nachricht auf dem Handy auf:

Immer noch wach, mein Schatz?

Er muss gesehen haben, dass ich dabei war, ihm zu schreiben. *Mein Schatz.* Mir wird schlecht. Bleikes Status wechselt zurück zum abwartenden *Online.* Ich presse eine Hand auf den Bauch. Die Übelkeit ist überwältigend. Bleike blinzelt zuerst:

Vermisst du mich etwa?

Ich rühre mich nicht. Er wartet kurz. Dann schreibt er:

Musst du nicht. Ich bin doch direkt vor deinem Haus.

Das Entsetzen fährt mir bis in die Fußspitzen. Er ist immer noch da. Ich hatte recht! Ich stürze zum Fenster, reiße die zugezogenen Gardinen auf. Erst sehe ich nichts außer den dunklen Bäumen und dem See, der im Mondlicht glitzert. Doch dann bemerke ich unten eine Bewegung. Ein Schatten huscht über die Wiese zum Waldrand. Er muss direkt unter meinem Fenster gestanden haben. Er ist hier! Er ist mir gefolgt. Ich rappele an dem ewig klemmenden Fenstergriff, bevor ich das Fenster endlich aufbekomme.

«Bleike!» Die Gestalt ist verschwunden.

Hinter mir fliegt die Schlafzimmertür auf, und Henrik stürmt herein.

«Was ist passiert?»

«Bleike! Im Garten!»

Henrik drängt mich zur Seite, um aus dem Fenster zu sehen. Er sagt nicht: «Bist du sicher?» Oder: «Das hast du dir bestimmt nur eingebildet!» Wenn einem erst mal das Kind abhandengekommen ist, sind plötzlich alle Dinge möglich.

«Wo?», fragt er.

«Er ist zum Wald gelaufen!»

Henrik stößt sich vom Fensterbrett ab, rennt aus dem Schlafzimmer und ich ihm nach. Dass ich barfuß bin und noch immer nur mein Nachthemd trage, merke ich erst, als ich am Waldrand ankomme und mir die Tannenzapfen, Äste und Steinchen in die Fußsohlen stechen. Ich ignoriere den Schmerz und renne weiter.

«Fynn?», rufen wir im Kanon, bestimmt zum tausendsten Mal in den letzten Tagen. Und wie immer antwortet der Wald nur mit seinen leise surrenden Mücken und dem Gekrächze der Vögel. Geräusche, die einem Fünfjährigen sicher Angst machen, wenn er irgendwo allein dort draußen ist.

«Ich hole die Taschenlampen, und dann suchen wir noch mal alles ab, okay?», fragt Henrik, ohne den Blick von der Dunkelheit zwischen den Bäumen zu nehmen. «Und die Polizei sollten wir auch informieren. Ich rufe sie vom Haus aus an.»

Ich nicke. Dass Henrik mir ungefragt glaubt, dass er nicht den leisesten Zweifel an meinen Worten hat, und das nach dem Gespräch von vorhin, löst Schuldgefühle in mir aus.

Henrik läuft zum Haus, und ich bleibe auf der Wiese stehen. Ich muss aussehen wie eine Verrückte. Mitten in der Nacht barfuß im Wald, mit wirren Haaren und im Nachthemd. Eine verzweifelte, verrückte Mutter, die ihr Kind vermisst. Was habe ich bloß angerichtet?

Ich schlinge meine Arme um mich, fühle mich plötzlich nackt und beobachtet. Bleikes Blicken ausgesetzt, der mich sieht, obwohl ich ihn nicht sehen kann. Ich habe mir so lange vorgemacht, dass seine Nachrichten keine Rolle spielen, wollte seine Annäherungsversuche an mir abperlen lassen. Aber in Wahrheit bin ich von ihnen bis ins Mark durchtränkt.

Ich stehe noch immer in meiner eigenen Umarmung, als Henrik zurückkommt, zwei Taschenlampen im Gepäck, sogar an meine Schuhe hat er gedacht. Zum hundertsten Mal durchkämmen wir den Wald, ohne fündig zu werden.

HENRIK

Nora sieht geschockt aus, als ich der Polizei gegenüber behaupte, ich hätte die Gestalt im Garten ebenfalls gesehen. Dabei weiß doch jeder, dass es immer wichtig ist, die Aussage eines Einzelnen zu bestätigen, damit die Polizei einem glaubt. Was sollten die Beamten sonst denken, außer dass Nora eine Mutter ist, die aus Sorge um ihr Kind verrückt wird? Der Suche nach Fynn wäre damit nicht geholfen.

Der Kommissar in unserer Küche hat graue Haare und wirkt mindestens ebenso müde wie wir. Er heißt Sandin. Vielleicht hat er diese Nacht schon zahlreiche Anzeigen aufgenommen und will endlich in sein Bett. Vielleicht hat er Kinder, zu denen er heimmöchte, denn die wecken einen morgens früh mit ihrem fröhlichen Getrampel und Kinderlärm auf, egal ob man Nachtdienst hat oder nicht. Ich nehme an, dass ein Beruf bei der Kriminalpolizei einem regelmäßig vor Augen führt, wie glücklich man sich schätzen kann, ein gesundes Kind zu Hause zu haben.

Nora beschreibt Sandin die Situation und übersetzt ihm die Nachricht, die sie kurz vorher von Bleike bekommen hat. Von *Eric.* Mir fällt auf, dass Nora Bleike beim Vornamen nennt, so als wären sie immer noch gute Bekannte. Das verletzt mich mehr, als es sollte. Warum haben die beiden sich überhaupt geschrieben?

Sandin macht sich Notizen und wendet sich dann an mich. Auf Englisch meint er: «Du sagst, du hast die Gestalt im Garten auch gesehen. Kannst du sie beschreiben?»

Ich schaue Nora nicht an, um uns nicht zu verraten. Ich habe keine Ahnung, wie Bleike aussieht, und ich will es auch nicht wissen. Die Vorstellung, was er und Nora miteinander angestellt haben, quält mich auch so schon genug.

«Wie meine Frau bereits sagte, es war sehr dunkel im Garten. Alles, was ich weiß, ist, dass der Mann groß war, ziemlich groß. Er trug dunkle Kleidung, Stiefel und ... ich glaube, er hatte einen Bart. Er ging leicht vornübergeneigt. Und er hatte eine Waffe dabei.»

«Eine Waffe?»

«Ein Gewehr. Über der Schulter.»

Sandin sieht mich erstaunt an. «Es war aber nicht zufällig euer Nachbar? Der Waldhüter?»

«Der Waldhüter?»

«Olof Isakson.»

«Ach. Der ist Waldhüter? Ich dachte, er sei Tierpräparator.» Ich ignoriere Nora, die mich wütend von der Seite anfunkelt. «Das kann ich nicht hundertprozentig sagen. Wie gesagt, es war sehr dunkel.»

«Aber es wäre möglich?»

«Möglich, ja», gebe ich zu. «Aber was sollte Olof mitten in der Nacht vor unserem Haus?»

«Trifft die Beschreibung denn auf Eric Bleike zu?», fragt Sandin, wieder an Nora gewandt. «Der Bart? Die Größe?»

Nora verneint müde und vergräbt das Gesicht in den Händen. Als Sandin gegangen ist, herrscht Stille zwischen uns. Ich spüre, dass es in Nora brodelt. Aber ich habe auch allen Grund, wütend zu sein: «Du schreibst dir also noch mit ihm?»

Damit hat sie nicht gerechnet. «Henrik – nein! *Er* hat *mir* geschrieben!»

«Einfach so? Um die Uhrzeit?»

«Er schreibt, wann er will! Du glaubst doch nicht ... Schau dir den Chatverlauf an, wenn du willst! Ich habe sicher nicht ...»

«Ich habe kein Interesse daran, eure Konversation zu lesen.»

Sie schnappt nach Luft, erinnert sich dann aber daran, dass eigentlich sie es war, die mir Vorwürfe machen wollte: «Wieso hast du die Polizei angelogen?»

«Habe ich doch gar nicht!»

«Du hast behauptet, jemanden im Garten gesehen zu haben! Soweit ich weiß, habe aber nur ich jemanden im Garten gesehen!»

«Nun, du kannst froh sein, dass ich deine Aussage bestätigt habe, oder?»

«Aber du hast Olof beschrieben. Warum, um Himmels willen? Weil du ihn nicht magst?!»

«Ich traue ihm nicht, Nora. Warum hat er Fynn diese widerliche Puppe geschenkt? Und dann ist er auch noch Tierpräparator! Irritiert dich das gar nicht?»

«Nein. Er stopft tote Tiere aus, was ist dabei?»

«Was dabei ist? Nora, das ist doch alles einfach unheimlich! Ich will nicht, dass wir uns zu sehr auf die Idee versteifen, dass es Bleike gewesen sein muss, und dabei den Wald vor lauter Bäumen nicht sehen!»

«Aber es war Bleike!»

«Ich versuche doch nur zu helfen! Du hast jemanden gesehen. Und ich glaube dir. Im Gegensatz zu dir zweifle ich nämlich nicht an dem, was du sagst. Nie! Ich vertraue dir so sehr, dass ich sogar für dich lüge!»

«Aber das will ich ja gar nicht, Henrik! Niemandem ist geholfen, wenn du die Polizei auf eine falsche Fährte schickst! Also ein für alle Mal: Spar dir deine Lügen und Geschichten für deine Kinderbücher, wir suchen unseren Sohn, verdammt!»

Mein Nacken brennt. Von jetzt auf gleich ist da ein unerträgliches, alles zerfressendes Brennen. Schon wieder dieses Thema. Henrik der Lügner. Henrik, dem man nichts glauben kann. Nicht mal, wenn es wirklich drauf ankommt. «Ich glaube nicht, dass es eine falsche Fährte ist.»

«Was?!»

«Vielleicht ist Olof keine falsche Fährte», wiederhole ich lauter. «Und hättest du mich vorhin nicht so verunsichert, hätte ich diesem Sandin vorhin auch von dem verschwundenen Mädchen erzählt. Ich hätte ihn geradewegs zu dem Baumhaus geschickt. Ich bin mir sicher, es würden sich Hinweise finden lassen, dass alle Fälle miteinander zusammenhängen: das Kindergrab, die Knochen und auch das Verschwinden von Fynn. Nora, so was passiert doch nicht völlig unabhängig voneinander in ein und demselben Wald!»

Nora gibt ein verzweifeltes Stöhnen von sich. Sie will die Zusammenhänge nicht sehen. Sie hat sich auf ihre Theorie mit Bleike versteift und will nicht wahrhaben, dass hier etwas viel Größeres geschieht. Dass es jemanden geben muss, der schon seit vielen Jahren sein Unwesen in diesem Wald treibt.

«Ich kann das nicht mehr, Henrik.»

Ich zögere, bevor ich auf sie zutrete und meine Arme in Zeitlupentempo um sie schließe. Es könnte sein, dass sie mich fortstößt. Dass sie mich nicht mehr will, diese Beziehung nicht mehr will. Der Gedanke macht mir Angst.

«Es tut mir leid», murmele ich. Behutsam ziehe ich sie an mich. Sie erwidert meine Umarmung nicht, wehrt sich aber auch nicht dagegen.

«Keine Lügen mehr, Henrik», murmelt sie gegen meine Brust. «Bitte!» Es klingt endgültig und überhaupt nicht wie eine Frage, aber ich weiß, dass sie trotzdem auf eine Antwort wartet. Auf ein Versprechen.

Du hast es mir versprochen, Henrik.

ROSA

Krankenhäuser sind so ein unentschiedener Ort. Sie gehören nicht richtig zu den Lebenden und nicht so richtig zu den Toten. Ich habe das schon kaum ertragen, als meine Mutter hier ein und aus ging und wir mit ihr. Das Auf und Ab ihres Zustands. Mit jeder Chemo vergifteten sie ein bisschen mehr von ihr, sah meine Mutter immer mehr aus wie der Tod selbst. Bis nichts von ihr übrig blieb. Es war kein einfacher Tod. Meine Mutter hat zu sehr am Leben gehangen. Sie hat nicht gewusst, wie das geht, loszulassen. Lockerzulassen. Sich einfach hinzulegen und die Augen zu schließen.

Weil die Projektile, die uns getroffen haben, sogenannte Dumdumgeschosse waren, wollen die Ärzte uns über Nacht dabehalten. Auch mich, obwohl ich ja lediglich einen Streifschuss abbekommen habe. Lasse hat es schlimmer erwischt als mich. Dumdumgeschosse zerbrechen im Körper, weswegen sie die Bleisplitter einzeln aus seiner Schulter herausoperieren mussten. Sie haben die Wunde genäht und geben ihm starke Schmerzmittel und Antibiotika. Ob ich auch irgendetwas brauche, fragen sie. Schmerzmittel oder etwas zum Schlafen vielleicht? Ein Krankenhaus ist ein großer Drogenumschlagplatz.

Es klopft an der Tür, und Lasse kommt herein. «Ich bin gekommen, um mich zu entschuldigen», sagt er ernst.

Ich setze mich auf. «Entschuldigen?»

«Wegen dem, was wir damals getan haben, die Nachbarsclique und ich.»

Ich bin erstaunt, dass er jetzt ausgerechnet damit kommt, nach allem, was in den letzten Stunden passiert ist. «Du meinst die Sache mit Oskar?»

«Nein, ich meine dich!», sagt er eindringlich. Ihm ist anzusehen, dass er nicht versteht, warum ich nicht wütend auf ihn bin, jetzt, da ich weiß, wer er ist. Aber das bin ich nicht. Ich hege keinen Groll. Nicht gegen Lasse.

«Das war so ein Gruppending, weißt du? Kleine Jungs, die auf große Hose machen wollen und vor lauter Langeweile in der Nachbarschaft nach Ärger suchen. Nach Dingen, die sie kaputt machen können. Aber du warst nur ein kleines Mädchen! Es war nicht richtig, ganz egal, wie langweilig uns war oder – wie du warst.»

Wie du warst. Natürlich weiß ich, was er damit meint. Anders war ich. Schon immer.

Lasse knetet seine Hände. «Ich wusste nicht, dass das deine Katze war!»

«Kater. Oskar war ein Kater.»

«Kater, ja», korrigiert Lasse sich. «Außerdem kannte ich dich gar nicht! Wer weiß, vielleicht wären wir damals schon Freunde geworden.»

«Unwahrscheinlich», sage ich, und Lasse lacht.

An der Tür klopft es erneut. In so einem Krankenzimmer herrscht ein einziges Kommen und Gehen. Nicht auszudenken, was wäre, wenn sich hier wirklich mal jemand ausruhen wollte. Diesmal ist es ein Pfleger mit einem Servierwagen. Es gibt zerkochte graue Fleischklöße und blassen Kartoffelbrei. Dazu Fruchtjoghurt als Nachtisch. Wir warten stumm, bis der Pfleger alles abgestellt hat und wieder gegangen ist. Dann steht Lasse umständlich vom Stuhl auf. Er hat Schmerzen, das ist ihm anzusehen. «Lass mich dich zum Essen einladen. Als Entschädigung. In der Nähe gibt es eine Pizzeria, etwa fünfzehn Minuten zu Fuß.»

«Eine Pizza gegen ein Katerleben?»

«Ich lege noch eine Flasche Wein obendrauf.»

«Ich denke, du bist vollgepumpt mit Medikamenten.»

«Das wird die Sache dann umso unterhaltsamer machen.»

Ich blicke das kränkelnde Kartoffelgericht an und wäge meine Optionen ab. Eigentlich mache ich mir nicht viel aus Essen. In Amsterdam habe ich mich schon mal wochenlang nur von Tütensuppe und Cornflakes ernährt. Überleben kann man so durchaus.

«Nun komm schon, Rosa. Gib dir einen Ruck!»

«Also gut», sage ich und schlüpfe in die sauber drapierten Schuhe vor meinem Bett.

Der Abend wird viel weniger schrecklich, als ich angenommen hatte. Mal abgesehen von einem Moment, in dem ich Lasse durch einige Details zum Thema Madenverpuppungen irritiere, gibt es nicht einmal nennenswerte Kommunikationsausfälle meinerseits. Wenn ich für gewöhnlich mit Leuten esse, entsteht irgendwann immer eine peinliche Stille um mich. Aber Lasse füllt diese Stille, als sei gar nichts dabei. Ich beginne mich regelrecht wohlzufühlen.

Unsere Pizzen sind so groß, dass sie an den Rändern über den Teller hängen, und der Rotwein wird in Wassergläsern ausgeschenkt. Während wir essen, erinnern wir uns an unsere Kindheit. Wie wir in endlosen Winternächten den Sommer herbeigesehnt haben. Wie wir Taschenlampen mitnehmen mussten, um im Winter in Schneeschuhen zur fünf Kilometer entfernten Schule zu stapfen. Unsere Winternächte in Norrland gehören zu den dunkelsten und längsten in ganz Europa. Sie sind für uns alle nicht leicht, diese Monate. Für mich bedeuteten sie, dass ich Ebbe nicht entkommen konnte. Für Lasse waren sie der Grund, die Beine in die Hand zu nehmen, sobald er eben konnte.

Er erzählt mir von Reisen durch Asien und Südamerika, die er ausgleichend für die Kindheit in der Einöde unternahm. Und dass er eigentlich nie vorhatte, hierher zurückzukommen.

«Warum hast du es doch gemacht?», frage ich.

Er zuckt die Schultern. «Schweden hat einen Mangel an Suchhundeführern. Und hier war eine Stelle frei. Das Angebot war gut, und ... irgendwie entkommt man dieser Region wohl einfach nicht, oder? Was ist mit dir?»

«Ich bin zurückgekommen, um mich um Ebbe zu kümmern.»

«Ebbe, ja. Ich habe von seinem Unfall gehört. Wie macht ihr das jetzt überhaupt zu Hause? Ihr müsst doch Hilfe beantragen können? Da greift doch sicher die Krankenversicherung?»

«Wir könnten Ebbe in ein Pflegeheim geben, aber das will mein Vater nicht. Er sagt, dafür sei Ebbe zu jung. Er würde sich dort aufgeben. Wir würden ihn aufgeben. Und seit meine Mutter vor einigen Jahren auf der Onkologie-Station verstorben ist, vertraut mein Vater Krankenhäusern eh nicht mehr.»

«Aber – er kann doch nicht einfach erwarten, dass du deswegen ...»

«Es ist auch nur vorübergehend. Irgendwann gehe ich zurück und führe meine Studien weiter.»

Er verzieht das Gesicht. «Du weißt schon, dass das alle sagen, die von hier weggegangen sind und wiederkommen.»

«Ich werde wirklich wieder gehen.»

Er schweigt. Dann beginnt er die Krümel, die neben seinen Teller gefallen sind, zu kleinen Straßen zusammenzuschieben. Durch das beschlagene Fenster hinter ihm kann ich sehen, dass es wieder angefangen hat zu regnen.

«Dein Bruder», sagt er plötzlich. «Der muss doch gewusst haben, dass es dein Kater war, als wir ihn erschlagen haben.»

«Deswegen hat es ihm wohl so viel Spaß gemacht.»

«Was hatte er denn gegen dich?»

«Am Anfang gar nichts. Ich habe ihn vergöttert, er hat auf mich aufgepasst. Aber irgendwann, als er in die Pubertät kam und zu euch gehören wollte ...» Ich zucke hilflos die Schultern. Da ist es, das Gefühl des Verletztseins, das ich gegenüber Lasse nicht empfinde. Lasse zählte nicht. Er war nur eins der Nachbarskinder, vor denen man sich eben in Acht nehmen musste, wie vor einem Gewitter oder starken Strömungen im Meer. Niemand wäre einer Strömung böse für das, was sie ist. Ebbe dagegen ... Ich habe ihm vertraut. Er war mein Vorbild. Ich hätte alles für Ebbe getan. Und er hat mich verraten.

«Oh Mann», sagt Lasse. «Wir haben uns wirklich aufgeführt wie eine Straßengang. Hier im abgelegensten Hinterland von Schweden. Ganz schön lächerlich, oder? Ich meine, es gab ja nicht mal eine richtige, asphaltierte Straße!»

«Sind die heute immer noch so? Deine Freunde?»

«Ich weiß nicht. Ich habe eigentlich nichts mehr mit ihnen zu tun. Soweit ich weiß, hat die ganze Gruppe sich aufgelöst und zerstreut. Von einem habe ich gehört, dass er jetzt Familie hat und in Timrå wohnt. Einer arbeitet bei MAX Burgers in Övik, den habe ich zwei- oder dreimal dort besucht, dann ist der Kontakt wieder eingeschlafen. Wir führen einfach zu verschiedene Leben. Von den zwei Mädels, die dabei waren, arbeitet eine jetzt in einem Elektroladen in Övik und hat ebenfalls schon Kinder. Die andere führt mit ihrem Mann eine Touristenherberge. Wir haben uns ein paarmal verabredet, aber es hat zeitlich nie gepasst. Einen aus der Gruppe konnte ich nicht ausfindig machen, ich glaube, der hat hier nicht gewohnt, sondern war nur sporadisch im Sommer mit dabei. Dann ist da noch dein Bruder. Und drei von uns sind inzwischen gestorben.»

«Drei!», sage ich überrascht. «Bei einer Gruppe von zehn?»

«Ja, ganz schön krass, oder? Einer war der Besitzer eines Campingplatzes bei Skuleskogen und hat sich eines Nachts einfach im Wald erhängt. Hat mich ganz schön geschockt, als ich das gehört habe. Er hatte wohl Geld- und auch Alkoholprobleme ... keine Ahnung. Hat keinen Abschiedsbrief hinterlassen, und soweit ich das aus seinen Akten herausgelesen habe, gab es auch niemanden in seinem Leben, dem er einen hätte schreiben können. Einer ist beim Kanufahren in einer Schnellströmung ertrunken. Und einer hatte einen Jagdunfall im Wald. Querschläger. Wir wissen ja, wie schnell das gehen kann.» Lasse deutet vielsagend auf seine Schulter und zieht eine Grimasse. «Wir hatten aber auch wirklich ziemliche Draufgänger in der Gruppe. Gerade dein Bruder. Was der irgendwann für Routen geklettert ist, das war der Wahnsinn. Warst du mal in der Slåttdalsskrevan-Schlucht? Das sind steile, riesige Wände, um die vierzig Meter. Einfach vertikal in die Höhe. Und dazwischen ein schmaler Spalt, in dem Farn und irgendwelche urzeitlichen Pflanzen wuchern. Und auch Jonne, das ist der, der beim Paddeln verunglückt ist, der hat das ganze schwedische Lappland mit dem Kajak durchquert. Da geht's durch Schluchten, weite arktische Ebenen und Sümpfe. Also, ich frage mich, wie überhaupt jemand auf die Idee kommt, da alleine mit dem Kajak durchzufahren.»

Lasse greift nach der Rotweinflasche zwischen uns, doch sie ist leer. Wir haben sie schneller alle gehabt als unsere riesigen Pizzen, an denen wir noch immer essen.

«Schon komisch, wie die Dinge gelaufen sind, oder? Wenn damals einer gekommen wäre und mit dem Finger auf uns gezeigt hätte: ‹Du und du und du, ihr drei werdet euren Vierzigsten nicht erleben ...›»

«Wer hätte denn da kommen sollen?»

«Es ist doch nur eine Vorstellung, Rosa! Ich jedenfalls muss schon oft darüber nachdenken. Gerade heute, nach dem Querschläger. Wie schnell das gehen kann. Ich hätte sterben können, genau wie Jonne. Und stattdessen sitze ich hier mit dir.

Das ist doch totale Willkür. Denkst du denn nicht manchmal daran, dass dein Bruder ebenso gut tot sein könnte?»

«Wir könnten alle die ganze Zeit tot sein, zum Sterben gibt es ja Gelegenheit genug. Außerdem ist die Pizza gut. Findest du nicht, dass die Pizza gut ist?»

Ich stecke mir das letzte Stück Rand in den Mund und knuspere darauf herum. Er schmeckt nach Holzfeuer und Kräutern. Lasse sieht mich mit glänzenden Augen an.

«Du bist wirklich ein Phänomen, Rosa, weißt du das?»

Das Krankenhaus entlässt mich am nächsten Tag, einem Freitag. Ich bin kaum zu Hause, als Lasse anruft, und mich wundert kurz die Bewegung, die sein Name auf dem Display in meiner Brust auslöst.

«Rosa?»

«Am Apparat.»

Er lacht leise und fragt dann: «Wie geht's dir?»

«Gut. Danke.» Es entsteht eine kurze Pause, in der mir zu spät einfällt, dass er vermutlich auf die Gegenfrage wartet.

«Ich wurde gerade auch entlassen. Sie wollten mich eigentlich noch länger dabehalten, zur Beobachtung. Aber ich habe den Arzt überzeugen können, dass ich mich ebenso gut zu Hause ausruhen kann. Am Montag werde ich zurück im Dienst sein.» Wieder eine Pause. Erwartet er etwa von mir, dass ich deshalb auch schon am Montag arbeiten gehe?

«Und wo wir gerade bei Planungen sind – hast du vielleicht Lust, am Wochenende was zusammen zu machen?»

«Ich dachte, du sollst dich ausruhen. Und ich mich übrigens auch.»

«Wir könnten ja was Entspanntes machen. Kino? Essen? Oder ... einen Spaziergang im Wald?»

«Wir spazieren doch ständig zusammen im Wald.»

«Du hast recht. Was würdest du denn gerne machen?»

«Im Bett liegen», sage ich wahrheitsgemäß. Diesmal dauert die Pause noch länger.

«Okay. Ich bin in etwa zwei Stunden bei dir», sagt Lasse dann und legt auf.

Ich blicke irritiert auf das Handy. Das muss er als Witz gemeint haben. Ganz sicher! Ich lege das Handy auf den Nachttisch zurück und drehe mich noch mal um, ziehe die Decke über meine Schulter. Und selbst als es irgendwann an der Tür klingelt, rechne ich nicht damit, dass es wirklich Lasse ist. Erst als es an meiner Zimmertür klopft und er plötzlich dasteht, setze ich mich abrupt im Bett auf.

«Dein Vater hat mich reingelassen», sagt er. Ich bin so überfordert mit seinem Anblick in meinem Zimmer, dass ich gar nicht weiß, was ich sagen soll.

«Ich dachte, du hast einen Witz gemacht.»

«Ich mache nie Witze.»

«Doch. Ständig.»

Sein Lachen hat etwas Schelmisches. Er sieht sich im Raum um, meinem ehemaligen Kinderzimmer, dem man das Kindliche nur an der Größe einiger Möbel ansieht. Ein niedriger Schreibtisch und ein schmales Bett. Daneben gibt es noch einen Kleiderschrank und ein Regal, in dem jetzt meine Lehrbücher stehen. Meine Mutter meinte früher mal, ich hätte ein Zimmer wie eine Klosterzelle. Sie bot mir an, ein paar Bilder zu kaufen. Oder wenigstens bunte Gardinen. Irgendetwas Freundliches. Was sie damit wirklich meinte, war etwas Normales. Etwas Kindliches. Vielleicht in Rosa. Die Art von Rosa, die sie sich vorstellte.

Ich warte, ob auch Lasse einen Kommentar zu meinem spartanischen Zimmer machen wird, aber er sieht sich alles nur interessiert an. Mit dem gleichen Interesse, das er auch für meine Studien aufbringt. Sollte er meine penible Ordnung abschreckend finden, lässt er es sich zumindest nicht anmerken.

Schließlich landet sein Blick auf mir. Ich ziehe die Bettdecke höher.

«Ich bin noch im Schlafanzug», sage ich.

«Das sehe ich. Ich habe meinen auch mitgebracht.» Er deutet auf seinen Rucksack, grinst. «Wir hätten es auch langsamer angehen lassen können. Aber du wolltest dich ja unbedingt zum Liegen verabreden.»

«Ich habe doch nicht ...»

«Sschhht», macht Lasse. Er tritt zu mir ans Bett, setzt sich auf die Kante, und vor Schreck verstumme ich wirklich. «Du machst es mir wirklich nicht einfach, Rosa Lundqvist.»

Und dann, ganz ohne Vorwarnung, nimmt er mein Gesicht in seine Hände und küsst mich.

Mein Bett ist wenig breiter als ein Sarg, und trotzdem verbringen wir den ganzen restlichen Freitag darin. Wir liegen einfach nebeneinander und sehen dem Spiel der Wolken vor dem Fenster zu. Sehen, wie das Sonnenlicht sich vom Fußende zur Mitte des Raums bewegt und dann verschwindet. Wir liegen und dösen oder sprechen über dies und das. Ich erzähle Lasse von meiner Idee mit der grünen Beerdigung. Davon, dass ich mir vorstelle, Friedhöfe in Wälder zu verwandeln und die Sterbeindustrie zu reformieren. Mit biologisch abbaubaren Särgen. Da, wo sonst nur Kreuze und Grabsteine stehen, würden Bäume aus den Toten wachsen.

Lasse lacht nicht darüber, sondern findet im Gegenteil, dass ich ein Start-up gründen sollte, um die Idee umzusetzen. Beerdigungen in kompostierbaren Särgen, mit Kissen aus Pflanzensamen für die Köpfe. Mit integrierten Baumablegern. Ein Baum für jeden Toten. Es ist eine schöne Vorstellung. Wir spinnen die Idee über Stunden weiter.

Ein paarmal höre ich meinen Vater über den Flur schleichen, wenn er sich um Ebbe kümmert. An dem Schatten seiner Schuhe unter dem Türspalt kann ich erkennen, dass er auch kurz vor meinem Zimmer stehen bleibt, vielleicht um zu lauschen. Für meinen Vater muss es eine befremdliche Vorstellung sein, dass mich ein Mann besucht.

Irgendwann nimmt Lasse meine Hand. Er legt meine Finger auf seine Brust und hält sie dort fest. Ich wundere mich selbst darüber, dass mir seine Nähe nicht unangenehm ist. In Amsterdam habe ich die Annäherungsversuche eines Mitstudenten mal mit einem Skalpell abgewehrt. Aber Lasse ist anders. Selbst wenn ich ein Skalpell zur Hand hätte, ich würde es nicht gegen ihn einsetzen.

«Machen wir das morgen noch mal?», frage ich.

«Das ganze Wochenende, bis Montag, wenn du willst.» Er verzieht das Gesicht, als er versucht, seine eingequetschte Schulter anders zu betten. Die Matratze ist so schmal, dass sich unsere Körper überlappen. «Aber vielleicht könnten wir dafür zu mir gehen. Ich habe ein Bett für Erwachsene. Und eine eigene Wohnung.»

Wir einigen uns darauf, dass wir es so machen und Lasse vorher noch Ebbe einen Besuch abstattet. Immerhin waren sie früher Freunde. Es wäre komisch, wenn Lasse nicht wenigstens kurz bei ihm reinschauen würde. Ich hole die Alphabettafel aus der Küche und zeige ihm, wie man sie benutzt. Dann klopfe ich an Ebbes Tür und öffne sie für Lasse. Drinnen sind die Gardinen zugezogen. Mein Bruder liegt im Schatten. Bis hierher auf den Flur kann ich die Medikamente riechen, die er ausströmt, und bin froh, dass nicht ich es bin, die das Zimmer heute betreten muss.

«Ich warte unten auf dich», sage ich und lasse die beiden allein.

Mein Vater sitzt am Tisch in der Küche. Ich hole mir eine Filmjölk aus dem Kühlschrank und merke, dass Vater etwas fragen will. Doch er druckst herum, bevor er mit den Fragen herausrückt: «Das ist also dein Kollege von der Polizei? Und ein Schulfreund von Ebbe? Ich kann mich gar nicht an ihn erinnern. Wie heißt er noch gleich?»

«Lasse.» Ich setze die Filmjölk an und trinke direkt aus dem Tetrapak.

«Lasse. Lasse ... War das eins der Olsson-Kinder? Die in dem umgebauten Bauernhaus im Skokstig gewohnt haben? ... Stimmt! Der kleine nette Junge mit den weißblonden Haaren! Der immer so blass war, dass wir dachten, er sei krank!»

Die Dickmilch schmeckt plötzlich sauer. Ich setze sie ab und schaue auf das Verfallsdatum. Doch sie ist noch über eine Woche haltbar.

Der kleine nette Junge.

Feuerzeuge. Klappmesser. Ihre Sticheleien und Quälereien. Ihre Schuhabdrücke auf meiner Kleidung. Weil ich so ein Sonderling war. Ebbes kleine, peinliche Schwester. Meine Mutter hat die Kleidung schweigend in die Maschine gestopft.

Hinter mir knarrt es. Lasse kommt die Treppe herunter. Und plötzlich bin ich angespannt. Verunsichert. Als könne etwas von Ebbes Bosheit auf Lasse abgefärbt haben. Lasse hat früher schon gemacht, was Ebbe ihm auftrug. Wer weiß, was die beiden ausgeheckt haben. Es ist irrational, aber ich habe mit einem Mal das Bedürfnis, in den Wald zu laufen.

Mein Vater steht auf, als Lasse die Küche betritt. «Hat Ebbe was gesagt?»

«Ja, wir haben gesprochen. Er war überrascht, mich zu sehen.»

«Das glaube ich. Wie viele Jahre hattet ihr jetzt keinen Kontakt?»

«Puh, fast zwanzig müssten das sein. Seit ich von hier weggezogen bin.»

«Ich finde es jedenfalls toll, dass ein alter Schulfreund Ebbe besucht. Das braucht er, wirklich. Vielleicht könntest du ja wieder mal vorbeikommen?»

«Natürlich. Klar. Das mache ich. Gehen wir, Rosa?»

Ich schließe die Augen. Atme durch. Seit damals sind so viele Jahre vergangen, Lasse ist ein anderer als früher. Jemand, der sich für mich interessiert. Ich will mich nicht daran erinnern müssen, wer er früher war. Ich werde mit ihm gehen und das Wochenende in seinem Bett verbringen, und das wird sich ganz natürlich anfühlen, wie vorhin auch.

Ich werfe den Tetrapak in den Müll und nehme Lasse den Rucksack ab, weil er schon beim Versuch, ihn zu schultern, das Gesicht vor Schmerzen verzieht. «Ich fahre», bestimme ich.

«Der Wagen hat Automatik.»

«Automatik ist noch lange nicht Autopilot.»

Erst als wir schon im Auto sind und ich Lasse mit dem Anschnallgurt helfe, frage ich wie beiläufig: «Worüber habt ihr gesprochen, du und Ebbe?»

«Ich wollte ihn erst an ein paar Dinge erinnern, die mir seit Jahren nicht aus dem Kopf gehen. Aber als ich ihn da so habe liegen sehen ... Meine Güte. Was ein Unfall anrichten kann. Ich war so geschockt, dass ich einfach geplappert habe.»

«Dann hat Ebbe gar nichts gesagt?»

«Er wollte wissen, ob wir zusammen sind.» Lasse sieht mich von der Seite an. «Hat ihm gar nicht gefallen.»

Mein Gesicht wird warm. Ich starte den Motor und zerre an dem Schalthebel herum, doch der Rückwärtsgang will nicht einrasten. «Ah ja? Was hat er denn gesagt?»

«Das möchtest du in dem genauen Wortlaut lieber nicht wissen.»

«Doch, das möchte ich tatsächlich. Im genauen Wortlaut.»

«‹Wenn du nur einen Finger an meine Schwester legst, werde ich dich in Stücke reißen und an die Hunde verfüttern.›»

«Das hat er alles diktiert? Mit den Augen?»

«War ihm wohl wichtig.»

«Eine ganz schöne Selbstüberschätzung. In seiner Situation.»

Lasses Mundwinkel zucken. Er legt seine linke Hand auf meine, die noch immer am Schalthebel ruckelt. Und mit einem Mal wird es in mir wieder ruhig. Es ist wie bei den Kadavern damals, als ich wusste: Das ist es. Hier bleibe ich. Bei dem verwesenden Oskar. Bei Lasse, mit seiner Hand auf meiner. Ich bleibe einfach und schaue zu, was weiter passiert. Kurz überlege ich, ob ich den Gedanken mit Lasse teilen kann. Aber der Vergleich birgt zu viel Potenzial für Missverständnisse, nehme ich an.

NORA

Ich dachte, mit den Hunden hätten wir den Tiefpunkt der Suche erreicht. Aber jetzt sind die Taucher da. Ich stehe allein am Ufer, während ihre schwarz eingepackten Köpfe an der Wasseroberfläche aufploppen und wieder verschwinden, aufploppen und wieder verschwinden, wie jagende Teichhühner. Ich bin kurz davor, zu ihnen zu steigen und mitzusuchen. Wozu habe ich meine Tauchausbildung? Ich könnte hier und jetzt ins Wasser steigen. Doch das Grauen, fündig zu werden, hält mich davon ab. Nicht auszudenken, wie es sich anfühlen würde, das Gesicht meines Sohns in der grünen Dunkelheit unter Wasser zu sehen.

Inzwischen haben wir Fynn mit einem zehnköpfigen Polizei-Team gesucht, mit Hunden, mit Hubschraubern, mit Freiwilligen aus der Nachbarschaft. Zuletzt haben sie uns sogar angewiesen, in leeren Dachsbauten nachzusehen und in hohlen Baumstämmen. Da habe ich begriffen, dass die Suche nach dem lebenden, dem lebendigen Fynn in etwas anderes umgeschlagen ist: die Suche nach einer Kinderleiche.

Wenn ich jetzt in den Wald gehe, versuche ich darum nicht mehr, Fynn zu finden. Ich versuche, ihn *nicht* zu finden. Ich bin erleichtert, wenn ein weiterer hohler Baumstamm leer ist und wenn die Taucher zurückkommen und sagen, sie hätten wieder kein Glück gehabt. Glück. Was für ein Wort im Zusammenhang mit dieser Suche.

Es gibt so viele Seen, in die Fynn gestürzt sein könnte. So

viele reißende Flüsse und Bäche. Auf den zweiten Blick ist dieses Bullerbü nur ein vermeintliches Paradies. In Wahrheit ist es Wildnis. Es ist ein gefährlicher Ort, gerade für ein Kind.

Ich versuche zu atmen. Nicht einmal das gelingt mir inzwischen noch. Die absoluten Grundfunktionen meines Körpers funktionieren nicht mehr. Warum muss ich das eigentlich alles alleine durchstehen? Heute Morgen hat Henrik einfach das Haus verlassen, ohne zu sagen, wohin er geht. Ich erwarte nicht von ihm, dass er sich mir gegenüber rechtfertigt. Nicht nach dem, was ich getan habe. Aber das hier sollte ich nicht alleine machen müssen.

Meine Hände verkrampfen sich, die Köpfe der Männer tauchen wieder auf. Ich halte die Luft an. Einer der Taucher entfernt sein Mundstück. Mein Herz schlägt so schnell, dass ich Angst habe umzufallen.

«Nichts», ruft der Taucher mir zu, und vor Erleichterung schließe ich die Augen.

Ich fahre mit den Männern zu einem weiteren See, dann muss ich zurück zum Ferienhaus, um die Beamten von der Spurensicherung reinzulassen. Wir haben sie doch noch über die Kammer unter unserem Küchenfußboden informiert, die irgendein unbekannter Jäger benutzt hat. Jetzt, wo Fynn verschwunden ist und wir nach wie vor keine Spur haben, wird so etwas ernst genommen.

Es dämmert bereits, und die Männer von der Spurensicherung sind im Haus, woraus ich schließe, dass Henrik zurück ist und sie hereingelassen hat. Trotz der Beleuchtung in der Küche wirkt das Ferienhaus nicht länger einladend. Es ist kein Urlaubsort mehr, sondern lediglich ein Schlafplatz, den wir für unsere Suche benutzen.

Als ich in die Küche komme, steigen Männer in weißen Overalls gerade ins Loch hinunter. Sie hängen Fleischbrocken ab und tragen sie nach draußen. Es ist eine verquere Schlachthausszene in unserer idyllischen kleinen Küche. Henrik kann ich nirgendwo entdecken. Auch seine Jacke hängt nicht an der Garderobe.

«Warum nehmt ihr das Fleisch mit?», frage ich, den Rücken an den Küchenschrank gepresst, um nicht im Weg zu stehen.

«Das ist eine reine Routinemaßnahme», sagt der Beamte, als würde er jeden Tag tote Tiere aus einem Bodenloch beschlagnahmen. «Wir werden das Labor überprüfen lassen, ob es sich wirklich durchgängig um das Fleisch von Tieren handelt.»

Ich trete zum Stuhl und klammere mich an der Lehne fest, während die Ungeheuerlichkeit dieser Worte langsam zu mir durchdringt und die Männer weiter ihre Arbeit tun. Wir sind immer davon ausgegangen, dass es sich bei unserem unerwünschten Eindringling um einen simplen Jäger handelt. Die Worte des Beamten dagegen deuten etwas an, das sich im Zusammenhang mit Fynns Verschwinden kaum zu Ende denken lässt.

«Hat mein Mann zufällig gesagt, wo er hingegangen ist?», frage ich.

Der Beamte hält inne und blickt mich überrascht an.

«Wir haben niemanden getroffen. Die Haustür stand offen, als wir kamen.» In seinem Gesicht erkenne ich vertraute Züge. Wahrscheinlich war er bei einer der Suchen im Wald dabei. Dass die Männer sich selbst ins Haus gelassen haben, um hier alles auseinanderzunehmen und zu sezieren, gibt mir ein mulmiges Gefühl.

«Ihr solltet die Haustür lieber abschließen. Ganz generell meine ich.» Er zieht die Gummihandschuhe aus. Offensichtlich sind sie hier fertig.

«Wir haben doch jetzt eh nichts mehr zu verlieren», sage ich. «Und was ist eigentlich aus dem schwedischen Konzept der offenen Türen geworden?»

«In dieser Region?» Er hebt die Augenbrauen, als halte er meine Frage für naiv. «Und überhaupt ist es nicht mehr das Schweden, das es mal war.»

«Ach was», rutscht es mir heraus, weil ich plötzlich wütend bin, dass einem das vorher keiner sagt. Dass jeder nur überschwängliche Begeisterung für Schweden übrighatte. Dass hier in Wahrheit jährlich Tausende von Kindern verschwinden und nicht alle wiedergefunden werden, erfährt man erst, wenn man plötzlich selbst betroffen ist.

«Das Türschloss hat uns auch nichts genutzt, als man Fynn im Wald entführt hat», sage ich, bereue den Kommentar aber sofort. Der Beamte macht nur seinen Job.

Ich stehe noch immer mit verkrampften Händen am Küchenstuhl, als die Männer gegangen sind. Im Haus ist es jetzt vollkommen still. Fynn fehlt, um die Räume mit seinem Lachen zu füllen, und selbst das Geklapper von Henriks Tastatur vermisse ich. Wohin ist er gegangen? Mir fällt auf, dass zwischen seinen Schuhen im Eingang die Stiefel fehlen, die er immer im Wald anzieht. Sicher hat er sich noch einmal auf die Suche nach Fynn gemacht. Es gibt ja sonst nichts mehr, was wir noch tun könnten. Kein Gedanke, den wir nicht schon sinnlos hin und her gewälzt hätten, kein Verdächtiger, den die Polizei noch nicht überprüft hätte – außer dem unbekannten Jäger vielleicht. Sie haben im Umkreis alle vernommen, die zu vernehmen sind, selbst Olof und den Kerl, der Henrik am ersten Tag im Supermarkt begegnet ist. Denn es gibt ihn, in diesem Punkt habe ich Henrik unrecht getan. Der Kerl heißt Bengt Wallen und wohnt in einer Jagdhütte rund dreißig Kilometer von uns entfernt. Die Polizisten mussten sich nur Henriks Beschreibung der Rattenschwanzfrisur anhören, um zu wissen, von wem er spricht. Er hat ein Alibi für jenen Abend, an dem Fynn verschwand, und von einem Kampf mit Henrik im Wald will er nichts wissen. Ich habe keine Ahnung, wer von beiden die Wahrheit sagt. Ich würde gerne behaupten, dass ich im Zweifelsfall immer Henrik glaube. Aber das ist nicht mehr so. Das Einzige, was wir Bengt Wallen wirklich nachsagen können, ist, dass er ein Schmierlappen ist, der Fynn einen Schokoriegel andrehen wollte. Es war Olof, der Fynn die Puppe geschenkt hat. Und Henriks Verletzungen – tja, das weiß der Himmel. Für mich kommt nach wie vor nur eine Person infrage. Bleike. Angeblich hat auch er für besagten Abend ein Alibi. Aber ich scheiße auf diese Alibis. Jeder kann ein Alibi haben, man braucht ja nur ein oder zwei Freunde, die loyal genug sind, um für einen zu lügen.

Frustriert tigere ich durch das Haus, schalte überall die Lichter an, als könne das die unheimliche Stille vertreiben. Aber die Stille bleibt trotzdem, und ich weiß nichts mit mir anzufangen. Ich bin so leer wie dieses Haus.

Ich gehe zurück in die Küche und bleibe vor der geöffneten Bodenklappe stehen. Die Männer von der Spurensicherung haben ein gelbes Absperrband vor den Eingang gespannt. Das hier ist jetzt keine Küche mehr, sondern ein Tatort, und plötzlich ertrage ich es nicht länger. Nichts von alldem, die Stille in unserem Ferienhäuschen, die Abwesenheit von allem und jedem, den ich liebe. Ich werfe die Klappe mit einem lauten Knall zu und fahre zusammen, als es hinter mir, aus dem Wohnzimmer, im gleichen Moment laut schrillt. Das alte Schnurtelefon! Ich stürze in den Nebenraum und reiße den Hörer von der Gabel.

«Hallo?», rufe ich. «Eric? Bist du das? Verdammt noch mal, ich …»

Doch am anderen Ende ist niemand. Der tote Piepton durchdringt meinen ganzen Körper auf unerträgliche Weise. Ich halte den Hörer ans Ohr, und in dem Moment knallt etwas hinter mir ans Fenster, und ich fahre mit einem Aufschrei herum.

Da ist etwas auf dem Glas, verschmierte Schlieren, ist das

ein Handabdruck? Der Abdruck einer Stirn? Mein Puls schlägt mir bis zum Hals. Es muss Bleike sein. Bleike ist draußen vor dem Haus. Er muss mich durch das Fenster beobachtet haben, als er mich anrief. Und jetzt hat er dagegengeschlagen. Er will mir Angst machen. Er will mir zeigen, dass er da ist und mich noch immer beobachtet. Dass er alles kann – sogar unseren Sohn entführen. Bei dem Gedanken an Fynn macht die Angst einer Wut Platz, die mich von einem Moment auf den anderen bis unter die Schädeldecke ausfüllt.

Ich lasse den Hörer fallen und stürme aus dem Haus, umrunde es bis zur Außenseite der Küche. «Eric!», brülle ich über die Wiese, in den Wald. Doch da ist keiner.

Ich schlinge die Arme um mich. Und dann erst bemerke ich den schwarzen Vogel, der unter unserem Küchenfenster im dunklen Gras liegt. Ein Rabe, ein riesiges Exemplar. Ich blicke zwischen dem Tier und dem Fenster hin und her. Der Abdruck, den der Vogel hinterlassen hat, ist von dieser Seite deutlich zu sehen. Erschöpft gehe ich in die Hocke und presse die Hände vors Gesicht.

Trotzdem werde ich den Gedanken nicht los, dass der Rabe nicht aus Zufall gegen unser Fenster geflogen ist.

«Was willst du von mir?», flüstere ich und erhalte auch diesmal keine Antwort.

Der deutsche Beamte, den ich kurze Zeit später am Telefon habe, heißt Helge Bruckmann und gibt mir schon gleich zu Beginn unseres Gesprächs das Gefühl, ein Depp zu sein: «Sie glauben also, dass dieser Rabe eine Nachricht von diesem … Eric Bleike ist, gegen den Sie vor einigen Tagen bei meinem Kollegen Anzeige erstattet haben?»

Ich atme durch.

«Das habe ich nicht gesagt», korrigiere ich. «Ich habe Sie lediglich gebeten, zu überprüfen, ob Bleike in Greifswald ist.»

Er räuspert sich. «Aber der Grund für Ihre Bitte ist, dass ein Rabe in der Abenddämmerung gegen Ihr Fenster geflogen ist? Sie müssen schon einsehen, dass ich dafür niemanden mitten in der Nacht ...»

«Ich weiß, dass ein verfluchter Rabe kein echter Verdachtsgrund ist! Aber würden Sie bitte trotzdem einfach überprüfen, wo Eric Bleike sich gerade aufhält? Ich habe immerhin auch einen Anruf erhalten, direkt vor dem Raben!» Ich hasse mich selbst dafür, dass ich jetzt doch emotional werde, obwohl ich genau das vermeiden wollte. Als Frau darf man in Gesprächen nicht emotional werden. Es macht einen unglaubwürdig. Es bestätigt alle Klischees. Ich atme durch. «Tut mir leid. Es geht eigentlich gar nicht um den Raben, sondern um meinen Sohn.»

«Ja, ich verstehe, dass das eine schwierige Situation für Sie ist, Frau Saunders. Aber wie Sie bereits wissen, kommt Eric Bleike als Täter für die mögliche Entführung von ...», ich höre ihn auf der Tastatur tippen, «... Fynn nicht mehr infrage. Er befand sich zur Tatzeit in Greifswald.»

«Er befand sich in Greifswald, als Sie hingefahren sind! Das war, mehr als 48 Stunden nachdem Fynn verschwunden ist!»

«Und für den besagten Abend hat er ein Alibi», ergänzt Bruckmann.

«Und hat er ein Alibi für heute?»

Bruckmann seufzt. Ich hasse dieses Seufzen.

«Ich würde Ihnen empfehlen zu warten, bis die Kollegen in Schweden die Telefonnummer überprüft haben, von der aus Sie angerufen wurden.»

«Aber ich will nicht mehr warten! Das dauert alles viel zu lange!»

«Ich verstehe Ihre Situation, Frau Saunders. Aber wir können wegen dieses Vogels wirklich keine Streife bei Herrn Bleike vorbeischicken. Wie stellen Sie sich das überhaupt vor? Glauben Sie, dass der Mann die lange Strecke zwischen Deutschland und Schweden munter hin- und herfährt, um – ja, was? Einen Raben gegen Ihre Scheibe zu werfen?»

Ich lasse mich auf den Küchenstuhl sinken und vergrabe die Stirn in der Hand. Aus Bruckmanns Mund klingt die ganze Story wirklich viel absurder, als sie mir eben noch schien.

«Vergessen Sie den Raben», sage ich. «Ich glaube, was ich eigentlich wissen wollte, ist, wie wasserdicht das Alibi von Eric Bleike wirklich ist.»

«Sie können sich sicher sein, dass wir das gut überprüft ...»

Ich lege auf, ehe er seinen Satz beenden kann, und werfe das Handy frustriert auf den Tisch. Ich ziehe ein Bein an den Körper und umarme mein Knie. Ein einziges Mal hatte ich vor der Anzeige bei der Polizei versucht, mit jemandem über Bleike zu reden. Die Initiative ging nicht von mir aus, es war mein Chef, der mich beiseitenahm und fragte, warum ich in letzter Zeit so angespannt und zerfahren sei. Warum mir Fehler unterliefen, die mir unter normalen Umständen nie unterlaufen wären. Also erzählte ich es ihm. Natürlich nicht alles. Nicht die peinlichen Details, nicht meine eigene, dumme Rolle in dem Ganzen. So sachlich wie möglich versuchte ich ihm das Problem mit den Anrufen, Nachrichten und Drohungen zu erklären.

Mein Chef sah mich fassungslos an, und ganz kurz fühlte ich mich verstanden. Bis er den Mund auf- und damit meine ganze Erleichterung zunichtemachte: «Ja, was hast du denn erwartet, Nora? Du bist eine attraktive Frau, und du wagst dich in eine reine Männerdomäne vor. Nicht nur das – du bindest es mit deinen Interviews und dieser Doku und deinem Aktivismus auch noch allen auf die Nase! Wenn du nicht aushältst, dass ein paar Idioten blöde Kommentare machen oder dir an die Wäsche wollen, dann hättest du es vielleicht doch lieber mit einem anderen Job versuchen sollen. Ich dachte, du hättest eine dickere Haut.»

Ich denke nicht, dass mein Chef jemals einem meiner männlichen Kollegen gesagt hat, dass er ihn für attraktiv halte. Oder mit ihm über dessen Haut gesprochen hat.

Ich blicke von meinem Knie auf. Am Küchenfenster klebt noch immer der Abdruck des Raben, der jetzt auf einer aufgeschlagenen Zeitung auf dem Küchentisch liegt wie auf einem Seziertisch. Ich habe die Gummihandschuhe angezogen und ihn hereingetragen, als es draußen anfing zu regnen, wie ein Beweisstück. Was habe ich mir bloß dabei gedacht?

Meine Beine sind aus Blei, als ich aufstehe, die Zeitung an beiden Seiten packe und das tote Biest wieder nach draußen trage, um es zurück auf die Wiese zu werfen.

Ich will mich gerade umdrehen und zurück ins Haus gehen, als mir der Lichtschein auffällt, der unter dem Türspalt aus unserem Schuppen dringt.

HENRIK

Ich drehe mich erstaunt um, als hinter mir die Tür geöffnet
wird. Ich war so in das Zusammenstellen meiner Beweise vertieft, dass ich gar nicht mitbekommen habe, wie spät es bereits ist.

«Henrik! Was ... machst du hier?» Nora betrachtet mit offenem Mund die Zeitungsartikel, die ich am Nachmittag aus-
gedruckt und an den Wänden und auf dem Schuppenboden
verteilt habe.

«Nora.» Ich ziehe sie in den Schuppen. Sie versucht erfolglos,
nicht auf die Ausdrucke zu treten. Es sind zu viele. Dutzende.
«Wir können jetzt zur Polizei gehen, Nora! Ich hatte recht! Es
hat alles mit dem Baumhaus zu tun, und ich kann alles beweisen! Ich habe den ganzen Tag damit verbracht, die Zusammenhänge zu suchen und ein wasserfestes Beweiskonstrukt
zu bauen. Es war Olof!»

Sie blickt mich starr vor Entsetzen an.

«Henrik, warst du etwa die ganze Zeit hier drin?»

Ich knie mich hektisch hin und breite die Ausdrucke zu ihren Füßen aus wie einen Teppich. Ich will ihr zeigen, was ich
gefunden habe. Will, dass sie begreift, was ich begriffen habe:
«Es gibt einen Fall über einen Baumhausmörder in Deutschland. Er hat in den Achtzigerjahren nacheinander zwei Grund-
schulkinder entführt, in seinem Baumhaus gefangen gehalten
und später erhängt. Seit dem Ende seiner Haftstrafe ist nichts
mehr über seinen Aufenthaltsort bekannt. Ich glaube, dass er

nach Schweden gekommen ist, Nora. Ich glaube, dass er es war, der das Mädchen gefangen gehalten und später ermordet hat. Lies doch nur!»

Sie betrachtet meine Anordnung auf dem Boden einen Moment sprachlos. Dann bückt sie sich nach dem nächstliegenden Titel und pflückt ihn vom Boden auf:

«Grausamer Mord im Baumhaus: Dieser Fall schockt Nürnberg».

Gespannt warte ich, während sie liest. Doch als sie den Zettel schließlich sinken lässt, sieht sie alles andere als überzeugt aus.

«Aber das war 1983», sagt sie. «Und Nürnberg. Henrik, ich weiß nicht ...»

Ich springe auf die Füße, reiße ihr den Ausdruck aus den Händen und halte ihn ihr so nah vors Gesicht, dass sie erschrocken einen Schritt zurücktritt. «Es passt alles zusammen! 1984 wurde das Hauptverfahren eröffnet, der Täter wurde zu zehn Jahren Jugendhaft verurteilt. Das bedeutet, er müsste spätestens 1994 wieder freigekommen sein, mit damals fünfundzwanzig Jahren. Nora, wie viele Täter gibt es schon, die ihre kranken Fantasien in einem Baumhaus ausleben?»

«Gibt es wenigstens irgendwo ein Foto von diesem ... Baumhausmörder?»

Ich wühle zwischen den Artikeln, bis ich das Schwarz-Weiß-Foto finde, das drei Beamte in Uniform und einen pickeligen Jugendlichen unter einem Baumhaus zeigt. Es sieht dem in unserem Wald erschreckend ähnlich. Eine unheimliche Bretterkiste in einem kahlen, tot wirkenden Baum. Die Beamten stehen mit dem Rücken zur Kamera, aber der Junge wendet sich einem von ihnen zu, sodass man sein Profil sehen kann. Er hat eine breite, gerade Nase und buschige Augenbrauen.

Auch diese Ähnlichkeit ist frappierend. Nora muss aufgehen, um wen es sich handelt, und ich will, dass sie es selber sieht, bevor sie am Ende wieder behauptet, ich würde mir das alles nur ausdenken. Aber tatsächlich stellt sie sich blind für den Beweis. Sie gibt mir den Zettel zurück. «Das könnte jeder sein», behauptet sie stur.

Sie will es nicht sehen.

«Das kannst du nicht ernst meinen, Nora! Der Kerl ist eindeutig Olof! Als er noch jung war. Und wie groß sollte der Zufall denn sein? 1994. Das war, drei Jahre bevor wir hier früher Urlaub machten und ich ein Mädchen, eingesperrt in einem Baumhaus, entdeckt habe! Dann kommen wir hier an, und kurz darauf verschwindet unser Sohn – ausgerechnet nachdem Olof ihn kennengelernt und ein ausgeprägtes Interesse an ihm gezeigt hat!»

«Auf dem Foto erkennt man überhaupt nichts, Henrik! Das ist viel zu verpixelt. Ich verstehe ja, dass das so konstruiert alles einen bizarren Sinn ergeben mag, aber ...»

«Konstruiert?», unterbreche ich sie fassungslos. Sie glaubt mir nicht. Schon wieder.

«Das sind nur Zeitungsartikel, Henrik. Nichts, was einen Zusammenhang beweist.»

«Aber das Baumhaus!»

Nora reibt sich seufzend die Stirn. Und plötzlich geht mir auf, dass sie mir auch das nicht glaubt. Sie hält das Baumhaus für eine meiner Erfindungen.

«Ich kann dich hinführen!», sage ich. Sie blickt mich lange an. Zweifelnd. Sie ist es leid, von mir enttäuscht oder belogen zu werden. Sie hat Angst davor. Das verstehe ich. Gerade darum muss ich ihr beweisen, dass das Baumhaus existiert. Ich ergreife ihre Hand. «Bitte, Nora.»

Da endlich nickt sie zögernd. «In Ordnung. Gehen wir hin.»

Der Wald spielt auch heute wieder sein Spiel mit mir. Wir suchen so lange nach dem Baumhaus, dass ich schon Angst habe, in der Dunkelheit den falschen Weg genommen zu haben und Noras Vertrauen am Ende völlig zu verlieren. Aber schließlich erkenne ich die Büsche, die die Lichtung umstehen. Wir zwängen uns hindurch. Als Nora das hässlich gezimmerte Nest aus Holz und Plastikplanen sieht, schlägt sie sich die Hand vor den Mund.

«Mein Gott», sagt sie mehrmals. «Mein Gott.» Mehr nicht.

Wir klettern hinauf. Nora will jetzt alles sehen. Alles wissen. Das ist ihre Art. Sie klettert voran. Sie ist geschickter darin als ich, den großen Ast als zusätzliche Stufe zu nutzen. Oben zeige ich ihr den Eisenring. Ich zeige ihr die schmutzige Matratze. Doch Nora sieht es schon selber. Wer sich einmal in die kleine, schmutzige Hütte hineinduckt, der kann gar nicht anders, als zu begreifen, dass hier etwas Schreckliches passiert ist. Sie kann es sich jetzt auch vorstellen, und das erleichtert mich so sehr, dass ich pure Dankbarkeit empfinde. Ich greife Noras Hand. Wir stehen in dem Baumhaus wie zwei Erwachsene in einem Puppenhaus, geduckt und übergroß, fehl am Platz. Aber immerhin sind wir zusammen. Das ist wichtig.

Der Wald um uns ist laut. Es knackt und zirpt und kreischt und klopft darin. Dazu knarzt das Baumhaus, als hätte es ein eigenes Leben. Es ist mir unbegreiflich, wie ein Kind das aushalten konnte. Wie lange war das Mädchen hier eingesperrt, bevor es endlich zu Ende war? Wie kalt muss es gewesen sein und wie dunkel? Ob sie wenigstens eine Taschenlampe hatte? Ich kann mich nicht daran erinnern. Ich habe sie besucht und bin dann wieder gegangen. In die Sicherheit meines eigenen, warmen Betts. Sie hatte nur das Matratzenlager, das wir jetzt beide anstarren.

Nora wendet sich zuerst ab. Man kann diesen Ort nur für eine gewisse Zeit ertragen, dann beginnt er einen zu ersticken.

«Lass uns gehen, Henrik.» Es ist fast ein Flehen.

Wieder klettert sie voran. Unten angekommen, laufen wir zurück zum Haus, das Licht der Taschenlampe zittert vor uns auf dem Boden.

Im Ferienhaus koche ich mir einen starken Kaffee und für Nora einen Beruhigungstee, der angesichts unserer Situation in etwa so angemessen ist, als würde man mit einer Wasserpistole einen Waldbrand löschen wollen.

Mit unseren Tassen setzen wir uns erschöpft auf die Stufen vor dem Haus und starren auf den Wald, so wie man einem Feind ins Gesicht schaut. Wir sind beide gleichzeitig angespannt und erschöpft. Aber wir sitzen Schulter an Schulter, und es überrascht mich, wie uns das gemeinsame Wissen um dieses Baumhaus plötzlich einander näherbringt. Dass die Wahrheit so was kann. Ich hätte Nora viel früher alles erzählen sollen. Warum habe ich es nicht getan? Ich lege einen Arm um sie.

Keine Lügen mehr. Ich nehme es mir vor. Das habe ich schon oft getan. Aber diesmal meine ich es ernst.

«Kannst du dich an das Mädchen erinnern?», fragt Nora.

«Nicht genau. Manchmal taucht da ein Gesicht auf, aber es ist verschwommen. Sie hatte braune Haare. Oder schwarze.» Ich schüttele den Kopf. «Ich war erst zehn.»

«Und sie?»

«Jünger. Ich weiß es nicht genau. Fünf oder sechs vielleicht?»

«Wie Fynn», sagt Nora tonlos. Und ich weiß, dass sie jetzt dasselbe denkt wie ich.

«Sollten wir die Polizei informieren?», frage ich.

«Darüber denke ich schon die ganze Zeit nach. Aber wir haben nichts in der Hand.»

«Die Zeitungsartikel.»

«Wir machen uns unglaubwürdig, Henrik. Ein Baumhaus in einem Wald.»

«Aber du hast es doch auch gespürt. Wenn man erst mal da drinsteht. Und der Eisenring!»

«Sie brauchen Beweise.»

«Vielleicht gibt es DNA-Spuren.»

«Von wem? Von dem Mädchen? Nach all den Jahren?»

«Vielleicht gab es nach ihr noch andere. Weitere Vermissten-fälle.» Und dann schweigen wir beide, weil es nicht möglich ist, Spekulationen anzustellen, ohne über Fynns Schicksal zu mut-maßen.

ROSA

Auf dem Weg zu Lasses Wohnung holen wir Kaja von einem Kollegen ab. Sie ist aufgeregt und kaum zu bändigen, als sie ihn sieht.

«Ja, ich habe dich ja auch vermisst», sagt Lasse, während sie winselt und wedelt, als hätte sie ihn wochenlang nicht gesehen. Wir lassen sie ins Auto springen, weil sie das Wochenende mit uns verbringen wird. Doch unsere Planung wird jäh über den Haufen geworfen, als wir kurze Zeit später auf der Autobahn sind und Lasses Telefon klingelt. Es ist Sara. Lasse blickt überrascht aufs Display und geht dann ran.

«Nein, das ist wirklich kein Problem!», sagt er nach langem Schweigen. «Nein, es geht mir schon viel besser, ich wollte Montag sowieso wieder anfangen! Rosa geht es übrigens auch wieder gut. Wir haben gerade Kaja abgeholt, du hast uns also knapp verpasst. ... Ja, genau. Rosa ist mit mir im Wagen, ja.» Er lächelt mir zu. «Sara sagt Hej.»

Ich lächle nicht zurück.

«Rosa grüßt ebenfalls. Ja, wir fahren vorbei!» Lasse verabschiedet sich und legt auf. «Kleine Planänderung. Wir sollen noch mal den Nachbarn der Familie Saunders wegen des Verschwindens von Fynn überprüfen.»

«An einem Freitagabend?»

«Es ist ja nur ein kleiner Umweg für uns. Sara weiß, dass ich praktisch nebenan wohne.»

«Und weiß sie auch noch, dass du verletzt bist?»

«Es geht hier immer noch um ein verschwundenes Kind, Rosa.»

«Aber ich kenne den Jungen nicht! Ich kenne weder seine Eltern noch diesen Nachbarn.»

«Stimmt. Weil wir Polizeiarbeit ja sonst auch überhaupt nur Leuten anbieten, die wir kennen», foppt er mich. Er wartet auf eine Reaktion, die nicht kommt, und fährt dann fort: «Außerdem ist dieser Nachbar Tierpräparator. Wer weiß, vielleicht findest du ja einen Seelenverwandten in ihm.»

«Wieso sollte da eine Verwandtschaft bestehen?»

«Na, das liegt doch auf der Hand, oder? Er ist Tierpräparator. Du gräbst nach Leichen. Ihr seid beide an Totem interessiert!»

«Tierpräparatoren sind nicht an Totem interessiert. Sie wollen das Leben konservieren. Ich interessiere mich für das genaue Gegenteil.»

Lasse schnaubt belustigt und wird dann von einer Nachricht auf seinem Handy abgelenkt. «Na bitte. Sara hat gerade die Koordinaten geschickt, wo wir parken sollen. Wie es aussieht, müssen wir von dort aus noch ein gutes Stück zu Fuß gehen. Das kann doch romantisch werden. Du, Kaja und ich, ein Abendspaziergang im Wald ...»

«Ich glaube nicht, dass je einer meine Gegenwart als romantisch bezeichnet hat.»

«Nein, das glaube ich auch nicht», meint er schmunzelnd. «Hier musst du übrigens abbiegen.» Er tippt gegen die Scheibe, und seufzend setze ich den Blinker. Ich hätte doch im Bett bleiben sollen. Alleine. Ich weiß schon, warum ich es stets vermieden habe, mich von anderen vom Alleinsein abhalten zu lassen.

Wie zurückgezogen dieser Tierpräparator lebt, sehen wir, als wir eine Dreiviertelstunde später mit dem Auto über unebenen Boden rumpeln und uns immer tiefer in den Wald hineinschlängeln. Wir parken an der Stelle, die Sara uns markiert hat, und schlagen uns von dort aus zu Fuß weiter. Alte, eingefressene Spuren auf dem Waldboden lassen darauf schließen, dass Olof früher mal einen Van oder Pick-up besessen hat. Aber inzwischen hat die Natur die Zufahrt zurückerobert und sie zu einem Wanderweg gemacht. Unkraut, Büsche und sogar kleine Baumsprösslinge wachsen zwischen den Reifenabdrücken.

Als wir vor dem Haus ankommen, wird Kaja nervös. Sie schnuppert an allen Ecken, besonders an der Haustür. Lasse beobachtet sie stirnrunzelnd, beugt sich herunter und legt ihr eine Hand in den Nacken, woraufhin sie leise Fieplaute ausstößt und noch aufgeregter schnüffelt. Da geht die Tür auf. Der große bärtige Mann dahinter hat uns offensichtlich kommen sehen.

Ohne weitere Fragen, aber auch ohne große Freundlichkeit, lässt er uns herein. Lasse beobachtet Kaja genau, als wir durch den Flur gehen, der eng und unaufgeräumt ist. Wo man auch hinsieht, wo auch immer Olof einen Platz gefunden hat, stehen Tierpräparate: ausgestopfte Biber, Bisamratten, Schwalben, Spechte, Bussarde, Fischadler, Fledermäuse, Hermeline, Luchse, Hasen ... sogar Fische kann ich entdecken. Meine Augen wandern die chaotische Sammlung entlang. Die Tiere sind auf polierten Holzbrettern installiert. Daran kleben kleine Schildchen mit ihren Namen und dem Jahr ihrer Konservierung. Als hätte man selbst eingekochte Marmelade beschriftet, denke ich, und irgendetwas scheint mir komisch. Doch ich komme nicht darauf, was es ist.

«Rosa?»

Ich habe gar nicht bemerkt, dass Lasse und Olof schon weitergegangen sind. Sie stehen in der Tür zur Küche. Mir fällt Olofs misstrauischer Blick auf, und ich beeile mich, zu ihnen aufzuschließen. In der Küche gibt es einen alten Gasherd und einen wackligen Holztisch, an den wir uns setzen. Olof schenkt Kaffee ein, der aussieht, als habe man die Kanne nur einmal in den trüben, bräunlichen See vor dem Fenster getaucht.

«Du weißt schon, warum wir hier sind, oder?», fragt Lasse.

«Ich nehme an, es geht wieder um Fynn?»

«Wo warst du an dem Abend, als er im Wald verschwand?»

«Diese ganzen Fragen habe ich deinen Kollegen doch schon längst beantwortet!»

«Mir hast du sie nicht beantwortet.»

«Ich war hier.»

«Ohne Zeugen, nehme ich an.»

«Ich lebe alleine, wer sollte mein Zeuge sein?»

Lasse nickt und blickt Kaja an, die noch immer in der Küche herumschnüffelt. «Sie hat eine Spur», sagt er unumwunden. «War der Junge hier?»

«Ja. Ein paar Tage bevor er verschwand. Zusammen mit seiner Mutter. Das habe ich deinen Kollegen auch schon gesagt.»

«In welchen Räumen seid ihr gewesen?»

«Nur hier in der Küche, kurz. Im Flur. Und draußen am See, beim Boot.»

Lasse wirft einen Blick durch das Fenster. «Das Boot neben dem Schuppen dort?»

«Ja.»

«Können wir den Schuppen mal sehen?»

Olof nickt. Wir stehen auf, und er führt uns hinters Haus, wo ein alter Bootsschuppen am Seeufer liegt. Die Grillen zirpen ein abendliches Konzert im hohen Gras. Über uns schreien die Raben.

«Ihr habt euch den Schuppen aber schon angesehen», sagt Olof.

«Ich habe ihn noch nicht gesehen», wiederholt Lasse. «Und Kaja auch nicht.»

Unsere Blicke wandern zu der Hündin, die im Gras schnüffelt. Olof schiebt den Riegel beiseite und öffnet die knarrende Tür. Im Schuppen ist es dunkel bis auf das Licht, das durch eine kleine blinde Scheibe an der Seite auf eine hölzerne Werkbank fällt – und auf die gegenüberliegende Wand, die über und über mit Waffen voll hängt.

Lasse pfeift durch die Zähne. «Sicher, dass die Kollegen schon hier drin waren?»

Olof antwortet nicht.

«Wenn ich dich nach deinem Waffenschein fragen würde, könntest du mir den aber zeigen, oder?»

«In Schweden hat jeder Eigentümer mit einem Grundbesitz von mindestens fünf Hektar automatisch ein Jagdrecht.»

«Jagdrecht vielleicht, aber nicht gleich einen Waffenschein.»

«Und wie will man auf die Jagd gehen ohne Waffe?»

«Bist du deshalb nach Schweden gekommen? Wegen der Jagd? Du bist doch aus Deutschland, oder?» Lasse leint die aufgeregte Kaja ab, die sofort über die Schwelle in den Schuppen springt. «Können wir hier eigentlich mal ein bisschen Licht machen?»

«Wegen der Freiheit bin ich gekommen.» Olof zündet eine Öllampe an. Als sie den Schuppen erleuchtet, sehen wir überhaupt erst das volle Ausmaß seiner Sammlung. Alles voller Gewehre, Schlingen und Äxte. Neben der Werkbank sind Holzbretter angebracht, an denen Messer in jeder erdenklichen Form und Größe hängen. Und auf der Holzbank liegt ein Wiesel mit halb zugenähtem Bauch. Die Werkstatt eines Tierpräparators mit einer obsessiven Leidenschaft für Waffen.

Kaja winselt. Sie wirkt aufgeregter als sonst, während sie schnüffelnd den Raum durchquert und jeden Zentimeter erkundet. Ihr Nackenfell ist vor Anspannung gesträubt. Ich muss daran denken, was Lasse über die Nasenschleimhaut von Hunden gesagt hat. Und ob es möglich ist, dass sie von der Konservierung des Todes in diesem Raum genauso angewidert ist wie ich.

«Dem Jungen hast du deine Sammlung nicht gezeigt? Kleine Jungs mögen doch Waffen.»

«Seine Mutter war dabei. Ich glaube nicht, dass sie es gemocht hätte.»

Kajas Bellen lässt die beiden Männer verstummen. Sie hat die hintere Wand des Schuppens erreicht. Erst jetzt sehe ich, dass dort eine zweite Tür in die Wand eingelassen ist.

«Was ist dahinter?», verlangt Lasse zu wissen.

«Das ist nur der hintere Ausgang. Da geht's zum See.» Olof tritt an der bellenden Kaja vorbei und schiebt den Riegel der Tür zurück. Er ist rostig. Olof muss mit der Schulter ein paarmal gegen die Tür drücken, bevor sie sich öffnet. Kaja fiept und drängelt sich an ihm vorbei, springt auf die Rampe, schnüffelt sich bis zum Wasser vor, kommt dann aber wieder zurück, ohne ein zweites Mal anzuschlagen. Lasse beobachtet sie mit zusammengekniffenen Augen. Er wirkt jetzt ebenso angespannt.

«Dein Schuppen steht offen. Da kann jeder dran. Denkst du, dass das eine gute Idee ist?»

«Es kommt doch nie einer vorbei», erwidert Olof. «Das ist eine einsame Gegend. Mein Haus steht ja auch offen.»

«Umso schlimmer. Da braucht es nur einen Verrückten, der eins deiner Gewehre aus dem Schuppen holt und zu dir ins Haus kommt. Wie lange, denkst du, würde es wohl dauern, bis du gefunden wirst?»

«So oft, wie die Polizei in letzter Zeit vor der Tür steht, wahrscheinlich nicht sehr lange.»

Lasse wendet sich verärgert ab. Er ruft Kaja zu sich, um den Schuppen zu verlassen. Im Hinausgehen fällt mein Blick auf ein gebogenes Schwert mit zwei Holzgriffen an den Enden, das ein bisschen Ähnlichkeit mit einem übergroßen Kräuterhackmesser hat.

«Wofür ist das?»

Die beiden Männer bleiben stehen und blicken mich an, als hätte ich mich aus dem Nichts im Schuppen manifestiert. Bislang haben sie mir noch weniger Beachtung geschenkt als dem Hund. Jetzt aber mustert Olof mich, als würde er einen zu klein geschriebenen Text studieren.

«Das ist ein alter Scherdegen. Damit kann man Häute entfleischen», sagt er.

«Tierhäute?», fragt Lasse. Doch Olof hört ihn gar nicht. Seine Augen ruhen auf mir, und langsam wird mir mulmig unter seinem Blick. Lasse muss die Frage wiederholen, bevor Olof sich wieder ihm zuwendet.

«Natürlich Tierhäute! Was denn sonst.»

«Und das da? Was ist das?»

«Ein alter Bärenspieß.»

«Damit gehst du auf Bärenjagd?»

«Ich müsste lebensmüde sein, um das zu tun. Dafür hat man heute Gewehre. Das ist ein altes Sammlerstück, wie eigentlich alles hier. Die alten Tellereisen auch. Das ist alles antik.»

«Ein Grund mehr, den Schuppen abzuschließen.»

«Ich sagte antik, nicht wertvoll. Wert hat das nur für mich.»

«Du wehrst dich ja fast dagegen abzuschließen. Warum kannst du nicht einfach ein verdammtes Schloss kaufen?»

«Wie ich schon sagte, ich bin wegen der Freiheit hier. Schlösser habe ich in meinem Leben genug gesehen.» Wieder wandert sein Blick zu mir. Seine Intensität ist unangenehm.

«Gibt es ein Problem?», fragt Lasse, der es auch bemerkt hat, und stemmt die Hände in die Hüften.

Ohne den Blick von mir zu nehmen, sagt Olof: «Du bist die Tochter von Ester Lundqvist.»

Ich bin überrascht. Nicht so sehr darüber, dass meine Mutter womöglich jemanden kannte, den ich nicht kenne, selbst wenn es hier oben an der abgelegensten Stelle im Skuleskogen-Nationalpark ist. Sondern über die Art, mit der Olof diese Aussage trifft, ohne eine Frage zu stellen. Lasse blickt zwischen Olof und mir hin und her, aber als ich keine Anstalten mache, die Verwandtschaft zu bestätigen, wendet er sich ab. «Alles klar, wir gehen dann wieder. Danke für deine Zeit.»

Kaja ist vor uns draußen. Sie springt aus der Tür, schnüffelt erneut auf dem Boden herum und zieht dann sehr entschieden in Richtung des Boots. Sie fiept wieder, und Lasse zögert kurz. Dann geht er mit langen, entschiedenen Schritten auf das vertäute Boot zu und reißt die Plane weg. Kaja springt ins Boot, schnüffelt und winselt aufgeregt. Ich bin neben Olof stehen geblieben. Darum kann ich sehen, wie angespannt sein Kiefer ist. Und seine Hände, die die Daumen kneten. Immer wieder wandert sein Blick zu mir. Ihm liegt eine Frage auf der Zunge, die er sich nicht zu stellen traut.

«War der Junge hier drin?», ruft Lasse.

«Ich sagte ja, ich habe ihm und der Mutter das Boot gezeigt.»

«Nur gezeigt, oder seid ihr damit gefahren?»

«Ich habe Fynn eine kleine Runde rudern lassen. Wir waren alle im Boot. Es hat ihm Spaß gemacht, er ist ein Kind!»

«Und später? Hat es ihm da auch noch Spaß gemacht?»

«Ich weiß nicht, wovon du redest.»

Als wir beim Auto und außer Hörweite sind, frage ich: «Was hast du gemeint, als du Olof gefragt hast, ob es dem Jungen später auch noch Spaß gemacht hat?»

«Ich wollte nur sehen, wie er auf die Provokation reagiert.»

«Hast du einen Verdacht?»

«Sagen wir, ich kann mir einfach gut vorstellen, dass es nicht das einzige Mal war, dass Fynn in diesem Boot gesessen hat», sagt Lasse finster. «Außerdem war er im Schuppen. Olof mag etwas anderes behaupten, aber Kaja hat es gerochen und mir gesagt. Auch wenn das für Außenstehende komisch klingen mag.»

«Für mich nicht.»

Lasse blickt mich prüfend an. «Die meisten Menschen glauben nicht, dass Hunde so differenziert kommunizieren können.»

«Die meisten Menschen können selber nicht differenziert kommunizieren», entgegne ich. «Außerdem kenne ich das von den Bäumen.»

«Die Bäume sprechen mit dir?»

«Zumindest lassen sie sich lesen, wenn man genau hinsieht. Wie bei Kaja. Und ... ich habe es auch gemerkt.»

«Was?»

«Dass Olof etwas zu verbergen hat. Ich kann es dir nicht so genau sagen, es hatte was mit seiner Tiersammlung zu tun.»

«Findest du es eigentlich nicht komisch, dass er dich auf deine Mutter angesprochen hat? Sie war doch deine Mutter?»

«Ja. Aber das verwundert mich weniger. Es ist möglich, dass sie sich kannten. Meine Mutter hat im ambulanten Pflegedienst gearbeitet und war viel unterwegs.» Ich spüre weiter dem vagen Gefühl der Bedrohung nach, kann jedoch den Finger nicht darauflegen. Stattdessen frage ich: «Sind dir eigentlich auch die alten Tellereisen aufgefallen?»

«Tellereisen?»

«An der Wand im Schuppen. Olof hat behauptet, das sei alles antik und würde nicht mehr benutzt. Aber erinnerst du dich an die Falle, in der wir die Schnepfe gefunden haben? Das war genau so ein Eisen.»

«Ich erinnere mich.» Er wiegt den Kopf. «Das hat natürlich nichts mit dem Fall zu tun. Aber wenn Olof mit illegalen Fallen jagt, sollten wir das trotzdem mal prüfen lassen.»

«Mir geht es mehr darum, dass das für mich nicht richtig zusammenpasst. Ein Mann, der für die Tierpräparation jagt, würde keine Fallen benutzen, die Tiere so verstümmeln. Die Tiere wären völlig unbrauchbar für ihn.»

Lasse blickt mich von der Seite an. «Hab ich nicht gesagt, du hast am Ende noch das Potenzial zur Ermittlerin?»

«Nein, hast du nicht gesagt», stelle ich richtig.

«Dann sage ich es jetzt! Du hast eine hervorragende Beobachtungsgabe!»

«Ich wäre völlig ungeeignet. Dieses ganze Befragen und Vernehmen – das wäre nichts für mich.»

«Dann ist es doch gut, dass wir im Team arbeiten! Ich übernehme das Reden, du das Beobachten.»

«Du bist auch nur bedingt geeignet. In der Befragung meine ich.»

Lasse lacht laut, als hätte ich einen Witz gemacht. Offensichtlich ist es das erste Mal, dass er eine realistische Einschätzung seiner Fähigkeiten bekommt. Leute wie Lasse sind sich ihrer Person immer sicher. Es ist ein Selbstvertrauen, das über viele Jahre gewachsen ist, wie ein kräftiger Stamm.

Ich frage mich, wie sich das anfühlen muss, mit so viel Vertrauen aufzuwachsen. Mit Wertschätzung, die einem ins Blut übergeht. Alle meine Fähigkeiten sind aus der Not geboren. Ich habe es Lasse nicht gesagt, aber das Tellereisen und die Trophäensammlung waren nicht der einzige Grund, warum ich weiß, dass Olof etwas zu verbergen hat. Ich kann es bis in die Narben hinein spüren, die Ebbe mir zugefügt hat. Mein Körper reagiert auf Bedrohungen, so wie andere in ihren Narben einen unmittelbar bevorstehenden Wetterumschwung fühlen. Als Kind habe ich das gebraucht, um mich zu schützen. Und dieser Sinn ist mir nie abhandengekommen.

MARLA

An meinem Magen nagen kleine Tiere. So fühlt sich Hunger
an. Ich frage mich, ob ich was falsch gemacht habe. Warum
Henrik nicht zurückkommt. Man gibt doch nicht einfach jemandem einen neuen Namen und lässt ihn dann im Stich.

Nicht einmal der Mann kommt zurück. Schon seit Tagen
nicht.

Ich habe mir oft gewünscht, dass er einfach verschwindet
und mich in Ruhe lässt. Aber das war ein dummer Wunsch,
das sehe ich jetzt. Ich habe ja nur noch ihn. Und er hat das
Essen für mich.

Mein Mund ist trocken. Eine Fliege brummt heran und
setzt sich auf meine aufgesprungenen, rauen Lippen. Ich bin
zu müde, um sie zu verscheuchen. Zu müde, um sie zu fangen
und aufzufädeln. In der Ecke liegt eine schöne lange Fliegenkette, die bislang längste von allen. Die dicken Körper daran
glänzen wie dunkle Perlen. Ich habe Henrik schon einige davon geschenkt. Ich kann ja nicht immer nur seine Brote essen
und ihm im Gegenzug gar nichts geben.

Meine Mama hatte eine Perlenkette in ihrer Schublade,
eine sehr lange, aber sie hat sie nie getragen, weil es eine Erinnerung an Oma war und sie die Erinnerung nicht verlieren
wollte. Wie Odin seine Raben.

Ich weiß noch genau, wie die Perlen aussahen. Wie dunkel
und glänzend. Ich habe sie manchmal aus Mamas Kommode
geholt, wenn Mama nicht da war, mich auf ihr Bett gesetzt und

sie mir durch die Finger gleiten lassen wie Sand. Perlensand. Ich kann mich besser an diese Kette als an Mamas Gesicht erinnern. Das macht mich traurig.

Die Fliegenkette für Henrik ist fast genauso hübsch. Ich habe mir sehr viel Mühe gegeben. Nicht nur wegen der Brote, sondern auch weil Henrik jetzt mein Freund ist. Aber Henrik kommt nicht. Und langsam mache ich mir Sorgen. Der Wald ist voller Gefahren, wenn man ein Pflanzenfresser ist. Vielleicht hat der Mann ihn gefunden und mit ihm gespielt. Henrik sieht nicht wie einer aus, der die Spiele des Mannes überlebt.

Ich lege mich auf den Boden, mache mich klein und ziehe das Fell über mich. Als Cape ist es mir inzwischen zu kurz geworden. Wenn ich das Fell aufsetze und die Bärenschnauze in meine Stirn ziehe, reicht es mir nur noch bis zu den Kniekehlen. «Du wächst wie Entengrütze», hat der Mann letztens gesagt.

Entengrütze, das sind die kleinen Blätter, die im Sommer die Seen und Teiche grün machen. Sie sehen aus wie grüne Linsen, und wenn an einem Tag nur ein paar von ihnen da sind, dann kann zwei Tage später schon der ganze See voll davon sein.

Ich mache mich klein unter meinem Fell. Mein Blick fällt auf das Seil an meinem Fuß. Ich krümme mich so weit, dass ich mit den Händen an den Knoten komme, und knibbele ein bisschen. Dann lasse ich es wieder. Bewegen ist anstrengend. Und selbst wenn ich den Knoten aufbekomme – wohin soll ich schon laufen? Der Wald ist nach allen Seiten endlos, sagt der Mann, und dann breitet er die Arme aus, aber selbst die reichen nicht aus, um so viel Weite zu zeigen. Sie reichen immer nur von einem Baumstamm zum nächsten. Der Wald aber hat unendlich viele solcher Baumstammlücken. Genug, um dazwischen verloren zu gehen, wenn ich mich freimache und wegrenne.

Die Esche knarzt. Fliegen brummen über meinen Pipiflecken. Krähen krächzen. Mein Magen knurrt. Der Mann sagt, wenn die Hungertiere in mir nagen, muss ich sie mit guten Gedanken bekämpfen. Es kann nicht immer was zu essen geben. In meinem Kopf suche ich nach einem guten Gedanken, aber ich finde keinen. Alles, was mir einfällt, ist das Erdnussbutterbrot mit Honig. Und Marmeladenbrot. Irgendein Brot. Ich kneife ein Auge zusammen und halte das Grummeln in meinem Magen aus wie ein Gewittergrollen. Da ist jetzt auch Kuchen in meinem Kopf, ein anderer guter Gedanke. Zu Hause gab es nie welchen. Aber im Kindergarten haben die anderen Kinder manchmal Kuchen mitgebracht, wenn sie Geburtstag hatten. Fantakuchen und Schokoladenkuchen und Muffins, die auf bunten Tischdecken standen. Es gab auch Luftschlangen und Teelichter. Wir setzten uns alle in einen Kreis um die bunt geschmückten Tische und sangen ein Geburtstagslied für das Kind, damit wir ein Stück abhaben durften. Fantakuchen ist mein Lieblingskuchen. Er ist flach und gelb, mit einem weißen Zuckerguss, und manchmal stecken noch Smarties obendrauf. Die Smarties sind das Beste. Ich strecke die Hände aus, als ich mein Stück bekomme, und schmatze, als ich hineinbeiße. Aber ich schmecke den Kuchen gar nicht so richtig, dabei sollte er doch ganz süß und klebrig sein.

Draußen wird das Geschrei der Krähen lauter. Aufgebracht. Ich schüttele mich unwillig und reiße den Kuchen an mich, damit die Krähen ihn mir nicht wegnehmen können. Das ist mein Kuchen! Aber die Krähen sind jetzt überall. Sie sind ins Baumhaus gekommen. Sie fliegen kreischend um mich herum und stoßen auf mich herab, picken nach meiner Haut und greifen mit ihren großen scharfen Krallen nach meinem Magen. Ich schreie und schlage um mich, um sie zu verscheuchen, aber bei dem Kampf muss ich den Kuchen loslassen, plötzlich ist er nicht mehr da. Die Krähen haben ihn. Ich will ihn zurück, taste über den Boden, während die Krähen auf meine Hände hacken. Und dann reiße ich die Augen auf und schaue in meine leeren Hände. Die Krähen sind weg, aber auch mein Kuchen, bis auf den letzten Krümel. Vielleicht hat einer der ganz fetten Vögel ihn mit seinem Schnabel gepackt und weggeschleppt. Oder sie haben ihn unter sich aufgeteilt. Krähen fliegen in Schwärmen, weil sie Freunde haben. Ich dagegen bin allein, weil ich keine mehr habe. Ich rolle mich klein auf dem Boden zusammen und weine ein bisschen, aus Hunger und aus Einsamkeit.

Wenn Henrik nicht tot ist, dann kommt er bestimmt zurück und holt mich hier raus. Man gibt nicht einfach so ein Versprechen und haut dann ab. Ich muss nur noch ein kleines bisschen länger durchhalten, dann kommt er. Er holt mich hier raus und nimmt mich mit zu seiner Familie.

ROSA

Trotz des Besuchs bei Olof wird es doch noch ein entspanntes Wochenende. Wir wechseln zwischen Bett und Couch hin und her und bestellen uns zwischendurch Essen vom Lieferdienst. Lasse geht ein paarmal mit Kaja spazieren, beschwert sich aber nicht, dass ich liegen bleibe. Erst am Sonntagabend fährt er mich nach Hause.

Am Montagmorgen wache ich für meine Verhältnisse sehr früh auf. Ich hatte eigentlich nicht vorgehabt, heute schon wieder zu arbeiten. Aber der Blick aus dem Fenster, der verregnete Wald, die Vorstellung von Gummistiefeln, Matsch und einem schnüffelnden Hund sind plötzlich verlockend. Mir fällt der auffällige Baum ein, den ich im Wald entdeckt hatte, kurz bevor man auf Lasse und mich geschossen hat. Wo ist das Tütchen mit den Baumblättern eigentlich hingekommen? In der Aufregung danach habe ich es fast vergessen. Ich ziehe mich an, gehe nach unten und werde in meiner Jackentasche fündig. Es juckt mir in den Fingern, zu der Stelle zurückzukehren und zu graben.

Auf dem Weg zum Auto schicke ich Lasse eine Nachricht, dass ich bei dem Baum eine Probegrabung vornehmen wolle. Wahrscheinlich hat er Besseres zu tun, als neben einem Bodenloch zu stehen, in dem ich nach Knochen buddele. Dieser Junge wird ja immer noch vermisst. Aber wer weiß.

Als ich die Stelle im Wald gute zwei Stunden später erreiche, reißt der schwarze Wolkenhimmel gerade auf. Ich schüttele den Regen von meiner Kapuze. Die Blätter hängen schwer an den tropfenden Zweigen. Wo sie von der durchbrechenden Sonne angestrahlt werden, leuchten sie in sattem Hellgrün. Wir sind hier ganz in der Nähe der Küste, und rings um den Wald ragen die typischen Granitfelsen von Nordingrå auf. Den tonhaltigen Boden mit dem Spaten aufzustechen, fühlt sich tatsächlich so an, als würde ich versuchen, in Granit zu graben. Die Erde ist schlammig und fest. Der Nieselregen setzt wieder ein, und je tiefer ich grabe, desto sicherer bin ich, dass ich etwas finden muss. Ein so saftig grüner Baum muss von etwas genährt werden. Doch es dauert eine weitere geschlagene Stunde, bis unter meinem Spaten endlich etwas knirscht. Ich hocke mich in den Matsch und lange mit beiden Armen in das Loch. Es ist lediglich poröser Kalkstein.

Das kleine Triumphgefühl, das ich heute Morgen noch verspürte, ist mit einem Schlag verschwunden. Ich richte mich auf, Lehmdreck tropft von meinen Händen. Meine gesamte Kleidung ist schlammverschmiert. Jetzt erst bemerke ich die Kälte, die über die Nässe in meinen Körper kriecht. Wahrscheinlich habe ich einem Leichenspürhund nie ähnlicher gesehen als jetzt und hier, in meinem selbst gebuddelten Loch.

Als ich mit leeren Händen und schlotternd vor Nässe den Rückweg zum Auto antrete, höre ich ein Rascheln. Da ist etwas im Unterholz. Zweige knacken, Farn bewegt sich, wahrscheinlich habe ich ein Tier aufgeschreckt. Ich mache einen erschrockenen Schritt rückwärts, weil mir aufgeht, wie schnell das Rascheln näher kommt. Im nächsten Moment schießt etwas aus dem Gebüsch. Es geschieht so plötzlich, dass ich nur die Bewegung sehe. Ich stolpere zurück und reiße meine Arme hoch, um mein Gesicht zu schützen. Pfoten landen auf meiner Brust, als ich zu Boden stürze. Es ist ein großer Hund.

«Kaja!?» Ich schiebe sie von mir runter. Kaja ist mindestens ebenso nass und verdreckt wie ich und stößt mir mit der

Schnauze immer wieder ins Gesicht. Ich wehre sie ab und rappele mich schwer atmend auf. «Ist ja gut, ist ja gut! Wir haben uns doch gestern erst gesehen!»

Ich blicke mich in der Erwartung um, Lasse jeden Moment hinter einem Baum hervortreten zu sehen. Aber da ist niemand. Kaja wirkt seltsam aufgekratzt. Sie fiept. Mit einer Hand umfasse ich ihre Schnauze, weil mir plötzlich die dunklen Flecken in ihrem Fell auffallen. Das, was ich für Dreck gehalten habe, ist in Wahrheit Blut. Ihre ganze Schnauze ist voll davon, sogar die Zähne. Sie macht sich winselnd aus meinem Griff los, dreht sich um und läuft in die Richtung, in der mein Auto steht. Ich muss rennen, um mit ihr Schritt zu halten. Es sind nur ein paar Hundert Meter, dann finde ich ihn. Ich stolpere geradezu über ihn.

Lasse liegt auf dem Rücken, sein Gesicht und sein Hals voller Bisswunden. Es sieht grotesk aus. Aus einem tiefen Kratzer unter dem linken Auge sickert Blut in den Waldboden. Lasses Augen weiten sich, als er mich sieht. Er will etwas sagen, aber da kommt nur ein Gurgeln aus seiner aufgebissenen Kehle. Ein Gefühl nimmt meinen Körper in Besitz, ein neues Gefühl, das ich nicht einordnen kann. Ich lasse mich neben Lasse in den Schlamm fallen und presse meine Hände auf die offene Wunde an seinem Hals. Doch Lasse röchelt nur, und noch mehr Blut schießt aus seiner Kehle, füllt seinen Mund.

«Nein, nein, nein, nein, nein ...», wiederhole ich immer und immer wieder und suche verzweifelt nach etwas, womit ich die Blutung stillen könnte. Ich ziehe meine Jacke aus, mein T-Shirt, reiße ein Stück Stoff davon ab und drücke es auf das Blut. Meine Hände zittern. In Lasses Blick liegt Panik. Seine Hand greift nach meiner.

«Ro-sa», röchelt er.

«Schhhhh», mache ich und erwidere seinen Händedruck. Ich wünschte, ich könnte sie ihm nehmen, die Angst und die

Schmerzen. Ich würde sie für ihn übernehmen, das kann ich. Ich halte so einiges aus. «Du kommst wieder in Ordnung, du kommst wieder in Ordnung! Ich hole Hilfe.»

Sein Blick, den er zuvor fest in meinen gekrallt hatte, entgleitet. Das linke Auge rutscht in Richtung Himmel, wo die Vögel kreisen und kreischen und die Baumwipfel flüstern und von wo der Regen kommt und in seine geöffneten Pupillen fällt.

«Lasse!?» Ich ziehe seine Hand an mein Gesicht. «Lasse!» Ich schreie. Aus Wut und Verzweiflung und weil ich mich verraten fühle. Ich habe nicht geahnt, dass der Tod, den ich immer für so friedvoll gehalten habe, mit so viel Angst und Schmerzen verbunden ist.

Hektisch fühle ich nach Lasses Puls und beginne dann, seine Brust mit den Händen zu bearbeiten. Zur Antwort auf meine stümperhafte Herzmassage sackt nur noch mehr Blut aus den Wunden, mit jedem verzweifelten Pumpen meiner Hände.

«Lasse!»

Ich weiß es schon. Ich habe mich mein ganzes Leben lang mit dem Tod beschäftigt. Habe ihn studiert. Trotzdem kann ich es nicht begreifen. Lasse ist tot, und ich begreife nichts mehr. Ich sinke zurück, in meinem Magen und meinen Augen brennt es.

Lange bin ich wie gelähmt. Lasse das Blut und den Matsch und den Regen von mir abperlen. Es ist Kajas Winseln, das mich schließlich aus meiner Erstarrung reißt. Ich stehe auf und versuche mich auf das zu konzentrieren, was jetzt zu tun ist. Die nächsten Schritte. Ich muss die Dienststelle anrufen. Ich muss irgendwohin, wo ich Netz habe. Kaja folgt mir mit eingeklemmtem Schwanz. Als ich beim Wanderparkplatz ankomme, sehe ich Lasses Auto. Er hat direkt neben meinem geparkt. Ich lasse Kaja in meinen Kofferraum springen. Als ich mein Auto zur Straße zurückfahre, zittern meine Hände. Dabei habe ich doch schon so viele Tote gesehen! Vor Entsetzen und Wut schreie ich noch einmal, im Wagen. Ich habe das noch nie gefühlt. Diese Wut. Nicht so.

Nach fünf Kilometern habe ich endlich Handyempfang. Ich halte am Straßenrand und rufe bei der Dienststelle an, beschreibe ihnen so sachlich und knapp wie möglich, was geschehen ist, und weiß am Ende gar nicht mehr richtig, was ich überhaupt gesagt habe. Ich erinnere mich nur noch, dass sie einen Krankenwagen schicken wollen, einen Notarzt, und dass mir das ein bisschen falsche Hoffnung gibt.

Ich lehne meinen Kopf zurück. Es gibt jetzt nichts mehr für mich zu tun, als darauf zu warten, dass sie kommen und Lasse abholen, der noch immer daliegt, auf dem Waldboden, ausblutend und im Regen. Er wird Tiere anlocken. Nicht nur die kleinen, die üblichen – Maden, Fliegen, Käfer. Sondern auch größere, die etwas von ihm abhaben wollen. Für den Wald ist er Fleisch, Nahrungsquelle. Aber nicht für mich. Meine gewohnte Denkweise zu Leben und Tod, die Natürlichkeit, die darin liegt, dass in der Natur keine Energie jemals verloren geht, die Schönheit der schillernden Käfer, die zum Totenmahl kommen – nichts davon stimmt mehr für mich.

Ich lege den Rückwärtsgang ein und wende den Wagen so energisch, dass Kaja winselnd durch den Kofferraum rutscht. Ich muss Lasse verteidigen. Vor dem Wald.

Die vielen Einsatzfahrzeuge mit ihren blinkenden Lichtern befallen die umstehenden Bäume wie Ungeziefer. Am Tatort selbst aber herrscht Stille. Alle sind geschockt von dem Anblick, der sich ihnen bietet. Nicht nur von dem plötzlichen Tod eines Kollegen, sondern auch von der Leiche selbst. Die aufgerissene Kehle, die Bisswunden, das viele Blut im Dreck.

«Sperrt den Hund weg», sagt Sara, sobald sie ihre Sprache wiedergefunden hat.

«Du glaubst doch nicht wirklich ...»

«Vielleicht hat sie Tollwut, was weiß ich. Wonach sieht es für dich aus?» Da liegt ein scharfer Ton in ihrer Stimme, den ich noch nie an ihr gehört habe. Der Kollege, den sie angeraunzt hat, widerspricht nicht noch einmal. Sara wendet sich wieder mir zu. «Bist du verletzt?»

«Nein.»

Sie reicht mir eine Decke, und um dem Rechtsmediziner Platz zu machen, löse ich mich widerwillig aus der Hocke, in der ich die letzte Stunde neben Lasse verbracht habe. Wie eine Totenwächterin.

Kaja zieht knurrend den Kopf ein und macht sich klein, als sich der Kollege ihr nähert und sie am Halsband packt. Es kommt mir absurd vor, dass ausgerechnet sie Lasse angefallen haben soll. Aber da ist das Blut an ihrer Schnauze, ihren Zähnen. Und in ihren Augen liegt ein schuldbewusster Ausdruck, den ich das letzte Mal an ihr gesehen habe, als sie beim Stöbern einen Hasen aufgeschreckt und vor lauter Übereifer zugebissen hat. Kaja ist eine Brandlbracke, hat Lasse mir erklärt. Sie hat ein kräftiges Gebiss. Dem Hasen hat sie mühelos das halbe Hinterteil abgerissen. Anschließend hat sie sich reumütig geduckt, so wie jetzt, und Lasse hat ihr eine Strafpredigt gehalten, weil sie mit so einem Verhalten durch die Prüfung für Polizeidiensthunde fallen würde, die ihr am Ende des Jahres bevorsteht. Zu mir meinte er danach, dass sie trotz allen guten Trainings und Gehorsams eben ein Tier bleibe, mit dem die Instinkte durchbrennen können. Kaja dürfe nur nicht wissen, dass er dafür Verständnis habe.

Aber welche Instinkte sollten sie dazu treiben, ihren eigenen Hundeführer anzufallen? Ich kann mir das einfach nicht vorstellen. Es könnte ein Wolf gewesen sein oder ein Bär. Und Kaja hat Lasse verteidigt, daher das Blut an ihrer Schnauze. Aber warum ist sie dann gar nicht verletzt? Und was um alles in der Welt haben die beiden überhaupt hier zu suchen gehabt?

«Also, ich finde auf Anhieb nichts außer den Bissen», sagt der Rechtsmediziner. Im Licht eines provisorisch aufgebauten Strahlers steht er auf. In der Bewegung, mit der er sich die weiße Kapuze vom Kopf und die Handschuhe von den Fingern zieht, liegt Frustration. Lasse war auch sein Kollege.

«Und das sind Hundebisse?», hakt Sara nach.

«Ich meine, es sieht vieles danach aus, so ungern man sich das auch vorstellen mag. Das Muster, das das Blut vom Hals abwärts bildet, spricht dafür, dass Lasse stand, als er an der Kehle verletzt wurde. Ich vermute, der Hund ist ihm an die Gurgel gesprungen, und Lasse ist unter seinem Gewicht zu Boden gegangen.»

«Was sagst du zu meiner Theorie mit der Tollwut?»

«Möglich, ja. Wir müssen sie testen. Und ansonsten abwarten, was man im rechtsmedizinischen Institut findet. Bei dem Dreck und dem Scheißwetter hier im Wald ... Das sind nicht die besten Voraussetzungen für eine genaue Obduktion.»

Von Saras Stirn perlt der Regen ab und tropft in ihren Kragen. Sie macht keine Anstalten, ihn wegzuwischen oder auch nur die Kapuze aufzusetzen. Sie sieht verzweifelt aus. Das Scheinwerferlicht leuchtet Lasse unbarmherzig aus. Eine Wanne wird für ihn herangeschleppt. Ich wende mich ab, als sie ihn hineinlegen. In einiger Entfernung stapfen Männer von der Spurensicherung durch das nasse Unterholz. Ihre Overalls leuchten gespenstisch in der Dämmerung.

«Was ist hier passiert, Rosa?», fragt Sara. Doch ich kann nur hilflos die Schultern zucken.

Ich habe lange genug neben Lasse gesessen, um zu wissen, wovon der Rechtsmediziner gesprochen hat. Trotzdem stimmt etwas nicht. Ein Hundebiss ist kein beherzter, tiefer Schnitt. Es müsste meiner Meinung nach ein anderes Muster ergeben, wenn Lasse durch eine Verletzung der Halsschlagadern gestorben wäre.

Andererseits – was weiß ich schon? Wie viele Tatorte habe ich gesehen? Die einzigen wirklichen Leichen, bei deren Untersuchung ich bislang geholfen habe, kamen in gewaschenem oder, im besten Fall, sogar verwestem Zustand zu mir. Darin liegt meine Expertise. Alles andere ist Spekulation. Es kann so gewesen sein oder ganz anders. Und unter all dem Dreck ist es wirklich kaum möglich, mehr als die offensichtlichen Bissspuren zu finden.

In meiner Brust steckt ein Gefühl, das mir Tränen in die Augen treibt. Wie eine Thorakotomie. Ein Schnitt in die Rippen. Plötzlich fällt mir das Atmen schwer. Der Wald dreht sich. Was ist denn los mit mir, verdammt?

«Rosa?», höre ich Sara sagen. Dann geben meine Beine unter mir nach wie zwei morsche Äste.

NORA

In Olofs Haus stinkt es nach nassem Hund, obwohl weit und breit kein Hund zu sehen ist. Nichts, was dem Alten Gesellschaft leisten würde. Bis auf die ausgestopften, toten Tiere, mit denen er sich umgibt. Vielleicht geht der Geruch von ihnen aus. Die Idee, ein abgelegenes Grundstück am See zu besitzen, klingt für viele sicherlich romantisch. Doch die Einsamkeit eines Hauses kann sehr schnell auch in die Bewohner kriechen, wenn man es nicht mit Lachen und Gesprächen füllt. Ob Olof deshalb so viele ausgestopfte Tiere hat? Weil er versucht, sich Gesellschaft ins Haus zu holen und sie zu konservieren. Ich habe nicht gewusst, dass Olofs Einsamkeit so dicht ist, dass man sie sogar riechen kann.

Ich streife die Schuhe am Eingang ab, obwohl das Haus nicht aussieht, als würde hier häufig geputzt. Es war eine spontane Idee herzukommen, und ich habe Henrik nichts davon gesagt, um seine Feindseligkeit gegenüber Olof nicht noch zu schüren. Aber bevor wir weiter herumspekulieren und uns in Verschwörungstheorien verstricken, werde ich lieber selbst tätig.

Olof wirkt befangen. Auf dem Weg ins Wohnzimmer schiebt er Möbel aus meinem Weg und räumt Kram beiseite, als breite er einen roten Teppich für mich aus. Er stellt Kaffee auf den Wohnzimmertisch, dazu Kekse und eine Schale Bonbons. Die vergilbten Übergardinen sind zugezogen, als sperre er etwas aus. Als er sie jetzt aufreißt, fällt Licht auf den Linoleumboden und den dicken, verfilzten Teppich. Es macht den Staub sichtbar, der in der Luft tanzt. Es gibt einen alten Kastenfernseher und gerahmte Ölbilder an der Wand, von denen mir eins besonders ins Auge springt. Es zeigt einen weinenden Jungen.

Olof eilt in die Küche und kommt kurz darauf mit einem Holztablett zurück, auf dem ein Milchkännchen und eine Keramikdose mit Zucker zittern. Er ist so bemüht und konzentriert bei der Sache, dass ich augenblicklich ein schlechtes Gewissen bekomme.

«Warte, ich helfe dir.» Rasch stehe ich auf, nehme ihm das wackelnde Tablett ab und stelle es auf den Tisch, während er beschämt die Hände ausschüttelt.

«Hab wohl gestern zu viel Zitteraal gegessen», sagt er und gießt uns Kaffee ein, bevor er sich setzt. «Kennst du die Geschichte vom Zitteraal?»

Ich antworte nicht. Mittlerweile bin ich es leid, dass die Männer um mich herum ständig meinen, mir Geschichten erzählen zu müssen.

Olof knetet sich nervös die Hände. Dann fragt er: «Es gibt noch immer keine Spur von Fynn, oder?»

«Nein, leider nicht.»

«Das tut mir leid.»

Ich zucke hilflos die Schultern. Mit einem Mal weiß ich nicht mehr, was ich mir von diesem Besuch erhofft habe. Ich komme mir lächerlich vor. Olof ist nichts weiter als ein einsamer, alter Mann. Ein harmloser Riese, der sich über seine eigenen Geschichten freut. Auch er macht sich Sorgen um Fynn.

«Nein, mir tut es leid. Ich weiß eigentlich gar nicht, warum ich so unangekündigt hier aufkreuze.»

Er hebt abwehrend die Hände. «Du kannst immer hier vorbeikommen, Nora. Du und Henrik natürlich auch. Es ist schlimm, dass Fynn verschwunden ist. Möchtest du ... darüber reden?»

«Ich bin eigentlich gekommen, um über dich zu reden.»

«Über mich?»

«Und über den Wald.» Mein Blick geht zum Fenster. Die Bäume umstehen den See dicht und dunkel. Irgendwo da draußen gräbt die Polizei gerade nach Fynn. In einem abgemessenen Radius um das Kindergrab herum. Uns wird immer wieder versichert, dass der Fund des Skeletts nichts mit Fynns Verschwinden zu tun habe, und ich will das glauben. Ich will daran glauben, dass es nur ein schrecklicher, trauriger Zufall ist. Aber ein kleiner Zweifel bleibt eben doch. Und der hat damit zu tun, dass ich plötzlich sehe, zu was dieser Wald fähig sein kann.

«Ich habe gehört, du giltst als eine Art Waldhüter hier?»

Er zieht die Schultern hoch. «Nicht offiziell. Ich bin einfach viel im Wald unterwegs, passe ein wenig auf ihn auf. Unerlaubtes Baumschlagen, schlecht gestellte Fallen, die die Tiere unnötig quälen, solche Sachen bemerke ich. Jeder braucht jemanden, der auf einen aufpasst.»

Augenblicklich frage ich mich, wer auf Olof aufpasst. Und warum er nicht ein bisschen wachsamer hatte sein können an dem Abend, an dem Fynn verschwand.

«Ich bin ihn inzwischen leid, diesen Wald», gebe ich zu. «Seit Tagen suchen wir ununterbrochen nach Fynn, und wenn ich mir die Karten ansehe und die winzigen Bereiche, die wir in dieser Zeit erst abgeklappert haben ...»

«Es ist eben ein Urwald.»

«Und das ist auch alles toll und romantisch, bis ein Kind darin verloren geht. Dann bemerkt man nämlich plötzlich, dass der Wald wahrscheinlich ganz gut selbst auf sich aufpassen kann, im Gegensatz zu uns.» Ich fahre mir über die Stirn. «Hast du eigentlich Kinder?»

«Nein. Hat sich nie ergeben.»

Ich nicke. So toll, wie Olof mit Kindern umgeht, ist das eigentlich eine Verschwendung von Talent und Liebe. Ich rühre mit meinem Löffel in der Kaffeetasse, obwohl ich weder Milch noch Zucker hineingegeben habe.

Olof sagt: «Wusstest du, dass der älteste Baum der Welt hier in Schweden steht? Eine Fichte. Über neuntausend Jahre alt. Ich mache mir oft Gedanken darüber, was die schon alles gesehen hat.»

Ich antworte nicht, rühre weiter. Was bringen all die Bäume und ihr Wissen, wenn sie sich uns nicht mitteilen? Nutzlose Zeugen sind das. Man könnte einen richtigen Hass auf sie bekommen.

«Was hast du eigentlich gemacht, bevor du hier in Schweden gelebt hast?»

«Zu meiner Zeit als Pirat meinst du?»

«Im Ernst, Olof. Fynn ist nicht hier, und ich bin nicht gekommen, um Geschichten zu hören.»

«Nicht viel habe ich gemacht. Ich war eine verirrte Seele. Wie die meisten Großstädter.»

«Und von welcher Großstadt reden wir?»

«Nürnberg.»

Ich höre so plötzlich auf zu rühren, als sei der Kaffee in meiner Tasse zementiert. Nürnberg.

«Ist etwas?»

«Nein. Gar nicht.» Ich lache nervös. Zu nervös. «Ich halte Nürnberg nur nicht gerade für eine Großstadt.»

«Es ist die zweitgrößte Stadt in Bayern.»

«Richtig.»

Die plötzliche Stille zwischen uns ist unangenehm. Schließlich räuspert Olof sich.

«Soll ich uns etwas zu essen machen?»

«Danke, aber ich wollte eigentlich gar nicht lange bleiben.»

«Aber ich habe dir ja kaum etwas anbieten können! Ich habe Elchfleisch da oder Surströmming. Fermentierter Hering. Beides selbst gefangen. Wenn du das noch nicht probiert hast ...»

«Olof», unterbreche ich ihn, «wir haben da Fleisch in einem Hohlraum unter unserer Küche gefunden. Du hast nicht zufällig eine Idee, welcher Jäger sich in der Gegend herumtreibt, der unser Haus genutzt haben könnte?»

Er hebt die Brauen. Ich habe den Eindruck, er weiß, wovon ich spreche. Trotzdem fragt er: «Ein Jäger?», und das lässt mich noch weiter Abstand nehmen.

«Ja», sage ich vorsichtig. «Ich hatte daran gedacht, ob es jemand sein könnte, der außerhalb wohnt und ...»

Ein Geräusch aus dem oberen Stockwerk lässt mich plötzlich innehalten. «Was war das?»

«Was?»

«Ist noch jemand hier?»

«Nein. Wieso?»

«Ich habe etwas gehört.»

«Das Knarren meinst du? Das sind die Balken. Das Haus ist alt. Manchmal redet es mit mir.» Er muss die Skepsis in meinem Blick sehen, denn im nächsten Moment legt er seine große, raue Pranke auf meine Hand, und ich muss mich zusammenreißen, um sie ihm nicht sofort zu entziehen. «Nora, wann hast du das letzte Mal geschlafen? Oder auch nur etwas gegessen?»

Er hat eine Narbe am Arm, die sich einmal von rechts nach links um das Handgelenk zieht. Als hätte man ihm die ganze Hand frankensteinartig angenäht. Es sind die rauen Hände eines Jägers. Wie kann er damit eigentlich so filigrane Arbeiten erledigen, wie sie für die Tierpräparation nötig sind?

«Komm, ich mache uns jetzt etwas. Du bist eingeladen.» Er geht in die Küche, bevor ich weiter protestieren kann. Und ich nutze die Gelegenheit, um angestrengt nach oben zu lauschen. Doch dort ist nun alles wieder still.

Kann sein, dass es wirklich nur die Balken waren. Unser Ferienhaus macht ebenfalls Geräusche, die mir aus der Stadt fremd sind. Aber es klang wirklich, als würde sich dort jemand bewegen. Ich stehe auf, werfe einen raschen Blick in die Küche, wo Olof halb in der Vorratskammer verschwunden ist. Dann schleiche ich in den vollgestopften Flur, von dem aus zwei Treppen abgehen, eine ins obere Geschoss und eine in den Keller. Ich lausche auch hier, ohne etwas zu hören. Dann setzte ich vorsichtig einen Fuß auf die unterste Treppenstufe. Ich kneife die Augen zusammen, als sie knarrt.

«Nora?»

Ich fahre herum. Olof steht in der Tür zum Flur. Sein Gesicht ist nicht mehr freundlich. Misstrauisch betrachtet er mich. In der Hand hält er ein Glas mit eingelegtem Fisch, der aussieht, als sei er ebenfalls Teil seiner Sammlung präparierter Tiere. Schon bei dem Anblick dreht sich mir der Magen um.

«Ich suche nur die Toilette», behaupte ich.

«Neben der Haustür», sagt er knapp. Er glaubt mir nicht.

Ich lasse ihn stehen, verriegele hastig die Toilettentür hinter mir. Mein Herz pocht. Ich versuche meinen Atem zu beruhigen, schließe die Augen, zähle bis zwanzig. Dann betätige ich die Toilettenspülung, lasse den Wasserhahn laufen und öffne die Tür wieder. Olof ist nirgends zu sehen. Sicher ist er zurück in der Küche. Trotzdem bin ich mir sicher, dass er mit halbem Ohr in den Flur lauscht. Mit noch immer klopfendem Herzen spähe ich im Vorbeigehen die Treppenflucht hinauf. «Fynn?», flüstere ich, so leise, dass Olof es nicht hören kann. So leise, dass sicher auch Fynn es nicht hören könnte, selbst wenn er wirklich da oben wäre. Verzweifelt stehe ich eine Sekunde stocksteif im Flur. Was hält mich eigentlich davor zurück, einfach hochzustürmen?

«Ist alles in Ordnung, Nora?» Olof steht wieder im Flur. Diesmal hält er ein Brett in den schwieligen Händen, auf dem geschmierte Brote liegen. Liebevoll angerichtet, sogar ein bisschen Schnittlauch hat er drübergestreut. Die Alltäglichkeit dieses Anblicks und seine besorgte Stimme lassen mich innerlich zusammensacken.

Erst war ich mir hundertprozentig sicher, dass Bleike Fynn entführt haben muss. Jetzt versuche ich in der Einsamkeit eines alten Mannes ein Motiv zu finden und falle auf Henriks Geschichte mit diesem Baumhausmörder aus Nürnberg herein. Ich werde vor Sorge noch verrückt. Das ist das Einzige, was ich mit Sicherheit sagen kann.

«Nein, es geht schon. Alles in Ordnung. Ich bin im Moment wirklich ein bisschen überspannt, du hast recht. Tut mir leid.»

Steif bewege ich mich zurück zum Esstisch im Wohnzimmer und versuche rein aus schlechtem Gewissen, ein paar Bissen von Olofs Surströmming zu nehmen. Er riecht faul und schmeckt sauer. Nicht gerade das, was sich ein Magen wünscht, der im Augenblick nicht mal Knäckebrot verträgt.

«Tut mir wirklich leid. Ich bekomme kaum etwas herunter.»

«Kein Grund, sich zu entschuldigen.» Olof hat seine Portion bereits aufgegessen, angelt nach einem Bonbon zum Nachtisch und wickelt es aus.

Ich stehe auf, weil ich merke, wie mir schlecht wird. «Ich glaube, ich gehe besser.»

Olof springt perplex von seinem Stuhl hoch. «Jetzt sofort?»

«Tut mir leid, dass du dir die ganze Arbeit gemacht hast.»

«Was, das? Unsinn! Ich habe doch nur ein paar Brote geschmiert. Aber meinst du, du schaffst es allein zurück? Du bist so blass! Möchtest du dich kurz hinlegen?»

«Danke, Olof. Ich glaube, ich möchte wirklich einfach gehen.» Ich presse mir eine Hand auf den Mund, mit der anderen greife ich nach meiner Jacke. Ich werfe einen letzten Blick zurück zum Tisch, um sicherzugehen, dass ich nichts vergessen habe. Und dabei bleiben meine Augen an dem Bonbonpapier hängen, das zusammengeknüllt an Olofs Platz liegt. Türkisblau mit neongelben Streifen. Ich brauche einen Moment, um mich daran zu erinnern, wo ich dieses Papier schon einmal gesehen habe: in unserer Ferienwohnung, am Tag unserer Ankunft.

MARLA

Ich muss auf meinem gesunden Ohr geschlafen haben, sonst hätte ich bestimmt die knarrende Leiter unter ihren Füßen gehört. Aber ich werde erst wach, als mich Hände packen und in die Matratze drücken. Ich schnappe nach Luft. Das Gewicht auf meiner Brust ist so schwer, dass ich nicht atmen kann. Einer von ihnen hockt sich auf mich, ein anderer verdreht meine Arme. Sie schreien alle durcheinander, und ich schreie auch, noch halb benommen. Ich verstehe nicht, was los ist. Wo kommen all die Kinder her? Wie ein Krähenschwarm. Eine Faust trifft mich in den Magen, dann folgen Tritte. Sie tragen Turnschuhe. Ich nicht. Ich versuche, mich wegzurollen, meinen Körper zu schützen, doch unter den vielen Händen bin ich wie an den Boden geschraubt. Ich bäume mich auf, kreische und zappele mit den Beinen, um die Kinder loszuwerden. Doch sie sind schwerer als ich, sie sind kräftiger als ich. Ich habe keine Chance. Die Knie des Fettesten drücken sich in meine Rippen. Ich glaube, mein Brustkorb bricht. Ich kriege keine Luft.

Verzweifelt werfe ich den Kopf hin und her. Der Junge auf meiner Brust schreit den anderen irgendwas zu, dabei fliegt mir seine Spucke ins Gesicht. Er ist hässlich, kleine Schweinsaugen in einem großen, fetten Gesicht. Er und zwei andere Jungs bearbeiten mich mit ihren Fäusten, während sich weitere Kinder am Eingang der Hütte drängen. Sie schauen zu, schreien. Sogar ein Mädchen kann ich in der Gruppe entdecken. Wer sind diese Kinder? Warum greifen sie mich an? Ihre Gesichter sind gerötet, erhitzt. Sie haben Spaß an diesem Spiel. Vielleicht hat der Mann sie geschickt. Vielleicht ist das ein neuer Stärketest. Aber ich kann ihn nicht gewinnen, das muss er doch wissen. Ich bin zu schwach. Ich habe zu viel Hunger. Ich kann nicht mehr.

Der größte der Jungen öffnet seine Hose. Ich höre den Reißverschluss. Und im nächsten Moment wird es sehr warm und nass auf meinem Bauch. Ich fauche und schreie und versuche ihn abzuwehren. Aber die anderen Kinder schreien noch lauter als ich. Aus boshafter Freude. Ich blicke zum Türloch. Mein Verstand sucht panisch nach einer Fluchtmöglichkeit. Und da sehe ich ihn. Er ist das einzige vertraute Gesicht unter all den fremden Kindern, und er steht ganz hinten. Henrik. Mein Herz macht einen Satz. Er ist zurückgekommen. «Henrik!», will ich rufen, doch heraus kommt nur ein erstickter Schrei. Und warum hilft er mir nicht?

Im nächsten Moment trifft mich etwas im Gesicht. Ein matschiges, stinkendes Gemisch, das mir sofort die Sicht raubt. Es dringt in meine Augen, so brennend, dass ich sie zusammenkneife. Am Geruch erkenne ich, was es ist. Die Kinder haben meinen Nachttopf entdeckt und über mir ausgeleert.

Der Fette springt mit einem angewiderten Schrei von mir herunter, die anderen lachen. Der Große lacht am lautesten. Meine Brust, von dem plötzlichen Gewicht befreit, macht ein komisches Geräusch beim Einatmen. Es klingt wie ein heiserer Vogel und gar nicht nach mir. Plötzlich sind auch meine Arme wieder frei. Ich röchele und wische mir durch das Gesicht, um das Brennen aus meinen Augen zu bekommen. Es tut so weh, dass ich glaube, blind zu werden.

Sie lassen mich einfach so liegen. Sie sind jetzt fertig mit mir, haben ihren Spaß gehabt.

«Henrik?», rufe ich, wimmere ich, als es leiser wird, ihr aufgeregtes Triumphgeschrei sich entfernt und ich nicht weiß, ob noch jemand da ist. Ob er noch da ist. Ich hatte doch eine Fliegenkette, die längste und schönste von allen. Und Henrik wollte mich mitnehmen! Doch er antwortet nicht. Er ist mit den anderen gegangen und hat mich wieder zurückgelassen.

ROSA

Meine Beine gehorchen mir noch immer nicht richtig, als ich schließlich ins Auto steige und nach Hause fahre. Ich nehme die Straße kaum wahr. Nehme nichts wirklich wahr. Ich kann nicht glauben, wie schnell alles ging. Es ist doch nicht mal vierundzwanzig Stunden her, seit Lasse und ich in seinem Bett gelegen haben. Mein Kopf an seiner Brust, seine Finger in meinen Haaren. Die Straße verschwimmt im Regen. Ich stelle den Scheibenwischer an, der auch nichts besser macht. Mit dem Ärmel fahre ich mir über die Augen, schmiere Dreck hinein. Es brennt.

Wegen meiner Nachricht ist Lasse in den Wald gefahren. Nur wegen meiner bescheuerten Nachricht, ob er nicht dazukommen wolle. Und dann habe ich nicht mal was gefunden unter diesem Baum! Warum bin ich nicht einfach zur Dienststelle gefahren? Lasse könnte noch am Leben sein, wenn ich nicht ... Ich heule und schlage gegen das Lenkrad, als sich rechts von mir plötzlich ein Schatten aus der dunklen Baumreihe am Straßenrand löst und auf die Fahrbahn rennt. Ein Tier, denke ich erschrocken, und da ist es auch schon zu spät. Etwas rumpelt auf die Windschutzscheibe, während ich viel zu spät das Bremspedal durchtrete und nach vorne gepresst werde. Schmerzhaft schneidet der Anschnallgurt in meine Schulter. Das Tier rollt über das Autodach. Es ist ein hässliches Geräusch. Ich reiße das Lenkrad herum, doch die Fahrbahn ist regennass, und der Wagen schlingert. Und plötzlich ist vor mir keine Straße mehr, sondern nur noch Wald. Ich reiße die Arme hoch, schütze meinen Kopf, als das Auto mit voller Wucht gegen einen Baum kracht und der Airbag hochknallt. Dann explodiert mein Kopf, Lichter tanzen vor meinen geschlossenen Augen. Ich habe das Gefühl abzurutschen, in ein Loch zu fallen, bevor ein Gedanke, ganz am Rande meines Bewusstseins, mich aufschrecken lässt: Das, was ich da getroffen habe, ist auf zwei Beinen gerannt.

Ich reiße die Augen auf und schnappe nach Luft. Meine Lunge fühlt sich eingequetscht an. Der Airbag vor mir sieht aus wie ein zerknülltes Handtuch. Mit Mühe greife ich nach der Tür, doch sie lässt sich nicht öffnen. Ich muss auf der Beifahrerseite nach draußen klettern. Als ich die Tür aufstoße, bleiben meine Füße am Sitz hängen, ich falle aus dem Auto und schleppe mich zur Straße. Da sind Bremsspuren auf der Fahrbahn, und ganz am Ende, mitten auf dem Asphalt, liegt etwas. Immer noch tanzen Lichter vor meinen Augen, doch ich schleppe mich weiter, bis ich es sehen kann. Es ist ein Kind. Ich habe ein Kind angefahren! Erschrocken kauere ich mich vor den leblosen Körper auf den Boden und drehe ihn herum. Irgendwo in meinem schmerzenden Kopf meldet sich ein Alarm mit der Mahnung, man solle Unfallopfer nicht bewegen. Doch was sollte schon noch Schlimmeres passieren? Das Kind ist über meine Windschutzscheibe gerollt und hinter meinem Auto auf die Straße gefallen. Es ist ein Junge. Ich erkenne ihn sofort von den Fahndungsbildern.

Ich habe das Kind gefunden, nach dem wir gesucht haben.

DRITTER TEIL

«Überall zwischen den Bäumen glommen Augen,
ja, rund um den Stein hatte sich ein Ring aus Augen
gebildet, die sie belauerten.»

Aus: Astrid Lindgren, *Ronja Räubertochter*

MARLA

Die Jungen kommen zurück. Nicht die ganze Meute, aber vier von ihnen. Es sind der Große, der Fette, ein Hellblonder und ein weiterer Junge, den ich erst nur an seinen Schuhen wiedererkenne. Schuhe, die er mir beim ersten Besuch in den Bauch gerammt hat. Sein Grinsen ist hässlich. Böse. Vorne hat er eine Lücke zwischen den Schneidezähnen. Er ist der Bestimmer, denn wenn er etwas sagt, spuren die anderen. Er ist der, der sich die Spiele ausdenkt. Nicht mal die Fantasie des Mannes ist so böse wie seine.

Es nützt nichts, dass ich mich heiser schreie und fauche und kratze. Die Jungen lachen nur. Das hier ist ein Spiel für sie. Ich bin ein Spiel für sie. Sie lachen, weil ich so toll quieke. Und weil es so schön zischt, wenn meine Haut verschmort.

Wenn sie fertig sind mit mir, lassen sie mich liegen wie ein Spielzeug. Aber sie werden wiederkommen und wiederkommen, bis sie das Interesse verlieren. Ich weiß das, weil der Mann es genauso gemacht hat. Und Henrik.

Ich ziehe meine Beine an den Körper, der wehtut. Jetzt noch mehr. Bis in den leeren Bauch hinein tut alles weh. Aber da ist auch Wut in diesem Bauch. Ich möchte den Jungen die Augen auskratzen. Warum hat Henrik sie zu mir gebracht? Warum hat er mich verraten? Henrik war doch mein Freund.

In der Hütte stinkt es noch nach den Jungen und ihren Spielen. Unendlich langsam robbe ich mich nach draußen auf die Plattform, aber der Geruch haftet an mir. Keine Chance, ihm zu entkommen. Ich lege meine Wange auf den Boden und wälze mich auf den Rücken.

Mit dem Vermissen und dem Verhungern ist es fast dasselbe. Man spürt es erst ein bisschen im Magen, und dann immer stärker, so lange, bis alles nur noch Schmerz ist. Und dann lässt es plötzlich nach. Das ist der Moment, in dem der Magen und das Herz aufgeben. Jetzt ist da kein Gefühl mehr, für gar nichts. Ich werde sehr ruhig, denke nur noch daran, den Mund so weit wie möglich aufzumachen, wenn es regnet. Manchmal rede ich mit den Vögeln über mir.

Eine Dohle landet auf meiner Plattform. Sie ist groß und hat glänzende Federn in Schwarz und Grau. Anders als Raben haben Dohlen keine schwarzen Augen, sondern ganz hellblaue, fast weiße. Das sieht ein bisschen unheimlich aus. Dohlen sehen aus wie untote Raben, wie Rabengeister. Sie hat etwas im Schnabel. Ich glaube, es ist eine Nuss oder ein Kirschkern. Als sie damit in meine Richtung hüpft, denke ich, sie will mich füttern und sperre den Mund auf wie ein Küken. Aber sie füttert mich nicht. Sie lässt den Gegenstand fallen und flattert dann davon. Ich brauche lange, bis ich erkenne, was sie zurückgelassen hat. Es ist das Feuerzeug des Bestimmers. Rot, mit einem Trollsticker darauf.

Ich drehe und wende den Troll zwischen meinen Fingern. Dann fällt mein Blick auf den Strick an meinem Fuß.

Es dauert eine Ewigkeit, bis ich die Kraft gesammelt habe, mich herumzuwälzen. Meine Finger sind zittrig. Egal wie oft ich es versuche, sie rutschen immer wieder vom Rädchen des Feuerzeugs ab. Aber schließlich ist da eine Flamme. Ich beiße mir vor Anstrengung auf die Lippen, um sie ruhig zu halten. Habe Angst, dass diese kleine Flamme mich genauso im Stich lässt wie alle anderen. Das Feuer tanzt unter dem Strick. Schwärzt ihn, schmort ihn durch. Eine kleine Rauchsäule steigt in die Luft.

Und dann bin ich plötzlich frei.

Fassungslos blicke ich auf den durchtrennten Strick. Wie oft habe ich versucht, die Fessel an meinem Fuß zu lösen. Das Seil durchzureißen, mit den Zähnen aufzunagen, aufzureiben. Jetzt hat das Trollfeuerzeug des Bestimmers es ganz einfach durchtrennt. Ich zittere immer noch. Vor Hunger, aber jetzt auch vor Aufregung. Ich habe Feuer, und unten wartet ein Wald mit Essen auf mich.

NORA

Olof folgt mir. Ich höre es hinter mir knacken, werde schneller, schaue nervös auf mein Handy, noch immer kein Netz. *Dreh dich nicht um. Das ist alles nicht real.* Meine Sinne sind geschärft, mein Atem geht hektisch. Ich bin bereit loszulaufen, jederzeit. Hier, mitten im Wald, bin ich Olof ausgeliefert. Wieso habe ich Henrik nur nicht geglaubt, als er ihn im Verdacht hatte? Was habe ich für eine Menschenkenntnis? Bleike. Olof. Zwei Männer, die mich mit ihrer netten Art eingelullt haben. Die Angst hockt mir unerträglich im Nacken.

Ich keuche fast vor Unglauben und Erleichterung, als ich zwischen den Bäumen ein Licht leuchten sehe, das nur unser Ferienhaus sein kann. Ich werde schneller, renne die letzten Meter – und schreie erschrocken auf, als plötzlich doch noch eine Gestalt durchs Unterholz bricht und mich anrempelt. Ein Überraschungsangriff von der Seite. Ich schlage um mich, schreie.

«Nora!» Es ist Henrik. Er hält meine Arme fest, ich höre auf, ihn zu traktieren. «Nora, sie haben ihn!»

Drei Worte nur. Doch ich bin nicht in der Lage, einen Sinn in ihnen zu erkennen. Mein sonst so gieriges Hirn macht einfach dicht. «Olof?», sage ich zusammenhangslos.

Doch Henrik schüttelt den Kopf, schüttelt mich an den Schultern. «Fynn! Sie haben ihn!»

Meine Beine gehorchen mir nicht mehr. Sie knicken einfach ein, als würde mein Körper plötzlich Tonnen wiegen. Von irgendwo höre ich Henriks Stimme, aber sie ist weit weg, viel weiter weg, als seine Arme lang sind. Arme, die mich halten.

Sie haben Fynn gefunden. Aber ich habe Angst, dass es nicht wahr ist. Weil Henrik es ist, der mir die Nachricht überbringt.

«Bist du sicher?», frage ich.

«Das Krankenhaus hat angerufen! Sie haben es gesagt!»

«Wieso das Krankenhaus?»

«Ich warte schon seit über einer Stunde auf dich! Wo bist du denn gewesen?»

Ich blicke mich um. Die Bäume. Das Unterholz dazwischen. Was, wenn er irgendwo dort steht? Uns beobachtet?

«Nora!» Henrik schüttelt erneut meine Schultern. Er schüttelt mich in die Wirklichkeit zurück. Fynn ist wieder da.

«Sie haben ihn gefunden», wiederhole ich leise. Henrik fällt mir um den Hals und weint vor Erleichterung. Er glaubt es bereits. Glaubt daran, dass jetzt alles gut ist. Ich möchte auch so weinen können. Vor Erleichterung, ohne ein weiteres Aber.

«Warum ist er im Krankenhaus?», frage ich noch mal, mit trockenen Augen und böser Vorahnung.

«Sie haben etwas von einem Unfall gesagt. Er ist aus dem Wald heraus vor ein Auto gelaufen. Mehr weiß ich auch nicht. Als sie angerufen haben, war er noch im OP.»

Und da ist es schon, das Aber. Ich bohre nicht nach, will nicht, dass mir das kleine bisschen Hoffnung sofort wieder genommen wird. Es hat einen Unfall gegeben, aber unser Sohn lebt!

Wir laufen zum Haus zurück, um Sachen einzupacken, die Fynn im Krankenhaus brauchen könnte. Seinen Kuscheldino. Seinen Schlafanzug. Henrik wirft noch weitere Spielzeuge, Bücher, Malsachen und sogar ein Puzzle in die Tasche. Dinge für einen Fynn, der nicht nur überlebt hat, sondern quietschlebendig ist.

Wir laufen zum Auto. «Anschnallen», sage ich und fahre bereits los, noch ehe Henrik meiner Aufforderung nachkommen kann.

Ich versuche mich auf die Straße zu konzentrieren, während die Bäume am Autofenster vorbeiziehen. Wie ich sie hasse, diese Bäume. Der Wald hat unseren Sohn gefangen gehalten und zum falschen Zeitpunkt freigegeben. Genau dann, als ein Auto angerast kam. Ich kann es noch immer kaum glauben. Erst als ich an einer Stelle schwarze Bremsspuren auf der Straße erkenne und kaputte Autoteile vor einem Baum, wird die Szene vor meinen Augen real. Die Reste einer Stoßstange liegen im hohen Gras. Ich fasse das Lenkrad fester, gebe Gas und lege den nächsthöheren Gang ein. Die Schaltung ruckelt, der Motor dreht einmal kurz durch, als könne auch er es nicht erwarten, aus dem Wald herauszukommen. Henrik dagegen ist still. Er verrenkt sich den Hals nach der Unfallstelle und erinnert mich damit an Fynn, der bei unserer Ankunft versuchte, den angeblichen Wolf auf der Insel zu entdecken. Hätten wir bloß gewusst, was uns noch alles bevorstand. Ich hätte direkt kehrtgemacht und wäre nach Greifswald zurückgefahren.

Wir melden uns im Krankenhaus am Empfang und werden gebeten, im Wartezimmer Platz zu nehmen. Als hätten wir nicht schon viel zu lange gewartet. Die Minuten, die wir dort unruhig auf den Stühlen sitzen, fühlen sich wie eine weitere quälende Ewigkeit an. Dazu trägt die Wanduhr bei, der wohl jemand einen Verstärker eingebaut haben muss. Ich habe nie im Leben eine so laut tickende Uhr gehört. Wie kann man so etwas in das Wartezimmer eines Krankenhauses hängen? Ich fühle mich hilflos, und ich merke, dass es Henrik ähnlich geht.

Endlich kommt eine Ärztin und ruft unsere Namen auf. Auf Englisch stellt sie sich als «Dr. Gisela Nygård» vor, viel mehr nehme ich nicht wahr. Es fällt mir schwer, mich auf ihren Mund zu konzentrieren, der sich unablässig bewegt, um uns zu beruhigen.

«Euer Sohn hat unglaubliches Glück gehabt. Ein gebrochener Arm, den wir richten konnten. Eine Platzwunde am Kopf. Wir haben schon ein MRT durchgeführt, und es sieht unauffällig aus.»

Henrik stößt vor Erleichterung einen Seufzer aus und drückt meine Schulter so fest, dass es wehtut.

«Können wir zu ihm?», fragt er.

«Klar, ich bringe euch hin», sagt Dr. Nygård, als sei gar nichts dabei. Klar können wir unseren Sohn sehen. Ob diese Ärztin eine Ahnung hat, wie wenig klar das die letzten Tage noch für uns war?

Der Krankenhausgang scheint endlos, und ich möchte Dr. Nygård anschieben, deren Schritttempo mir viel zu entspannt für diese Situation vorkommt. Ich habe Angst. Eine Heidenangst. Was, wenn sich am Ende herausstellt, dass es sich um eine Verwechslung handelt? Wenn sie den falschen Jungen gefunden haben und wir weitersuchen müssen? Als wir das Zimmer erreichen, erhebt sich neben der Tür ein Polizist von seinem Stuhl und tritt auf uns zu, aber wir stürmen an ihm vorbei und in das Krankenzimmer. Es ist wirklich Fynn. Sein Anblick erschreckt mich. Fynns Gesicht ist auf einer Seite dunkelblau angelaufen, fast schwarz, wie ein fauler, eingedrückter Apfel. Der linke Arm ist einbandagiert, die feinen blonden Haare an einer Seite abrasiert, wahrscheinlich, um an der Stirn eine Naht zu setzen. Es bereitet mir körperlich Schmerzen, ihn so zu sehen. Henrik ist als Erster am Bett. Er sinkt zu Boden, sein Gesicht ist tränennass. Er legt eine Hand auf die Bettdecke. «Mama und Papa sind hier», murmelt er. «Wir sind alle wieder zusammen, Krieger.»

Und wie um ganz sicherzugehen, dass das auch stimmt,

greife ich nach Fynns Hand, suche eine Stelle, in der keine Kanüle steckt, und küsse seine Finger, unter deren Nägeln so viel tiefschwarzer Dreck klebt, als hätte er sich aus einem Grab geschaufelt.

Dann erst fällt mir auf, dass Fynn die Augen geöffnet hat. Er ist wach geworden und blickt uns an. Mit Verwirrung, nein, purer Panik im Blick. Er erkennt uns nicht. Seine Finger zucken, er entzieht sich mir. Sein Atem geht schnell. Das vorhin noch schläfrige EKG beginnt warnend zu piepen. Henrik springt auf, und Dr. Nygård eilt zum Bildschirm. Ich greife erneut nach Fynns Hand und sage: «Fynn, wir sind es, Mama und Papa!» Doch er beginnt zu schreien, zu zappeln, und ich lasse die Hand los und trete einen Schritt zurück, so sehr schockiert mich sein Zustand. Der Raum füllt sich mit weiteren Menschen in Kitteln. Sie versuchen, Fynn zu beruhigen, bevor er sich die Kanüle herausreißt, aber er hört nicht auf zu schreien. Mein Blick trifft den von Henrik, der ebenso hilflos ist wie ich.

Fynn bäumt sich auf. Er hat die Augen vor lauter Anstrengung zusammengekniffen.

Dr. Nygård winkt mir zu, ich soll wieder nähertreten, für Fynn da sein. Ich komme der Aufforderung nach, aber ich weiß nicht, wo ich meinen Sohn anfassen soll, ich komme nicht an ihn heran. Überall sind Menschen in weißen Kitteln. An seinem zappelnden Bein finde ich schließlich eine Stelle, die ich greifen kann, und ich umklammere sie.

«Ich bin hier, Fynn! Mama ist hier!», rufe ich meinem schreienden, um sich tretenden Sohn zu. Doch am Ende bin nicht ich es, die ihm hilft, sondern die Sedativa. Verzweifelt sehe ich zu, wie Fynn in einen medikamentösen Schlaf gleitet, in den wir ihm nicht folgen können, sosehr ich es mir auch wünsche.

«Er ist nur desorientiert», sagt Dr. Nygård, noch immer im Beruhigungston. «Die ganze Situation, die Untersuchungen, die vielen neuen Menschen. Wir dürfen nicht vergessen, dass er gerade einen Unfall hatte.»

Ich sehe Henrik an, und in seinem Gesicht kann ich lesen, dass er den gleichen Gedanken hat wie ich.

Natürlich ist der Schock durch den Unfall die logischste Erklärung. Aber da gibt es noch eine andere Möglichkeit. Dass Fynns Verhalten mit dem zu tun haben könnte, was Fynn vor dem Unfall erlebt hat – was auch immer es gewesen sein mag.

HENRIK

Es regnet. Lange Perlenketten fließen an der Scheibe entlang. Fliegenketten. Ich bin so fasziniert von ihnen, dass ich Fynn nicht sehe. Bis er plötzlich mit großen Augen vor der Windschutzscheibe steht. Ich schreie: «Pass auf, Fynn!» Meine Hände zucken in dem Versuch, das Lenkrad herumzureißen, aber ich schaffe es nicht. Fynns Körper fliegt auf die Scheibe, rollt über den Wagen hinweg, es ist ein schreckliches Geräusch, ein fürchterliches Geräusch. Das Auto fängt an zu piepen, sämtliche Kontrolllichter blinken. Warum blinken sie? Und woher kenne ich dieses Piepen? Meine Lider flattern, aber sie sind zu schwach, genau wie meine Hände am Lenkrad. Ich versuche es noch einmal, wende den Kopf. Diesmal sehe ich, dass das Piepen von Maschinen kommt, die ein Bett umstehen. Und in dem Bett liegt mein Opa. Sein Gesicht auf dem Kissen ist vergilbt und ein wenig grau. Es hat die Farbe des Löschpapiers aus meinem Schulheft. Ich schreibe Geschichten in das Heft, für die Zeit, wenn er wieder aufwacht. In dem Heft gibt es Linien, über die man in der Schule nicht schreiben darf, aber ich überschreibe sie mit extraviel Druck, weil zu gerade Linien die Geschichte stören.

Meine Eltern sind auch da. Sie stehen in der Tür und sprechen leise, aber ich höre trotzdem jedes Wort. Es geht darum, wo mein Opa nach der Genesung im Krankenhaus hinsoll. Wer ihn aufnehmen muss, meine Eltern oder meine Tante. Meine Mutter ist dafür, ihn mit zu uns nach Hause zu nehmen. Mein Vater zischt, dass ihm nichts ferner liege, als die Krankenschwester für den alten Motzsack zu spielen. Er habe schon Zugeständnisse gemacht, als er einwilligte, den Kontakt zu Opa wiederaufzunehmen. Aber ihn bei sich zu Hause pflegen – das gehe zu weit. Mein Opa bekommt die Diskussion mit. Sie macht ihn traurig. Das Piepen seines Herzens verändert sich. Er regt sich unruhig in seinem Metallbett. Ich rutsche von meinem Stuhl, lege das Heft auf die Stuhlfläche und gehe zu ihm, um seine Hand zu nehmen. Die Gummileitungen an den Nadeln verschwinden in den Falten seiner Haut wie Alienschläuche. Vorsichtig berühre ich die vordere Spitze seines Ringfingers und stelle so die heimliche Verbindung zwischen uns wieder her. Dann beuge ich mich zu seinem Ohr vor.

«Keine Sorge, ich hole dich hier raus», flüstere ich, «und dann gehen wir zu dir nach Hause und verstecken uns da vor allen.» Opas Herz macht einen kleinen Sprung, ich sehe es auf dem Display, und hören kann ich es auch. Piep, piep, macht es, und das ist meine Antwort.

Aber dann ist plötzlich mein Vater neben mir. Er packt meine Schulter und reißt mich vom Bett weg, und ich verliere den Kontakt zu Opas Ringfinger.

«Opa!», rufe ich.

«Lass das, Henrik!» Mein Vater ist ruppig. Ich stemme mich gegen seine Hände. Kann er nicht sehen, wie mein Opa vor Aufregung piepst, weil unsere Verbindung unterbrochen ist? Mein Großvater hebt die graue Hand aus dem Bett, um sie in meine Richtung zu strecken, und ich mache mich lang und kämpfe gegen meinen Vater an, der mich wegtragen will.

«Leif!», ruft meine Mutter entsetzt.

«Ich hasse dich!», schreie ich meinen Vater an. «Ich hasse dich! Ich hasse dich!» Ich trommle mit den Fäusten auf ihn ein, und meine Mutter ruft: «Henrik!», in dem gleichen entsetzten Ton. Dabei hasst sie meinen Vater auch. Sie müssen sich beide gegenseitig hassen, warum sonst würden sie die ganze Zeit streiten? Zwei Pfleger stürmen ins Zimmer, als hätte meine Mutter nach ihnen gerufen. Mein Großvater piepst immer hektischer und streckt seinen Arm nach mir aus. Die Pfleger drängen sich zwischen uns, sie kontrollieren die Alienmaschinen. Der eine Pfleger zieht eine Spritze auf, er spritzt irgendwas in einen Schlauch. Sie wollen ihn umbringen! Mein Opa bäumt sich auf, und ich sehe, wie seine Lippen sich bewegen.

«Was sagt er?», fragt mein Vater die Pfleger aufgebracht, aber was mein Opa sagen will, ist nur für mich bestimmt. Ich mache mich klein, krieche unbemerkt zwischen ihren Beinen hindurch und hocke mich dicht neben Opas Kopf, mein Ohr neben seinem Mund. Sein Atem riecht nach Hunger, nach Medikamenten und nach ungeputzten Zähnen.

«Glaub – ihnen – kein – Wort», stößt er hervor. «Sie belügen dich! Alle! Sie halten mich hier fest, Henrik. Dein Vater ...»

Ich werde vom Bett geschleudert und lande auf dem Boden. Ich schreie, versuche wegzukriechen, doch Vater bekommt mich zu fassen und schließt mich in seiner Faust ein. Ich stemme mich von innen gegen seine Finger. Ich habe meinem Opa versprochen, ihn hier rauszuholen, ihn zurück in sein kleines schwedisches Haus zu bringen, das er so liebt!

«Henrik», sagt eine sanfte Stimme. Nora. Was macht Nora hier in der Faust meines Vaters? Ich sehe mich suchend um, doch ich habe die Augen geschlossen und kann sie nicht mehr öffnen. Jemand hat mir die Augen verbunden!

«Henrik!»

Ich schrecke auf. Weißes Krankenhauslicht. Ein Bett. Das Piepen von Maschinen. Noras Hand auf meinem Arm.

«Du bist gerade fast vom Stuhl gekippt, Henrik. Willst du dich nicht ein bisschen hinlegen?»

Ich richte mich auf, streiche mir durchs Gesicht. Mein Nacken fühlt sich steif an. Ich schwitze.

«Ich hab von dem Unfall geträumt. Ich war der Fahrer.»

«Leg dich ein bisschen hin», wiederholt Nora. Sie deutet auf das hässliche Bett mit der durchgelegenen Matratze, das neben dem von Fynn steht – so wenig einladend, wie Betten in einem Krankenhaus eben sind.

«Ich war schon mal hier», murmele ich.

«In diesem Krankenhaus?»

«Vielleicht sogar in diesem Zimmer.» Ich blicke mich um. «Als mein Großvater hier war.»

Ich stehe auf, meine Füße sind eingeschlafen und kribbeln unangenehm. Ich trete an das Bett, in dem jetzt Fynn liegt, Gesicht und Kissen von der gleichen Farbe wie damals bei meinem Opa. Löschpapierfahl.

«Vielleicht ist es sogar das gleiche Bett», sage ich. «Vielleicht habe ich auf dem gleichen Stuhl gesessen. Der Raum sieht genauso aus.»

«Das wäre aber schon ein ziemlich großer Zufall, meinst du nicht?»

«Nachdem Fynn genau in dem Moment aus dem Wald gelaufen ist, in dem das einzige Auto weit und breit um die Ecke bog, möchtest du mir was über Zufälle erzählen?»

Sie verzieht gequält das Gesicht. Man kann einen richtigen Groll auf ein Universum entwickeln, das einen mit so schlechten Zufällen quält.

«Was ist mit dir, willst du dich nicht hinlegen?», frage ich.

«Nein, ist schon gut», sagt Nora, die mindestens ebenso müde aussieht wie ich. Das ist das wirklich Bittere an unserer Situation. Man sollte annehmen, wir wären erleichtert, Fynn wieder bei uns zu haben, nach all den Tagen der Sorge endlich wieder schlafen zu können. Aber tatsächlich ist alles weit davon entfernt, wieder in Ordnung zu sein. Wir wissen nicht, was mit Fynn los ist, oder wo er war. Aber wer auch immer ihn entführt hat, ist noch immer dort draußen. Wir wollen ihn nicht noch einmal verlieren.

«Wir können uns abwechseln», schlage ich vor. «Du schläfst ein paar Stunden, und ich bleibe wach. Und danach lege ich mich hin.»

«Leg du dich ruhig hin, ich passe diesmal auf ihn auf», sagt Nora, und vielleicht hat sie es ja gar nicht so gemeint, wie ich es verstehe.

«Es war nicht meine Schuld, Nora», sage ich trotzdem. Sie antwortet mir nicht, und ich kann sie verstehen. Ich habe ja selbst schon aufgehört, mir in diesem Punkt zu glauben.

MARLA

Mir gehört jetzt ein Wald, mit allen Pflanzen und Tieren darin. Wenn ich will, gehorchen mir die Füchse und die Raben.

Ich springe hinter meinem Felsen hervor, auf allen vieren, und mache mein wildestes Wolfsgeheul. Die zwei Rotmilane, die sich eben noch an meinem Kaninchen zu schaffen gemacht haben, flattern erschrocken auf. Sie gehören mir ebenfalls. Sie und die Beute in der Falle. Ich stehe auf, packe das zappelnde Tier bei den Ohren und breche ihm das Genick. Dann löse ich den Strick um seinen Hals.

Im Fallenstellen werde ich immer besser. Gestern habe ich mit meiner Steinfalle einen Vielfraß gefangen. Ich wusste nicht, ob ich ihn essen kann. Aber ich habe ihm das Fell abgezogen, es zum Trocknen ausgelegt und sein Fleisch dann als Köder für weitere Fallen genutzt. Im Wald findet alles eine Wiederverwertung. Alles ist ein großer Kreislauf. Ich bin froh, dass ich so gut aufgepasst habe, als der Mann mir das beigebracht hat.

An diesem Morgen leuchtet der Wald. Wie ein Palast leuchtet er, und überall liegen glänzende Perlen auf den Blättern und Pflanzen. Ich pflücke noch ein paar Brombeeren und Honigklee, dann trage ich das Kaninchen zu der Feuerstelle, die ich neben dem See aufgeschichtet habe. Die Wasseroberfläche liegt glatt da, wie ein Spiegel, in dem die Morgensonne sich betrachtet. Vor lauter Übermut ziehe ich meine Kleider aus und wate ins Wasser. Ich habe seit Tagen nicht gebadet. Einfach, weil ich keine Lust hatte. Weil ich nichts mehr muss, was ich nicht will. Aber jetzt will ich. Ich schrubbe meine Füße, die dreckigen Zehen, mein Gesicht, meine Haare, wasche meine Kleider.

Pitschnass und nackt hocke ich mich vor die Feuerstelle und greife nach dem Steinsplitter, den ich vor ein paar Tagen abgeschlagen habe. Die Kante ist scharf wie ein Messer und schneidet mühelos durch das Fell und die Haut des Kaninchens. Ich greife mit beiden Händen in den Schnitt, hake meine Finger fest unter die Haut und reiße sie zu beiden Seiten auf. Auch darin werde ich immer besser. Den ersten Luchs vor einigen Wochen habe ich noch versucht mit Haut und Haaren über dem Feuer zu braten, wie einen Fisch, aber es wurde nur ein brennender, stinkender Klumpen daraus. Mittlerweile weiß ich, dass gewisse Regeln, die der Mann mir beigebracht hat, Regeln der Wildnis sind und ich mich nicht gegen alle auflehnen kann.

Das Kaninchen ist jetzt so nackt wie ich selbst. Ich lege es in den Topf und sein Fell mit der Haut nach oben in die Sonne. Neben meine Kleidung, die dort auch zum Trocknen liegt. Dann zünde ich das Feuer an, hänge den Topf über die Flamme und hocke mich hin.

«Du und ich, wir sind zwei Kinder der Wildnis», sage ich zu dem Kaninchen im Topf, das mich nicht mehr hören kann, weil es ein totes Kind der Wildnis ist. Ich aber nicht. Ich lebe. Und das mache ich so gut ich eben kann.

Ich weiß nicht, wie viele Tage ich alleine im Wald gelebt habe, als der Mann plötzlich wieder da ist. Ich sehe es an den Matschspuren auf den Sprossen der Strickleiter, als ich vom Pilzesammeln zurückkomme. Er trägt seine schweren Stiefel. Als ich mich umblicke, sehe ich die Abdrücke überall unter dem Baum. Er ist zurück – und mit ihm auch die Angst.

Ich grabe meine freie Hand in die weichen, wabbeligen Pilze in meinem Topf. Ich kann den Blick nicht von den Abdrücken wenden. Wer schlau ist, hinterlässt eigentlich keine Spuren, geht es mir durch den Kopf, und ich blicke auf meine eigenen nackten Füße.

Ich könnte weglaufen. Ich weiß jetzt, wie ich alleine im Wald überlebe, ich brauche den Mann und dieses Baumhaus nicht, zumindest nicht im Moment, wo die Tage noch warm sind. Ich blicke zum Wald. Die Blätter färben sich bereits bunt. Und dann denke ich daran, wie der Mann mich im Winter in die dicke Decke wickelt. Wie er die Heizlaterne für mich aufstellt, die er tagsüber in seinem Schuppen auflädt. Es wird schwierig für mich allein werden, wenn erst der lange Winter kommt.

Bevor ich es mir anders überlegen kann, stemme ich den Topf mit den Pilzen in meine Hüfte und steige die Leiter einhändig hoch. Der Mann sitzt oben auf der Matratze. Als ich über den Rand der Plattform klettere, sieht er verwirrt aus, und mir fällt auf, dass seine Augen rot sind. Er sieht mich an, als wäre ich gar nicht sein Kind, das er einmal gerettet hat, sondern ein Geist.

Ich sage nichts. Mein Herz klopft bis zum Hals. Und dann merke ich, dass da unter der Angst vor seiner Wut noch etwas anderes ist. Nämlich meine eigene Wut.

«Du hast mich alleingelassen», höre ich mich sagen, nicht sehr laut, aber doch laut genug, damit er mich hört. «Ich hatte Hunger. Ich wäre fast verhungert!»

Er schließt den Mund, nickt, als könne er meinen Hunger nachfühlen. Aber das kann er nicht. Er ist groß und immer gut im Futter. Er weiß nicht im Entferntesten, wie es sich anfühlt!

«Ich weiß. Es tut mir leid», sagt er dann.

«Warum hast du mich alleingelassen?» Ich stampfe mit dem Fuß auf. Eigentlich hatte ich gar nicht vor, so wütend zu sein. Aber jetzt kann ich nicht anders.

«Ich hatte in der Stadt zu tun.»

«Warum hast du mich nicht mitgenommen?»

«Davon verstehst du nichts. Ich musste ein paar Dinge regeln, die meine Vergangenheit betreffen.»

«Und dann lässt du mich einfach hier? Ich hätte tot sein können!»

Er zuckt zurück, und ich bin auch ein bisschen erschrocken über meine laute Stimme. Ich habe ihn noch nie angeschrien.

Schließlich sagt er: «Du bist wirklich ein erstaunliches Kind.»

Ich schiebe die Unterlippe vor, die ein bisschen zittert.

«Was hast du gesammelt, hm?»

Er nickt in Richtung Topf, und ich halte ihn so, dass er die Pilze darin sehen kann.

«Hast du dich etwa davon ernährt?»

Weil ich nicht gleichzeitig sprechen und die Wuttränen zurückhalten kann, zucke ich bloß die Schultern.

«Wir sind wohl unter die Pflanzenfresser gegangen, wie?»

Ich wische mir über die Augen, die jetzt bestimmt genauso rot sind wie seine. Er schnalzt mit der Zunge. «Na, umso besser, dass ich jetzt wieder da bin. Du musst lernen zu jagen, nicht nur zu sammeln. Es gibt noch so vieles, was ich dir beibringen muss.»

«Ich habe auch gejagt», erwidere ich trotzig. «Hasen und andere Tiere. Du musst mir gar nichts mehr beibringen. Nichts!» Es ist mir wichtig, dass er das weiß. Ich habe nicht vergessen, mit wie viel Schmerz das Lernen verbunden ist.

Er leckt sich über die Lippen, sieht nervös aus. Er hat nicht damit gerechnet, auf diesen Widerstand zu stoßen. «Ist das so ...»

Ich halte seinem Blick stand.

«Weißt du was, wir machen eine Reise, wir zwei. Diesmal nehme ich dich mit. Möchtest du das gerne?»

Ich lege den Kopf schief und betrachte ihn aus zusammen-gekniffenen Augen.

«In die Stadt?»

«Nein. Höher in den Norden.»

«Wir waren schon mal im Norden. Es hat mir da nicht ge-fallen.»

«Auf der Bärenjagd, meinst du? Wir gehen diesmal noch wei-ter nach Norden. Wir können dort Flöße bauen und Rentiere jagen. Ich habe Lust auf Rentiersuppe, du nicht auch? In der Stadt ist alles Essen ein echter Fraß. Die Städter wollen nicht dick werden, darum kochen sie dünne Suppen und essen Sa-lat, alles ohne Geschmack. Sie hungern dort freiwillig, kannst du dir das vorstellen?»

Ich kneife die Augen zusammen und versuche herauszufin-den, ob er mich auf den Arm nehmen will. Ich kann mir nicht vorstellen, dass irgendwer freiwillig hungert.

«Hast du nicht gesagt, die Menschen in der Stadt würden dick und fett gemästet, damit sie nicht schnell weglaufen kön-nen, wenn die Feinde kommen?»

Er ist verblüfft. Ich glaube, er hätte nicht gedacht, dass ich mich daran erinnere. Dann lächelt er, kommt gebückt auf mich zu und wuschelt mir mit seiner großen, schweren Pranke durch die Haare.

«Das ist mein Mädchen.»

Ich ziehe meinen Kopf weg. «Ich heiße jetzt Marla», infor-miere ich ihn, obwohl ich auch das eigentlich nicht vorhatte zu sagen. Eigentlich hasse ich den Namen sogar ein bisschen, jetzt, wo Henrik mich auch verlassen hat.

«Marla», wiederholt er und nickt nachdenklich. «Das ist ein guter Name. Ein starker Name. Zeig mir mal deinen Bizeps.»

Ich strecke meinen Arm hoch, es ist eine vertraute Szene für mich. Er fühlt ausgiebig, guckt dann aber unzufrieden.

«Hast du deine Übungen nicht gemacht?»

«Doch. Manchmal», lüge ich.

«Da müssen wir wieder mit anfangen.»

«Ich bin trotzdem stärker geworden. Auch ohne Liegestütze und kaltes Wasser und so. Ich habe ganz alleine Fallen gestellt und Tiere gehäutet!»

«Ja, das sehe ich. Du hast gelernt, alleine stark zu sein. Das ist etwas ganz Besonderes, Marla.» Diesmal legt er seine Hand nicht auf meinen Kopf, sondern auf meine Schulter, und da liegt sie besser. Darum schüttele ich sie auch nicht ab. Ich wehre mich nicht mal, als er mich plötzlich an sich drückt, an seinen großen Bauch. Es fühlt sich gut an, nicht mehr ganz allein zu sein. Der Mann wird mir zeigen, wie man Elche schießt. Und wer ein großes Tier wie einen Elch zu Fall bringt, der kann auch einen großen Mann wie ihn zu Fall bringen.

Diesmal präge ich mir den Weg genau ein, als ich ihm zum Schuppen folge. Er ist länger, als ich ihn in Erinnerung hatte. Darum habe ich ihn bei meinen Streifzügen im Wald nie gefunden. Ich versuche mir die Bäume einzuprägen, so wie ich es mache, wenn ich eine besonders gute Stelle zum Beeren- oder Pilzesammeln wiederfinden will. Wenn ich das nächste Mal alleine im Wald überleben muss, dann will ich wissen, wie ich zum Haus des Mannes komme. Und zu seinem Schuppen, der voller Waffen ist. Viel mehr Waffen, als ein einzelner Mann auf einer Jagd gebrauchen könnte.

«Um ein guter Jäger zu werden, muss man beide Seiten kennen. Man muss wissen, wie es sich anfühlt, gejagt zu werden, und man muss wissen, wie es ist zu jagen», sagt der Mann. Er stemmt die Hände in die Seite und betrachtet seine Waffenwand. Dann greift er nach einem Gewehr. «Versuchen wir das mal.»

Er legt mir das Gewehr in die Arme. Es ist das kleinste aus der Sammlung, aber trotzdem schwer. Ich versuche aber, mir nichts anmerken zu lassen, als ich es aus dem Schuppen schleppe und der Mann mir zeigt, wie man es anlegt.

«Und jetzt ziel doch mal auf den Baum da.»

Ich beiße die Zähne zusammen, meine lahmen Arme machen das nicht mit. Das Gewehr zittert einige Sekunden in der Luft, dann senkt es den Kopf wie ein Pferd beim Grasen. Der Mann klopft mir auf die Schulter. «Das war miserabel», sagt er. «Wir versuchen es doch besser mit einem Messer. Ein schnelles Messer, an der richtigen Stelle angesetzt, bringt den größten und stärksten Wikinger zu Fall.»

Er will mir das Gewehr wieder abnehmen, aber ich halte es fest und wende mich ab. Ich will nicht, dass er mich für schwach hält. Ich will anfangen, mit diesem Gewehr zu üben. Ich wische mir den Rotz von der Nase, stolziere an ihm vorbei und baue mich wieder vor dem Baum auf. Ich habe alleine im Wald überlebt. Da werde ich mich jetzt nicht von einem blöden Gewehr unterkriegen lassen.

Ich konzentriere mich darauf, was ich getan habe, wenn ich im Wald nicht mehr weiterwusste. Wie ich mir vorgestellt habe, ich wäre jemand anders. Ronja Räubertochter zum Beispiel. Oder einer von Odins starken Raben. Oder Wickie aus der Zeichentrickserie. Es ist alles einfacher, wenn ich nur jemand anders bin. Wenn mir gar nichts passieren kann, weil der ganze Wald nur aus Zeichentrick gemacht ist.

Der Mann zuckt die Schultern und geht zum Pick-up, um den Proviant und die Schlafsäcke auf die Ladefläche zu werfen. Ich übe weiter Zielen. Das Gewehr bleibt jetzt länger in der Luft, und ich kneife ein Auge zu, um den Baum genau anzuvisieren. Ich drehe mich herum, um dem Mann zu zeigen, wie stark ich bin. Er kommt gerade aus dem Schuppen. Doch weil er so mit dem Pick-up beschäftigt ist, guckt er gar nicht in meine Richtung. Ich dagegen sehe ihn direkt durch meinen Sucher.

«Peng», flüstere ich. Ich drücke den Abzug. Ein Gewehr, das nicht geladen ist, gibt ein leises Klicken von sich, wenn man den Abzug drückt. Aber dieses hier macht einen ohrenbetäubenden Knall. Der Stoß an meiner Schulter wirft mich zurück. Ich falle ins Gras, das Gewehr landet neben mir. Kurz bleibe ich auf dem Rücken liegen und schnappe nach Luft. Dann komme ich hektisch auf alle viere. Ich habe auf den Mann geschossen! Er steht wie angewurzelt neben dem Schuppen und starrt mich genauso geschockt an wie ich ihn.

«Ich habe nicht gewusst, dass es geladen ist!», quietsche ich. Ich komme auf die Füße, habe Angst davor, was er mit mir machen wird. Dann erst bemerke ich, was er aus dem Schuppen geholt hat. Es ist die Kiste. Die widerliche, enge, dunkle Kiste, in die er mich bei unserer ersten Bärenjagd gezwungen hat.

Wir blicken uns an. Dann schlägt meine Angst in Zorn um. Ich hebe mein Gewehr vom Boden auf, hänge es mir am Lederriemen über den Rücken und stapfe durch das hohe Gras auf ihn zu. Ich stelle mich direkt vor ihn und hebe das Kinn.

«Ich bin zu groß dafür», verkünde ich.

Er muss sich zweimal räuspern, um seine Sprache wiederzufinden. «Was sagst du?»

Ich atme Mut ein und Angst aus, so tief ich kann, und zeige auf die Kiste. Jetzt erst bemerke ich, dass sie vorne ein Einschussloch hat. «Ich bin zu groß dafür. Da will ich nicht drin fahren!»

Er blickt auf die Kiste, dann wieder auf mich. Sein Blick wird so finster wie ein Gewitterhimmel. «Du hast auf mich geschossen», sagt er.

«Du hast gesagt, dass wir in den Norden fahren, damit ich so mutig wie ein Wikinger werde! Glaubst du vielleicht, ein Wikinger fährt in einer Kiste durch die Gegend?» Ich stemme die Hände in die Hüfte, damit er nicht sieht, wie sie zittern. Mindestens eine Minute lang starrt er mich fassungslos an. Dann lässt er die Kiste mit einem so lauten Knall zu Boden poltern, dass ich zusammenzucke.

«So. Ein Wikinger willst du also sein?», brüllt er und kommt drohend auf mich zu. Mein erster Impuls ist es, zurückzuweichen, wegzulaufen. Stattdessen strecke ich die Brust raus und lege den Kopf in den Nacken, um zu ihm hochzusehen. Ja, ich bin ein Wikinger, so mutig wie Wickie.

Der Mann steht jetzt so nah vor mir, dass sein Bauch gegen mein vorgerecktes Kinn stößt. Er stemmt die Arme ebenfalls in die Hüfte, macht ein finsteres Gesicht und blickt auf mich herab.

«Aaaaaarrrrgggghh!» Sein Schrei kommt so plötzlich, dass ich zusammenfahre. Er reißt die Arme in die Luft, und dann packt er mich. Ich kneife die Augen zusammen und bereite mich darauf vor, dass es gleich wehtun wird. Dass ich, zack!, wieder auf dem Waldboden liege und bunte Sterne um meinen Kopf fliegen, die kein Zeichentrick sind. Der Schmerz in meinem Rücken, meinem Nacken, meinen Armen ist immer echt. Er reißt mich in die Luft. Ich unterdrücke jeden Laut, während er mich drückt und von rechts nach links schleudert. Und erst, als er mich zurück auf den Boden stellt, begreife ich, dass kein Schmerz mehr kommen wird. Das hier war keine Bestrafung. Es sollte eine Umarmung sein.

NORA

Auch 24 Stunden nach Fynns Unfall hat sich an seinem Zustand nichts geändert. Die Polizei war zweimal hier und hat auch Henrik und mich befragt, aber solange Fynn nicht mit uns spricht, wissen wir nicht mehr als vorher. Ich hatte mir unser Wiedersehen so oft ausgemalt. Überschwänglich, überglücklich. Ein Fynn, der strahlend die Arme nach uns ausstreckt. Stattdessen Apathie. Ein Krankenzimmer, das wir seit unserer Ankunft hier kaum verlassen haben. Wir schrauben alle Bedürfnisse herunter. Unser Essen ziehen wir aus dem Automaten auf dem Flur. Wenn Fynn aufwacht, dann blickt er ein paar Minuten verwirrt um sich oder starrt an die Decke. Er hat aufgehört, bei unserem Anblick zu schreien, aber das ist auch schon alles, was wir als Erfolg verbuchen können. Dass wir unseren Sohn wiederhaben und ihn doch nicht erreichen können, fühlt sich an wie Verrat.

Insgeheim kann ich nicht aufhören zu denken: Was, wenn er für immer so bleibt? Aber natürlich spreche ich den Gedanken nicht aus, und das tut auch Dr. Gisela Nygård nicht, als sie an diesem Tag ins Zimmer kommt, mit einer Lampe in Fynns Augen leuchtet und ihn bittet, ihre Finger zu drücken und seinen Namen zu nennen. Fynn starrt an die Decke und reagiert nicht.

«Weißt du, wo du bist, Fynn?», fragt Dr. Nygård, und ich knete beklommen meine Hände.

Sie wollen noch ein MRT von Fynns Gehirn machen, um

Verletzungen oder Blutungen in seinem Kopf auszuschließen. Hilflos sehen wir zu, wie Fynn mitsamt dem Bett aus dem Raum geschoben wird. Ich kann mir kaum etwas Schlimmeres vorstellen, als dass tatsächlich etwas mit seinem Kopf passiert sein könnte.

Hinter uns klopft es. «Na, wo ist denn unser kleiner Patient?», fragt eine Stimme, die ich sofort erkenne. Ich drehe mich um. Da steht Henriks Vater im Türrahmen, im Arm einen großen Plüschkoala, um den er einen Luftballon geknotet hat. Er sieht aus, als sei er geradewegs von einer Kirmes hergekommen.

«Leif!», sage ich überrascht.

Ich habe ihn über Fynns Unfall informiert, so wie ich alle Großeltern auf dem Laufenden gehalten habe. Meine Mutter schreibt mir seitdem jede freie Minute und fragt nach dem Stand der Dinge. Aber ich hatte keine Ahnung, dass Leif gleich ins Auto springen und herkommen würde. Der Zeit nach zu urteilen, muss er fast ohne Pause zu uns durchgefahren sein! Leif breitet die Arme aus, und ich gehe zu ihm, um ihn zu begrüßen.

«Fynn ist in der Kernspintomografie. Sie untersuchen seinen Kopf, weil er uns immer noch nicht erkennt.»

«Ach je», sagt Leif betroffen. Doch als er mein unglückliches Gesicht sieht, meint er: «Jetzt wartet's erst mal ab. Er braucht bestimmt nur ein paar Tage. Das ist ja auch alles sehr viel für so einen kleinen Jungen. Das muss er erst mal verarbeiten. Ich kann selbst immer noch nicht glauben, dass das alles passiert ist.»

Ich nicke schwach und bin plötzlich froh, dass er da ist. Leif ist immer gefasst, aufgeräumt, verlässlich. Er ist einer, in dessen Anwesenheit einem gleich alles ein bisschen weniger dramatisch erscheint, und das ist genau das, was ich jetzt brauche. Leif Saunders ist in allen Belangen das genaue Gegenteil von seinem Sohn. Bei dem Gedanken drehe ich mich zu Henrik um, der wie erstarrt im Raum steht und keine Anstalten macht, Leif zu begrüßen. Nicht zu glauben, dass er nicht einmal jetzt, in Anbetracht dieser Umstände, seinen Zwist mit dem Vater vergessen kann.

Ich nehme mir vor, mich nicht einzumischen. Doch die angespannte Stimmung im Raum macht die ganze Warterei auf das Ergebnis der Untersuchung nur noch unerträglicher. Ich bin froh, als Dr. Nygård endlich zurückkommt und uns mitteilt, dass auch das zweite MRT-Bild keine Auffälligkeiten zeige. Fynns Verhalten, seine Unfähigkeit, angemessen auf Außenreize zu reagieren, müssen die Folgen eines Traumas sein.

«So etwas kann schon durch den Unfall ausgelöst worden sein», sagt Dr. Nygård. «Aber im Fall von Fynn ... Wir wissen nicht, was er vorher alles durchgemacht hat.»

In meiner Brust zieht sich etwas zusammen. Das ist genau die Frage, die mich nicht mehr loslässt, seit wir hier sind. Es ist schlimm genug, Fynn nach dem Unfall leiden zu sehen. Aber noch schlimmer sind die Dinge, von denen wir nicht wissen.

«Wir haben eine sehr gute psychiatrische Abteilung, die Erfahrung mit Kindern und Traumata hat. Sie wird von Dr. Christer Kjellberg geleitet. Ein wunderbarer Arzt, der speziell mit Kleinkindern schon gute Erfolge in der Traumatherapie erzielt hat. Er ist gerade erst von einer Fortbildung zur spieltherapeutischen Prozessdiagnostik zurück. Ich würde Fynn gerne so bald wie möglich dorthin überweisen.»

Ich nicke stumm.

«Wir würden ihn zunächst stationär behandeln. Aber sobald die Therapie anschlägt und sich sein Zustand verbessert, könnt ihr ihn natürlich mit nach Hause nehmen und nur noch für die Behandlungen vorbeikommen. Vorausgesetzt natürlich, ihr könnt es einrichten. Wie ich verstanden habe, seid ihr eigentlich nur im Urlaub hier?»

«Im Urlaub, ja», sage ich, obwohl das Wort sich verkehrt anfühlt, geradezu absurd. Wie lange hat sich dieser Urlaub denn wie Urlaub angefühlt?

«Unter diesen Umständen macht es vielleicht mehr Sinn, ihn in ein Krankenhaus in eurer Nähe zu überweisen und die Therapie dort zu beginnen. Es ist wichtig, dass Fynn Vertrauen zu seinem Therapeuten aufbaut. So etwas braucht Zeit.»

Ich denke an die Arbeit, die in Greifswald auf mich wartet. An mein Team, dem ich gesagt habe, dass ich Anfang September zurück bin, passend zu Fynns Einschulung, die nun in diesem Jahr wohl kaum mehr stattfinden wird. An das Angebot aus Norwegen, das ich nicht ausgeschlagen habe, weil ich, solange ich nicht nein sage, immer noch ja sagen könnte. Mit einem Mal wird mir bewusst, wie gerne ich ja gesagt hätte. Und wie wenig das alles jetzt zählt.

«Nein», sage ich hastig. «Nein, das ist schon in Ordnung. Wir beginnen die Therapie hier. Wir ... richten es uns ein.»

«Seid ihr sicher?»

«Ja», sage ich, darum bemüht, auch so zu klingen. Ich will, dass Fynn Hilfe bekommt. Die beste, die er bekommen kann.

«Sehr schön.» Dr. Nygård lächelt. «Dann werde ich das so in die Wege leiten. Ich bin mir sicher, Fynn wird Dr. Kjellberg lieben. Ah, da kommt er auch schon zurück!» Sie macht dem Bett Platz, in dem unser Sohn apathisch liegt und nicht so aussieht, als würde er je wieder etwas oder jemanden lieben können.

«Fynn!», ruft Leif und tritt mit dem Kuscheltier ans Bett. «Du machst uns ja Sorgen, junger Mann.» Er legt eine Hand auf Fynns Bauch, um ihn zu streicheln. Es ist eine zärtliche Geste, aber Fynn reißt die Augen auf, starrt ihn panisch an und beginnt dann so heftig zu schreien, dass jeder im Raum zusammenfährt.

Leif zieht erschrocken seine Hand zurück. Er sieht geschockt aus. Und dann steht plötzlich Henrik neben Leif, reißt ihn zurück und sagt: «Fass ihn nicht an.» Leif stolpert zurück, wobei er Dr. Nygård anrempelt. Und noch immer schreit Fynn aus voller Kehle. Es ist ein ähnlicher Ausbruch wie gestern, als er uns zum ersten Mal gesehen hat. Ich verstehe nicht, wie alles von jetzt auf gleich in ein solches Chaos umschlagen konnte.

«Henrik», sage ich fassungslos, und Leif herrscht ihn an: «Jetzt reiß dich verdammt noch mal zusammen, Sohn!», woraufhin Henrik kurz einzufrieren scheint und dann mit langen Schritten an ihm vorbei aus dem Raum stürmt, das Gesicht eine einzige, schmerzvoll verzerrte Grimasse.

Fynn brüllt die ganze Abteilung zusammen. Wir bemühen uns, ihn zu beruhigen. Doch es geht nicht, bevor nicht auch Leif und schließlich sogar ich den Raum verlassen. Erschöpft setzen wir uns nebeneinander auf zwei Stühle im Flur.

«Uns hat er auch erst nicht erkannt», sage ich. Aber Leif antwortet nicht. Er ist bleich. Ich lausche nach drinnen, warte auf das Ende von Fynns Toben, und es fühlt sich wieder an, wie vor drei Jahren, als wir Fynn zum Kindergarten angemeldet hatten, und das durchgemacht haben, was sie dort als «Ablösungsprozess» bezeichnen. Ein sehr sachlicher Ausdruck für ein Martyrium, das ein zum Himmel schreiendes, verängstigtes Kind und zwei völlig verunsicherte Elternteile einschließt. Ein einziges Mal habe ich die Nerven und die Geduld dafür aufgebracht. Danach musste Henrik ihn immer alleine bringen.

Ich schaue erschöpft den Flur hinunter. Henrik ist weit und breit nicht zu sehen. Und das, was hier gerade stattfindet, ist auch kein Ablösungsprozess. Fynn könnte nicht abgelöster von uns sein. Das macht die Sache ja so schlimm.

«Was ist das mit dir und Henrik?», frage ich schließlich. «Was ist da vorgefallen, dass ihr nicht mal mehr miteinander reden könnt?»

Leif seufzt und lehnt den Hinterkopf gegen die Wand, hinter der Fynns Schreianfall langsam abebbt. «Hat Henrik dir nichts erzählt?»

«Nein.»

Ich blicke auf die abgeknibbelte Haut an meinen Nägeln und denke an das, was Henrik sehr wohl erzählt hat. Doch in meinen Ohren klang es so unglaubwürdig und wollte so wenig zu dem Leif passen, den ich kenne, dass ich es vor ihm nie wiederholen würde.

Mein Schwiegervater windet sich. Er scheint drauf und dran, mir seine Version des Familiendramas zu schildern. Aber dann sagt er nur: «Es ist nicht so, dass etwas Spezielles vorgefallen wäre. Er war einfach immer schon ein schwieriges Kind. Und ist es wohl auch irgendwie geblieben, oder?»

Der Kommentar ist mir unangenehm. So ein Gespräch kann man führen, wenn man ein problematisches Kind im Schulalter hat. Aber hier geht es um meinen Mann, und Leif ist mein Schwiegervater.

«So ist es nicht», sage ich matt. «Er ist ein toller Vater ... und Mann.»

Leif hat das Stocken in meiner Stimme sicher bemerkt, lässt das Thema aber dankenswerterweise wieder fallen. Ich hätte es überhaupt nicht ansprechen sollen.

Der Stille und dem leisen Gemurmel hinter uns nach zu urteilen, hat Fynn sich beruhigt. «Tut mir leid, dass meine Ankunft hier so eine Unruhe ausgelöst hat», sagt Leif.

«Nein, mir tut es leid. Du hättest dir bestimmt ein schöneres Wiedersehen vorgestellt. Das haben wir alle.»

«Die Hauptsache ist, dass er wieder da ist. Gibt es denn schon irgendeinen Verdacht, was mit ihm passiert ist? Wer ihn ... entführt hat?»

Das kurze Zögern lässt mich stutzen. Es klingt, als glaube Leif nicht so recht an eine Entführung.

«Die Polizei hat keine konkrete Spur. Henrik hat seine Theorie und ich habe meine, aber ...» Ich breche den Satz ab. Mein Schwiegervater weiß nichts von meiner Affäre, und ich habe sicher nicht vor, jetzt etwas an diesem Umstand zu ändern. Stattdessen sage ich: «Leif, als ihr damals Urlaub hier in Schweden gemacht habt, ich meine, als Henrik noch klein war – hat Henrik dir da mal etwas von einem Mädchen erzählt?»

«Ein Mädchen? Was für ein Mädchen?»

«Ich dachte nur. Er hatte mir gegenüber mal so etwas erwähnt.»

«Henrik und ein Mädchen? Wann soll denn das gewesen sein?»

«1997», sage ich, vielleicht etwas zu prompt, denn Leif sieht mich plötzlich misstrauisch an.

«Das ist ja ein sehr konkretes Datum», meint er stirnrunzelnd. «Wie kommst du darauf? Hat das was mit Henriks ‹Theorie› zu tun?» Schon die Art, wie er das Wort ausspricht, verrät mir, wie viel er von Henriks Theorien hält. Und dabei hat er diese hier noch nicht einmal gehört. Oder weiß Leif doch, wovon ich spreche? Er wirkt plötzlich auf der Hut.

«Nein, ich frage nur, weil er mir mal was erzählt hat», sage ich ausweichend.

«Wie alt war er denn da überhaupt? Acht? Neun?»

«Nicht so ein Mädchen. Nur eine ... ganz normale Freundin eben.»

«Henrik hatte keine normalen Freunde, Nora. Und erst recht keine Freundin.» Es ist eine harte, bestimmte Antwort, die mich kurz aus der Bahn wirft.

«Wie meinst du das?»

«Ich meine, dass er alle Freunde erfunden hat! Bevor ich dich kennengelernt habe, war ich mir sogar sicher, er hätte auch dich erfunden!» Er lacht.

Ich sitze da wie vom Donner gerührt. Leif muss sich irren. Henrik ist doch einer, der überall, wo er auftaucht, sofort beliebt ist! Er hat meine Familie innerhalb von Minuten um den Finger gewickelt, und natürlich hatte er Freunde in der Schule und der Uni, er hat mir alles aus dieser Zeit erzählt! Ich überlege, ob ich Leif an einige dieser Dinge erinnern soll, aber das meiste sind Geschichten von durchgemachten Nächten und Nacktschwimmen im Meer und damit nichts, was man die Eltern wissen lassen will. Und dann die Sache mit dem Mädchen und dem Baumhaus. Ich habe mit der Möglichkeit gerechnet, dass irgendetwas an der Geschichte übertrieben oder erfunden war. Aber ich habe das Baumhaus ja gesehen. Und Henrik hat mir versprochen, dass es keine Lügen mehr geben wird.

«Das kann nicht sein. Henrik erwähnte sogar eine ganze Gruppe von Kindern, mit denen er hier in Schweden befreundet war.»

«Nora, was immer er erzählt hat, er hat es erfunden. Ich wollte mich wirklich nicht mehr einmischen. Aber weil du und Fynn mir am Herzen liegen, gebe ich dir einen Rat: Bring Henrik dazu, sich wieder an irgendjemanden zu wenden, der sich mit Fällen wie seinem auskennt und ihm professionelle Hilfe bietet. Das kannst du auf Dauer nicht alleine stemmen.»

«Was ...?»

«Henrik ist ein notorischer Lügner, Nora. Wenn hier jemand dringend einen Psychiater braucht, dann ist es nicht Fynn, sondern er.»

Ich starre ihn an. Doch dann spüre ich eine Bewegung hinter mir. Ahne sie mehr, als dass ich sie sehe. Ich drehe mich um. Henrik kommt den Flur entlang. Und wir stehen von den Stühlen auf wie zwei Verräter, die man beim Tuscheln erwischt hat.

ROSA

Das Auto meines Vaters muss verschrottet werden. An seiner Stelle steht jetzt ein Ersatzwagen der Versicherung in unserer Einfahrt. Angesichts des Schadens, den das Auto beim Aufprall gegen den Baum genommen hat, kann ich mich glücklich schätzen, noch am Leben zu sein. Aber ich fühle mich nicht so. Ich fühle mich elend.

Ich verkrieche mich im Bett, aber finde auch keine Freude mehr an der Vorstellung, tot zu sein. Also raffe ich mich auf und fahre zur Dienststelle.

Ich denke daran zu kündigen. Vielleicht ist da gar kein besonderes Gespür für irgendwelche Blätter, für den Wald, und das Kindergrab war ein Zufallstreffer. Ich tauge nicht für die Polizeiarbeit. Erst Lasse. Dann der Junge. Ich bringe allen nur Unheil. Als ich die Dienststelle betrete, ist dieser Gedanke bereits fester Entschlossenheit gewichen.

Sara sieht mich und winkt mich hektisch heran. Sie schließt die Tür hinter uns. Es ist der gleiche Raum, in dem ich ihr zum ersten Mal begegnet bin. «Lasse wurde erstochen», sagt sie unumwunden und ohne sich zu setzen. Meine Kündigung bleibt mir augenblicklich im Hals stecken. «Ein Messerschnitt in die Kehle. Man hat es unter den Bissspuren und dem Dreck nicht gleich gesehen, aber die Rechtsmedizin ist sich sicher.»

Ich halte mich an der Stuhllehne fest und nicke schwach. Das war es, was mir an dem Muster in Lasses blutgetränkter Kleidung komisch vorkam. Es war zu sauber, zu gleichmäßig.

«Und das Blut an Kajas Schnauze? An ihren Zähnen?», frage ich.

«Das stammt von Lasse», antwortet Sara unglücklich. «Ich habe keine Ahnung, wie das zusammenpasst. Vielleicht hat sie Lasse angestupst oder an der Wunde geleckt und hat sich dabei selbst mit Blut beschmiert. Ich weiß es wirklich nicht.» Sie geht zu ihrem Computer und zeigt mir den Laborbericht. «Die Rechtsmedizin meint, es sei ein sehr spezielles Messer gewesen. Eins, das man typischerweise für die Tierpräparation einsetzt. Sie haben sogar Spuren von Bleichmittel gefunden, wie man es für das Aufhellen von Schädeln braucht. Wir haben darum heute schon in aller Frühe noch mal eine Streife zu Olof Isakson geschickt und vernehmen ihn jetzt. Er streitet natürlich alles ab. Ein Alibi hat er zwar nicht, aber auch die Tatwaffe haben wir noch nicht gefunden. Für eine Festnahme reicht es jedenfalls nicht.» Sie streicht sich über die Stirn, während sie nachdenkt. «Du warst vor dem Vorfall ja mit Lasse zusammen bei Olof. Hat es da vielleicht irgendwelche Streitigkeiten zwischen den beiden gegeben? Irgendwelche Drohungen von Olofs Seite?»

Ich denke an die Spannung, die bei unserem Besuch geherrscht hat. An Kajas aufgeregtes Verhalten. An Lasses Verdacht.

Und später? Hat es Fynn da auch noch Spaß gemacht?, hat Lasse gefragt. Und Olof: *Ich weiß nicht, wovon du redest.*

Ich gehe zwar nicht davon aus, dass das für einen Mord ausreicht, erzähle Sara aber trotzdem davon.

«Menschen haben schon aus viel niedrigeren Beweggründen gemordet», erwidert sie resigniert. «Kannst du mir sagen, warum Lasse überhaupt im Wald war?»

Mein Magen macht sich klein. «Meinetwegen. Ich habe eine Probegrabung vorgenommen. Bei einem Baum, der mir verdächtig vorkam. Lasse wusste davon. Ich ... hatte ihm eine Nachricht geschrieben.»

Sara wirkt nicht besonders überrascht. Sie nickt lediglich, als habe sie diese Antwort erwartet. «Lasse hat ziemlich große Stücke auf dich gesetzt, ich hoffe, das weißt du, Rosa. Vor ein paar Tagen meinte er noch zu mir, ich solle mich nicht wundern, wenn du plötzlich anrufst und eine neue Leiche meldest.»

Mir schnürt sich die Kehle zu. Am Ende habe ich wirklich angerufen und eine neue Leiche gemeldet. Aber nicht so, wie Lasse es prophezeit hat. Ich wende mich ab, damit Sara nicht sieht, wie fertig mich das macht. Trotz all der Foppereien hat Lasse an meine Arbeit geglaubt. Dabei habe ich lediglich im Dreck gewühlt und nichts gefunden.

«Ach, bevor ich es vergesse», sagt Sara, der die Müdigkeit in der Stimme anzuhören ist. «Sie haben das Kind identifiziert. Das aus dem Waldgrab. Der Junge hieß Oliver Karlsson. Zum Zeitpunkt seines Verschwindens war er zehn Jahre alt. Sie haben es letztendlich per Zahnanalyse herausgefunden. Dreieinhalb Jahre vor der Entführung hat er sich bei einem Kopfsprung vom Beckenrand im Schwimmbad die Schneidezähne ausgeschlagen. Sozial schwache Familie, das Jugendamt war mehrfach da. Nur beim Schwimmtraining, zu dem ein Sportlehrer ihn mitnahm, ist er aufgeblüht. Ansonsten war er sehr verschlossen, in sich gekehrt, hatte kaum Freunde. Das sind immer die schwierigsten Fälle, wenn es um Ermittlungen geht. Der Junge hat niemandem gesagt, wohin er ging. Er verschwand einfach nach einem Schwimmwettkampf und wurde nie wieder gesehen.»

Ich höre Sara zu, aber in meinem Inneren herrscht Leere. Was für einen Unterschied macht es, wen ich da ausgegraben habe? Was für einen Unterschied macht meine Arbeit überhaupt für irgendwen? «Sara ...» Ich will endlich meine Kündigung aussprechen, hole dann aber nur Luft und bringe es doch nicht über mich. Ich hatte nicht gewusst, dass Lasse so große Stücke auf meine Arbeit setzte. Dass er an mich geglaubt hat.

«Ja?», fragt Sara, aber in dem Moment klingelt ihr Telefon. Sie hebt die Hand, um sich zu entschuldigen.

Ich nutze den Moment und gehe. Nicht endgültig, wie ich gedacht hätte. Sondern um nachzudenken. An einem ruhigen Ort, an dem es nicht so hektisch zugeht wie auf der Dienststelle. Im Wald. Oder an der Küste. Irgendwo, wo Stille herrscht.

HENRIK

«Ich finde trotzdem nicht, dass Fynn in eine psychiatrische Abteilung gehört!», zische ich Nora zu, während wir Fynns Sachen zusammenpacken. «Er hatte einen Unfall! Er gehört hierher, in die Unfallabteilung!»

«Du hast doch gehört, was Dr. Nygård gesagt hat», erwidert Nora in aller Ruhe und normaler Lautstärke, obwohl mein Vater hinter uns alles mithört. «Sie müssen ihn auf dissoziative Amnesie untersuchen. So etwas kann durch einen Unfall ausgelöst werden. Hier hat man alles getan. Er gehört in die Traumatherapie.»

«Er braucht uns, Nora! Keinen Seelenklempner. Uns und seine gewohnte Umgebung! Warum nehmen wir ihn nicht einfach mit nach Hause?»

«Henrik, also bitte», sagt mein Vater, als habe er in dieser Sache irgendein Mitspracherecht. Ich gehe nicht darauf ein. Vor Nora mag er den netten Großvater spielen. Aber ich sehe hinter seiner Fassade noch immer den Mann, der früher das Geschirr vom Tisch gefegt hat, bloß weil ihm etwas nicht passte. Der aus einem unkontrollierbaren Zorn heraus das Monopoly-Spielbrett in zwei Teile zerriss, als ich gewann. Am Ende ist mein Vater nie so erwachsen, wie er nach außen hin gerne tut.

Ich blicke Nora an, deren Zustimmung die einzige ist, die hier zählt. Doch sie starrt angestrengt in Fynns Reisetasche auf dem Bett und stellt sich damit auf die Seite meines Vaters. Das trifft mich.

«Ich gehe zu Fynn», sage ich verletzt, greife die Tasche und verlasse das Zimmer. Ich laufe Gänge hinunter, durch Türen, an Krankenschwestern und Ärzten vorbei. Und je tiefer ich in die labyrinthischen Gänge eindringe, desto mehr wächst in mir der Wunsch, Fynn hier herauszuholen. Ich werde nicht zulassen, dass sie ihm dasselbe antun wie mir.

Ich stoße die Tür zur psychiatrischen Abteilung auf. Sie ist aus Glas. Man meint hier, alles sei gläsern, bis tief in die Psyche der Patienten glaubt man hier sehen zu können.

«Ich suche meinen Sohn! Fynn Saunders. Er ist heute hierhin verlegt worden», fahre ich einen Pfleger an, der angesichts meiner Aufgebrachtheit zögert und mich erst einmal zur Rezeption schickt, wo man mir mitteilt, dass Fynn gerade, «wie mit den Eltern vereinbart», in seiner ersten Therapiesitzung mit Dr. Christer Kjellberg sei und eine Störung dieser Sitzung nicht zu empfehlen.

«Mit mir wurde das nicht vereinbart!», widerspreche ich.

Die verunsicherte Rezeptionistin ruft eine Ärztin zu Hilfe, die mich ihrerseits zu beruhigen versucht und mich auf das Formular hinweist, das ich selber unterschrieben haben soll.

«Und das heißt jetzt, dass ich das Recht abgetreten habe, meinen eigenen Sohn zu sehen?»

Die Ärztin seufzt. «Ich schaue mal nach, wie weit die Sitzung ist.»

«Ich komme mit!» Fynns Reisetasche in der Hand, folge ich ihr bis zum Therapiezimmer. Dr. Kjellberg blickt bei unserem Eintreten erstaunt auf. Fynn sitzt mit dem Rücken zu mir auf einem kleinen Plastikstuhl an einem Kindertisch. Aus der Bewegung seines Arms schließe ich, dass er malt.

«Fynn», sage ich, ohne darauf zu warten, dass die Ärztin unser Eintreten erklärt, und ohne auf Dr. Kjellbergs hochgezogene Augenbrauen einzugehen. «Papa ist da, Kumpel, es kommt jetzt alles in Ordnung, wir fahren heute nach Hause.»

Fynn dreht sich nicht um, muss aber meine Stimme erkennen, denn sein Arm friert kurz in der Bewegung ein. Dann malt er, ohne sich umzudrehen, weiter.

Die Ärztin sagt etwas auf Schwedisch zu Dr. Kjellberg, woraufhin dieser nickt und sich erhebt.

«Fynn!» Ich trete hinter meinen Sohn, greife nach seinen Schultern. Doch Fynn scheint innerlich weit weg von mir zu sein. Weiter als je zuvor, wie mir scheint. «Was habt ihr ihm gegeben?», frage ich alarmiert.

«Wachsmalstifte und ein Stück Papier», sagt Dr. Kjellberg ruhig.

Ich drücke Fynn einen Kuss auf die blonden Haare. Und dabei sehe ich über seinen Kopf auf das Papier, auf dem er so emsig malt. Ich stutze und richte mich auf, lasse die Hände sinken. Mit einem dicken schwarzen Wachsmalstift und entschiedenen Bewegungen kratzt Fynn auf dem Papier herum, wieder und wieder dasselbe Muster, das ganze Blatt ist voll davon: *Das-ist-das-Haus-vom-Ni-ko-laus-Das-ist-das-Haus-vom-Ni-ko-laus-Das-ist ...*

Aber da ist noch etwas anderes, neben dem Haus. Ich greife nach dem Blatt. Der Wachsmalstift hinterlässt einen langen schwarzen Strich, als ich es sanft unter Fynns Hand wegziehe, wie eine schwarze Narbe auf dem Papier. Ich betrachte die Zeichnung genauer. Es ist eine Variante des Spiels, die mir fremd ist. Immer zwei Kreuzhäuser nebeneinander, in einer Reihe, und daneben noch etwas, das ich zunächst nicht erkenne. Ist das ein Baum?

«Kannst du damit irgendetwas anfangen?», fragt Dr. Kjellberg mich. Er spricht Deutsch. Ziemlich gut sogar.

Häuser. Ein Baum. Baumhaus, denke ich. Baumhaus! Fassungslos lasse ich den Zettel sinken. In meinen Ohren klingelt es. «Nein, das sagt mir nichts.»

Dr. Kjellberg streckt die Hand aus, um die Zeichnung entgegenzunehmen, aber ich ignoriere die Geste und lege das Blatt stattdessen zurück auf Fynns Maltisch. «Das ist ein Kinderspiel, oder? Ist ja nichts Sonderbares, wenn ein Fünfjähriger so etwas malt. Vielleicht hat er es in der Kita gelernt. Auf jeden Fall ist es nichts, das ihr hier behandeln müsst.»

Dr. Kjellberg legt den Kopf schief. Er betrachtet mich aufmerksam. Dann sagt er: «Nein. Behandeln müssen wir gar nichts. Es geht uns darum, Fynn Möglichkeiten anzubieten, um sich auszudrücken.»

«Indem ihr ihm beim Malen zuseht und dann alle möglichen psychischen Probleme in seine Bilder hineininterpretiert?»

Er legt den Kopf auf die andere Seite. Unter seinem Blick fühle ich mich unwohl. Als wäre ich plötzlich selbst aus Glas.

«Woher kommt deine feindselige Haltung gegenüber der Psychologie, Henrik?»

«Da gibt es keine feindselige Haltung! Ich habe lediglich ein Problem damit, wenn Kinder in irgendwelche Boxen gesteckt werden.» Er nickt, als habe er dafür Verständnis, aber das kann er nicht haben. Kinder in Boxen zu stecken, ist sein Job. Und als er so gar nichts erwidert, bekomme ich das ungute Gefühl, dass noch immer ich mit Reden dran bin. Ich sage: «Jeder weiß doch, wie das in so einer Psychiatrie läuft. Da werden Symptome zusammengetragen, die nicht der ‹Norm› entsprechen, und dann wird diese sogenannte Norm wiederhergestellt. Entweder indem man den Patienten Pillen gibt, die sie ruhigstellen, oder indem man sie gleich wegsperrt.»

«Das ist durchaus nicht mehr der Ansatz der modernen Psychiatrie. Und bei uns wurde auch noch kein Kind weggesperrt. Wir versuchen die Kinder und Jugendlichen lediglich zu verstehen und ihnen dabei zu helfen, in ein möglichst normales Leben zurückzufinden.»

Ich schnaube, stoppe mich dann aber, weil mir auffällt, dass es ein Geräusch ist, wie ich es von meinem Vater kenne.

«Möglichst normal!», echoe ich. «Da haben wir es doch schon! Was ist denn bei einem Kind möglichst normal? Ich glaube nicht, dass es in der Natur von Kindern liegt, ständig stillzusitzen und sich stundenlang in der Schule konzentrieren zu müssen. Kinder sind lebhaft und fantasievoll!» Genau das hat mein Opa damals zu meinem Vater gesagt, als es um mich ging, und ein bisschen ist es so, als würde ich jetzt seine Hand auf meiner Schulter spüren.

«Wurdest du als Kind auf ADHS behandelt, Henrik?»

Die Frage trifft mich unvorbereitet, dabei hätte ich wohl damit rechnen müssen. Ich habe Dr. Kjellberg mit meinem emotionalen Ausbruch ja praktisch eine Steilvorlage geboten.

«Mit mir hat das nichts zu tun. Es geht hier um Fynn.»

«Ich dachte nur, weil wir plötzlich von ADHS sprechen, was auf Fynn ja nicht einmal im Entferntesten zutrifft. Ich würde im Gegenteil behaupten, dass es ihm gerade an Lebhaftigkeit und kindlicher Lebensfreude fehlt, denkst du nicht? Und ich werde ihm auch keine Medikamente geben, das scheint ja deine größte Sorge zu sein. Es geht in dieser Sitzung wirklich nur um den Ausdruck von Erlebtem. Fynn hatte einen Unfall und war zuvor über mehrere Tage im Wald verschwunden. Willst du gar nicht wissen, wo er war?»

Wo er war. Ich blicke auf meinen Sohn, der jetzt damit begonnen hat, mit dem schwarzen Wachsmalstift am unteren Rand des Blatts herumzufahren. Hin und her, hin und her. Als wolle er einen Boden für diese düstere Stadt aus Nikolaushäusern und Bäumen malen. Oder einen See. Die Heftigkeit seiner Bewegung, die Entschlossenheit darin, machen mir Angst. Ich lege ihm sanft die Hand auf die Schulter. *Bist du dort gewesen, Kumpel?*

«Es wäre wirklich hilfreich, wir würden die Sitzungen fortführen», höre ich Dr. Kjellberg weiterreden. «Kinder können mitunter heftig reagieren, wenn das Trauma durchbricht. Und wenn es nicht durchbricht und wir es unter Schweigen begraben, dann kann es sich in der Psyche festsetzen und Beeinträchtigungen hervorrufen, die Fynn für immer begleiten könnten, bis ins Erwachsenenalter. Flashbacks, plötzliche Panikattacken, Gedankenkreisen, sozialer Rückzug, Freudlosigkeit, Süchte, Depressionen, Wutausbrüche ... Ich habe in meinem Berufsleben schon viele Patienten gesehen, die vor dem totalen Zusammenbruch standen und sich gewünscht hätten, jemand hätte sie in der Kindheit an der Hand genommen und durch die Bewältigung ihrer Traumata geführt.»

Ich greife nach Fynns Fingern. Ich werde diese Hand sein. Keine Hand, die ihn lenkt oder korrigiert, wie mein Vater es bei mir versucht hat, sondern die einfach da ist und Fynn hält, wenn er es am meisten braucht. Ich beuge mich zu seinem Ohr hinunter. «Ich verstehe dich, Kumpel. Papa ist hier. Ich hab begriffen, welchen Ort du meinst.» Ich drücke seine Hand, ein Geheimzeichen. Ich erhalte keine Reaktion.

Aber ich weiß trotzdem, was er mir sagen will.

Das Baumhaus. Er will, dass ich mit ihm zum Baumhaus gehe.

NORA

Ich kann es nicht fassen, als Dr. Nygård mir mitteilt, Henrik habe Fynn aus der Sitzung mit Dr. Kjellberg geholt und mit ihm das Krankenhaus verlassen. «Er hat was?! Wo sind die beiden jetzt? Warum hat niemand ihn aufgehalten?»

«Aufhalten konnte man ihn ja schlecht. Er ist der Vater.»

«Und ich bin die Mutter!», rufe ich. «Das war keine abgesprochene Entscheidung!»

«Das dachte ich mir bereits.» Der mitfühlende Ausdruck auf Dr. Nygårds Gesicht sagt mir, dass sie schon verstanden habe, wer von Fynns Eltern die zurechnungsfähige Person ist.

Das alles ist mir peinlich. Henriks Verhalten. *Was ist denn in dich gefahren?*

«Ich rufe ihn an», sage ich, krame nach meinem Handy und laufe damit zum Aufenthaltsraum. Schon als ich auf dem Flur den Flugmodus ausschalte, sehe ich die vier verpassten Anrufe. Sie sind alle von Henrik. Ich rufe ihn zurück und warte mit klopfendem Herzen.

«Nora?»

«Henrik, Gott sei Dank! Was machst du denn? Wir sind hier alle in Aufregung!»

«Nora, hier war jemand!» Seine panische Stimme alarmiert mich augenblicklich.

«Was? Wer war ... Henrik, wo bist du?»

«Im Wald.»

Mein Herz setzt aus. «Im WALD? Mit Fynn?!»

Zwei ältere Frauen im Aufenthaltsraum blicken sich zu mir um, aber ich kann meine schrille Stimme nicht im Zaum halten.

«Hier war jemand, Nora. Ich hab es von der Straße aus gesehen!»

«Henrik, komm bitte sofort hierher zurück!»

«Fynn hat es auch gesehen, nicht wahr, Räuber, du hast es auch gesehen!»

Mein Magen krampft. Meine Finger klammern sich ums Handy. Aber ich höre nicht Fynn, sondern nur Henriks viel zu hektisches Atmen und das Knacken von Zweigen. Ein Geräusch, das mir bewusst macht, wie sehr ich den Wald inzwischen hasse. Dieses eigentlich harmlose Geräusch von Schritten im Unterholz ist für mich untrennbar mit der zermürbenden Suche nach Fynn verbunden. Und jetzt hat Henrik unseren Sohn dorthin zurückgebracht.

«Sag, Fynn, du hast es doch auch gesehen!» Henrik klingt eindringlich, geradezu verzweifelt.

«Wovon sprichst du denn um Himmels willen?»

«Von dem Mädchen!»

Plötzlich habe ich Angst, dass er wirklich verrückt geworden ist. *Henrik ist ein notorischer Lügner, Nora,* hat Leif gesagt.

«Henrik, bitte. Komm zurück! Was denkst du dir überhaupt dabei, Fynn wieder in den Wald zu schleppen?» Im Aufenthaltsraum ist es inzwischen mucksmäuschenstill geworden.

«Ich will doch nur, dass es ihm besser geht!», keucht Henrik.

«Dass es ihm besser geht? Dann reiß ihn um Himmels willen nicht aus seiner Therapiesitzung!»

Er antwortet nicht gleich. Wieder höre ich nur seinen hektischen Atem, seine Schritte, die Vögel. Die Geräusche des Waldes wirken befremdlich in der Sterilität und Sicherheit des Krankenhauses. Selbst durch den Hörer machen sie mir Angst.

«Es kann sich unsichtbar machen, das Mädchen. Nora, ich weiß es!»

Ich vergrabe mein Gesicht in der freien Hand. Ich kann mir die beiden vorstellen. Wie Henrik panisch durch die hohen Bäume irrt, nach Geistern sucht und Fynn hinter sich herzieht. Ich will nicht, dass sie dort jemanden suchen. Und erst recht will ich nicht, dass sie jemanden finden.

«Henrik, sei bitte vernünftig. Fynn braucht professionelle Hilfe, und um ehrlich zu sein – ich denke, du auch.»

«Was willst du damit sagen, Nora? Ich brauche keine Hilfe, rede mir das nicht ein! Und rede mir nicht aus, was ich gesehen habe! Du warst nicht dabei!»

«Niemand kann sich unsichtbar machen, Henrik, hör dich doch nur an!»

«Hör *dich* doch nur an, Nora! ‹Wir sollten für dich professionelle Hilfe suchen, Henrik!› Es kommt mir vor, als würde ich mit meinem Vater sprechen!»

«Bitte, komm einfach zurück. Ich habe Angst, Henrik. Ich will nicht, dass Fynn wieder ...»

«Er hat Baumhäuser gemalt!», unterbricht Henrik mich unvermittelt. Vielleicht hat er mich auch gar nicht gehört, das Knacken in der Leitung wird immer stärker, die Pausen immer länger. «Fynn hat in der Therapiesitzung Baumhäuser gemalt!»

«Henrik ...»

«Verstehst du nicht, Nora? Baumhäuser! Ich muss unbedingt dahin zurück. Vielleicht, wenn ich Fynn mitnehme ... Wenn er sich erinnert ...»

«Das wirst du nicht tun! Henrik, ich zähle jetzt bis drei», rufe ich in schriller Verzweiflung. «Und dann möchte ich, dass du beim Auto zurück bist. Eins.»

Ich höre die Bäume rauschen. Dann wieder Henriks Atem.

«Zwei.»

Das hässliche Krächzen von Raben. Henrik antwortet nicht. Warum antwortet er nicht?

«Drei!»

Ein plötzliches, knackendes Geräusch, ich zucke zusammen. Dann ist die Leitung tot.

Ich hätte lieber ein Taxi genommen, aber natürlich besteht Leif darauf, mich zu fahren. Immerhin ist er Fynns Großvater.

«Ich will nicht über Henrik reden», informiere ich ihn gleich zu Beginn, als ich mich anschnalle. Aber natürlich reden wir dann doch. Henriks sonderbares Verhalten beschäftigt uns viel zu sehr – mich, weil ich meinen eigenen Mann nicht mehr erkenne, und Leif wahrscheinlich schon immer. Es war schwierig genug, das Thema jahrelang zu umgehen, wenn wir uns trafen. Jetzt ist Henriks Vergangenheit mit uns ins Auto gestiegen und sitzt wie ein quengelndes Kind auf der Rückbank. Wir können sie nicht einfach ignorieren.

«Also gut», seufze ich. «Was war mit Henrik in seiner Kindheit?»

Leif schnalzt mit der Zunge, ohne den Blick von der Straße zu wenden. Draußen vor dem Fenster lösen Tannen die Buchen ab. Wir schrauben uns immer tiefer in den Wald hinein. Gott, wie ich diesen Wald hasse.

«Er war einfach ein schwieriges Kind», knurrt Leif schließlich. Ich lasse ihm Zeit, sich zu erklären. «Er dachte sich pausenlos irgendwas aus. Erzählte die absurdesten Geschichten. Erfand sich Freunde. Man konnte nie wissen, was echt war und was nicht. Wir haben überall versucht, uns Rat zu holen. Bei einem Besuch beim Kinderarzt fiel dann zum ersten Mal das Wort ‹Lügensucht›, der Fachbegriff lautet Pseudologie. Als der Arzt die Diagnose stellte, fassten Agnes und ich ein bisschen Hoffnung, dass es eine Behandlung dagegen geben würde. Wir kauften uns einen Ratgeber für Eltern und versuchten eine Zeit lang, danach zu handeln. Wir haben wirklich alles versucht vor den Medikamenten. Das kannst du mir glauben.»

Aus den Augenwinkeln bemerke ich, dass er meinen Blick sucht, aber ich starre weiter geradeaus. «Soll das heißen, ihr habt Henrik auf der Grundlage eines Erziehungsratgebers behandelt?»

«Nein, auf der Grundlage einer ärztlichen Diagnose!»

«Aber es war ein Kinderarzt!»

«Henrik war ja schließlich auch ein Kind!», entfährt es ihm. Ich bin überrascht über den plötzlichen Ausbruch. Normalerweise hat mein Schwiegervater sich immer unter Kontrolle. Jetzt liegt ein harter Zug um seinen Mund und seine Augen. Es ist ein Ausdruck, den ich nicht kenne. Mir und Fynn gegenüber zeigt er sich immer liebevoll und fair. Der perfekte Großvater. Leif bemerkt meinen Blick und streicht sich die Haare glatt. «Entschuldige bitte. Ich wollte nicht laut werden.»

«Schon in Ordnung, bei uns allen liegen die Nerven blank», sage ich. «Du hast Medikamente erwähnt. Was waren das für welche?»

«Nichts Wildes. Was zur Beruhigung.»

«Erinnerst du dich nicht an den Namen?»

«Gott, Nora. Das ist so lange her. Das weiß ich wirklich nicht mehr.»

«Und es gibt Medikamente, die gegen Flunkereien bei Kindern helfen?»

«Das waren keine harmlosen Flunkereien mehr!», ärgert sich Leif. «Das war ein pathologisches Problem! Er hat uns wahnsinnig gemacht!»

«Wie lange hat Henrik das Zeug denn genommen?»

«Ach, das war nicht lang. Ein paar Monate vielleicht. Es hat ihm jedenfalls nicht geschadet, wenn du das meinst.»

«Na, offenbar hat es ihn ja schon nachhaltig beeindruckt.» Unwirsch deute ich auf den Wald, in dem Henrik jetzt irgendwo mit Fynn umherirrt. In der völlig absurden Annahme, ihn damit retten zu können. Vielleicht hätten wir doch gleich wieder die Polizei einschalten sollen.

«Das macht er nicht wegen ein paar Jahren mit Beruhigungsmitteln, sondern weil er ernst zu nehmende Probleme hat, Nora.»

«Ein paar Jahre?», frage ich alarmiert. «Eben hast du noch von ein paar Monaten gesprochen!»

«Wir konnten als Eltern auch immer nur das machen, was wir für das Beste hielten. Und Henrik hat sich unter den Medikamenten normaler verhalten als sonst.»

«Sonst? Wie war er denn sonst?»

«Na, so!» Nun ist es Leif, der nachdrücklich in Richtung Windschutzscheibe deutet. Der beklemmende Wald dahinter ist unser Synonym für Henrik selbst geworden. «Verrückt hat er sich verhalten! Genau wie jetzt! Wirklich, Nora! Sag mir nicht, dass du all die Jahre nichts bemerkt hast!»

Ich beiße mir auf die Lippen. Das klingt wie einer dieser Sätze, die man Frauen sagt, deren Ehemänner jahrelang jemanden im Keller gefangen gehalten haben, ohne dass sie angeblich etwas davon bemerkt haben wollen. Er passt nicht zu mir und Henrik. Henrik mag manchmal weltfremd sein, wenn er in seinen Schreibphasen steckt, und ja, ich wünschte, er würde hier und dort mal etwas mehr bei der Wahrheit bleiben. Aber ich habe sein Geschichtenerfinden immer für eine liebenswerte Eigenart an ihm gehalten. Mitunter nervig vielleicht, ja, aber welche liebenswerte Eigenart ist das nicht? So wie jetzt war er nie. Was hat dieser Wald, dieses Schweden, bloß mit ihm gemacht?

«Hast du mal was vom Peter-Pan-Syndrom gehört?» Leif hat sich wieder unter Kontrolle. «Das ist der Titel eines Ratgebers aus den USA, der Henriks Verhalten besser beschreibt als alles, was ich davor oder danach gelesen habe: infantiles Verhalten, Verantwortungslosigkeit, das Leben als ein einziges großes Abenteuer sehen ... Kurzum: Männer, die nicht erwachsen werden wollen. Schade, dass ich erst darüber gestolpert bin, als Henrik schon aus dem Haus war.»

«Darüber weiß ich nichts», murmele ich ausweichend.

«Könnte sein, dass Agnes noch die Ratgeber zu Hause hat», sagt Leif und merkt wohl nicht, wie absurd es wäre, wenn ich bei meiner Schwiegermutter nach Ratgebern zu meinem eigenen Mann fragen würde.

Den Rest der Fahrt verbringen wir schweigend. Aus dem Radio dudelt mit vielen Unterbrechungen irgendeine Countrymusik. Jeder von uns hängt seinen eigenen Gedanken nach, und meine drehen sich um das Bild von Peter Pan, das tatsächlich erschreckend gut zu Henrik passt. Der Junge, der nicht erwachsen werden will. Als wir die Stelle erreichen, in der der Weg von der schmalen Waldstraße abzweigt, deute ich aus dem Fenster: «Hier ist es! Hier musst du abbiegen!»

«Hier? Das hätte ich im Leben nicht mehr erkannt! Die Einfahrt ist ja komplett zugewachsen.»

Wir holpern über den unebenen Weg, der immer dunkel ist. Ein Tunnel aus Tannen. Aber heute fügt der verregnete Himmel noch eine zusätzliche Schicht Schwärze hinzu.

Ich knete nervös meine Hände und kann meine Erleichterung kaum verbergen, als wir das Auto auf der Wiese stehen sehen. Hoffentlich hat Henrik letztendlich von seinem Plan abgesehen und Fynn sicher zurück ins Ferienhaus gebracht. Ich schnalle mich ab.

Das Autoradio dudelt noch immer. Es spielt Lynn Andersons *Stand By Your Man*. Was für eine Ironie.

«Du meine Güte, ist das Haus in die Jahre gekommen», sagt Leif fassungslos.

«Leif, ich möchte, dass du hierbleibst. Ich will erst mal allein mit Henrik sprechen.»

«Wie du meinst.»

Ich steige aus und eile auf das Haus zu. Die Tür steht offen. Mein Herz klopft, als ich den Flur betrete.

«Henrik?», rufe ich und höre zu meiner Erleichterung ein Geräusch aus dem oberen Stockwerk. Ich eile die Treppe hoch, vermute Henrik im Kinderzimmer, doch als ich die Tür öffne, ist das Zimmer leer. Dennoch, sie müssen hier gewesen sein. Die glatt gestrichene Tagesdecke ist verrutscht und die Gardine vorgezogen. Ich kann mich nicht erinnern, sie geschlossen zu haben, bevor wir ins Krankenhaus gefahren sind. Ich wende mich ab, um im Bad und im Schlafzimmer nachzusehen. Doch dann lässt mich ein schrilles Klingeln in der Bewegung einfrieren. Das alte Schnurtelefon im Wohnzimmer. Schon wieder.

Einen Moment lang stehe ich wie erstarrt da. Mit dem unmelodischen Schellen ist sofort die Angst um Fynn wieder da, die nicht enden wollende Suche im Wald, einfach alles.

Laut und schrill klingt es. Wie meine Angst. Fynn, denke ich und rase die Treppe zurück nach unten ins Wohnzimmer, reiße den Hörer von der Gabel. «Hallo!», brülle ich. «Hallo? Wer ist denn da, verdammt noch mal!»

Stille. Ich presse den Hörer ans Ohr, als könnte ich so eine Antwort erzwingen, aber dann lässt mich ein Poltern über meinem Kopf erneut zusammenfahren. Erschrocken blicke ich zur Decke, schmeiße dann den Hörer zurück auf die Gabel und laufe die Treppe wieder hoch. Dann aber bleibe ich ruckartig stehen, als ich die offene Dachbodenklappe am Ende des Flurs bemerke – und die heruntergelassene Treppe. War die eben auch schon da? Mich beschleicht ein ungutes Gefühl, als ich mich der offenen Klappe nähere. Der Holzfußboden unter meinen Füßen knarrt.

«Henrik?», rufe ich in das schwarze Loch über meinem Kopf. «Fynn?»

Ich atme durch und steige dann Stufe für Stufe hinauf. Ich bin noch nie auf dem Dachboden gewesen. Bis zu diesem Teil des Hauses haben wir es mit unseren Aufräum- und Renovierungsarbeiten nicht geschafft. Entsprechend staubig und schmutzig riecht es oben. Nach Mäusen, Taubendreck und faulendem Holz. Bis auf das wenige Licht, das vom Flur heraufstrahlt, ist es düster.

Noch auf der Treppe stehend, blicke ich mich suchend um. Über meinem Kopf hängt eine Schnur, mit der man offenbar das Licht betätigt. Ich strecke den Arm aus, um sie zu erreichen. Klick-klick macht es, als ich an der Schnur ziehe. Eine nackte Glühbirne flammt über meinem Gesicht auf, explodiert gleich darauf aber mit einem Knall, und gesplittertes Glas trifft mein Gesicht, meine Augen. Ich ducke mich erschrocken, kann meine Lider aber nicht schnell genug zusammenkneifen. Der Schmerz ist stechend, meine Augen beginnen augenblicklich zu brennen. Ich blinzele verzweifelt in die verschwommene Dunkelheit und versuche, mir die Splitter aus den Augen zu reiben.

«Scheiße», murmele ich. Und im nächsten Moment werde ich im Nacken gepackt. Ich bin so starr vor Schreck, dass ich im ersten Moment nicht einmal schreien kann. Die Hand stößt mich nach vorn, ich lande hart auf den Knien, jaule vor Schmerz auf. Eine zweite Hand legt sich über mein Gesicht, tastet darüber, wie auf der Suche nach meinem Mund. Ich erkenne das Aftershave.

«Henrik!», brülle ich empört auf und winde mich in seinem Griff, strampele mit den Beinen, treffe aber nur Wände und irgendwelche Gegenstände, die lautstark umfallen oder zur Seite rutschen. Noch immer blinzele ich gegen das Brennen in meinen Augen an. Doch da ist nur Dunkelheit, von unten, von oben, um mich herum. Durch den Kurzschluss müssen im gesamten Haus die Sicherungen rausgeflogen sein. Das – oder ich bin erblindet. «Was zum Teufel soll das?!»

«Hast du mich vermisst, mein Schatz?»

Ich erstarre. Das ist nicht die Stimme von Henrik an meinem Ohr. Es ist die von Eric Bleike.

HENRIK

Ich lasse Fynns Hand nicht los, während wir durch den Wald laufen. Nicht ein einziges Mal lasse ich seine Finger los. Ich würde ihn mit meinem Leben verteidigen, wenn es sein muss.

«Wir sind gleich da, Kumpel. Schaffst du es noch?»

Wir bewegen uns langsam, ich will ihn nicht überfordern. Aber Fynn läuft tapfer mit. Er vertraut mir. Das rührt mich. Nach allem, was er erlebt und durchgemacht haben muss, ist das keineswegs selbstverständlich.

Wieder dauert es lange, bevor wir das Baumhaus finden. Als würde es sich einen Spaß daraus machen, jedes Mal den Ort zu ändern, wenn man es sucht. Ich bin inzwischen überzeugt davon, dass Fynn mit seinen Zeichnungen diesen Ort meint, und ich beobachte ihn genau. Doch auch jetzt zeigt seine Miene keine Regung. Ich gehe neben ihm in die Knie. Das Baumhaus hockt bedrohlich über uns.

«Kennst du das hier, Fynn?»

Er blickt mich verständnislos an.

«Erinnerst du dich, wie wir ‹Der Baum war's!› gespielt haben? Bist du danach hier gewesen? Hat dich jemand hergebracht?»

Keine Reaktion. Mir kommen schon Zweifel, ob es wirklich die beste Idee war, ihn hierher mitzunehmen, als er seine Finger unerwartet aus meiner Hand windet und zur Strickleiter läuft. Ich fasse nach seiner Schulter, doch er schüttelt mich unwillig ab und schaut nach oben.

«Was ist los?», frage ich. Plötzlich greift er nach der untersten Sprosse der Leiter, mit einer Selbstverständlichkeit, als gehörte sie zu einem Klettergerüst auf dem Spielplatz.

«Nicht, Fynn! Die ist morsch», sage ich, als er auf die unterste Stufe klettert und nach der nächsten Sprosse greift. Ich schlinge meine Arme um seine Hüfte und will ihn von der Leiter herunterheben, doch er klammert sich fest. Wie auf dem Spielplatz, wenn er nicht nach Hause will.

Nur einmal noch klettern, Papa. Nur einmal noch ...

Die Situation ist mir so vertraut, dass ich einen Kloß im Hals bekomme.

«Komm, Fynn, Papa kann da nicht mit rauf», erkläre ich. Fynn zieht die Leiter mit, als ich ihn wegtrage, so lang, bis seine Arme nicht mehr ausreichen und er sie loslassen muss.

Aber was, wenn er mir tatsächlich etwas zeigen will? Das ist es doch, weswegen wir hier sind.

Ich trage ihn wieder zu meiner selbst gebauten Leiter und lasse ihn runter. Wir müssen beide den Kopf in den Nacken legen, so hoch oben hängt das Baumhaus.

Ohne zu zögern, greift Fynn nach der ersten Latte und beginnt zu klettern. Ich halte mich beim Aufstieg dicht hinter ihm, doch Fynn ist so konzentriert, wie Kinder nur sein können, wenn sie in ein Spiel vertieft sind.

Als wir das Ende der Leiter erreichen, hebe ich Fynn das letzte Stück hinauf und klettere dann über den gleichen Ast wie beim letzten Mal.

«Halt dich fest und rühr dich nicht von der Stelle», ermahne ich ihn. «Papa ist gleich da.»

Doch Fynn ist bereits dabei, das Baumhaus zu erkunden, als ich mich mit viel Anstrengung über den Rand hieve. Mir ist es lieber, ihn so zu sehen wie jetzt: ein Kind, das erkundet, statt apathisch in einem weißen Bett zu hocken und vor sich hin zu starren.

Fynn steht mit dem Rücken zu mir mitten im Baumhaus,

als ich mich durch die niedrige Tür ducke. Er wirkt verunsichert. Auch er spürt instinktiv, dass etwas an diesem Ort falsch ist. Man muss es einfach spüren. Dieser Ort strahlt etwas Böses aus. Ich ziehe die kleine Taschenlampe aus der Jackentasche, die ich aus dem Auto mitgenommen habe. Als ich sie einschalte, wirft Fynns Körper einen Schatten an die gegenüberliegende Wand. Wie ein schwarzes Gespenst. Das Licht verstärkt das Grauen, das von diesem Ort ausgeht. Die hässliche, verdreckte Matratze. Das makabre Geschirr in Puppengröße. Der Eisenring. Vor allem der Eisenring.

Ich lasse den Lichtstrahl herumfahren, richte ihn auf meinen Sohn und gehe vor ihm in die Hocke. Es sieht gespenstisch aus, wie er da so von unten angeleuchtet steht.

«Fynn», sage ich mit trockenem Mund und versuche, die aufkommende Panik in meiner Stimme zu unterdrücken. «Kumpel, es ist jetzt wichtig, dass du mit mir redest, okay? Was ist das hier? Kennst du diesen Ort? Warst du schon mal hier?»

Es kann nicht sein. Ich war zweimal hier oben. Wie soll Fynn in dieser Hütte versteckt worden sein? Wie soll er überhaupt hier heraufgekommen sein? Ich selbst habe ja die Leiter gebaut!

Fynn blickt mich aus dunklen Augen an. Er antwortet nicht.

Ich muss die Polizei informieren. Sie müssen hier alles genau untersuchen. Als ich schließlich aufstehe, vergesse ich die niedrige Decke und stoße mich. Die Taschenlampe fällt zu Boden. Fluchend reibe ich mir den Kopf und bücke mich, um sie aufzuheben, doch sie ist unter das Regal gerollt. Also knie ich mich auf den Boden. Als ich unter das Regal lange, berühren meine Finger etwas Kleines, Rundes. Erschrocken ziehe ich die Hand zurück. Diese Hütte wimmelt von Ungeziefer. Ich bringe mein Gesicht nah an den Boden. Die Taschenlampe scheint mir direkt ins Gesicht. Und zwischen ihr und mir liegt eine kleine blaue Pille.

Hast du heute deine Tabletten schon genommen, Henrik?

Irritiert blinzele ich in das Licht, dann strecke ich meine Hand aus und greife mit spitzen Fingern unter das Regal. Inspiziere meinen Fund. Ich kenne diese Pillen. Die eine Seite ist blau, die andere weiß. Sie haben jahrelang im Badezimmerschrank meines Vaters gestanden, in einem durchsichtigen Glas mit der Aufschrift: *Nicht in Reichweite von Kindern aufbewahren.* Und jeden Morgen hat eine davon neben meinem Müslilöffel gelegen.

Ich blinzele noch einmal. An das Glas im Bad konnte ich mich bislang überhaupt nicht mehr erinnern. Mein Vater hatte die Pillen wegen seines Bluthochdrucks verschrieben bekommen. Zu Hause wussten wir immer, wann er sie vergessen hatte, weil er dann zu plötzlichen Wutausbrüchen und Jähzorn neigte.

Ich drehe sie zwischen den Fingern. Und zum ersten Mal frage ich mich, wer mir meine Tabletten überhaupt verschrieben hatte. Ich kann mich an keinen einzigen Besuch bei einem Psychologen erinnern. Und was sollte mein Vater diesem auch gesagt haben? *Tun Sie etwas, Herr Doktor, mein Sohn hat eine uferlose Fantasie. Mit seinen Geschichten treibt er mich zur Weißglut!*

Eine Weißglut, die er mit diesen Pillen bekämpfte?

Oder eine Weißglut, die er dadurch bekämpfte, dass er mir diese Pillen gab?

Doch die Frage, die ich mir eigentlich stelle, ist: Was macht die Pille in diesem Baumhaus?

Ich zucke zusammen, als ich aus den Augenwinkeln eine Bewegung bemerke. Doch es ist nur Fynn, der sich neben mich kniet und sehen will, was ich gefunden habe.

Instinktiv umschließe ich die Tablette mit den Fingern. Diese Pillen gehören nicht in Kinderhände, das weiß ich aus bitterer Erfahrung. Ich erinnere mich genau, wie sie schmeckt.

Wie belegt sich der Mund plötzlich anfühlt. Der Kopf schwer und benebelt. Das Herz rast. Es ist eine Mischung aus Betäubtheit und nervöser Unruhe.

Genauso fühle ich mich jetzt. Meine Schläfen beginnen dumpf zu pochen. Mit der freien Hand massiere ich meine Stirn, ohne dass mir das Erleichterung verschaffen würde. Mein ganzes Denken ist plötzlich wie von Rauch vernebelt.

Ich schüttele den Kopf. Ich muss klar bleiben, für Fynn. Schon verrückt, wie allein die Erinnerung an ein Medikament den Körper reagieren lassen kann. Ich meine den Rauch jetzt sogar riechen zu können. Wie Kaminfeuer riecht es. Oder Lagerfeuer. Irgendein Feuer.

Und dann wird mir schlagartig klar: Das ist keine Einbildung. Irgendwo brennt es. Irgendwo hier im Wald! Ich greife erschrocken nach Fynns Schulter, der auf der Plattform kniet und durch einen Spalt zwischen den Brettern blickt. Vom Waldboden leuchtet etwas rot zu uns herauf. Da ist ein Feuer. Der Baum – unser Baum – brennt! Ich reiße Fynn auf die Füße, während ich selbst aufspringe. Rauch steigt durch die Ritzen im Fußboden. Er füllt die kleine Hütte sofort wie eine Räucherkammer.

«Raus hier!», rufe ich Fynn zu, der seltsam unemotional auf diese Gefahr reagiert. Ich ziehe ihn mit mir nach draußen. Am Rand der Plattform angekommen, kann ich sehen, wie das Feuer sich an den Seilen der Strickleiter entlang nach oben frisst. Als würde es die Sprossen zu uns emporklettern. Ich wende mich hektisch um. Auch an den angenagelten Latten leckt das Feuer. Der Weg nach unten ist uns versperrt.

Fynns Hand entgleitet meiner. Ich stürze zurück in die Hütte und ans Fenster, um zu sehen, ob es vielleicht dort eine Möglichkeit für einen Abstieg gibt. Doch unterhalb des Fensters ist nichts. Nicht mal ein Ast. Der Rauch in der kleinen Hütte wird dichter. Ich muss husten. Der viele Regen hat den Baum durchnässt, das lässt das Feuer stärker qualmen und langsamer brennen. Aber wir müssen trotzdem einen Weg nach unten finden! Wie konnte es bei dieser Nässe überhaupt zu einem Feuer kommen? Ich schiebe die Frage beiseite, konzentriere mich auf das, was jetzt zu tun ist. Wir müssen es auf der anderen Seite versuchen. Panisch stoße ich mich vom Fenster ab, als ich etwas auf der Lichtung sehe, das mich innehalten lässt. Ich lehne mich hinaus, kneife die tränenden Augen zusammen, doch jetzt wird der Rauch zu dicht, ich kann nichts mehr erkennen.

Fynn poltert gegen mein Bein und drängt sich vor mich ans Fenster. Sein Bedürfnis nach Sicherheit an meiner Seite vergrößert meine eigene Panik nur umso mehr. Ich bin verantwortlich für ihn. Ich muss ihn irgendwie von diesem brennenden Baum herunterschaffen!

Fynn taucht unter meinen Armen durch und rennt aus der Hütte zurück zur Plattform. Ich folge ihm, bevor der Rauch uns beide ersticken kann. Der Qualm brennt jetzt auch in meinen Lungen. Das Feuer ist inzwischen groß genug, um die Lichtung mit seinem flackernden Schein zu erhellen. Was vorhin noch ein leises Knistern war, ist zu einem lauten Prasseln angeschwollen. Wie konnte das so schnell gehen?

Fynn kniet, die Hände an den Rand geklammert, und blickt auf den dicken Ast, über den ich ins Baumhaus geklettert bin. Noch ragt er aus der Hitze des Feuers heraus, doch die Flammen lecken bereits so hoch am Stamm, dass die Frage bleibt, wie lange noch. Es wäre lediglich eine Atempause für uns. Und doch – vielleicht hat Fynn einen Weg gefunden, den ich übersehen habe.

«Fynn, erinnerst du dich, wie wir immer Cowboy gespielt haben? Ich nehme dich jetzt auf den Rücken, und du hältst dich so fest, wie du nur kannst, okay? Du klammerst dich an mich, mit aller Kraft, die du hast.» Ich küsse ihn auf den Scheitel, über den bereits Ascheflocken tanzen. Dann schiebe ich ihn auf meinen Rücken. Er klammert sich an meinen Hals und erwürgt mich fast, als ich mich mit ihm auf den Ast herunterlasse. Das ist gut. Er darf mich ruhig erwürgen, solange er sich festhält. Ich huste, als wir den Ast entlangkrabbeln, so weit weg von Qualm und Feuer, wie wir können. Der Ast ächzt warnend, als wir das äußerste Ende erreichen. Tränen vom Rauch und dem Gefühl der Hoffnungslosigkeit vernebeln mir den Blick. Es gibt nur eine Möglichkeit, Fynn vielleicht noch heil hier herunterzubringen.

«Wir fliegen jetzt zusammen, du und ich», sage ich in Fynns Ohr. Er weint. Ich glaube, ich auch. Ich ziehe ihn von meinem Rücken nach vorn auf meine Brust, küsse ihn erneut. Seine Haare schmecken nach Rauch. Dann umschlinge ich ihn mit beiden Armen, bilde eine Rettungsdecke für seinen zitternden, hustenden Körper und komme mühsam auf die Beine. Meine Knie zittern. Über mir kreischen die Raben. Der ganze Wald schlägt Alarm angesichts des brennenden alten Baums. Mit aller Kraft, die ich aufbringen kann, springe ich ab. Meine Füße strampeln in der Luft, ich versuche noch weiter zu kommen, noch ein wenig weiter weg vom Feuer. Dann stürzen wir in die Tiefe.

NORA

Er war es also doch. Eric. Er war es die ganze Zeit.

«Ich habe dich vermisst», flüstert er, während er mich gewaltsam umarmt. Wir liegen noch immer auf dem Dachboden, seine Hand auf meinem Mund, sein Arm um meinen Hals. «Und du mich offenbar ebenfalls, so oft, wie du jetzt schon nach mir gefragt hast. Meine Güte, du hättest mir doch auch einfach direkt schreiben können, statt ständig diesen Umweg über die Greifswalder Polizei zu nehmen.»

Ich keuche. Bleikes Umklammerung ist unerträglich. Seine Hand riecht nach Henriks Aftershave. Er muss sich im Bad daran bedient haben, aus welchem irren Grund auch immer. Sicher war er es, der die Gardinen im Kinderzimmer zugezogen hat. Bei dem Gedanken, dass er auf Fynns Bett gelegen haben könnte und in aller Ruhe auf mich gewartet hat, wird mir ganz schlecht.

«Ich würde ja gern meine Hand von deinem Mund nehmen. Kann ich mich darauf verlassen, dass du nicht schreist?»

Ich nicke verzweifelt und mit Tränen in den Augen. So heftig, dass er die Bewegung bemerken muss, selbst wenn er sie in der Dunkelheit nicht sieht. Welchen Sinn würde es auch machen zu schreien? Ich bezweifle, dass man es von hier unter dem Dach bis draußen vor dem Haus hört, wo Leif im Auto sitzt und auf mich wartet. Möglicherweise noch immer mit laufendem Radio.

«Kann ich dir wirklich vertrauen, Nora? Du sagst immer das

eine, und dann machst du doch das andere. Du sagst, du willst aus dem Haus kommen, keine Mutter mehr sein, du willst dein aufregendes Leben wieder haben – und wenn man dir all das gibt, kriechst du am Ende doch nur zu deinem Waschlappen von einem Mann zurück. Und dann steht plötzlich auch noch die Polizei vor meiner Tür und bittet mich, Abstand zu dir zu halten und dich nicht zu belästigen. Weißt du, wie sehr mich dieses Verhalten irritiert? Wie wütend mich das macht?»

Mit beiden Händen greife ich nach Bleikes Arm, doch sosehr ich auch daran zerre, er bewegt sich kein Stück. Es gab eine Zeit, da habe ich seine starken Arme toll gefunden. Jetzt ist mir der Gedanke peinlich.

«Kann ich mich also diesmal auf dein Wort verlassen?» Inzwischen tanzen Sterne vor meinen noch immer brennenden Augen. Wenn Bleike mir weiter die Luft abschnürt, werde ich am Ende noch ersticken! Ich höre auf, mit den Beinen zu strampeln, konzentriere mich stattdessen völlig auf die Bewegung meines Kopfes.

Tatsächlich nimmt er die Hand von meinem Mund und lockert den Griff um meinen Hals. Ich schnappe keuchend nach Luft, aus meiner Kehle dringen hustende, tiefe Laute, ich versuche mich zur Seite zu wälzen, doch Bleike hält mich noch immer in seiner unerträglichen Umarmung.

«Wo sind sie? Wo sind Fynn und Henrik?», japse ich und wünschte, ich könnte sein Gesicht sehen, aber es ist zu dunkel, und meine Augen tränen unaufhörlich.

«Ist das wirklich das Erste, was du mich fragen willst? Was ist aus ‹Hallo, Eric, wie geht es dir?› geworden? ‹Was für eine schöne Überraschung, Eric, wie war denn die Fahrt?›»

«Fahr zur Hölle, Eric.» Ich huste noch immer.

«Weißt du, was dein Problem ist, Nora? Du machst dich nicht locker. Du glaubst, dass du in dieser Beziehung bleiben musst, weil du diesen Versager nun einmal geheiratet hast und Fynn dich zusätzlich an ihn bindet. Aber es gibt andere Möglichkeiten. Ich habe dir von Anfang an gesagt, dass Fynn für mich kein Problem darstellt, ich hätte euch beide aufgenommen!»

«WO – IST – ER?», wiederhole ich, jedes Wort einzeln betonend. «Eric, wo ist Fynn?»

Er seufzt. «Ich habe dir doch gesagt, du musst besser auf deinen Sohn aufpassen. Kindern passiert so schnell etwas ... Sag nicht, ich hätte dich nicht gewarnt.»

«Du bist ein Arschloch, Eric!»

«Ach, jetzt werden wir wieder mal vulgär, hm?» Er packt mich an den Haaren und zieht mit einem Ruck daran. Ich schreie auf und greife nach seinen Händen. Meine Kopfhaut schmerzt, als würde ich skalpiert.

«Du ... tust mir weh, Eric!»

«Du tust mir auch weh, Nora!»

Er lässt meine Haare ganz plötzlich los und packt stattdessen meine Hände, biegt meine Arme in einem unmöglichen Winkel zurück. Ich weiß nicht, woher er das Seil hat. Vielleicht hat er es hier auf dem Dachboden gefunden, vielleicht hat er es mitgebracht. Als ich das kratzige Sisal an meinen Handgelenken spüre, ist es jedenfalls zu spät. Ich zappele, doch im nächsten Moment spüre ich einen Zug in den Armen, der mich aus der Rückenlage hochzieht. Bleike muss das Seilende über einen Dachbalken gelegt haben. Er zieht mich daran auf die Füße wie ein Schlachttier, das man zum Ausbluten aufhängt. Mir bricht der kalte Schweiß aus. Das kann doch alles gar nicht sein. Das hier ist Eric! Der Mann, den ich mal für seine Eloquenz und seine Ausstrahlung bewundert habe. Nie hätte ich mir ausmalen können, dass er sich als solcher Psychopath entpuppt! Verzweifelt lausche ich ins Haus. Meine einzige Hoffnung ist jetzt Leif. Mein Schwiegervater sitzt noch draußen im Auto auf dem Parkplatz. Wie lange wird es wohl dauern, bis er unruhig wird und mir nachkommt? Irgendwann muss ihm auffallen, dass ich nicht zurückkomme. Ich muss nur lange genug durchhalten, bis er merkt, dass etwas nicht stimmt, und die Polizei alarmiert!

«Wie hast du es gemacht?», keuche ich. «Wie hast du mich gefunden? Und Fynn? Wie hast du es geschafft, ihn an jenem Abend aus dem Wald zu entführen, und wo hast du ihn festgehalten?»

«Weißt du, Nora, ich habe das Gefühl, dass du mich immer noch nicht richtig verstehst. Wollen wir nicht noch einmal ganz von vorne anfangen? Das alles hier vergessen?»

Für diesen absurden Vorschlag habe ich lediglich ein weiteres Keuchen übrig. Ich soll vergessen, dass ich von ihm an einem Dachbodenbalken aufgehängt wurde? Dass er mir nachgestellt hat, mir aufgelauert, meinen Sohn entführt? Ich rüttele mit den Armen an dem Seil, weil mich plötzlich die Wut packt. «Du bist doch völlig krank, Eric!»

«Ich will dir das alles nicht antun müssen, ich hoffe, das ist dir klar!»

«Dann lass es doch, verdammt noch mal!»

«Ich leide genauso wie du. Ich weiß, wie sich Verlust anfühlt. Und Liebe.»

«Liebe!», spucke ich. «Das ist keine Liebe, Eric!»

Ich schreie auf, als er mein Gesicht packt und es zusammendrückt. Er bringt seinen Mund so nah an meinen, dass ich angewidert die Lippen zusammenpresse. Ich hasse es, dass alles an ihm nach Henrik riecht. Nach Henriks Duschgel. Henriks Aftershave. Seine Hand, seine Haut, sein Atem. Ich schüttele unwillig den Kopf, aber seine Hand ist wie ein Schraubstock. Ich kann mein Gesicht nicht abwenden.

«Du weißt, dass das nicht stimmt. Sag es!»

Ich presse die Lippen zusammen.

«Sag es!», brüllt er, und ich versuche erneut, meinen Kopf

aus seinem Griff zu winden. Erfolglos. Meine Arme tun mir weh. Meine Handgelenke. Wo bleibt Leif? Es kommt mir vor, als sei bereits eine Ewigkeit vergangen, seit ich ihn im Auto zurückgelassen habe!

Bleike lässt mein Gesicht so plötzlich los, wie er zugepackt hatte, und verpasst mir eine Ohrfeige, bei der mir die Luft wegbleibt. Mich hat noch nie jemand geschlagen, in meinem ganzen Leben nicht. Ich habe nicht gewusst, wie erniedrigend sich das anfühlt. Erics Wahn, seine Vernarrtheit, hat eine neue Stufe erreicht. Und jetzt macht er mir wirklich Angst. Was hat mich nur dazu bewogen, jemals etwas mit diesem Mann anzufangen?

«So gefällst du mir schon besser», sagt er. Der Zug in meinen Armen ist schmerzhaft, und meine Hände beginnen zu kribbeln, weil ihnen das Blut abgeschnürt wird. Bleike stellt sich dicht hinter mich. Ich spüre ihn an meinem Rücken, seine Hand an meiner Jeans. Seine Finger fahren an meinen Beinen entlang. Ich winde mich.

«Ach, nun komm. Ist doch nicht so, als wären wir nicht längst schon an diesem Punkt und weiter gewesen. Es gab eine Zeit, da warst du ganz verrückt danach.»

Mir stellen sich die Nackenhaare auf. Bleike ekelt mich an.

«Nach diesen kleinen, zufälligen Berührungen. Am Ellbogen, wenn ich dir die Tür aufgehalten habe. Auf deinen Schultern, wenn ich dir in den Mantel geholfen habe.» Seine Hände wandern die Stellen ab. Ich versuche mich verzweifelt von ihm wegzuwinden, aber seine Arme sind länger, und vor allem sind sie frei.

Ich nehme Schwung, drehe mich um die eigene Achse und knalle meinen Kopf nach vorn. Ich treffe ihn damit tatsächlich, wahrscheinlich seine Nase, denn er fährt mit einem erschrockenen Laut zurück. Der Aufprall ist schmerzhaft. Vor meinen Augen explodieren Lichter, während Bleike sich schon wieder fasst und wütend mit einer Hand nach meiner Kehle greift. Ich habe ihm mit meinem Angriff weniger geschadet als mir selbst. Aber das hält mich nicht davon ab, weiter zu strampeln und mich zu wehren. Ich lasse mich nicht einfach aufhängen und spiele das Opfer. Und ich werde auch nicht weiter darauf vertrauen, dass Leif kommt und mir endlich hilft. Ich habe Bleike unterschätzt, in allem. Ich schreie vor Schmerz und Anstrengung, als ich erneut um die eigene Achse schwinge, mit beiden Beinen nach ihm trete, in die Dunkelheit spucke, ohne zu wissen, wohin. Wie erbärmlich, dass das alles sein soll, was ich ihm entgegenzusetzen habe. Doch als er meine strampelnden Beine packt und ich umso heftiger zappele, merke ich plötzlich, wie das Seil nachgibt. Erst nur ein kleines Stück, wie ein plötzliches Ausatmen. Doch im nächsten Moment löst sich der Strick, rasselt ungebremst zu Boden – und ich mit ihm. Mein Rücken schlägt auf den Holzboden, Staub wirbelt auf, mein Hinterkopf kracht schmerzhaft gegen irgendetwas. Es fühlt sich an, als würde mein Schädel zerbersten. Nur jetzt nicht das Bewusstsein verlieren. Das ist vielleicht die einzige Chance, die ich bekomme. Die Hände noch immer zusammengebunden, greife ich ziellos über meinen Kopf, greife das Erste, was ich zu fassen bekomme, und reiße es mit aller Kraft nach vorn. Es ist das Bein eines Stuhls, der auf Bleike niederknallt. Sein Schrei verrät mir, dass ich ihn getroffen habe. Bleikes Griff um mein Bein lockert sich, und ich nutze den Moment, um in die entgegengesetzte Richtung zurückzurobben. Fieberhaft suche ich nach weiteren Gegenständen, die mir als Waffe dienen könnten. Meine Finger ertasten etwas Hartes, Kaltes, Metallenes. Und dann wird plötzlich jegliche Luft aus meinen Lungen gepresst, als Bleike sich mit seinem ganzen Körpergewicht auf mich stürzt. Ich schnappe nach Luft, umklammere den Gegenstand fester und schlage einfach blind zu, dorthin, wo ich seinen Kopf vermute. Bleike stößt einen

Laut aus, der fast ungläubig klingt, abgehackt. Dann sackt er über mir zusammen. Ich bleibe am ganzen Körper zitternd liegen, bis mir endlich klar wird, dass ich ihn tatsächlich getroffen habe. Ich winde mich unter ihm hervor, versuche das Zittern unter Kontrolle zu bekommen. Wegen der Dunkelheit kann ich nicht sehen, wo ich Bleike erwischt habe. Ob ich ihn lediglich bewusstlos geschlagen habe oder … ich führe den Gedanken nicht zu Ende. Ich komme auf die Knie und versuche Abstand zwischen mich und ihn zu bringen. Hektisch taste ich mich an der Wand entlang zu der Stelle, an der ich die Dachbodenluke als verschwommenen, hellen Fleck am Boden erahne.

Ich finde die Stiege nach unten. Hier ist die Dunkelheit diffuser, weil von irgendwo Tageslicht hereinfällt. Sogar die Treppenstufen kann ich erkennen. Bisher habe ich nur an Flucht gedacht. Weg, nur weg, bevor Bleike zu sich kommt. Doch jetzt schaue ich hastig in allen verbleibenden Zimmern nach, um sicherzugehen, dass Bleike Henrik und Fynn nirgends eingesperrt hat. Ich stelle mir vor, wie sie auf dem Boden sitzen, gefesselt und geknebelt. Doch alle Räume sind leer.

Noch immer halb blind nehme ich die Treppe nach unten, reiße die Haustür auf, stürze nach draußen. Das Tageslicht brennt in meinen verletzten Augen. Ich bedecke sie mit den Händen und laufe in die Richtung, in der Leifs Auto steht. Gott sei Dank!

«Leif!», rufe ich, noch ehe ich die Beifahrertür aufgerissen habe. Dann rüttele ich verblüfft an dem Griff, schaue ins Innere. Leifs Auto ist leer. Von Leif ist weit und breit nichts zu sehen.

«Nora!», höre ich seine Stimme auf einmal von rechts. Ich fahre herum. Leif kommt aus dem Wald gelaufen. Vor Erleichterung bleibt mir fast das Herz stehen.

«Endlich! Leif!»

«Nora! Was ist denn passiert? Du siehst ja völlig mitgenommen aus.» Er stützt meinen Arm. Mir zittern noch immer die Beine.

«Ins Auto! Schnell!»

Leif öffnet verwundert den Wagen, und ich reiße die Tür auf, um auf den Beifahrersitz zu springen.

«Verriegeln», befehle ich. «Und ich brauche dein Handy! Sofort! Wir müssen die Polizei rufen! Und einen Krankenwagen!»

Ich reiße Leif das Handy förmlich aus der Hand. Zittrig wähle ich den Notruf. Leifs Augen werden immer größer, als ich in kurzen, knappen Worten schildere, was geschehen ist. Durch die Windschutzscheibe sehen wir das Ferienhäuschen, und der Gedanke daran, dass Bleike jeden Moment herauskommen könnte, lässt mich beinahe hyperventilieren. Nicht mal Leifs Anwesenheit kann mich beruhigen. Ebenso wenig die Stimme der Frau vom Notruf, die mir auf Englisch versichert, sie würden umgehend jemanden vorbeischicken, und die mich fragt, ob ich so lange in Sicherheit wäre.

Ich sehe Leif von der Seite an. «Ja», sage ich zögerlich, obwohl ich mich keineswegs so fühle.

«Es wird nicht lange dauern», wiederholt die Frau, und ich versuche tief zu atmen. Es wird jemand kommen und sich um alles kümmern, wiederhole ich ihre Worte im Stillen.

«Gott, Nora!» Leif ringt um Worte, als ich aufgelegt habe. Doch ich unterbreche ihn: «Wo bist du gewesen? Wieso warst du nicht beim Auto?»

Er ist perplex angesichts meines Ausbruchs. Aber nach dem Kampf mit Bleike, der Angst um Henrik, um Fynn, schon wieder um ihn, sind meine Emotionen außer Kontrolle.

«Ich ... bin ein paar Schritte gegangen», stammelt er. «Ich war ja schließlich früher auch hier. Ich bin ums Grundstück gegangen, und dann ist mir aufgefallen, dass es irgendwo im Wald brennt.» Er deutet durch das Seitenfenster. Ich lehne mich vor, um seinem Fingerzeig zu folgen. Tatsächlich kräuselt sich eine

Rauchwolke über dem Wald in den Himmel. Ein komisches Gefühl beschleicht mich, das jedoch gleich im Sumpf der vielen anderen Ängste in meinem Magen versinkt. «Ich wollte sehen, woher der Qualm kommt. Aber man kann ihn nur hier vom See aus erkennen, wo man ein bisschen freie Sicht hat.»

Ich beuge mich noch weiter vor. Kneife die Augen zusammen. Liegt das Baumhaus nicht in dieser Richtung?

Henrik. Fynn. Ich greife an die Tür, die verschlossen ist.

«Mach wieder auf.»

Aus der Ferne hören wir Sirenen, die rasch lauter werden.

«Mach wieder auf, Leif!» Ich rappele ungeduldig an der Tür.

«Was hast du vor?»

«Entriegele die Türen, verdammt!» Ich lange mit dem Arm über ihn und drücke den Knopf, der den Mechanismus auslöst, selbst. Die Türen entriegeln sich mit einem Klick.

Ich springe aus dem Auto, ohne weiter auf Leifs Protest zu achten, und laufe über die Wiese in die Richtung, in der das Feuer liegt. Ich weiß nicht, warum ich mir so sicher bin, dass diese Rauchsäule etwas mit Henrik und Fynn zu tun haben muss. Und ich habe auch keine Zeit mehr, diese Gewissheit zu hinterfragen. Denn in diesem Moment wird die Haustür aufgestoßen, und vor mir stolpert Bleike aus der Tür. Er humpelt. Dann bleiben wir beide gleichzeitig wie angewurzelt stehen. Er hat eine Platzwunde am Kopf und starrt mich an, Wut in den Augen. Ich sehe ihm den Wunsch an, sich auf mich zu stürzen, noch ehe er sich in Bewegung setzt. Zu spät begreife ich, dass ich fliehen müsste. Er ist schneller, reißt mich zu Boden, kurz darauf höre ich jemanden rufen, das muss Leif sein. Bleike ist über mir, auf mir, er schlägt mich, und ich wehre mich schreiend, schlage ihn zurück. Meine ganze Wut, meine Angst lasse ich an ihm aus. Bleike hat unseren Sohn entführt. Wieder höre ich Leif, er will mir zu Hilfe eilen. Bleike schreit, ich sei eine Schlampe, und von irgendwo erklingen plötzlich wieder die Sirenen. Sie werden lauter und lauter. Bleike erstarrt. Er springt von mir auf. Ich wälze mich stöhnend zur Seite. Schmecke Blut. Auf einmal ist überall Blaulicht. Die Beamten rennen an mir vorbei, packen sich Bleike, der schreit, während ich liegen bleibe. Nur einen kurzen Moment. Sie haben ihn.

Sie haben ihn.

MARLA

Das Baumhaus ist mir zu klein geworden. Genau wie die Kiste, in der wir jetzt nur noch unsere Waffen transportieren, wenn wir zusammen auf die Jagd gehen. Im Winter schlafen wir beide im Haus des Mannes, das groß genug ist. Groß genug, um zusammenzuleben, und groß genug, um sich zwischenzeitlich aus dem Weg zu gehen.

Die Sommer verbringen wir im Norden. Weil dort noch mehr Freiheit herrscht, wie er sagt. Wir jagen zusammen, und was wir gejagt haben, zerlegen und häuten wir. Meist brät er das Fleisch über dem offenen Feuer oder kocht einen Eintopf daraus, und ich sammele Kräuter und Wurzeln, die wir dazu essen. Manchmal schultere ich das Gewehr und jage alleine oder erkunde den Wald. Der Mann und ich leben zusammen wie in einer Ameisen-Blattlaus-Symbiose. Die Blattlaus hilft der Ameise beim Essen, und im Gegenzug schützt die Ameise die Blattlaus vor Fressfeinden und trägt sie zu neuen Futterquellen. Inzwischen bin ich immer häufiger die Ameise von uns beiden.

Manchmal fahren wir zu einer Tankstelle, und ich warte auf dem Beifahrersitz, während er im Tankstellenshop Bier, Brot oder andere Sachen kauft, die wir brauchen. Einmal bringt er eine Tüte Chips für mich mit. Ich knuspere sie auf der Fahrt, bis meine Hände voller Fett und Paprika sind, und lasse mir dazu bei offenem Fenster den Wind um die Nase wehen.

Die Landschaft ist hoch im Norden anders. Es gibt noch mehr Stein, Fels und Berge, die sogar im Sommer mit Schnee bedeckt sind. Alles ist größer und gewaltiger, nicht nur die Flüsse und Bäume, sondern auch die Tiere. Wir fahren manchmal stundenlang, ohne einem einzigen anderen Auto zu begegnen. Wenn es Nacht wird, rollen wir uns in unseren Schlafsäcken neben dem heruntergebrannten Feuer zusammen, und wenn uns der Regen überrascht, rennen wir zur Fahrerkabine des Pick-ups, um darin weiterzuschlafen.

Den ganzen Sommer lang schrauben wir uns immer weiter in den Norden hinein, bis dorthin, wo wilde Flüsse durch die Fjorde brechen und der Himmel überhaupt nicht mehr dunkel wird. Es gibt auch hohe Wasserfälle hier. Mittags, kurz vor dem höchsten Stand der Sonne, kann man Regenbögen in ihnen sehen, und manchmal stelle ich mich in ihren Wassernebel, schließe die Augen und tue so, als würde ich in einer echten Dusche stehen. Das habe ich lange nicht gemacht, und ich habe nicht gewusst, dass ich es vermisse, bevor ich in den Norden gekommen bin. Abends sitze ich mit nassen Haaren am Feuer, und der Mann erzählt seine Geschichten.

Unsere Gesellschaft in der Wildnis ist ein gegenseitiges Nutznießen – jeder von uns weiß, was er am anderen hat. Der Mann hätte gut daran getan, es dabei zu belassen.

Es ist ein Montag oder Samstag oder irgendein Tag. Ich habe keine Ahnung von Wochentagen, weil sie uns egal sind. Bei dem ständigen Licht hier oben im Norden weiß man ohnehin nicht, wann ein Tag aufhört und der nächste beginnt.

An diesem Morgen jedenfalls steht er neben meinem Schlafsack und stößt mir mit der Fußspitze in die Seite, damit ich aufwache. Ich blinzele. Er strahlt mich freudig an.

«Ich habe eine Überraschung», verkündet er, dreht sich um und stapft mit so großen Schritten voran, dass ich mich kaum schnell genug aus dem Schlafsack schälen und ihm folgen kann. Noch im Laufen reibe ich mir die Augen.

«Ich habe nichts gefrühstückt», rufe ich ihm nach. Er antwortet nicht. Einmal meinte er, ich sei bockig und aufmüpfig geworden in meiner Zeit allein im Wald, dass sie mich verändert hat. Aber als ich ihm sagte, dass ich nur allein war, weil er mich alleingelassen hat, und er deshalb selber schuld an meiner Bockigkeit ist, war er still. Seitdem lässt er mich machen.

Jetzt führt er mich zu dem Pick-up. Er muss heute schon in aller Frühe damit losgefahren sein, um die «Überraschung» zu besorgen. Und ich erstarre, als ich sehe, was es ist. Ich habe kurz vergessen, dass seine Überraschungen noch nie etwas Gutes bedeutet haben. Und diese ganz besonders nicht. Die Überraschung sitzt verängstigt und mit verheultem Gesicht auf dem Beifahrersitz. Es ist ein kleiner Junge.

Fassungslos drehe ich mich zu dem Mann um. «Das ist nicht dein Ernst.»

«Wir nehmen ihn mit», sagt der Mann fröhlich. «Du hilfst mir, ihn auszubilden. Er wird ein genauso tolles und freies Leben haben wie du und ich, Marla!»

So ein tolles und freies Leben? Ich sehe den Jungen an. Er will zu seiner Mama zurück. Es ist schon Jahre her, dass ich in seiner Situation war. Aber ich kann mich noch daran erinnern, wie sich das anfühlt.

«Als Erstes bauen wir jetzt ein Floß», verkündet der Mann. «Nichts ist besser für Teambildung als eine Floßfahrt, meinst du nicht?»

«Du musst ihn zurückbringen», flüstere ich. Er lacht, als hätte ich einen Scherz gemacht. Dann öffnet er die Beifahrertür. Der Junge hat sich in die Hose gemacht. Der Sitz ist nass, die ganze Fahrerkabine stinkt. Der Mann ist nachsichtig und hilft dem Jungen, sich am Fluss zu waschen. Ich stehe hinter ihnen und weiß nicht, was ich tun soll.

«Wo hast du ihn überhaupt her?», zische ich dem Mann zu, als dieser eine Axt aus unserer Box kramt und zum nächsten Baum marschiert. Er will tatsächlich ein Floß bauen. Eins, das groß genug für drei ist, weil wir seit heute einer mehr sind.

«Ich hab ihn gerettet», sagt der Mann. «Genau wie dich.»

Der Junge weint. Der Mann dreht sich um, gibt mir die Axt und geht dann zum Pick-up zurück, um einen Müsliriegel für ihn aus der Vorratsbox zu holen. Ich sehe auf das Beil in meiner Hand. Ich weiß, welche Bäume sich für den Floßbau am besten eignen. Die kleinen, biegsamen nämlich, nicht die trockenen, breiten, borkigen, die ich alle paar Tage für unsere Feuerstellen hacke. Meine Arme sind stark geworden von dem vielen Axtschwingen, und ich kann das Beil jetzt sogar als Waffe verwenden. Ich habe es mir selber beigebracht, als er mich zum Feuerholzhacken im Wald alleine gelassen hat. Es ist nicht einfach, die Axt so zu werfen, dass sie genau mit der Klinge in einem Baum stecken bleibt. Aber nach einigen Versuchen hatte ich den Dreh raus, und jetzt trifft die Klinge immer genau dort, wo ich hinziele. Es verschafft mir Genugtuung, dass ich eine Fähigkeit habe, von der der Mann nichts weiß.

Es ist eine anstrengende Arbeit, ein Floß zu bauen. Der Junge weint erst viel und hält sich dann in meiner Nähe auf, die ihn ein wenig zu beruhigen scheint. Am Ende hilft er mir sogar, das Zelt auf das Boot zu bauen. Der Mann plant, drei Tage auf dem Fluss zu verbringen und zu sehen, wohin er uns trägt.

«Das wird ein großer Spaß!» Der Mann sieht glücklich aus, voller Abenteuerlust.

Wir dichten das Floß ab und probieren es auf dem Fluss aus, zuerst unbeladen, dann mit unserem Gewicht. Der Mann ist schwer. Er drückt das Floß ein bisschen nach unten, sodass bei jeder Stromschnelle Wasser über unsere Beine schwappt. Aber er entscheidet, dass es schon gehen wird und wir einfach schlank packen müssen. Wir schnüren das Wichtigste in zwei wasserfeste Beutel, die wir im Zelt festbinden. Den Rest lassen wir im Pick-up.

Wir brechen bei klarem Himmel auf. Der Fluss glitzert und rauscht und vergrößert sich durch viele kleine Wasserströme. Der Junge klammert sich an den Holzplanken fest und rückt immer näher an meine Seite. Es ist mir unangenehm, dass er mir vertraut. Er sollte gar nicht hier sein.

Bis zum Nachmittag ist die Fahrt sehr friedlich. Aber dann ziehen Wolken auf, und wenig später fällt der erste Regen. Der Fluss wird grau und unruhig. Das Floß schwankt, und immer wieder schwappt Wasser in unser Zelt. Ich bin die Erste, die es in der Ferne grollen hört.

«Ich glaube, da kommt ein Gewitter», sage ich. Der Mann hebt den Kopf und versucht über das Rauschen des Flusses zu hören, was ich gehört habe. Aber seine Ohren sind alt, und bis er endlich bedächtig nickt, habe ich schon erkannt, was das Grollen wirklich bedeutet. «Nein, kein Gewitter, das ist ein Wasserfall!»

Der Junge rückt ängstlich noch ein Stück näher zu mir. Wieder hebt der Mann den Kopf.

«Nein», sagt er. «Nein, hier beginnen die noch nicht.»

«Aber hör doch!»

«Ich hab in meinem Leben mehr Gewitter erlebt, als du überhaupt Tage auf der Welt bist!»

«Schwachsinn. So viele Gewitter gibt es ja gar nicht!»

«Jetzt halt schon den Mund.» Der Mann blickt prüfend in den Himmel. «Das Unwetter ist noch weit entfernt», sagt er, lehnt sich zurück und schließt die Augen, als wolle er ein Nickerchen halten. Das macht mich wütend.

Ich schaue nach vorn, wo das Wasser schneller und unruhiger wird. Es fasst nach unserem Floß und schaukelt es hin und her. Was vorhin noch wie ein weit entfernter Donner klang, wird jetzt zu einem tosenden Rauschen. Der Mann reißt die Augen auf. Er sieht zum ersten Mal aus wie ein Pflanzenfresser. Das macht mir noch mehr Angst als der Wasserfall.

«Nimm das Paddel! Schnell!» Er drückt mir das Baumrindenpaddel in die Hand, während er sich mit seinem vollen Gewicht ins Ruder hängt und das Floß nach rechts steuert. Ich steche das Paddel in den grauen, schäumenden Fluss und paddele so stark ich nur kann. «Tiefer ins Wasser mit dem Paddel! Tiefer rein, Herrgott noch mal!» Er will selbst das Paddel übernehmen, aber dafür muss er das Ruder loslassen, und das Floß wird in die Mitte des Flusses zurückgedrängt. Wir kommen in eine Stromschnelle, und plötzlich dreht sich unser Floß. Das Steuer zeigt mit einem Mal nach vorn, und unsere Nasen nach hinten. Der Junge schreit. Der Mann wendet sich hastig um, und dabei schwankt das Floß unter seinem Gewicht. Seine Augen suchen das Ufer ab. «Nach links! Nach links!», ruft er, und ich reiße das Ruder nach links, aber weil ich in die eine Richtung schaue und er in die andere, ist er auf die Bewegung nicht vorbereitet. Er reißt die Arme mitsamt dem Paddel in die Luft, und dabei trifft er den Jungen am Kopf. Der Junge hört auf zu schreien und kippt nach vorn. Ich greife erschrocken nach ihm und bekomme gerade noch sein T-Shirt zu packen, bevor er ins Wasser stürzt.

«Was machst du denn?!», brüllen der Mann und ich gleichzeitig. Er versucht noch immer sein Gleichgewicht wiederzufinden, als ich den erschlafften Jungen an mich ziehe. Er ist bewusstlos.

«Du hast ihn fast vom Boot gestoßen!»

«Marla, wir müssen nach links! Nach links! Hast du keine Ohren?»

Ich habe nur noch ein Ohr, nachdem er mir das andere weggeschossen hat. Aber mit dem höre ich immer noch besser als er.

«Hast *du* keine Ohren!?», brülle ich zurück. «Ich hab dir gleich gesagt, da ist ein Wasserfall!»

Das Floß dreht sich erneut. Es wird von den Wellen gepackt und hin und her geworfen. Ich wische mir durch die Augen, greife mit einer Hand nach dem Ruder und versuche zu erkennen, wo der Mann ein rettendes Ufer erkannt haben will.

«Da können wir nicht raus!»

«Herrgott!» Er will mich zur Seite drängen und wieder selbst das Steuer übernehmen, aber ich halte es fest.

«Da sind zu viele Felsen!», beharre ich. «Und Unterspülungen! Das zerlegt uns das Floß!»

«Mach jetzt Platz da, was weißt du denn schon!» Er schubst mich, und mit dem Jungen im Arm falle ich zur Seite. Eine Scheißwut packt mich. *Das wird ein Abenteuer, Kind!* Hat er gesagt. *Wir haben doch nur gespielt!* Hunderte Male. Gestimmt hat es nie. Seine Spiele sind keine Spiele für Kinder, und seine Abenteuer sind grausam.

«Was weißt du denn schon?», schreie ich zurück. «Du und deine beschissenen Abenteuer! Ich bin hier im Wald aufgewachsen! Bist du vielleicht im Wald aufgewachsen?» Ich muss jetzt gegen das Getöse des Wasserfalls anbrüllen, und das verdoppelt meine Wut noch. Ich habe Tränen in den Augen, als er sich gegen das Steuer lehnt und das Floß genau auf die Felsen zulenkt, die das Wasser gurgelnd ansaugen. Er wird uns alle drei umbringen! Den Jungen hat er ja fast schon über Bord gestoßen. Dieser Junge wird so frei sein wie du und ich, Marla. Dass ich nicht lache.

Ich greife das Paddel, hole aus und schlage es dem Mann mit solcher Wucht ins Gesicht, dass er aufschreit und das Ruder loslässt. Seine Trainings haben mir starke Arme beschert. Ich kann damit Äxte schwingen und Bäume fällen. Ich kann diesen Mann fällen. Weil es so nicht weitergehen kann. Ich hole erneut aus. Sehe sein ungläubiges Gesicht, seine abwehrenden Hände. Ich schlage zu. Er kippt mit rudernden Armen nach hinten in den Fluss, und ich hocke mich schnell hin, um das wild umherschlagende Ruder zu stabilisieren. Ein Blick zurück zeigt mir, wie der große Körper des Mannes im Wasser verschwindet. Kurz darauf taucht er ein paar Meter hinter dem Floß wieder auf, das karierte Hemd bläht sich um seinen Körper. Er schlägt mit dem Kopf gegen einen Stein, dann verliere ich ihn im wild schäumenden Fluss aus den Augen. Ich konzentriere mich hastig darauf, das Floß in der Mitte zu halten. Es geradewegs auf den Wasserfall zuzulenken. Das Getöse ist jetzt so laut, dass es meinen ganzen Körper ausfüllt. Und dann sehe ich, wie der Fluss vor uns aufhört. So als sei dort die Kante der Welt, über die wir gleich kippen werden. Die Nase des Floßes fällt nach vorn, das Hinterteil richtet sich auf, einen schrecklichen Moment lang stehen wir still. Ich lasse das Steuer los und greife mit beiden Händen nach dem Jungen, als wir schließlich in die Tiefe stürzen.

Der Aufprall ist kalt und hart. Meine Beine schlagen gegen Felsen, das Wasser drückt mich nach unten wie eine riesige, kalte Hand. Mir geht die Luft aus, doch ich widerstehe dem Drang, mit den Armen zu rudern, und halte stattdessen den Jungen fest. Kurz wird mir schwarz vor Augen, ich blinzele und blicke nach oben. Dorthin, wo ich vermute, dass oben ist. Dann geht mir auf, dass uns das herabstürzende Wasser festhält. Wenn wir zurück an die Luft kommen wollen, dann muss ich zur Seite schwimmen, nicht nach oben! Ich strampele mit den Beinen, ohne überhaupt noch Puste in den Lungen zu haben. Mir schwinden die Sinne. Das Wasser packt mich und spült mich mit sich. Dass ich tatsächlich wieder an der Oberfläche bin, merke ich erst, als meine Lunge ein lautes, hässliches Röcheln von sich gibt. Ich reiße den Mund auf. Luft! Ich spucke, huste Wasser. Über uns stürzt der Wasserfall gute zehn Meter in die Tiefe. Meine Knie berühren Steine, dann langes, nasses Gras. Wir haben es tatsächlich geschafft! Ich ziehe den Jungen mit aus dem Wasser, lege ihn ans Ufer, drehe ihn zur Seite. Ich klopfe ihm auf den Rücken, während ich selbst noch das letzte Wasser aus meinen Lungen huste. Er hat eine Platzwunde am Hinterkopf und Schrammen im Gesicht. Aber sein Herz schlägt. Er lebt. Ich klopfe so lange, bis er endlich stöhnend Wasser ausspuckt, und kann kaum glauben, dass er es überstanden hat. Dass wir es beide überstanden haben. Fassungslos hebe ich den Kopf und sehe zum Wasserfall. Holz treibt in der Mündung. Dazwischen kann ich ein Stück Stoff erkennen. Rot-weiß kariert. Auf und ab, auf und ab. Als würde jemand mit einem Stofftaschentuch winken.

HENRIK

Ich erinnere mich an die Dornen. Scharfe, dicht stehende Dornen, die an unseren Anoraks rissen, als wir durch die Büsche krabbelten. Als wollten sie mich in dem Versuch aufhalten, den anderen Kindern das Baumhaus zu zeigen.

Wir waren eine große Gruppe, mehrere Jungen und zwei Mädchen. An die eine von ihnen erinnere ich mich noch, weil sie, wie ich, Deutsch sprach und nur die Sommer in Schweden verbrachte. Sie war hager, hatte struppige braune Haare und hieß Annika. An die anderen erinnere ich mich nur noch verschwommen. Ich glaube, sie wohnten alle irgendwo in der Region. Einer der Jungen war weißblond, ein anderer so bullig, als hätte man zwei Kinder in eins verpackt. Namen weiß ich keine mehr. Sie waren nicht wirklich wichtig. Wichtig war, dass ich dabei sein durfte. Und ihnen etwas Spannendes zeigen konnte.

Zu Hause, in der Schule war ich ein Außenseiter, der in seinen eigenen Gedankenwelten umherschwirrte. Hier aber, wo mich keiner kannte, ließen sie mich mitmachen. Das war etwas Besonderes. Ich war zum ersten Mal Teil einer Gruppe und wollte es nicht vermasseln.

Die Lichtung mit der hohen Esche, so eingewachsen von Dornbüschen, war wie ein verwunschener Ort aus einem Märchen. Völlig abgeschottet von der restlichen Welt. Und darin thronte, wie ein großes hässliches Vogelnest, das Baumhaus. Ich dachte damals, es müsste uralt sein, dieses Baumhaus. Dass es gebaut worden war, als die Esche noch kleiner war.

Und dann war der Baum in die Höhe geschossen und hatte das Haus mit in den Himmel genommen, während ringsum die Dornenbüsche wuchsen, um es zu beschützen. Der Gedanke, den anderen einen uralten geheimen Ort zeigen zu können, gefiel mir.

Wir rannten zu der Strickleiter, die vom Baumhaus bis zum Boden hing. Es war geradezu eine Einladung zum Hinaufklettern für Kinder, die alle irgendwo zwischen acht und fünfzehn Jahren waren. In einem Alter also, in dem man nach Schätzen und Abenteuern sucht. Und ich habe mich immer noch stärker nach solchen Dingen gesehnt als andere Kinder.

Die Strickleiter war lang und wackelig. Von den Schuhen des Jungen über mir fiel Dreck in meine Augen. Und der Boden unter mir war weit entfernt. Ich traute mich kaum, nach unten zu sehen. Der Wind strich durch die Zweige der Esche. Auch er wollte uns aufhalten, glaube ich, denn er packte die Leiter und schüttelte sie ein bisschen. Oder vielleicht waren es auch die anderen Jungen, die daran wackelten und ihren Spaß hatten. Ich klammerte mich fest.

Einer nach dem anderen erreichten wir das Baumhaus. Ich finde, ich hätte eigentlich als Erster gehen sollen. Immerhin war es mein Baumhaus, ich hatte es entdeckt. Doch so lief das nicht mit der Rangordnung in der Gruppe. Als einer der Letzten zog ich mich über den Rand, versuchte, über die Schultern der Jungen vor mir zu blicken, die größer waren als ich. Im Vergleich zum taghellen Wald war das Innere der Hütte geradezu schwarz. Die Kinder verrenkten sich die Hälse. Wie immer hatte ich Angst, dass mein Vater recht haben könnte und ich ein Spinner war. Dass keins der anderen Kinder Marla sehen würde, weil ich sie mir nur ausgedacht hatte. Doch sie war da. Im dunklen Bauch der Hütte. Sie lag auf dem Boden, die Haare schmutzig und verfilzt, und schlief.

Die anderen Kinder drückten sich neugierig um den Eingang herum, flüsterten miteinander. Und plötzlich spürte ich es wieder. Dass hier etwas Böses am Werk war, vor dem kein Kind sicher sein konnte. Ich dachte daran, dass, was immer dieses Mädchen festgebunden hatte, auch uns packen und einsperren würde. Vielleicht war das Mädchen eine Falle, das Lockmittel eines Kinderfängers oder eines Monsters. Als Kind war ich ein Abenteurer und ein Hasenfuß, beides zu gleichen Teilen.

«Henrik? Henrik, kannst du uns hören?»

Der Erste traute sich in die Hütte hinein. Ich glaube, es war der Bullige. Die anderen drängelten sich vor dem Eingang wie vor einem Schaufenster. Ich glaube, inzwischen dämmerte auch den anderen, dass wir schnell handeln mussten, weil wer oder was auch immer das Mädchen hier gefesselt hatte, jederzeit zurückkommen konnte. Aber das Mädchen kratzte und schrie wie eine Wilde. Sie wehrte sich mit Händen und Füßen gegen ihre Rettung. Ich stand draußen auf der Plattform und hielt Wache. Und dann hörte ich wirklich etwas. Die Bäume und Büsche rund um die eingewachsene Lichtung begannen zu rascheln und sich zu bewegen. Der Boden zitterte. Etwas Großes, Schnaufendes, Dunkles bewegte sich auf die Lichtung zu. Ich schlug Alarm, und sofort gerieten alle in Panik. Irgendwie kamen wir die Strickleiter hinunter und rannten so schnell wir konnten zurück zu den Büschen, in die entgegengesetzte Richtung als die, aus der das galoppierende Monster kam. Die Dornen schnitten uns ins Fleisch. Wir achteten nicht darauf. Wir nahmen die Beine in die Hand und ließen das Mädchen zurück, das nicht erkannt hatte, dass wir ihm nur helfen wollten.

«Er sollte jeden Moment aufwachen.»

Ich rannte, bis mir die Lunge wehtat. Bis ich beim Ferienhaus ankam. Meine Mutter sah mich kommen. Sie sah besorgt aus, packte meinen Arm.

«Was hast du denn gemacht?», fragte sie. «Na, komm, wasch dir die Hände, und dann gibt es erst mal Essen.»

Es gab schwedische Köttbullar. Das ist mir in Erinnerung geblieben. Diese blöden, nebensächlichen Köttbullar, aus denen das Fett troff, wenn man die Gabel hineinsteckte. Ich fand das lecker. Ich mochte auch den Frieden, der unter der kleinen Hängelampe am Tisch herrschte, weil mein Vater nicht da war. Mein Vater vermied es oft, mit uns zusammen zu essen, da mein Opa ihn nervte. Mit seinen Geschichten aus dem Kinderheim und damit, dass er sich, wie Vater behauptete, in meine Erziehung einmischen wolle, obwohl er doch selbst am wenigsten davon verstehe. Aber in Wahrheit war es immer mein Vater, der allen auf die Nerven ging. An die Köttbullar und den Frieden erinnere ich mich. Aber ich weiß beim besten Willen nicht mehr, ob ich dort am Küchentisch irgendwem von meiner Entdeckung im Wald erzählte ...

«Er wacht auf.»

Ich huste. Meine Lunge brennt. Licht sticht mir in die Augen. Das Piepen von Maschinen. Ich bekomme keine Luft.

«Henrik! Henrik, es ist alles in Ordnung», sagt jemand auf Englisch.

Das Piepen der Maschinen wird hektischer.

«Ich bin Per Hallström. Du bist im Krankenhaus.»

Auf einen Schlag ist alles wieder da. Das Baumhaus. Das Feuer.

«Fynn ...», keuche ich. Mehr bringe ich nicht heraus.

«Es geht ihm gut. Er hat eine leichte Rauchvergiftung, ist aber ansonsten mit ein paar Verbrennungen davongekommen. Du hast seinen Sturz mit dem Körper abgefangen, Henrik. Ein echter Held.»

Ein Held. Ich schüttele den Kopf. Ich war nie ein Held, sosehr ich es mir auch immer gewünscht habe. Welcher Held setzt seinen verletzten Sohn denn so einer Gefahr aus?

«Beruhige dich bitte, Henrik», sagt der Arzt, weil die Maschinen mich mit ihrem Piepen verraten. Ich sehe, wie eine Spritze aufgezogen wird.

«Nein!» Ich wehre sie ab. Schlage um mich.

«Das ist die Narkose für die OP, Henrik. Du hast dir beim Sturz die Hüfte gebrochen, aber es ist nichts, was wir nicht wieder hinbekommen würden.»

«Nein! Ich will nicht sediert werden!» Und dann ist auch diese Erinnerung wieder da: eine Pille auf dem Boden im Baumhaus. Eine Pille, die ins Medikamentenkästchen meines Vaters gehört.

«Wo ist mein Vater?»

«Er und deine Frau sind auf dem Weg.»

Ich muss Nora warnen. Ich muss ihr sagen, dass sie meinen Vater von Fynn fernhalten soll. Aber ich fühle mich benommen. Sie haben mir doch etwas gegeben. Ich kenne dieses Gefühl, wenn das Denken plötzlich nicht mehr funktioniert, die Erinnerungen unscharf werden. Ich versuche an dem letzten Gedanken anzuknüpfen, den ich hatte. Vor was bin ich davongerannt?

Das Monster. Das Monster aus dem Wald, das das Mädchen gefangen gehalten hat. Das auch Fynn gefangen gehalten hat. Meine Mutter, die mich kommen sah. Sie trat mir besorgt entgegen und packte meinen Arm, um ihn zu drehen und zu wenden. Er war voller Kratzer.

«Deine Frau ist da», höre ich plötzlich irgendwen sagen. Doch die Stimme ist weit weg. «Und dein Vater.»

ROSA

Ich kündige nicht. Lasse zuliebe mache ich weiter. Er hat eine Ermittlerin in mir gesehen. Sara tut das ebenfalls, aus irgendeinem Grund. Noch am selben Abend vibriert mein Handy. Ich sehe Saras Namen auf dem Display und nehme an.

«Rosa?»

«Am Apparat.»

«Wir haben die Tatwaffe in Olofs Schuppen gefunden.»

Ich schließe einen Moment die Augen.

«Er streitet noch immer alles ab, aber so langsam wird es eng für ihn», fährt Sara fort. «Und jetzt – will er mit dir sprechen.»

«Mit mir?» Vor Überraschung verschlägt es mir fast die Sprache.

«Er hat explizit nach der Kollegin gefragt, die mit Lasse zusammen bei ihm war. Wo bist du gerade?»

Ich blicke zu der Felswand hoch. «Rösåsberget», sage ich, und Sara fragt mich glücklicherweise nicht, warum.

«Das ist etwa eine halbe Stunde vom Präsidium, richtig? Kannst du gleich kommen?»

Das kann ich. Sara holt mich am Eingang ab. Ich folge ihr bis zu dem Zimmer, in dem Olof auf mich wartet. «Wir sind gleich nebenan», versichert sie mir, und dann lässt sie mich alleine. Zögerlich klopfe ich an, bevor ich eintrete. Ich bin noch immer verwirrt, und selten habe ich mich irgendwo so fehl am Platz gefühlt. Warum um alles in der Welt will Olof ausgerechnet mit mir reden?

Er sitzt allein im Raum. Zusammengesunken auf seinem Stuhl und doch so groß, dass seine Knie unter die Tischkante stoßen. Als ich eintrete, blickt er auf, und über sein Gesicht huscht ein Ausdruck, den ich nicht deuten kann. Es sieht fast so aus, als freue er sich, mich zu sehen.

Ich sage nichts. Dieser Mann wird verdächtigt, Lasse getötet zu haben. Man hat ein Messer bei ihm gefunden, das zum Muster der Tatwaffe passt. Ein Messer, wie Tierpräparatoren es verwenden. Und ich erinnere mich auch an das ungute Gefühl, das Lasse und ich hatten, als wir bei ihm waren. Sogar Kaja hat es gespürt. Olof hatte etwas zu verbergen.

Er ist der Erste, der den Blick abwendet. Er sieht sich im Raum um.

«Ich nehme an, wir werden hier abgehört?»

«Ich habe nicht den blassesten Schimmer», sage ich wahrheitsgemäß. «Ich bin auch zum ersten Mal in einem Vernehmungszimmer.»

«Ich ... wollte eigentlich alleine mit dir sprechen.»

«Und ich wollte jetzt eigentlich im Wald sein und nach Kadavern suchen. Hast du Lasse umgebracht?»

Seine Augen werden groß. Das war vielleicht etwas sehr direkt. Aber ich wüsste nicht, warum ich um den heißen Brei herumreden sollte. Wir wissen doch beide, dass das die Frage ist, wegen der wir hier sind. Verunsichert blickt er um sich und leckt sich über die trockenen Lippen. Es braucht einen Moment, bis er den Faden wiederfindet: «Ich – wollte dich um etwas bitten.»

«Ah ja?» Ich verschränke die Arme vor der Brust.

«Ich hab einen Vogel in der Werkstatt, den ich präpariert habe. Auf einem Stück Fichtenholz. Aber er ist noch nicht ganz fertig. Wenn ich in Haft kommen sollte, dann möchte ich, dass ... sich jemand um ihn kümmert.»

«Was?» Ich lasse die Arme sinken. Was für eine absurde Bitte.

«Ich brauche jemanden, der ihn ... fertigstellt. Ich kann keine Arbeit angefangen liegen lassen.»

«Ich bin doch keine Tierpräparatorin. Wie kommst du denn auf mich?»

Er druckst herum, sieht immer wieder die Wände an. «Du und ich, wir sind vom gleichen Schlag.»

«Das sind wir sicher nicht.»

«Du bist doch die Tochter von Ester Lundqvist.»

«Das hatten wir doch schon. Sie war meine Mutter, ja. Und?»

«Das sieht man. Du siehst ihr ähnlich.»

«Sie ist gestorben. Hirntumor.»

Als meine Mutter starb, war ich gerade in Amsterdam. Ich sah sie erst wieder, als sie bereits kalt und mit abgedeckten Leichenflecken im Sarg lag. Formaldehydlösung in der Halsschlagader. Das blutleere Gesicht so rosig geschminkt, wie es zu ihren Lebtagen nie gewesen war.

«Ich weiß. Das tut mir leid. Ich kannte sie gut. Sie war einer der wenigen Menschen, denen man wirklich vertrauen konnte.»

Ich wende mich ab. Als ich meine Mutter damals so im Sarg gesehen hatte, war es mir leichtgefallen, mich von dem Anblick zu distanzieren, denn es lag etwas Wissenschaftliches darin. Etwas, mit dem ich mich auskannte. Jetzt weiß ich nicht mehr, wo diese Schutzmauer geblieben ist.

«Bitte», sagt Olof hinter mir. Aber ich verstehe nicht, was er von mir will. Ich bin nicht meine Mutter. Ich bin nicht mal eine richtige Polizistin, die ihn befragen sollte.

«Warst du es nun, oder warst du es nicht?»

«Der Vogel ...»

«Scheiß auf den Vogel!», sage ich. «Mein Kollege! Lasse! Hast du ihn umgebracht?»

Er windet sich, fährt sich mit der Hand zum Hals, als sei der Kragen ihm plötzlich zu eng. Als sei der ganze Raum plötzlich zu klein für diesen Riesen.

«Warst du es?», schreie ich ihn an. Ebbes Brandmale unter meiner Jeans beginnen so sehr zu jucken, dass ich kaum dem Drang widerstehen kann, mich zu kratzen. Ich bemerke die Enge jetzt auch. Die Wände scheinen sich beim Lauschen nach vorn zu lehnen, um noch ein bisschen besser hinhören zu können, als Olof den Kopf in die Hände stützt und flüstert: «Ja, ich war's.»

NORA

Erschöpft sitze ich im Aufenthaltsraum des Krankenhauses. Meine Gedanken, mein Körper, mein Herz – durch und durch erschöpft. Ich weiß nicht, wie es mit Henrik und mir weitergehen soll, nach alldem. Dass er Fynn mit in den Wald genommen hat, zu diesem Baumhaus, dass er unseren Sohn derart in Gefahr gebracht hat, kann ich ihm nicht verzeihen. Irgendwo in mir gibt es noch immer die leise Hoffnung, sein ganzes Verhalten ist nur dem Ausnahmezustand geschuldet, den Fynns Verschwinden bei uns ausgelöst hat. Doch im Moment sieht es nicht danach aus. Im Moment möchte ich am liebsten meine Sachen packen und gehen.

Henrik behauptet, die Medikamente seines Vaters im Baumhaus gefunden zu haben. Er behauptet, dass Leif damals das Mädchen entführt und festgehalten habe und dass er es auch gewesen sei, der jetzt das Baumhaus angezündet habe, um ihn umzubringen. Ich weiß gar nicht, was ich zu diesem absurden Vorwurf sagen soll. Als würde Leif seinen eigenen Sohn und Enkel in Gefahr bringen! Inzwischen weiß ich nicht mal mehr, was ich von der Geschichte mit dem Mädchen halten soll. Das Baumhaus mag ein simples Baumhaus gewesen sein, in dem Henrik spielte, und alles andere hat er sich ausgedacht. Ich bin die Lügen endgültig leid. Henriks Lügen und auch die von Eric, der nach seiner Festnahme natürlich wieder versucht, alle Tatsachen zu verdrehen, und plötzlich nichts mehr mit Fynns Verschwinden zu tun haben will. Dass er mir nachgestellt und aufgelauert hat, ja, das kann er nicht leugnen. Aber nicht mal die unheimlichen Anrufe auf dem Festnetz kann die Polizei ihm nachweisen. Ein Experte war im Haus. Er meinte, das Klingeln könne auch auf «elektrische Interferenzen» zurückzuführen sein. Beispielsweise durch ein Mobiltelefon in der Nähe oder durch andere elektronische Geräte wie unsere Computer oder sogar Küchengeräte. Oder aber es war eine schlichte Fehlspannung. Einen funktionierenden Anschluss hätten wir jedenfalls nicht, weil der Telefonanbieter schon vor Jahren dichtgemacht hat.

Ein Becher Kaffee schiebt sich in mein Sichtfeld. In der Annahme, dass es Leif ist, blicke ich auf. Doch vor mir steht Dr. Christer Kjellberg, der Kinderpsychiater. «Kann ich mich dazusetzen?»

Ich nicke und nehme den Becher dankbar an, bevor ich ein wenig zur Seite rücke, um ihm Platz zu machen.

«Tut mir sehr leid, dass das passiert ist», sagt er. «Ich wünschte, ich hätte etwas tun können, um deinen Mann aufzuhalten.»

«Henrik ist nicht aufzuhalten, wenn er sich etwas in den Kopf gesetzt hat.»

«Er hat wohl schlechte Erfahrungen mit Psychiatern gemacht?»

Ich zögere. Überlege, wie viel ich ihm erzählen kann, ohne es für Henrik unangenehm zu machen. «Sein Vater sagte mir, Henrik habe in seiner Kindheit irgendwelche Medikamente bekommen, weil er ständig gelogen habe.»

Dr. Kjellberg runzelt die Stirn. «Es gibt keine Medikamente gegen Lügen.»

«Es waren Beruhigungsmittel, wenn ich das richtig verstanden habe. Aber um ehrlich zu sein – ich habe mich auch gewundert.»

Kurz überlege ich, ob ich Dr. Kjellberg von Henriks haarsträubender Behauptung erzählen soll. Es würde guttun, mich jemandem anzuvertrauen, der mir vielleicht sagen könnte, wie ich damit umgehen kann. Aber die Vorwürfe sind so abstrus.

«Fynn wird es jedenfalls überstehen», sagt Dr. Kjellberg, der nichts von meinem inneren Kampf weiß. «Er ist tapfer. Und er macht gute Fortschritte. Deswegen bin ich auch hier. Ich wollte dir das hier zeigen.» Er zieht eine Mappe hervor, auf der Fynns Name steht. Darin sind Zeichnungen. Mit dicken, schwarzen Wachsmalstiften aufs Papier gekritzelte Kinderbilder. Sie haben etwas brutal Rohes an sich. Das oberste Bild zeigt das Haus vom Nikolaus. Von dem hat Henrik am Telefon gesprochen. Und jetzt geht mir auch auf, wie er von den Zeichnungen auf ein Baumhaus gekommen sein muss: Schwarze Bäume säumen den Rand des Papiers.

«Die meisten anderen Bilder zeigen nichts Konkretes», sagt Dr. Kjellberg, während er mir drei weitere Blätter hinhält. «Formen, Bewegungen. Man muss ein Kind auch mal kritzeln lassen dürfen. Fynn hat sich beim Malen jedenfalls sehr ausgelassen. Das ist gut. Das ist ein Zugang, den wir weiterverfolgen werden, wenn er in den nächsten Tagen die Unfallstation verlassen kann. Ein Bild allerdings war dann doch bemerkenswert. Und zwar deshalb, weil es Fynn zum Sprechen gebracht hat.»

Ich blicke ihn überrascht an. «Er hat etwas gesagt? Fynn? Er hat ...» Doch dann verstumme ich, weil er mir die Zeichnung reicht. Ich bekomme eine Gänsehaut.

«Er hat gesagt, das sei die Hexe von seinem Fenster», sagt er. «Kannst du damit etwas anfangen?»

«Ich ... weiß nicht», sage ich, obwohl irgendwo in meinem Kopf etwas klingelt. Die Hexe. Die Hexe. Hat Fynn irgendwann mal etwas in dieser Richtung erzählt?

«Es muss natürlich gar nicht um eine tatsächliche Person gehen. Das kann auch eine empfundene Bedrohung sein. Oder aus einer Geschichte stammen.»

«Henrik erzählt ihm oft Geschichten. Auch unheimliche. Ich werde ihn fragen, ob er mehr damit anfangen kann. Darf ich die Zeichnung mitnehmen?»

«Natürlich, nur zu.»

Ich danke ihm und stehe auf. Und dann, plötzlich, erinnere ich mich. Die Szene steht mir klar vor Augen: *Mama, da ist eine Hexe vor dem Fenster. – Schön, Schatz.* Wir waren im Wohnzimmer. Nach unserer Ankunft. Henrik ist halb im Müllbeutel verschwunden, und Fynn hat von einer Hexe gesprochen. Eine Hexe wie aus der Geschichte, die du mir erzählt hast, Papa. Wollt ihr mal gucken? Wir haben Fynn beide nicht zugehört. Mit offenem Mund drehe ich mich zu Dr. Kjellberg um.

«Fynn hat was von einer Hexe vor seinem Fenster gesagt. In unserem Ferienhaus. Wir haben ihn nicht ernst genommen!»

«Nun, das ist ja durchaus nachvollziehbar. Und wie gesagt, es ist überhaupt nicht davon auszugehen, dass es sich um eine reale Person ...»

«Nein, natürlich nicht», unterbreche ich ihn und weiß selber nicht, warum mich die Vorstellung trotzdem in Panik versetzt. Bleike ist gefasst. Er war es, der Fynn entführt hat. Die Hexe ist nur eine Geschichte. Aber warum ist ausgerechnet sie das Erste, von dem Fynn erzählen will? Es muss ihm wichtig sein. «Ich muss mit ihm reden», sage ich. «Mit Fynn!»

«Tut mir leid, dass dich die Zeichnung so in Aufregung versetzt hat, Nora. Fynn macht wirklich tolle Fortschritte in der Therapie. Man darf das Gemalte aber auch nicht überinterpretieren. Es könnte einfach das Erste sein, an das er sich vor dem Unfall erinnert», fährt Dr. Kjellberg fort. «Und nicht jede Erinnerung ist real. In seiner Vorstellung mag da eine Hexe gewesen sein, die ihm Angst gemacht hat.»

«Jaja, natürlich», sage ich abwesend, ohne mich wirklich beruhigen zu lassen. Und dann verlasse ich den Raum.

Fynns Krankenzimmer liegt im vierten Stock. Auf dem

Weg dorthin nehme ich aus den Augenwinkeln wahr, wie eine Schwester Henriks Zimmer betritt und die Tür hinter sich schließt. Sie trägt keinen Kittel, vermutlich ist es ihre letzte Visite vor dem wohlverdienten Feierabend, und ich bekomme ein schlechtes Gewissen, weil wir es schaffen, mit einer einzigen Familie das Krankenhauspersonal auf Trab zu halten.

Als ich sein Zimmer betrete, ist mein Sohn wach. Er sitzt im Bett und sieht aus wie ein zerrupftes Küken. Die halb abrasierten Haare über der Naht, das verbeulte Gesicht. Zu den blauen Flecken sind durch den Sturz aus dem Baumhaus noch einige Schrammen dazugekommen. Er hat ein Malbuch und Filzstifte auf der Bettdecke liegen, von denen er aufblickt.

«Mami!», ruft er. Seine Freude und überhaupt die Tatsache, dass er mich auf Anhieb wiedererkennt, lösen ein Glücksgefühl in mir aus, das mich fast zum Weinen bringt. Ich halte gar nichts mehr für selbstverständlich.

Ich umarme Fynn lange, will ihn festhalten. Eigentlich war ich gekommen, um ihn nach der Hexe zu fragen, aber das erspare ich ihm jetzt. Es wird noch genug Momente geben, in denen er sich an das erinnern wird, was ihm Angst macht. Wichtiger ist es jetzt, dass er weiß, dass seine Eltern da sind und auf ihn aufpassen werden. Ich will ihm sagen, dass ich ihm in Zukunft zuhören werde, was auch immer er uns zu erzählen hat.

«Ich bin so froh, dass du wieder da bist», flüstere ich, küsse ihn auf den halb rasierten Kopf und spüre, wie seine Arme sich um mich legen. Erst sehr zögerlich, dann drückt er mich zurück und vergräbt sein Gesicht in meinem Pulli. Zum ersten Mal seit sehr Langem verspüre ich Zuversicht, dass in unserer Familie alles wieder so werden könnte wie früher.

MARLA

Er schreckt aus dem Schlaf hoch, als mein Schatten auf sein Bett fällt. Im Zimmer liegt der scharfe Geruch nach Medikamenten. Nach Sterilität. Dies ist ein Krankenzimmer. Mit einem kranken Mann darin.

Ganz kurz liegt Verwirrung in seinem Blick. Weil ich aus seinem Albtraum geradewegs ins Zimmer gestiegen bin. Dann macht sich Erkenntnis auf seinem Gesicht breit. Seine Augen weiten sich, erstarren. Er erkennt mich. Auch nach fast dreißig Jahren weiß er noch, wer ich bin. Er hat es nie vergessen, das Kind aus dem Baumhaus von damals.

Jetzt haben wir die Rollen getauscht, er und ich. Er wirkt so hilflos, als wäre auch er an einen Strick gefesselt – die Konsequenzen unserer letzten Begegnung. Dachte er, ich würde es dabei belassen? Oder begreift er jetzt erst, dass ich es bin, die ihn zu dem gemacht hat, was er jetzt ist?

Ich trete näher. Meine Schritte sind gedämpft und vorsichtig. So als wäre ich noch immer barfuß auf Waldboden unterwegs. Doch der Boden unter meinen Füßen ist hart. Die ganze Luft hier drin ist hart und stechend. Nur das Messer in meiner Hand ist ein vertrautes Gefühl auf diesem unvertrauten Terrain.

Er reißt die Augen in stummem Entsetzen auf, als ich das Messer von links nach rechts durch seine Kehle ziehe. Was ein Schrei hätte werden können, verebbt in einem Gurgeln. Ich warte auf ein Gefühl, gut oder schlecht, aber es kommt nicht.

Da ist nur Blut, das sich auf dem Fußboden verteilt, auf den Laken, auf allem. Ich habe schon so vielen Tieren die Kehle durchgeschnitten. Man nennt das Schächtung, und es heißt, die Tiere würden dabei keine Schmerzen empfinden. Dass die Körperzuckungen reine Reflexe seien. Ich glaube nicht daran. Man kann es in ihren Augen sehen. Die Angst. Den Kampf. Den Schmerz. In seinen auch. Eine ganze Schmerzwelt liegt in seinen Augen. Ich lasse das Messer sinken und bleibe ganz still stehen, bis es vorbei ist.

Anders als der Mann habe ich nie Freude an der Jagd entwickelt. Ich jage aus Notwendigkeit. Um zu essen. Um zu überleben. Um Frieden zu finden. Dieser Schnitt war für meinen Frieden.

ROSA

Ich verlasse den Vernehmungsraum wie betäubt und ohne die Tür hinter mir zu schließen. Mein Kopf dröhnt. Mein Herz hat sich zu einem harten Klumpen zusammengezogen. Aus dem Zimmer neben mir stürmt Sara. Sie ruft mir nach, aber ich halte nicht an. Ich muss aus diesem Gebäude raus. Ich stürme zu meinem Wagen, knalle die Autotür zu, schließe alle Fenster und lehne mich im Sitz zurück. Olof hat Lasse umgebracht. Die Tatwaffe wurde bei ihm gefunden. Er hat gestanden. Aber warum musste er es ausgerechnet mir gestehen? Bloß weil er meine Mutter kannte – sie gut kannte? Und woher überhaupt? Sie sei mir ähnlich, hat er gesagt. So ein Quatsch. Sie war mir kein bisschen ähnlich. Meine Mutter war immer normkonform. Immer unkritisch und auf Harmonie bedacht. Und dann die abstruse Bitte mit dem Vogel. Warum kommt mir das alles so falsch vor? Im Rückspiegel sehe ich, wie Sara aus dem Polizeigebäude stürmt. Sie sieht sich suchend um, entdeckt mich, kommt die Treppe heruntergerannt. Ich kann jetzt nicht mit ihr sprechen. Ich kann mit niemandem sprechen. Mit zittrigen Fingern starte ich den Motor und setze zurück, um nach Skuleskogen zu fahren.

Ich parke auf demselben Waldparkplatz wie beim letzten Mal und gehe das letzte Stück zu Olofs Haus zu Fuß. An der Tür zu seiner Werkstatt ist jetzt ein Vorhängeschloss angebracht. Doch als ich an der Rückseite entlang ins Wasser wate und über den Bootssteg zur Hintertür gelange, ist diese unverschlossen. Im Inneren ist es fast dunkel. Durch die kleinen, beschlagenen Scheiben dringt selbst bei Tag nicht genug Licht. Ich suche die Lampe, die Olof letztes Mal angezündet hat, und wie an jenem Tag glänzen die Waffen an den Wänden, als ihr Licht darübergleitet. Auf der Werkbank steht das Wiesel, das mir schon beim letzten Mal aufgefallen ist. Doch von einem Vogel – was auch immer es mit dem auf sich haben soll – ist weit und breit nichts zu sehen. Ich blicke mich um, suche unter der Werkbank und in den Regalen danach. Nichts. Ich runzele die Stirn. Der ganze Auftrag wird immer absurder. Ich ärgere mich über mich selbst, weil ich dem Hinweis überhaupt nachgegangen bin.

Vielleicht ist Olof einfach verrückt. Ein Einsiedler, ein Waffennarr, dem eine kleine Auseinandersetzung als Grund reicht, um jemanden umzulegen. Und wir versuchen bloß, tiefere Motive in sein Verhalten hineinzuinterpretieren, um Lasses Tod zu verstehen. Und trotzdem. Dass er meine Mutter erwähnt hat, macht mich stutzig.

Ich verlasse den Schuppen auf demselben Weg, auf dem ich hineingekommen bin, und gehe hinüber zum Haus. Das Polizeisiegel an der Tür ist gebrochen, sie steht einen Spalt auf. Und im Inneren empfängt mich Chaos. Sämtliche ausgestopften Tiere sind von den Wänden und Regalen gerissen worden. Sie liegen kreuz und quer im Raum. Mein erster Gedanke ist, dass es eine Auseinandersetzung zwischen Olof und den Polizisten gegeben haben muss, die ihn festnahmen. Doch das Ausmaß dieser Zerstörung ist noch viel größer. In der Küche sind die Schränke aufgerissen. Eine Pfanne liegt auf dem Boden. Daneben zerbrochene Eier. Das ist nicht das Ergebnis einer Festnahme. Hier hat jemand seine Wut an Olofs Haus ausgelassen.

Die Treppe knarrt, als ich das obere Stockwerk betrete. Es gibt zwei Schlafzimmer, von dem eins lediglich als Rumpelkammer benutzt wird, und ein kleines Bad. Olofs Bett ist ungemacht. Die Bettdecke hängt halb auf dem Boden. *Du und ich, wir sind vom gleichen Schlag*, hat Olof gesagt. Nein, das sind wir sicher nicht. Schon allein der Anblick der Unordnung hier macht mich nervös.

Ich gehe zurück in den zweiten Raum. Neben einem großen Fichtenschrank, Kisten, Koffern und Kommoden gibt es hier noch ein schmales Bett, das vielleicht als Gästebett dient, doch dessen Bettdecke ebenfalls zerwühlt ist. Als habe erst kürzlich noch jemand darin geschlafen. Auf dem Boden ist es ebenfalls chaotisch. Überall liegen Zettel herum, DIN-A4-Blätter. Ich hebe eins davon auf und drehe es um. Es ist eine Kinderzeichnung. Das Haus vom Nikolaus. Dem kleinen Loch und dem Riss an der oberen Kante nach zu urteilen, hat es irgendwo an einem Nagel oder einer Heftzwecke gehangen und wurde heruntergerissen. Das nächste Blatt, das ich aufhebe, zeigt die gleiche Zeichnung. Und auch das übernächste. Ich wende mich um. Auf der Innenseite der Zimmertür werde ich fündig. Das ganze Holz ist voller Heftzwecken. Nur noch zwei Blätter hängen dort. Auch sie zeigen das Haus vom Nikolaus. Ist das hier ein Kinderzimmer? Nicht auszuschließen, dass Olof Enkel, Nichten oder Neffen hat. Kinder, die ihn regelmäßig besuchen kommen. Aber andererseits haben Lasse und ich vor Kurzem noch in Olofs Haus gestanden und nach einem vermissten Jungen gefragt.

Ich sehe mich weiter um. Außer diesen Zeichnungen, mehreren Kinderbüchern und einer Packung Buntstifte kann ich nichts entdecken. Alle Kommodenschubladen, die ich aufziehe, enthalten Kleidung für einen erwachsenen Mann. Doch dann fällt mir der geschnitzte Vogel an der Tür des Fichtenschranks auf, und ich stocke. Vogel. Fichtenholz. Olof hat von einem Vogel auf Fichtenholz gesprochen. Die Schranktür quietscht. Das Innere ist vollgestopft mit Kleidung, vieles davon ist von den Bügeln auf den Boden gerutscht. Ich will den Schrank gerade wieder schließen, als mir auffällt, wie viel kleiner er von innen wirkt. Gar nicht so massiv und sperrig wie von außen, weniger tief. Ich poche mit dem Knöchel gegen die Rückwand. Es klingt hohl. Aufregung steigt in mir auf. Hier muss etwas sein, auf das Olof mich hinweisen wollte. Ich schiebe die Kleidung weiter auseinander. Und dann entdecke ich die Tür. Eine Kerbe dient als Griff. Ich hake meinen Finger hinein, um die Klappe zu öffnen, doch statt eines Geheimfachs, wie ich erwartet habe, gibt die Tür einen Durchschlupf zu einem weiteren Zimmer frei – oder zumindest einem abgetrennten Teil davon. Es muss einmal ein großer Raum gewesen sein, der jetzt durch den Schrank und eine Vertäfelung in zwei Räume aufgeteilt wurde. Ich will mich gerade durch die Tür schieben, als mich ein unerwarteter Schlag ins Gesicht trifft. Ich höre ein unheilvolles Knacken in meinem Gesicht, nehme den Geruch von Blut wahr und falle ungebremst auf den Rücken. Die Wucht des Schlags war so heftig, dass er mir die Nase gebrochen hat. Einen Moment lang sehe ich nur Punkte und Lichter. Ich habe nicht einmal Zeit, mir Gedanken zu machen, wer oder was mich da getroffen hat, als auch schon ein Mann aus dem Schrank springt und sich drohend über mir aufbaut. Er ist groß. Massig. Ich krieche rücklings von ihm weg und spüre, wie mir das Blut aus der Nase in den Mund rinnt. Es schmeckt metallisch. Der Mann trägt ein falsch geknöpftes Hemd, das an seinem Bauch spannt. Er hat ein feistes Gesicht mit runden Wangen. Seine Augen sind klein und taxieren mich wie einen Käfer. Ich hebe abwehrend die Hände, als er sich brüllend auf mich stürzt. In seinen Bewegungen, seiner stürmischen Wut, erinnert er mich an ein großes Kind. Einen großen, wütenden Jungen.

«Olof ...», bringe ich hervor, bevor eine Faust meinen Kiefer trifft und mir den Satz regelrecht aus dem Mund schlägt. Noch nie habe ich solche Schläge abbekommen. Nicht einmal Ebbe hat mich so geschlagen. Mit einer so schweren, brutalen, unkontrollierten Faust. Seine Quälereien waren perfider. Haben mich gezielt da getroffen, wo es wehtat. Dieser Mann dagegen drischt einfach nur grob auf mich ein. In einer blinden Wut, die mich mehr und mehr an ein kleines Kind erinnert.

«Bitte ... Olof ... hat mich ... hergeschickt.» Ich klinge undeutlich, habe Blut im Mund. Doch der Mann hält tatsächlich kurz inne. Nur ein Stutzen, ein Zögern, bevor er erneut die Faust hebt. Ich reiße die Hände hoch, um meinen Kopf zu schützen.

«Bitte!», wiederhole ich. «Ich komme wegen Olof!»

Er hält inne. «Olof?», fragt er misstrauisch.

«Olof ...», stammele ich und zeige auf die Schranktür. «Er hat mir gesagt, wo ich ... dich finde.»

Das ist nicht ganz korrekt. Aber wenn ich darüber nachdenke, glaube ich, dass es doch so sein könnte. Das «Vögelchen», um das ich mich kümmern soll, ist dieser Mann. Meine Gedanken rasen. Vielleicht war meine Mutter gar nicht wegen Olof hier. Vielleicht war sie wegen dieses Mannes hier. Aber warum versteckt Olof ihn in einem Zimmer hinter dem Schrank? Ist er sein Sohn? Ich kann sein Alter nicht einschätzen. Durch sein bartloses Gesicht und den kindlichen Ausdruck in den Augen wirkt er völlig alterslos.

Seine Faust hängt noch immer in der Luft. Dann holt er plötzlich wieder aus. Ich habe keine Ahnung, was mich in Ungnade hat fallen lassen.

«Ich bin die Tochter von Ester Lundqvist!», rufe ich, einem plötzlichen Impuls folgend. Aber er hatte schon zu viel Schwung. Wie eine Abrissbirne, die, einmal in Gang gesetzt, nicht mehr gestoppt werden kann, donnert seine Faust gegen meine Schläfe. Mein Kopf fliegt zur Seite, in meinem Ohr beginnt es zu fiepen. Schwärze und Lichtkegel und metallischer Blutgeschmack.

«Ester?», fragt er plötzlich. «Ester!»

Ich keuche, als er von mir ablässt. Er kennt sie also. In welcher Beziehung sie auch immer zu Olof und diesem Mann stand, meine Mutter ist das verbindende Glied zwischen ihm, Olof und mir. Sie war im ambulanten Pflegedienst. Vielleicht hat sie Olof in der Vergangenheit mit diesem Mann geholfen. Vielleicht war sie die Einzige, die neben Olof von ihm wusste – und vielleicht ist sie meine Rettung, diesen Raum überhaupt noch heil zu verlassen. Was würde meine Mutter jetzt tun?

Helfen. Selbst wenn sie gerade von einer Abrissbirne getroffen wurde. Sie würde immer lächeln und ihre Hilfe anbieten.

«Ich heiße Rosa», sage ich mühsam. Das Sprechen tut mir weh. Meine Nase blutet noch immer. Lieber würde ich diesem Mann an die Gurgel springen, doch stattdessen versuche ich, meinem dröhnenden Kopf eine Idee abzuringen, was um Himmels willen ich für ihn tun kann. Mir fallen die Pfanne und die Eier in der Küche ein. «Hast du Hunger?»

«Hunger», sagt er und klingt plötzlich weinerlich. Ich nicke, doch schon diese Bewegung löst Schmerzen in meinem Kopf aus. Vorsichtig rappele ich mich auf. Das Blut tropft aus meiner Nase und zieht eine Spur auf dem Holzfußboden. Ich versuche, es mit der Hand aufzufangen. Er folgt mir die Treppe hinunter, doch er hält Abstand. Ist noch immer misstrauisch. Ich nehme an, dass er kaum einen Menschen außer Olof kennt.

Ich finde keine Eier mehr, die nicht bereits zerbrochen auf dem Boden liegen würden. Aber im Vorratsschrank gibt es eine Packung Milchreis, den ich in Ermangelung von Milch mit Wasser und Zucker aufkoche. Ich finde auch ein Glas eingelegter Kirschen, die ich oben auf den Reis gebe. Der ganze Prozess kommt mir angesichts der Umstände unwirklich vor. Der Mann sitzt bereits ungeduldig am Tisch und hat sich ein Küchenhandtuch um den Hals gebunden, als der Reisbrei fertig ist.

«Ist noch heiß», sage ich, doch er schlingt trotzdem und bekommt dann einen Wutanfall, als er sich die Zunge verbrennt. Der Löffel fliegt in die Ecke. Meine Mutter hätte vielleicht daran gedacht, für ihn zu pusten. Mir fällt auf, wie völlig überfordert ich mit der Situation bin. Was soll ich jetzt mit ihm anstellen? Mit meinem Wissen darum, dass Olof einen offenbar pflegebedürftigen Mann hinter der Schrankwand versteckt? Er wollte nicht, dass die Polizei davon erfährt – aus welchem Grund auch immer. Und ausgerechnet mir will er ihn anvertrauen, mir. Weil er hofft, dass ich wie meine Mutter bin. Aber ich bin die falsche Person für diesen Job – ich bin ganz und gar nicht wie meine Mutter. Und ich glaube auch nicht, dass das hier die geeignete Umgebung für jemanden ist, der professionelle Hilfe und Pflege benötigt.

Er steckt einen Finger in den Brei, um die Temperatur zu testen, und zieht ihn dann mit einem erschrockenen Laut wieder zurück. Mir fällt auf, wie weich seine Hände aussehen. Schwammig und haarlos. Viel zu harmlos für die Gewalt, die in ihnen steckt. Ich glaube, dieser Mann ist sich seiner Kraft gar nicht bewusst. Wieder blicke ich mich in der zerstörten Wohnung um.

«Warst du das?», frage ich ihn. Er zieht schuldbewusst die Schultern hoch. Das reicht mir als Antwort. Wahrscheinlich ist er ausgerastet, als die Polizei Olof abgeführt hat. Oder er ist ausgerastet, weil er den Herd nicht ans Laufen bekommen hat, um Eier anzubraten. Das ist wohl auch gut so, andernfalls würde das Haus jetzt möglicherweise nicht mehr stehen. Dieser Mann muss in ein Heim, weil alles andere unverantwortlich wäre. Ich stehe auf, als er den Milchreis wütend vom Tisch fegt und zu schreien beginnt. Kurz denke ich darüber nach, den Brei aufzuwischen, aber ein bisschen mehr Chaos macht in dieser Küche keinen Unterschied. Stattdessen nehme ich mein Handy und gehe in den Flur. Sara hat ein paarmal versucht, mich zu erreichen. Vermutlich wegen meines überstürzten Abgangs. Es fühlt sich wie Verrat an, als ich auf den Rückruf-Button drücke. Ich kann spüren, dass hier ein sehr altes Geheimnis gehütet wurde.

Das Freizeichen erklingt. *Verräterin*, schreit es in mir. *Wenn du petzt, dann bringe ich dich um.* Das ist Ebbes Stimme in meinem Kopf. Ich habe nie gepetzt. Ich habe nie jemanden verraten.

«Rosa?» Ich will fast auflegen, als Sara abnimmt. «Rosa, wo bist du?»

Ich schließe die Augen. Olof hat sich mir anvertraut, und ich bin keine Verräterin. Aber das hier ist nicht wie früher. Hier geht es nicht um mich oder darum, dass jemand meinetwegen Ärger bekommt. Ich wollte nie, dass jemand meinetwegen Ärger bekommt. Am wenigsten Ebbe, mein Bruder, den ich trotz allem immer liebte.

«Rosa, hörst du mich?» Saras Stimme ist jetzt laut und besorgt. «Rosa, ich hab schon mehrfach versucht, dich zu erreichen. Hör zu, es gab einen Notruf aus der Skogsstigen. Wir ...»

«Sara, ich bin in Olofs Haus.» Meine Stimme ist gepresst, nicht nur wegen des schmerzenden Kiefers. «Das Vögelchen, von dem er gesprochen hat – es ist in Wahrheit ein Mann.»

«Was?»

Dann erst geht mir auf, was sie eben gesagt hat.

«Warte – hast du was von einem Notruf in der Skogsstigen gesagt?»

Das ist die Straße, in der mein Elternhaus liegt.

«Rosa, es tut mir entsetzlich leid ... man hat deinen Bruder tot aufgefunden.»

Ehe die Worte noch richtig zu mir durchdringen können, höre ich hinter mir ein Geräusch. Ich fahre herum. Den Hörer noch am Ohr, starre ich in das Gesicht einer Frau, die in der Tür steht. Ihre Kleidung ist voller Blut. Mein erster Gedanke ist, dass sie verletzt sein muss. Dass sie einen Unfall gehabt haben muss.

Dann verfinstert sich ihre Miene, und mir wird unwohl zumute.

«Rosa?», höre ich Saras Stimme an meiner Schulter, doch ich hebe das Handy nicht zurück ans Ohr. Die Frau und ich starren uns an. Ich bringe keinen Ton heraus. Nein, so sieht niemand aus, der in einem Haus nach Hilfe sucht. Diese Frau ist nicht zufällig hier.

«Marla!» Ich zucke zusammen, als hinter mir die Stimme des Mannes ertönt. Die Milchreisschüssel in der Hand, steht er plötzlich in der Küchentür und winkt freudig mit dem Löffel. Doch die Frau erwidert den fröhlichen Gruß nicht. Unverwandt durchbohrt sie mich mit ihrem Blick. Und Sara ruft noch immer aus dem Handy.

«Ich bin Rosa», sage ich unsicher. «Olof schickt mich, weil ich mich um ...» Mir fällt auf, dass ich gar nicht nach dem Namen des Mannes gefragt habe. Aber der Frau scheint es auch egal zu sein, um wen oder was ich mich kümmern soll, denn plötzlich geht sie auf mich los. Ich stolpere zurück, falle über die Schuhe des Mannes und lasse dabei mein Handy los, das auf den Boden fällt und unter eine Kommode schlittert. Sie ist über mir, packt mich am Hals und drückt mich auf den Boden. Ich röchele und versuche mich aus ihrem Griff zu winden. Der Mann geht mit Tippelschritten zur Seite, als wolle er nicht allzu sehr im Weg sein, wenn sie mich umbringt. Verzweifelt versuche ich die Hände der Frau zu lösen, winde mich unter ihr. Die Luft geht mir aus. Ich öffne den Mund, um noch einmal zu beteuern, dass ich nur hergekommen bin, weil Olof mich geschickt hat, doch aus meiner zugedrückten Kehle kommt nur ein Husten, das nirgends hinkann. Ein Husten, das wehtut, weil ihre Finger in meinen Kehlkopf drücken.

Ich erwarte keine Hilfe mehr. Selbst wenn Sara am Telefon

begriffen hat, dass etwas nicht in Ordnung ist, wird niemand rechtzeitig hier eintreffen, um mich zu retten. Und der Mann schaut einfach nur zu. Doch dann deutet er plötzlich mit dem Löffel auf mich. «Ester», sagt er. Er sagt es zweimal, bevor die Frau ihn hört, er stößt sie sogar mit dem Ellbogen an. «Ester!», wiederholt er. Der Name meiner Mutter wirkt wie ein Codewort. Sie lässt von mir ab. Nach Luft schnappend greife ich mir an den Hals, huste. Sie starrt mich an. Keine Spur weniger feindselig als vorher. Nur ist jetzt noch Skepsis dazugekommen.

«Ester Lundqvist war meine Mutter», erkläre ich, als ich halbwegs wieder atmen kann. «Und du bist ... Marla, richtig?», sage ich. Ich will, dass sie denkt, Olof habe mir auch von ihr erzählt. Mein Gott, ein paar mehr Informationen wären wirklich hilfreich gewesen!

Ich versuche die beiden einzuordnen. Diese Marla könnte die Schwester des Mannes sein. Beide wirken gleich verwahrlost. Aber warum hält Olof sie bei sich versteckt?

Die Frau lässt mich nicht aus den Augen. Ich habe keine Ahnung, was ich tun soll. Während ich sie einfach weiter anstarre, fällt mir ein Geruch auf, der von ihr ausgeht. Nach schlecht gewaschener Wäsche, Blut und auch etwas sehr Erdigem, das mir vertraut ist. Sie riecht nach Wald und Tod. Wie der Wald selbst. Sie riecht wie meine Haut, wenn ich als Kind vom Spielen zurückgekommen bin. Der Wald war meine Zuflucht vor den anderen. Der Wald war mein Zuhause. Er ersetzte mir die Spielkameraden. Er ersetzte mir eine Welt, zu der ich nie so richtig Zugang gefunden hatte. Etwas an Marlas Art verrät mir, dass es ihr ähnlich gegangen ist. Es liegt in ihrem Blick. Da sind Narben, die nicht heilen wollen. Ich kann sie nur deshalb sehen, weil ich sie auch habe.

Die kreisrunden Brandmale an meiner Hüfte beginnen plötzlich zu jucken. Marla verfolgt jede meiner Bewegungen, als ich mich kratze. Ich muss an Ebbe denken. Und daran, dass Sara am Telefon etwas zu mir gesagt hat. Über Ebbe. Die Information sickert jetzt erst völlig zu mir durch.

Mein Bruder wurde tot aufgefunden.

Meine Hand hält in der Bewegung inne. Marlas Augen wandern von meiner erstarrten Hand zurück zu meinem Gesicht, sie begegnet meinem Blick. Und dann erst sehe ich sie. Da sind wirklich Narben an ihrem Hals, knapp über ihrem Schlüsselbein. Es sind viele. Kreisrunde Brandmale. Als hätte man Vieh gekennzeichnet. Ich ziehe die Luft ein. Mein Körper fühlt sich plötzlich taub an. Ich kenne die Form und Prägung dieser Narben. Münzprägungen. Ich habe die gleichen. Und ich weiß, was das bedeutet, auch wenn ich nicht verstehe, wie um Himmels willen das sein kann: Genau wie ich hat sie Bekanntschaft mit Ebbes Spielen gemacht. Mit seinem selbst gebastelten Brandeisen.

Marla sieht die Polizisten zuerst. Durch das Küchenfenster sieht sie sie kommen, springt erschrocken auf und reißt den Mann an der Hand mit sich. Sie nehmen den Hinterausgang, und es ist, als sähe ich mich selbst in den Wald rennen. Vor meinem Bruder wegrennen. Ich spüre die hitzige, atemlose Angst einer Flucht in meinem Magen. Ich halte sie nicht auf. Ich sage den Polizisten nicht, wo sie hin sind. Und als diese die offene Hintertür entdecken und den beiden nachjagen, hoffe ich sogar, dass Marla und ihr Bruder es schaffen mögen. Dass sie für immer im Wald verschwinden könnten.

«Rosa!» Sara packt mich an der Schulter, reißt mich herum. Ich sage nichts. Es ist, als hätte mich Marlas Stummheit angesteckt. Oder als hätten wir die Rollen vertauscht, sie und ich. Ich bin es wieder, die im Wald zu entkommen versucht. «Rosa, alles in Ordnung mit dir? Nun sag doch bitte was!»

«Was ist mit Ebbe?», bringe ich hervor. Und von draußen höre ich an den Rufen, den Schreien, dass Marla und ihr Bruder es nicht geschafft haben. Dass die Männer sie erwischt haben. Hätten sie es erst in den Wald geschafft, wären sie unauffindbar gewesen. Marla wäre mit dem Wald verschmolzen, mitsamt ihrer Haut, die so vernarbt ist wie meine. Die gerochen hat wie meine. Ich habe noch nie jemanden getroffen, der dieselbe Haut hat wie ich.

Verräterin, wenn du petzt, dann bringe ich dich um, flüstert der Ebbe in meinem Kopf. Vielleicht hat er sich jetzt selber umgebracht. Vielleicht hat er einen Weg gefunden, sich aus dem neuen Leben zu befreien, das er so hasste.

«Jemand hat ihm die Kehle durchgeschnitten», sagt Sara und zerstreut diesen Gedanken damit augenblicklich. «Wir müssen noch die genaueren Untersuchungen abwarten. Aber der Rechtsmediziner meinte, es sähe dem Mord an Lasse ziemlich ähnlich.»

«Aber Olof hat doch gestanden.»

«Und Olof war zu dem Zeitpunkt bei uns in der Vernehmung, ich weiß.» Sie kaut auf ihrer Unterlippe. «Wenn du mich fragst, dann schützt er jemanden.»

Wie betäubt blicke ich zur offenen Hintertür, von wo ein Lärm zu uns hereindringt, als würden die Männer ein kreischendes Tier niederringen.

HENRIK

Mein Vater hält es nicht für nötig anzuklopfen, als er mein Krankenzimmer betritt. Ich richte mich erschrocken auf, und sofort schießt Schmerz durch meinen ganzen Körper. Mein Vater schließt in aller Ruhe die Tür, während ich zum Klingelknopf für die Schwester schiele. Ich möchte sicher sein, dass ich ihn erreichen kann, wenn ich muss. Ich habe mich selten so hilflos gefühlt wie in diesem Moment. Mit einer operierten Hüfte ans Bett gefesselt. Meinem Vater ausgeliefert, der sich jetzt mit verschränkten Armen vor der Brust vor mir aufbaut.

«Nora sagt, du willst die Schmerzmittel nicht, die sie dir nach der OP geben müssen», sagt er. Ich reagiere nicht. Von der Anstrengung und den Schmerzen, die schon das Aufsetzen ausgelöst hat, steht mir der Schweiß auf der Stirn. «Ich rede mit dir, Henrik.»

«Wundert dich das allen Ernstes, Vater?», zische ich. «Du von allen Menschen solltest doch am besten wissen, warum ich mich nicht mehr betäuben lasse!»

Er sieht mich lange an. «Wovon sprichst du?»

«Das wissen wir beide.»

Natürlich weiß er es. Und er zeigt sich so wenig überrascht von meiner Konfrontation, dass ich annehmen muss, Nora hat ihn vorgewarnt. Das verletzt mich.

«Du warst krank, Henrik.» Die Tonlage seiner Stimme ist jetzt höher. Fast ein bisschen angestochen. «Und du bist es immer noch!»

«Das hast du mir ja schon immer gut eingeredet. Aber weißt du, was ich inzwischen glaube? Du bist es, der krank ist. Ich habe mich daran erinnert, dass es dieses Pillenglas in deinem Badezimmerschrank gab. Mit deinem Namen darauf und Tabletten, die genauso aussahen wie die, die du mich jeden Morgen hast schlucken lassen. Woran ich mich dagegen überhaupt nicht erinnern kann, ist ein Psychologe! Seltsam, oder?»

«Du warst jung. In dem Alter erinnert man nicht mehr alles.»

«Siehst du, gelingt dir auch sehr gut, die Sache mit den Lügen.»

«Was soll das, Henrik! Ich bin nicht gekommen, um mir so etwas an den Kopf werfen zu lassen!»

«Womit wir bei der Frage wären – warum bist du gekommen?»

«Um mit dir zu reden natürlich!»

«So natürlich finde ich das gar nicht. Wann haben wir denn in den letzten Jahren schon miteinander geredet?»

«Mir ist zu Ohren gekommen, dass du allen erzählst, ich hätte diesen Baum angezündet, von dem du gestürzt bist», sagt er mühsam beherrscht. «Das ist doch wirklich absurd, Henrik! Weißt du eigentlich, was du da sagst? Du musst endlich aufhören, solche Geschichten zu erfinden!»

«Erfinden?! Habe ich vielleicht meine gebrochene Hüfte erfunden? Den Sturz? Die Spuren von Benzin, die die Polizei am Baum gefunden hat?»

«Henrik, du bist mein Sohn! Ich würde doch wohl kaum meinen eigenen Sohn auf einem Baum anzünden! Und dann auch noch Fynn ... Was denkst du denn ...?»

«Oh ja, stimmt! Du warst ja immer so ein toller und fürsorglicher Vater!»

Er starrt mich an. An seinem Hals pulsiert eine Ader. Er steht kurz vor dem Explodieren. Genau so kenne ich ihn. Meine Mutter hat ihn wegen dieser unbändigen Wut verlassen.

Wir waren ständig darauf bedacht, seine Stimmung zu besänftigen oder Konfrontationen zu vermeiden.

«Ich habe getan, was ich konnte. Ich habe dich immer beschützt. Du hättest mal mit einem Vater wie meinem aufwachsen sollen. Dann wüsstest du, was schwierig ist.»

Ich schnaube. «Redest du von Opa? Ich wäre hundertmal lieber bei Opa aufgewachsen als bei dir! Und wovor bitte willst du mich beschützt haben? Mama und ich, wir hätten jemanden gebraucht, der uns vor dir beschützt!»

Er wird bleich. Ich stelle mich darauf ein, dass er gleich losbrüllt. Dass er mich vielleicht schlagen wird, die Kanüle herausreißen, irgendetwas umschmeißen. Den Rolltisch mit der Metallauflage zum Beispiel. Ich habe das alles schon erlebt. Doch er ballt nur die Fäuste und sagt gepresst: «Ich habe dich vor ihm beschützt.»

«Vor ihm? Wer soll das sein?»

«Dein Großvater war ein schwieriger Mann. Er hatte eine dunkle Seite, von der man außerhalb der engsten Familie kaum was mitbekam. Aber deine Tante und ich haben sehr unter ihm gelitten. Unter seinen Spielen.» Er wendet sich zum Fenster. Die unterdrückte Wut ist in jedem seiner Worte hörbar. «Vater hat seine verdammten Spiele mit uns gespielt, und unsere Mutter hat immer nur weggesehen. ‹Er meint es doch nicht böse, Kinder. Er will doch nur, dass ihr frei seid und Abenteuer erlebt.› Pah! Das waren keine Abenteuer. Das waren Qualen. Die ständigen Herausforderungen, die unmöglichen Aufgaben. Es hat schon seinen Grund, warum Cecilia und ich so früh das Haus verlassen haben. Warum wir jeden Kontakt abgebrochen haben. Und als meine Eltern dann plötzlich nach Schweden zogen, um Abenteuercamps für Kinder und Jugendliche anzubieten, da dachte ich nur: Mein Gott. Die armen Kinder. Das ist ja geradezu ein Spielplatz für seine kranken Fantasien!»

Ich versuche ihm irritiert zu folgen. Diese Beschreibung kann ich nicht mit dem Opa zusammenbringen, der mich auf dem Steg in ein Handtuch gewickelt und trocken gerubbelt hat. Der mit mir angeln gegangen ist und mir versteckte Schätze im Wald gezeigt hat.

«Er hat sich schon immer für die Wildnis interessiert. Jede freie Minute verbrachte er im Wald, und es war ihm völlig unverständlich, dass wir das nicht wollten, Cecilia und ich. Ich glaube heute, das war seine Kompensation für die verpasste Kindheit, die er in der Enge eines Kinderheims verbracht hatte. Damals, nachdem sein eigener Vater während des Krieges gefallen war. Wir mussten uns das zu Hause oft anhören. Wie seine Kindheit von einem Tag auf den anderen beendet war, als sein Vater in den Krieg eingezogen wurde und nie daraus zurückkehrte. Sein Vater hatte ihm kurz vorher ein Baumhaus im Wald gebaut, das sein Ein und Alles wurde. Aber ausgerechnet auf dieses Baumhaus ist kurz vor Kriegsende noch eine Fliegerbombe gefallen! Kurze Zeit später kam er ins Heim, die Mutter konnte keine sieben Jungen alleine durchbringen. Er wurde es nicht leid, uns zu erzählen, wie schlimm die Bedingungen dort waren. Eine richtige pädagogische Strafanstalt. Die Kinder wurden gezüchtigt und zurechtgebogen. Und uns wurde immer vorgehalten, wie glücklich wir uns schätzen sollten, dass wir so viele Freiheiten hätten. Natur und Abenteuer, ein Leben ohne Regeln. Ha! Als hätte es bei seinen Spielen keine Regeln gegeben. Perfide Regeln. Ich habe mir damals oft gedacht, dass mir der Aufenthalt in einem Heim sicher lieber gewesen wäre.»

Ich schüttele stumm den Kopf, doch Vater sieht es nicht, weil er beim Reden weiter aus dem Fenster starrt. Ich will das nicht glauben. Das kann nicht mein Opa sein, den er da beschreibt.

«Ich wollte den Kontakt zu ihm nicht. Aber deine Mutter hat

darauf bestanden, als wir das mit dem Alzheimer erfuhren. Sie fand, du hättest das Recht auf einen Opa, und überhaupt wüssten wir nicht, wie lange er noch bei uns wäre. Aber wenn er mit dir spielte, habe ich mir immer Sorgen gemacht. Ich hätte dich nie mit ihm allein gelassen. Nicht in dieser Gegend. In diesem Wald!»

Er wendet sich um und blickt mich an. Ich bringe kein Wort heraus. So habe ich ihn noch nie reden hören.

Ich habe es meinem Vater immer vorgeworfen, dass er mich von meinem Opa fernhielt. Dass er mich auch später, in den Jahren, in denen wir wieder vorsichtigen Kontakt hatten, nie aus den Augen gelassen hat. Opa und ich haben uns einen Spaß daraus gemacht, ihn an der Nase herumzuführen und uns davonzuschleichen. Wir haben uns im Gebüsch versteckt und kichernd zugesehen, wie er verzweifelt umhergelaufen ist, um mich zu suchen. Wie er zunehmend wütender wurde, bis meine Mutter aus dem Ferienhaus kam und versuchte, ihn zu beruhigen. Sie hat seinen Zorn abbekommen. Und mein Opa gab mir mit zwinkerndem Auge ein Zeichen, uns weiter in den Wald zurückzuziehen. Er war mein Held. Mein Vater dagegen der Spielverderber. Jetzt sehe ich zum ersten Mal, dass das möglicherweise gar nicht stimmt. Dass er vielleicht einfach nur ein Papa war, der sich Sorgen machte.

«Da ist – eine Bombe auf sein Baumhaus gefallen?» Ich weiß nicht, warum ich gerade das frage. Vielleicht wegen des Baumhauses, das auf schreckliche Art ins Bild passt. Wenn mein Opa das Baumhaus gebaut hat, in dem ich das Mädchen gefunden habe ... ich traue mich nicht, den Gedanken zu Ende zu denken.

«Die Bombe ging auf das Waldstück nieder, neben dem er als Kind gewohnt hat», sagt mein Vater. «Er hat diesen Wald immer mit Freiheit und Kindheit verbunden. Ich nahm immer an, dass er deshalb in Schweden ...»

«Aber was ist mit der Pille?», unterbreche ich ihn. «Ich habe eine deiner Pillen im Baumhaus gefunden! Wie willst du die wegerklären? Wie soll die ...» Ich halte inne. Plötzlich sehe ich wieder meinen Opa vor mir, der die Pille lächelnd in seiner Zauberhand verschwinden lässt. Er hat dafür gesorgt, dass ich die Tabletten nicht nehmen musste, die mein Vater mir morgens neben den Müsilöffel legte. Er wollte, dass es mir gut ging, während ich bei ihm war. Mein Opa und seine Zauberhand. Aber was hat er eigentlich mit den Pillen gemacht?

Mein Kopf dröhnt. Sogar das Denken tut mir jetzt weh. Mein Opa ein Entführer. Das kann nicht sein. «Vater, ich frage dich noch mal. Hat es jemals einen Besuch beim Kinderpsychiater gegeben? Oder hast du mir die Pillen gegeben, die du verschrieben bekommen hast?»

Er schweigt lange. So lange, dass ich weiß, dass es stimmt.

«Was war es?», frage ich, und er seufzt. Sehr tief und sehr schwer.

«Risperidon. Ein Antipsychotikum.»

Ich schweige einen Moment verblüfft. «Ein Antipsychotikum? Du hast mir Antipsychotika verfüttert? Uns hast du immer erzählt, die Tabletten hättest du wegen deines Herzens verschrieben bekommen!»

Er verzieht das Gesicht. «Die Pillen haben eine beruhigende Wirkung gehabt. Sie haben dir gutgetan.»

«Aber ich war ein Kind!»

«Du warst wie dein Großvater! Mit jedem Tag ein bisschen mehr! Du warst genauso ... wild und verstrickt in deine Märchen und Geschichten. Wenn ihr zwei zusammen wart, wart ihr überhaupt nicht aufzuhalten! Völlig außer Kontrolle.»

Ich bin sprachlos. Das war es also. Was mein Vater mit seinen Tabletten behandeln wollte, war letztendlich gar nicht ich. Es war die Erinnerung, die ich in ihm auslöste. Das wilde Kind, das mein Großvater im Herzen immer geblieben ist.

Ich sehe den Schmerz in seinen Augen. Eine alte Wut, die sich in ihm angestaut hat. Ich kenne diese Wut noch aus meiner Kindheit. Ich habe immer gedacht, mein Vater wäre einfach so. Unberechenbar. Aufbrausend. Der ewige Spielverderber, der nur nach außen seine Fassade behält. Nie ist mir der Gedanke gekommen, dass er in Wahrheit ständig an etwas erstickt sein mag, das in seiner eigenen Kindheit liegt.

«Man kann als Eltern auch immer nur das tun, was man in dem Moment für richtig hält. Ich hätte gedacht, dass du das inzwischen selber weißt.»

Ich wünschte, er würde lügen. Da ist immer noch die leise Hoffnung, er möge zumindest die Sache mit meinem Opa nur erfunden haben. Aber als die Polizei später an die Tür des Krankenzimmers klopft, wird mir auch diese Hoffnung genommen. Mehr noch, sie breiten die Geschichte in einem Umfang vor uns aus, die selbst meinen Vater schockiert. Nora ist ebenfalls da. Sie sitzt auf meiner Bettkante, Vater auf dem Besucherstuhl. Es sind fast zu viele Menschen für den kleinen Raum. Und zu viele schockierende Informationen.

Sie haben das Kind im Waldgrab identifiziert. Und sie haben das Mädchen gefunden. Marla. Mein Mund ist trocken, als ich höre, dass sie noch immer denselben Namen trägt, den ich ihr gegeben habe. Dieser Name war eine Erfindung, eine Art Spiel für mich. Ich habe nicht geahnt, dass das Spiel für sie nie aufgehört hat.

«Es hat auch einen dritten Jungen gegeben, der ebenfalls überlebt hat», sagt die ermittelnde Kommissarin Sara Hellström. «Sie nennen ihn Noah. Wir haben noch keinen Treffer in den DNA-Datenbanken, aber es sollte sich bald klären, denke ich. Da sich beide in Olof Isaksons Haus aufhielten, gingen wir zuerst davon aus, dass Olof auch der Entführer sein müsse. Da sind wir uns inzwischen aber nicht mehr so sicher.

Nachdem wir die beiden aufgegriffen haben, brach er zusammen und erzählte uns eine ganz andere Geschichte. Demnach habe er die beiden im Wald gefunden, wo Marla versucht habe, den behinderten Noah alleine durchzubringen. Noah hatte eine schlecht verheilte Kopfwunde, und Marla habe immer nur von ‹dem Mann› geredet, der sie entführt habe und der im Norden bei einer Floßfahrt gestorben sei.»

Mein Vater zieht die Luft ein. Nora sieht mich geschockt an.

«Mein Großvater», sage ich tonlos.

Sara Hellström nickt. «Das war Olof dann auch sehr schnell klar. Er war der Einzige in der Region, auf den die Beschreibung zutraf. Zudem liegt das Baumhaus, in dem Marla angeblich über Jahre gefangen gehalten worden war, nur drei Kilometer von seinem damaligen Haus entfernt. Letzteres trifft natürlich auch auf Olofs Haus zu. Wir können zu diesem Zeitpunkt noch nicht vollends ausschließen, dass er die Geschichte konstruiert, zumal weder Marla noch Noah mit uns reden wollen. Aber wir haben noch eine andere Besonderheit gefunden, die in dieselbe Richtung gehen könnte. Darum wollten wir mit euch sprechen.» Sie nickt Sandin zu, dem zweiten Polizisten im Raum. Er sagt: «Der Junge, den wir im Wald identifiziert haben, Oliver Karlsson, war dem Jugendamt bekannt. Er hatte ein schwieriges Elternhaus. Und die zuständige Person, die immer wieder darauf gepocht hat, man solle den Eltern den Jungen wegnehmen, war Margot Saunders.»

«Meine Mutter?», ruft mein Vater fassungslos.

Sandin nickt. «Von hier an ist bislang alles noch Spekulation. Aber die Entführung von Oliver fiel in die Zeit, in der Margot und Paul Saunders das Haus in Schweden erstanden, Margot ihren Job kündigte und die beiden hierherzogen. Möglich, dass sie den Jungen entführten und mitnahmen, um ihn ... ja, vor seinen Eltern zu retten, wenn man so will.»

«Wir würden gerne wissen, wie der Kontakt zu eurer Familie

in dieser Zeit war. Und ob ihr irgendetwas bemerkt habt, das uns in diesem Punkt weiterhilft», fügt Sara hinzu.

«Ich hatte keinen Kontakt zu ihnen in dieser Zeit», stammelt mein Vater, der jetzt weiß wie die Wand ist. «Ich weiß nur, dass meine Eltern sich kurz nach dem Umzug nach Schweden getrennt haben. Mein Vater führte seine Abenteuercamps weiter, und meine Mutter verschwand von der Bildfläche. Irgendwann bekam ich Post aus Stockholm von ihr, da wollte sie wohl wieder Kontakt zu mir aufnehmen. Aber damals wollte ich das nicht. Ich warf ihre Briefe weg. Und später, als wir Henrik hatten, da kannte ich ihre Adresse nicht mal. Ich nehme an, ich hätte mir den Aufwand machen können, sie zu suchen. Aber es war mir nicht wichtig genug, ehrlich gesagt.»

«Gibt es dafür irgendeinen Grund?», fragt Sara.

Mein Vater sieht sie traurig an. Statt einer Antwort fragt er: «Woran ist der Junge gestorben? Oliver?»

«Das wissen wir noch nicht. An den Knochen lässt es sich nicht direkt ablesen.»

«Wenn es kein natürlicher Tod war, und davon ist ja bei einem Kind nicht auszugehen», sagt mein Vater mit Bitterkeit in der Stimme, «dann könnte ich mir gut vorstellen, dass er beim ‹Spielen› gestorben ist. Mein Vater war so. Er wusste nicht, wo der Spaß aufhört und es gefährlich wird. Meine Schwester und ich haben den Kontakt nicht umsonst abgebrochen. Aber dass er damit beginnen würden, fremde Kinder zu entführen ... mein Gott.»

Sara und Sandin wechseln einen Blick.

«Was ist mit Margot Saunders?», fragt Sandin.

«Meine Mutter hat beim Jugendamt gearbeitet, als wir noch zu Hause lebten. Ich war nicht erstaunt, als sie den Job aufgab und nach Schweden zog, denn die Arbeit hat ihr zugesetzt. Wir mussten uns immer alle Details über die Schicksale der anderen Kinder anhören. Jeden Tag. Geschichten über betrunkene

Eltern. Gewalt an den Kindern. Blaue Flecken. Narben von ausgedrückten Zigaretten auf der Haut. Ich dachte damals oft, dass sie darüber völlig den Blick auf ihre eigene Familie verlor. Sie sah unsere blauen Flecken nicht. Unsere Verletzungen und Narben. Nur die der anderen Kinder. Es waren stets die anderen Familien, auf die sie schimpfte. Auf mich wirkte sie immer ein bisschen hilflos. Nicht nur im Umgang mit uns und meinem Vater. Auch bei der Arbeit, weil es mit dem Heim oder Pflegeeltern ja auch nicht getan war. Da kamen viele Kinder noch verstörter zurück, und es musste ein neuer Platz für sie gefunden werden. Es war ein frustrierender Beruf für sie. Vor diesem Hintergrund ... ich meine, es ist kaum auszudenken, oder? Aber vielleicht hat sie wirklich gedacht, diesen Jungen nach Schweden mitzunehmen, wäre die beste Lösung.»

«Olof gegenüber hat Marla nie eine Frau erwähnt. Darum gehen wir zum jetzigen Zeitpunkt davon aus, dass Paul Saunders die anderen beiden Kinder nach der Trennung entführt haben könnte. Im Alleingang. Das mit Stockholm stimmt übrigens», fügt Sandin dann hinzu. «Margot Saunders war da im Laufe der Zeit an verschiedenen Adressen gemeldet, wir haben das schon überprüft. Wie es aussieht, arbeitete sie ein paar Jahre als Putzfrau in Hotels und Gaststätten, während Paul Saunders hier seine Jugendfreizeitcamps weiterführte. Später nahm sie noch verschiedene Aushilfsjobs und dergleichen an. Sie ist vor sechs Jahren gestorben.»

Ich blicke meinen Vater an, der mitgenommen aussieht. Mir hat er immer erzählt, meine Großmutter sei bereits verstorben. Er hat mir nie die Möglichkeit gegeben, sie zu suchen und kennenzulernen. Andererseits frage ich mich, ob ich angesichts der Ungeheuerlichkeiten, die ich heute über meine Großeltern erfahren habe, überhaupt auf ein Kennenlernen hätte bestehen wollen.

«Aber mein Opa konnte auch ganz anders sein», wende ich

kleinlaut ein. «Ich kannte ihn ganz anders! Er hat mir das Angeln beigebracht und wie man Höhlen im Wald baut. Wir sind Boot gefahren. Er hat Schweden so geliebt. Und Kinder! Er hat mich geliebt. Für mich war er der beste Opa, den ...» Noras Hand sucht meine und drückt sie unauffällig, um meinen Redefluss zu unterbrechen. Sie weiß, wie viel ich von meinem Großvater gehalten habe. Dass er mein einziger Verbündeter in meiner Kindheit war. Und dass ich mich an dieses Bild von ihm klammere wie an ein Rettungsseil, um nicht unterzugehen.

Ich bin in dem Glauben aufgewachsen, ein notorischer Lügner zu sein. Jetzt sehe ich, dass in Wahrheit auch ich die ganze Zeit belogen wurde.

Nora macht Anstalten, sich leise zurückzuziehen. Wahrscheinlich hat sie das Gefühl, hier fehl am Platz zu sein. In diesem Drama, das drei Generationen der Familie Saunders umfasst. Es gibt noch vieles, was ausgesprochen werden muss. Und sie will nicht im Weg sein. Aber ich halte ihre Hand fest. Meine ganze Welt hat sich in den letzten Stunden auf den Kopf gestellt. Ich will nicht allein mit meinem Vater und den Polizisten sein – und mit diesen Geschichten über eine Familie, die mir fremd ist. Meine Familie, das sind noch immer Fynn und Nora, und ich hoffe, dass sie das genauso sieht. Trotz allem, was in den letzten Tagen und Wochen vorgefallen ist. «Bleib, bitte», sage ich leise. Und tatsächlich setzt sie sich zurück zu mir und bleibt. Ich hoffe, für immer.

EPILOG

ROSA

Raben belagern die Frauenhaftanstalt von Svartskär. Jedes Mal, wenn ich hier zu Besuch bin, fällt mir das auf. Sie sitzen auf den Drahtrollen, die das Gelände umspinnen, auf den Dächern der Gebäude und im Innenhof. Es wirkt fast, als seien sie wegen Marla hier. Es ist eine besondere Beziehung, die sie und der Wald zueinander haben.

Henrik Saunders steht neben dem Pförtnerhaus wie ein verlorenes Kind auf einem leeren Pausenhof. Er hat einen Blumenstrauß dabei. Da ich nicht davon ausgehe, dass er mir den Hof machen will, fürchte ich, er hat ihn für Marla mitgebracht. Es ist ein bunter Strauß mit Rosen, Chrysanthemen und Gerbera. Nichts davon wächst in unseren Wäldern.

«Hej», sage ich und nehme ihm den Blumenstrauß ab. Er macht große Augen, traut sich aber nicht zu protestieren. Ich krame zwei große Tannenzapfen aus meiner Anoraktasche und lege sie ihm in die Hand. Bei jedem meiner Besuche habe ich Marla ein Stück Wald mitgebracht. Ein paar besonders schöne Blätter. Einen besonders geformten Ast. Tannengrün. Einen Stein. Sie sagt nichts, wenn sie diese Geschenke entgegennimmt. Aber ich weiß, dass sie sie in ihrer Zelle aufbewahrt, eine Wärterin hat es mir erzählt. Die Tannenzapfen werden mein vorläufig letztes Mitbringsel sein, bevor ich nach Amsterdam zurückkehre.

Mein Vater weiß nicht, dass ich regelmäßig herkomme. Er würde es nicht verstehen. Marla hat meinen Bruder ermordet. Sie hat Lasse ermordet. Dass Vater, ebenso wie ich, bei den Gerichtsverhandlungen dabei war und ihre Geschichte gehört hat, ändert nichts daran, dass er ihr die Pest an den Hals wünscht. Von meinen Schuldgefühlen ihr gegenüber versteht er nichts. Oder davon, dass Marla und ich mehr gemeinsam haben, als man auf Anhieb vermuten würde.

Ich werfe den Blumenstrauß in eine Tonne. Henrik öffnet den Mund, um zu protestieren, klappt ihn dann aber unverrichteter Dinge wieder zu und folgt mir kleinlaut zum Gebäude. Er hatte schon lange vorgehabt herzukommen. Schon an seinen Aussagen vor Gericht war zu merken, wie sehr er sich die Schuld an allem gibt. Er hatte Marla damals gefunden. Als es noch nicht zu spät war. Und Marla hatte darauf gewartet, dass er sein Versprechen einlösen und sie befreien würde. Es hat eine gewisse Tragik, dass er das auch heute nicht tun kann. Es scheint den beiden vorherbestimmt zu sein, dass sie ihm immer nur in Gefangenschaft begegnet, während er frei ist. Mit Gerechtigkeit hat das nichts zu tun. Ich glaube generell nicht daran, dass ein Betonort mit Stacheldrahtzäunen Gerechtigkeit bringen kann. Aber Leben kann er vielleicht schützen.

Marla hätte ihren Feldzug gegen die Männer und Frauen, die sie damals quälten, fortgeführt. Das weiß auch Henrik. Jeder, der den Hass in ihren Augen sieht, weiß, dass es mit dem Sturz aus dem brennenden Baumhaus für ihn nicht getan gewesen wäre. Ebenso wenig, wie es mit dem Sturz meines Bruders von der Felswand bei Rösåsberget getan gewesen war.

Marla war es, die Fynn entführt hat. Sie war die ganze Zeit da, seit Henrik und seine Familie in das kleine Haus am See einzogen, weil es nach dem Tod ihres Entführers ihr Haus geworden war. Und Marla hat Henrik sofort wiedererkannt, als sie ihn sah.

Olof hat es zu erklären versucht, so gut er konnte. Angefangen dabei, wie er Marla und Noah im Wald fand. Marla war damals etwa dreizehn und beschützte Noah wie eine fauchende Bärenmutter. Sie hatte kein Vertrauen in Männer wie Olof. Kein Vertrauen in die Welt. Aber gleichzeitig überforderte sie die Pflege von Noah im Wald. Er hatte eine schwere Kopfverletzung, die nie richtig verarztet worden war. In den Wochen, in denen Marla versucht hatte, sich alleine mit ihm im Wald durchzuschlagen, hatte sie sich entzündet. Der Junge sprach nicht mehr und war in einem Fieberdelirium. Nur darum ließ Marla Olofs Hilfe zu. Sie hatte wohl erkannt, dass Noah andernfalls sterben würde.

Olof besorgte Antibiotika, aber als der Junge sich einigermaßen erholte, war klar, dass sein Kopf einen bleibenden Schaden genommen hatte, der sich nicht mehr mit ein paar Medikamenten beheben ließ. Es ist müßig, darüber zu spekulieren, ob und zu welchem Zeitpunkt sich das noch hätte verhindern lassen. Ob es etwas geändert hätte, wenn Olof ihn sofort in ein Krankenhaus gebracht hätte. Oder ob Noahs Schicksal schon in dem Moment besiegelt war, als das Paddel ihn am Kopf traf. Über solche nutzlosen Details macht sich nur das Gericht Gedanken. Sie portionieren die Schuld dort geradezu und streiten tagelang darüber, wem welcher Anteil aufgeladen wird. Wenn es mir nicht um Marla gegangen wäre, um Lasse, um meinen Bruder und irgendwie auch um meine Mutter – ich hätte überhaupt nicht an den Anhörungen teilgenommen.

Noah heißt in Wahrheit Jonte Svensson. Henriks Großvater nahm ihn von einem Waldcampingplatz mit, wo seine Eltern in einem Dauercamper wohnten und ständig bekifft waren. Wahrscheinlich ist, dass sie auch härtere Drogen nahmen, denn die ersten paar Tage fiel ihnen das Verschwinden ihres

Sohnes nicht mal auf. Sie meldeten ihn viel zu spät als vermisst. Zu dem Zeitpunkt war sein Entführer bereits tot, und die dreizehnjährige Marla fuhr mit dem entführten und verletzten Jungen auf dem Beifahrersitz zurück nach Skuleskogen. Es ist lächerlich, dass sie vor Gericht dazu befragt wurde, ob sie nicht auf die Idee gekommen sei, sich an die Behörden zu wenden. Was sollte ein Mädchen, das sieben Jahre lang nur mit seinem Entführer im Wald gelebt hat, schon von Behörden wissen?

Olof hätte es tun sollen, sicher. Er hätte den Jungen nicht in einem Zimmer hinter dem Schrank versteckt aufwachsen lassen dürfen, ohne ihn zu melden. Doch den gleichen Vorwurf könnte man auch meiner Mutter machen. Die beiden hatten sich schon vor Jahrzehnten kennengelernt, als Olof einen Unfall mit einer illegal aufgestellten Falle im Wald hatte. Offenbar stellte Henriks Großvater nicht wenige dieser Fallen auf, und Olof sammelte sie wieder ein. Die beiden Männer konnten nicht gut miteinander, wohnten aber weit genug entfernt, um sich die meiste Zeit aus dem Weg zu gehen. Darum scheint Olof auch nichts von den Entführungen mitbekommen zu haben, bevor er Marla und Noah fand. Wer weiß schon, ob das stimmt. Vor Gericht wurde er ziemlich dazu gelöchert, aber niemand kann ihm etwas anderes nachweisen. Seine und Marlas Version der Geschichte stimmen überein, und es ist die einzige, die wir haben.

Meine Mutter fand Olof jedenfalls eines Tages mit dem Arm in einem Tellereisen, als sie zufällig im Wald war. Nach allem, was ich inzwischen über sie erfahren habe, war sie in der Region wohl dafür bekannt gewesen, sich um Menschen zu kümmern, ohne nach deren Krankenversicherung und Aufenthaltsgenehmigung zu fragen. Nur mir war es nicht bekannt, und ich frage mich, ob selbst mein Vater davon wusste.

Ich nehme an, dass die Situation für Olof nach dem Tod meiner Mutter nur schwieriger wurde. Das Haus und auch Noah waren entsprechend verwahrlost. Aber an wen hätte

Olof sich schon noch wenden können? Nach all den Jahren des Stillschweigens? Und Noah hatte es nicht schlecht bei ihm. Der Unfall hatte etwas in seinem Sprach- und Entwicklungszentrum im Hirn beschädigt, aber in Olofs Werkstatt konnte er sich tagelang ins Arbeiten vertiefen. Als Olof herausfand, dass Noah Spaß an der Tierpräparation hatte, brachte er ihm die Techniken bei, wurde aber bald schon von seinem eigenen Schüler übertroffen. Die preisgekrönten ausgestopften Tiere stammen von Noah, nicht von Olof. Irritierenderweise hat das die Menschen in dieser Region besonders erschüttert.

Marlas richtiger Name ist Jessica Eichmann, und als solche musste sie sich für zwei Morde und eine Entführung vor Gericht behaupten. Nicht, dass sie dort viel behauptet oder auch nur gesprochen hätte. Auf mich wirkte sie fehl am Platz und völlig überfordert mit dem Ansturm auf sie.

Wie alle anderen Kinder dieses Falls kam auch sie aus einem vernachlässigenden Elternhaus. Mit vier Jahren wurde sie am Strand von Warnemünde entführt. Ihre Mutter hatte sie mit Förmchen und Eimer am Strand abgesetzt und sich ein paar Hundert Meter weiter mit zwei Typen im Strandkorb vergnügt. Im Polizeibericht war zu lesen, dass auch hier Drogen im Spiel waren, ähnlich wie bei Noah.

Ich denke, dass es Olof war, der Marla bekniete, überhaupt etwas zu ihrer Verteidigung zu sagen. Der Anwalt hätte sicher kein Wort aus ihr herausgebracht. Der ganze Saal war mucksmäuschenstill, als sie über die Quälereien durch Henriks Großvater sprach und über das, was die Jungen ihr angetan hatten. Als sei ihre Stimme eine Art Naturphänomen, das wie ein Wunder auftrat und dann über Jahrzehnte nicht mehr zu hören sein würde.

Sie hat eine Stimme wie ein Kind. Viel jünger als der Rest von ihr.

«Rosa – was, wenn sie mich nicht sehen will?»

Erst jetzt fällt mir auf, dass Henrik hinter mir stehen geblieben ist. Ich drehe mich um. «Sie will dich sicher nicht sehen», sage ich.

Henrik sieht mich unglücklich an. «Danke, das war sehr direkt.»

Was soll ich schon sagen? Henrik hat Marla verraten. Und sie hat bereits versucht, ihn anzuzünden.

«Du hast um dieses Treffen gebeten. Und in dem Raum wird ein Wärter sein. Es zu versuchen, ist das Mindeste, was du tun kannst.»

Er nickt unglücklich und setzt sich wieder in Bewegung. Ich muss daran denken, dass während der Gerichtsverhandlungen mehrmals der Vergleich zwischen ihm und seinem Opa gefallen ist – wenn auch nur nebenbei, denn Henriks Verhalten ist nicht relevant für den Prozess. Sein Vater hatte es erwähnt und auch Olof, der behauptet, dass dies Marlas Motiv für Fynns Entführung gewesen sei. Marla habe Fynn im Grunde nur beschützen wollen, weil Henrik sie in seinem Umgang mit Fynn an den «Mann» erinnerte. An ein Spiel im Wald beispielsweise, bei dem sie mit verbundenen Augen von ihm gejagt worden sei. Olof wusste mehr über Marla als ihr Anwalt – und hat sie auch vehementer verteidigt.

In den Tagen der Entführung hatte Marla Fynn zunächst irgendwo im Wald versteckt und dann ohne Olofs Wissen im Bootsschuppen hinter dem Haus, bis er dahinterkam. Er redete ihr ins Gewissen. Dann ließ sie ihn frei. Dass Fynn ausgerechnet in dem Moment panisch aus dem Wald herausbrach, als ich mit dem Auto dort entlangkam, war ein tragischer Zufall.

Der Flur im Gefängnis ist klaustrophobisch schmal. Überhaupt sind hier alle Räume schmal und lang gestreckt. Ich habe Marlas Zelle gesehen. Sie hat ein enges Holzbett mit einem kleinen Tisch daran, ein Waschbecken und einen Fernseher. Sie hat auch ein Fenster, durch das man allerdings nicht mehr sehen kann als die graue Hauswand gegenüber. Es kann hier nur wenig größer sein als in dem Baumhaus, in dem sie als Kind festgebunden war. Sie hätte es verdient, endlich ein Leben in Freiheit zu führen. In einer Freiheit, die sie für sich selber wählt.

HENRIK

Marla hockt mit angezogenen Beinen auf einem Stuhl und kaut an ihren Nägeln. Sie sieht blasser aus als vor Gericht. Der Aufenthalt hier in der Vollzugsanstalt hat ihr innerhalb weniger Tage die Farbe geraubt.

Als sie mich sieht, hält sie in der Bewegung inne. Der Hass in ihren Augen ist unverhohlen. Ich habe ihn verdient.

«Hallo ... Marla», flüstere ich. Es ist seltsam, ihren Namen auszusprechen. Einen Namen, den ich ihr gegeben habe und der gar nicht ihr richtiger ist.

Ich frage mich manchmal, wie mein Großvater vorgegangen ist, als er sie entführte. Ob er ihr Leben wochenlang beobachtet hat – den missglückten Balanceakt ihrer Mutter zwischen zu viel Arbeit und zu viel Drogen. Oder ob er das Mädchen beim Warten auf die Fähre einfach gesehen und spontan mitgenommen hat. Ich möchte gerne glauben, dass es Ersteres war. Aber andererseits macht es für den Ausgang der Entführung wohl keinen Unterschied. Nichts macht einen Unterschied – auch die Versuche des Gutachters nicht, die Persönlichkeit meines Großvaters zu rekonstruieren. Seiner Störung einen Namen zu geben. Oder eine Ursache zu finden.

Die Kindheit meines Opas war durch eine Fliegerbombe in Schutt und Asche gelegt worden. Und alle, die danach kamen, müssen noch immer unter den Folgen leiden.

Mein Vater kämpft mit Jähzorn und Impulsivität. Tante Cecilia mit Panikattacken und Essstörungen. Meine Cousine, die ich kaum kannte, hat ein Problem mit Selbstverletzungen, was ich weiß, weil sie im Gerichtssaal neben mir saß und ich ihre geritzten Arme gesehen habe. Und ich? Dass ich auch meine Laster habe, will ich gar nicht bestreiten. Ich habe Nora sogar versprochen, es doch einmal mit einem Therapeuten zu versuchen. Ohne Tabletten, versteht sich. Ich wünschte, auch Marla hätte die Chance dazu gehabt. Von uns allen hatte sie unter dem Trauma meines Opas am meisten zu leiden. Sie und die anderen Kinder.

Ich frage mich, ob der Pilot, der die Fliegerbombe auf das Wäldchen fallen ließ, auch dann den Knopf gedrückt hätte, wenn man ihm all das vorher gesagt hätte. Dass da ein kleines Baumhaus hängt, das er bitte verschonen soll, weil es eine besondere Bedeutung für jemanden hat. Weil alles, was danach passieren würde, nach dem Schutt und der Asche und der ausgelöschten Erinnerung, einen ganzen Rattenschwanz an unnötigem Leid nach sich ziehen würde.

«Es tut mir so leid», sage ich zu Marla. Nicht mehr. Ich versuche mich nicht zu erklären. Sage nichts von den Medikamenten, unter denen ich damals stand. Denn hier geht es nicht um meine Familie oder um meine verkorkste Kindheit. Hier geht es um Marla und mich. Um meinen Verrat an ihr. Um ein Versprechen, das ich nie gehalten habe.

Ich lege ihr die Tannenzapfen auf den Tisch. Ich erwarte nicht, dass sie mir vergibt. Marla ist keine, die mit Geschichten aufgewachsen ist, in denen Vergebung eine Rolle spielt. Sie ist überhaupt nicht so aufgewachsen wie irgendwer sonst von uns. Aber vielleicht kann ich ihr zeigen, dass ich keinen Hass gegen sie hege, weil sie meinen Sohn entführt hat.

Ihre Augen wandern zu den Zapfen und wieder zurück zu meinem Gesicht. Ich bin ihr jetzt so nah, dass sie nur aufspringen müsste, um mich anzugreifen. Es ist ein Wärter im Raum, aber bis er reagieren würde, könnte sie mir durchaus wehtun.

Mein Herz klopft. Sie regt sich nicht. Die Tannenzapfen liegen zwischen uns, ein Stück Wald, das uns trennt. Das uns verbindet. Die Erinnerung an Kindheit. Ich hätte ihr damals helfen sollen.

«Ich komme wieder», sage ich und muss mich räuspern, weil meine Stimme so belegt ist. «Wir bleiben noch länger in Schweden, weil Nora den Job bei einer Offshore-Anlage in Norwegen annimmt. Und du wirst nicht ewig hier drin sein müssen. Der Richter hat von einem Resozialisierungsprogramm gesprochen. Und von Therapie. Ich werde dich besuchen kommen, solange es eben dauert.» Die Worte sprudeln nun doch aus mir heraus. Ich erzähle ihr, dass ich jetzt das Kinderbuch schreibe, das Nora sich gewünscht hat. Weil die Welt tatsächlich mehr Bücher über starke, widerspenstige Mädchen braucht. Und weil ich die Chance haben möchte, die Geschichte anders ausgehen zu lassen. Mit einem Mädchen, das frei ist und sich entscheiden kann, weiter im Wald zu leben. Nach allem, was Marla durchgemacht hat, hätte sie nichts weniger verdient als das.

In ihrem Gesicht kann ich keine Reaktion ablesen. Ich bezweifle, dass sie im Augenblick irgendetwas anderes sieht, als dass sie wieder eingesperrt ist. Aber ich möchte, dass sie weiß, dass sie diesmal nicht allein ist.

«Ich komme wieder», sage ich deswegen noch einmal. «Versprochen, Marla.» Am liebsten würde ich ihre Hand nehmen, die dünn und blass neben den Tannenzapfen liegt. *Versprochen, Marla.*

Eine Lüge? Diesmal ist es keine.

Quellenangaben

S. 14: Astrid Lindgren, «Wie wir in Småland Weihnachten feierten»,
Oetinger 2021
S. 30: Friedrich von Bodenstedt, «Hugin und Munin», «Aus der Heimat
und Fremde», 1. Band, 1856
S. 142, 270: Astrid Lindgren, «Ronja Räubertochter», Oetinger 2023

Vera Buck
Der dunkle Sommer

Nur einer weiß, was in jener Nacht geschah.

Ein Haus in Italien für einen Euro: Für
die Architektin Tilda ist die verfallene
Villa im Geisterdorf Botigalli die Gelegenheit, einen Schlussstrich unter ihre
Vergangenheit zu ziehen. Einsam im wil-
den Hinterland Sardiniens gelegen, verspricht das Dorf vollständige
Abgeschiedenheit. Doch die Idylle des
verwinkelten Ortes trügt: Ist Botigalli
wirklich so verlassen, wie es scheint? In
der menschenleeren Kirche läuten die
Glocken, jemand legt Tilda eine tote

384 Seiten

Ratte vor die Tür, und die Inselbewohner warnen sie vor einem Fluch,
der auf ihrem Haus liegen soll. Zusammen mit dem Journalisten Enzo,
der die Geschichte von Botigalli erforscht, will Tilda den Geheimnis-
sen auf den Grund gehen. Doch der einzige Bewohner, der mehr weiß,
ist der alte Silvio. Und der erzählt eine Geschichte, der man immer
weniger trauen kann. Tilda beginnt zu ahnen, dass der vermeintlich
gebrechliche Mann gefährlicher ist, als er vorgibt. Und was zunächst
wie ein Glücksgriff erschien, wird bald zu einem Albtraum. Sie und
Enzo müssen erkennen, dass die Wahrheit über Botigalli düsterer ist als
jede Geistergeschichte.

Weitere Informationen finden Sie unter **rowohlt.de**